꿈,
바람
그리고
소망

꿈, 바람 그리고 소망

초판 1쇄 발행 2020년 12월 25일

지 은 이	오진환
발 행 인	권선복
편 집	양병무
디 자 인	최새롬
전 자 책	서보미
발 행 처	도서출판 행복에너지
출판등록	제315-2011-000035호
주 소	(157-010) 서울특별시 강서구 화곡로 232
전 화	0505-613-6133
팩 스	0303-0799-1560
홈페이지	www.happybook.or.kr
이 메 일	ksbdata@daum.net

값 20,000원
ISBN 979-11-5602-859-8 03810

도서출판 행복에너지는 독자 여러분의 아이디어와 원고 투고를 기다립니다. 책으로 만들기를 원하는 콘텐츠가 있으신 분은 이메일이나 홈페이지를 통해 간단한 기획서와 기획의도, 연락처 등을 보내주십시오. 행복에너지의 문은 언제나 활짝 열려 있습니다.

법조인생 40년의
진솔한 기록

꿈,
바람
그리고
소망

오진환 지음

도서
출판 행복에너지

권오승
(서울대 명예교수, 대한민국학술원 회원,
전 공정거래위원회 위원장)

『꿈, 바람 그리고 소망』은 오진환 변호사의 자전적 에세이집이다. 나는 오 변호사를 1970년대 서울대 법대 농촌법학회에서 만나서 지금까지 서로 깊은 우정을 나누고 있다. 대학 졸업 후 서로 걸어온 길이 달라서, 우리가 일상적으로 처리하는 업무는 서로 다르지만, 지향하는 목표는 우리나라를 보다 나은 나라로 발전시키는 데에 이바지하기 위한 것이라는 점에서 같았던 것으로 기억된다.

이 책은 오 변호사가 법률전문가로서 평생 동안 국가와 사회를 위하여 봉사하는 삶을 살아오는 과정에서, 어디에서 어떠한 마음으로 무엇을 어떻게 처리해 왔으며 그 성과는 어떠했는지, 그리고 일상생활에는 어떠한 자세로 임해 왔으며, 그 과정에서 얻은 보람이나 시련은 무엇인지, 또 지금은 어떠한 생각으로 살고 있으며, 여생은 어떻게 살고 싶은지에 대하여 아주 진솔하게 이야기해 주고 있다. 저자는 단순한 법률전문가가 아니라 합리적인 사고와 균형감각을 가지고 국가와 사회의 제반 문제를 구조적인 관점에서 바라보면서 그 해결에 이바지하기 위해 노력해 온 깨어있는 지식인이다.

따라서 이 책은 언뜻 보기에는 저자 개인의 사적인 기록처럼 보이지만, 실상은 이성적 합리주의자를 지향하고 있는 저자의 삶의 여정에 투영한 동시대 지식인들의 삶과 고뇌, 즉 1970년대부터 2020년까지 산업화와 민주화 및 정보화 시대를 거쳐 제4차 산업혁명 시대를 살아가고 있는 우리 지식인들의 삶의 애환과 아직 이루지 못한 꿈들에 대한 기록이라는 점에서 매우 높은 가치를 가진다고 할 수 있다.

나는 이 책이 우리와 함께 동시대를 살아온 지식인들에게는 우리들의 삶을 반추하는 기회를 제공해 줄 것이고, 장차 법률가나 지식인으로서 국가와 사회의 발전에 이바지하기를 희망하는 다음 세대들에게는 어떠한 자세로 무엇을 어떻게 준비해야 할 것인지를 알려 주는 길라잡이가 될 것이라고 믿기 때문에, 이 책을 반드시 읽어 보라고 강력히 추천한다.

내 인생, 중간 결산을 위하여

말을 하고 글을 기록하며 사는 모습은 사람마다 다르고 민족마다 또 다르다. 나는 살아오면서 반드시 필요한 경우 말고는 앞에 나서서 말을 많이 하거나 글을 자주 쓰는 것을 별로 선호하지 않았다. 왜 그랬는지 굳이 따지자면, 내 천성이 그렇다는 것에 이유를 돌릴 수밖에 없다. 타고난 나의 마음을 한마디로 정의하기는 어렵지만, 실수를 용납하지 않으려는 완벽주의와 남에게 조금이라도 폐를 끼치지 않으려는 결벽증적 진중함에 가깝다고 할 수 있지 않을까?

나는 지금 여기서 '1955년생 오진환'의 삶을 쓰려고 한다. 말과 글쓰기에 적극적이지 않던 내가 갑자기 이 책을 쓰기로 결심한 데에는 크게 두 가지 뜻이 있다.

첫째, 지금까지 짧지 아니한 나의 일생을 이 기회에 정리해 보고, 앞으로의 여정을 준비하고 계획하는 데 도움을 받고자 함이다. 실제로 이 책을 쓰느라고 과거의 자료를 뒤적여 보고 애써 그때의 일을 기억 속에서 꺼내 보면서, 너무 쉽게 망각하고 헛되게 살아온 것을 발견하고 후회하는 마음이 생겼다. 새 각오도 다지게 됐다. 김형석 교수는 인생의 황금기를 60세부터 75세까지라고 하였는데, 나는 벌써 60대 중반이다. 인생 황금기를 준비하기 위하여, 좀 늦었지만 지금이 이 책을 쓸 적기라는 생각이 들었다. 그런 의미에서 이 책은 내 인생 전반에 대한 솔직한 고백이자 역사다.

둘째, 어차피 한 번 왔다 가는 인생인데, 내가 어떻게 살았는지, 어떠한 생각을 하고 살았는지를 내가 가장 아끼는 가족들에게 기록으로 남기고 싶었다. 물질적인 선물이나 유산도 중요하지만 정신적인 것이 더 값진 것 아닐까 하는 마음이 들었다. 나에게는 아내와 두 아들 외에 새로 맞이한 며느리들과 손주들이 있다. 아내는 그렇다 치고 아들들의 경우 성장한 후 독립하여 살고 있으므로, 아버지인 나의 삶을 제대로 모른다. 하물며 며느리들이나 손주들은 말할 것도 없다.

그들에게 내가 어떠한 사람이고 어떻게 살았는지를 기록하여 남겨주고 싶다. '화향백리花香百里 인향만리人香萬里'라는 말이 있다. 두고두고 아름답고 그리운 사람으로 기억되면 금상첨화錦上添花이고, 반면교사 삼아 좋은 건 받아들이고 나쁜 건 피하는 계기로 삼아도 좋다. 인생은 한 번 살아 보고 이를 교훈 삼아 다시 살기에는 너무 짧지 않은가!

회고하여 보면 참 다사다난하게 살아왔다. 어느 누가 태어나서 처음부터 로드맵을 만들어 그대로 산다한들 이렇게 많은 사연을 만들 수 있을까? 즐거운 일, 슬픈 일, 괴로운 일 그리고 기쁜 일, 모두 지내 놓고 보니 인간인 내가 원하는 대로, 내가 노력하는 대로 이루어진 것이라고 자신 있게 말할 수 있는 것이 별로 없다. 살아오면서 그러한 생각을 많이 하였다. 오로지 하느님이 주관하신다고밖에 설명할 수 없다.

나의 삶의 기록은 대부분 기억에 기초한다. 일부는 내가 과거 남겨놓은 서류나 책들에 의존하였다. 그때는 먼 훗날 이런 책을 쓰리라고 전혀 예상하지 않았지만, 모든 흔적을 없애 버리지 않고 일부라도 기록을 남겨 놓아 참 다행이라는 생각이 들었다. 기억을 되살리기 위하여 오래된 사진첩을 꺼내서 한 장 한 장 넘기다 보니, 잊고 지냈던 풍경과 사진 속의 인물들이 너무나도 생생하다. 이제 다시는 되돌릴 수 없는 세월을 보는 듯해 순간 울컥하였다. 나의 체취가 묻어 있을 옛 집무실과 집기들, 그 집무실에서 가끔 내다보며 카메라에 담아보았던 주변의 모습들이 어제처럼 눈에 선한데, 언제 이렇게 많은 세월이 흘러갔는지 모르겠다.

나의 삶은 과연 무엇을 의미하는가? 인간은 망각의 동물이라고 하는데, 많은 과거가 기억 속에서 사라졌다. 요즈음은 더더욱 하루가 다르게 기억력이 약해지고 있음을 몸소 체험하고 있다. 내가 끝내 기억하고 있어 여기서 기록으로 남길 수 있는 것은, 남과 같지 아니하고 뭔가 다른, 나 '오진환'다운 삶, 내 삶의 깊은 곳에 자리 잡아 쉽게 사라지기 어려운 경험이나 추억이 아닐까? 그중에서 나름 의미 있는 것들을 골라 여기에 기록한다. 정리하다 보니 잊어서는 안 될 것들, 내가 무엇을 잊었는지조차 지금은 알 수 없는 것들이 많겠구나, 새삼 깨달았다.

나의 삶을 자연의 사계절에 비유하여 구분하여 보았다. 독창적이거나 특별히 의미가 있는 것은 아니지만, 우리 일생을 자연과 대비하여 정리해 보니 대체로 맞는 것 같기도 하다.

내 인생의 봄은 태어나서 대학교를 마칠 때까지, 즉 본격적인 사회생활을 준비하는 성장기에 해당한다. 눈부시게 파릇파릇한 시절이었다. 그리고 여름은 가장 왕성한 청장년기로서 사법시험에 합격하여 판사생활을 마칠 때까지가 아니었을까 한다. 또한 가을은 변호사로 출발하여 각종 사회생활을 겸임하던 시절로, 법조인으로서 여름에 뿌려 놓은 씨앗이 결실을 맺는 그런 시기라고 생각한다. 그 여름과 가을이 내 인생에서 핵심을 차지한다는 데는 이의가 없다. 마지막으로 내 인생의 겨울은, 수확활동까지 어느 정도 마무리한 후 조용히 인생을 즐기고 노후를 준비하며 살아가는 시기이다. 결코 소홀히 할 수 없는 아름다운 황혼기에 속한다.

나는 지금 내 인생의 겨울 문턱에 서 있다. 어렸을 적 겨울 날 시골마을에 해가 진 후 집집마다 저녁식사를 준비하는 아궁이 불 연기가 굴뚝에서 조용히 피어오르는 시간이 생각난다. 그 평화롭고 고즈넉한 풍경과도 같이, 인생의 모든 과정을 어느 정도 섭렵한 후 풍요로운 밑천으로 여유 있게 삶을 살아가는 겨울날을 보내고 싶다. 그날이 언제까지일까, 그 끝은 오로지 하느님께서 정하여 주실 것이다.

지난날을 돌아보고 잠시 감상에 젖어 본 시간들도 즐거웠지만, 앞날을 꿈꾸고 준비하는 것도 마냥 가슴 설레는 일이다. 벌써 40여 년 가까이 웃고 울며 같이 살아온 나의 반쪽, 아내(박지영 데레사)와의 향후 여정을 눈 감고 그려보는 것은 그 자체만으로도 아름답고 행복하다. 꿈에 머물지 않고 현실이 되도록 부단히 노력하여야 할 임무는 오롯이 나의 몫이다. 열심히 달려왔으니, 이제 조금 속도를 늦추고 지나치게 좌고우면左顧右眄 하지 않으며 지금 이 순간을 최대한 즐기고 싶다.

2020년 11월

후림厚林 **오진환**(토마)

차례

제1장

내 인생의 봄

제2장

내 인생의 여름

내 인생의 가을

제4장

내 인생의 겨울

제1장

내 인생의 봄

문덕봉의 정기

나는 해방 후 한국전쟁을 겪고 나서 을미乙未년 음력 칠월 초이튿날 전라북도 남원시 주생면 내동리, 문덕봉 아래 조그만 마을에서 태어났다.

주생면은 조선시대 말단 행정기구인 이언방伊彦坊, 주포방周浦坊, 남생방南生坊 등 3개 방이 있던 지역으로서 1914년 행정구역 통폐합 당시 주포와 남생의 이름을 따서 주생면이라고 하였고, 10여 개의 법정리 중 내동리는 대둔산, 구봉산 등과 함께 전북의 5대 바위명산으로 꼽히는 문덕봉(해발 598.1m, 일명 고장봉) 밑에 자리 잡고 있다.

내가 태어나고 자란 곳은 가구 수 다섯 개 정도의 조그마한 자연마을이었다. 뒤로는 고장봉이, 앞으로는 내가 초등학교 다닐 때 생긴, 낚시동호인들이 종종 찾는 금풍저수지가 있고, 사방이 높고 낮은 산으로 둘러싸인 조그마한 마을, 내동리 용동마을이다.

지금도 금세 생각난다. 여름철 뜨거운 하루 보내고 밤을 맞이하면, 온 가족이 시냇가 깨끗한 넓은 바위 위에 팔베개하고 누워 밤하늘을 쳐다보며 안개꽃처럼 하얗게 수놓은 별을 헤아리곤 하였다. 하루 종일 뜨거운 햇볕에 달궈진 바위는 밤이 되어도 온기가 계속되었고, 밤이 깊어가면서 선선한 바람이라도 불라치면 그 위에 등을 대고 눕는 것이 찜질방 즐기듯 참 좋았다.

봄이면 멀리 아지랑이 속에, 수줍은 소녀의 볼처럼 보일 듯 말 듯 가슴 설레게 피어나는 복숭아 꽃 군락을 보며 계절을 깨닫고, 여름이면 따가운 햇볕 피하여 산골짝 퍼런 웅덩이 속에 풍덩 미역을 감고, 가을이 되면 황금빛 들녘에서 이리저리 메뚜기를 잡으며, 또 겨울이 오면 손바닥만 한 미나리 밭 얼음판에서 수제 썰매를 타던 시절. 그때는 누구와 비교할 줄 모르고 위도 아래도 잘 모른 채, 우물 안 개구리처럼 조그마한 시골 마을이 나의 전부였던 시절이었다.

누구나 태어나 자란 곳을 그리워한다. 서울로 진학하느라 일찍 고향을 떠나 살다가 나이 들어 내가 태어난 곳을 찾아가 보니 옛집은 온데간데없고, 집 앞에 우뚝 서 있던 커다란 감나무와 우물도 흔적이 없다. 몇 가구 안 되는 마을 주민들이 하나둘씩 도시로 이주하거나 헤어져서, 아예 마을 자체가 거의 사라졌다. 어찌나 가슴이 텅 비고 쓸쓸하던지. 어릴 적 뛰놀고 자라던 자국들이 그대로 남아 있는 고향을 가진 사람은 그래도 행복한 이임을 실감하였다. 나는 흔적 없는 공간에 한없이 순진하고 난만한 추억들만 가득 남겼다.

물론 내 기억에는 없지만, 어려서부터 어머니께 들은 바로는, 내가 태어난 시절 중에서도 특히 삼복더위에는 먹을 것이 거의 없어서 쌀 한 톨 구경하기 어려웠다고 한다. 어머니는 제대로 먹지를 못하여 젖이 잘 나오지 아니하였고, 보리쌀밥을 갈아서 그 물을 젖 대신 먹였다고 한다. 우리 집 형편은 그렇게 어려웠다. 아버지는 원래 십 리쯤 떨어져 있는 본가에서 결혼 후에도 조부모님과 큰아버지 가족과 같이 살다가, 고모 한 분이 출가하여 살고 있던 주생면 내동리로 분가하였는데, 본가 형편이 어려워서 그야말로 '숟가락 하나만 들고 나왔다.'고 하셨다. 그때는 모두가 어려운 삶을 꾸려가던 시절이니, 물려받은 것 없이 아버지 혼자서 벌어서 가계를 늘리는 것은 불가능하였을 것이다. 그저 근근이 생계를 유지하였을 터.

나는 성장한 후 어른이 된 지금까지도 하루 세끼를 꼭 먹어야 하고 어쩌다 한 끼라도 굶게 되면 온몸에 힘이 쑥 빠지는 등 참지를 못하는 편인데, 이를 두고 어머니는 늘 "어릴 때 젖배를 곯아서 그런다."고 하셨다.

내가 기억하는 우리 형제는 삼남삼녀였으나, 큰형이 1965년 경 군복무 중 사망하였기 때문에 이남삼녀로 여기고 자랐다. 영아사망률이 매우 높던 시절이라, 우리 어머니도 삼남삼녀 외에 자식을 더 낳았지만 다른 자식들은 일찍 잃었다고 한다. 그런 시절에 태어난 나는 1955년에 태어났지만 출생신고는 1959년에 하였고, 생일도 실제와 전혀 다르게 되어 있다. 멀리 떨어져 있는 본적 소재지 큰집에서 출생신고를 대신 해주곤 하였는데, 아마도 원래 체격도 크지 않았겠지만 먹는 것이 부실하여, 살지 못 살지 좀 지켜보다가 그만 4년이나 지난 후에 출생신고를 한 것이 아닌가 짐작만 한다.

옛날엔 국민학교라고 하였지만, 초등학교 들어가기 전의 일은 내 기억에 거의 없다. 촌에서는 사진 찍는 것도 집안의 대사大事 때나 생각해 보던 시절이라서, 아버지 환갑 때나 형제들 결혼식 때 찍은 몇 장의 빛 바랜 사진 외에 기록으로 남겨진 기억도 많지 않다. 초등학교 입학을 앞두고 가족들 앞에서 가갸거겨… 하며 자음과 모음을 가지고 한글을 익히던 나의 모습이 어렴풋이 기억날 뿐이다.

내가 다니던 초등학교는 우리 마을에서 2km 정도 떨어진 곳에 있었다. 험하지는 않지만 산을 넘고 물을 건너야 갈 수 있는 조그마한 학교였고, 한 학년에 남녀 합하여 60명도 안 되는 한 반만 있었다. 농촌인구 감소로 학생 수가 줄어들어 지금은 폐교되고 옛 교사校舍만 이런저런 용도로 변경하여 사용되고 있지만, 나는 초등학교에 다니면서 공부를 잘한 편이어서 내내 반장을 하고 6학년 때는 전체 학생회장을 하면서 우등 졸업을 하였다.

회고해 보면, 책가방 메고 등하굣길에 시냇가에서 친구들과 미역 감고 놀면서 고기를 잡던 기억과, 하굣길에 참외밭에서 서리를 하다가 주인에게 쫓겨 학교까지 도망을 와 교실에서 숨어 있던 기억이 떠오른다. 학생회장 시절 조례 시간에 운동장에 모여 전체 학생을 상대로 구령을 하고, 허리에 맨 조그만 북을 치면서 박자를 맞춰 앞장서 행진하던 일, 가을이면 운동장 가득 만국기를 걸고 가족들을 초빙하여 운동회를 하면서 맛있는 음식과 선물 등으로 잔치를 하던 일, 외국에서 원조받은 분유나 옥수수가루를 타서 집에서 맛있게 끓여먹던 일, 그 무렵 온 국민의 가슴을 울렸던 '저 하늘에도 슬픔이'라는 영화를 운동장 가운데 설치한 이동식 간이스크린을 통하여 관람하던 일, 이런저런 아련한 잔상들이 엊그제처럼 생생하게 떠오른다.

가끔 초등학교 교정을 가 보면 그때는 그리도 넓던 운동장이 어찌나 좁디좁은지, 그때는 웅장하게 크고 좋아보이던 교사가 왜 그리 조그맣고 초라한지, 깜짝 놀란다. 우리나라가 고도성장을 하면서 짧은 기간 안에 엄청난 발전을 한 만큼, 도시는 물론 농촌도 말 그대로 상전벽해桑田碧海가 된 지 오래였다.

초등학교 은사님과 친우들

비록 가난한 농부의 아들로 태어나 경제적 여유가 없는 유년기를 보냈지만, 세상 물정 모르고 조그마한 가슴에 원대한 꿈을 키우면서 천진난만하게 자랐다. 내 느낌에 우리 집은 아들과 딸 구별이 특별히 심하지는 않았지만, 그래도 워낙 여유 없던 시절이라서 적어도 일상적인 의식주 차원에서는 누나, 여동생 등 딸들보다는 아들 대우를 좀 더 받으며 성장하였다.

우리 가족 모두 큰 시련 없이 무탈하게 생활하였으나, 내가 초등학교 때 큰형이 사병으로 입대하여 군복무 중 제대를 앞두고 병을 얻어서 군부대 병원에서 돌아가신 일이 발생하였다. 실로 엄청난 시련이었는데, 그 일을 제외하곤 그저 평이한 삶이었다.

흔히 '가난은 불편한 것일 뿐 부끄러운 것은 아니다.'라곤 한다. 난 그 시절 나의 처지와 삶이 절대적이었고 누구와 비교할 일이 없어서인지, 가난이 부끄럽지도 불편하다고 느끼지도 않은 채 오로지 나만의 울타리 안에서 삶을 영위하였다. 가난이 부끄럽지 않다는 마음은 지금도 변함이 없다. 하늘을 우러러 한 점 부끄럽지 않은 삶을 지향하면 됐지, 떳떳하지 않게 재력을 취하여 육신이 편한 삶을 살고 싶은 생각은 추호도 없다.

그러나 어느새 나도 편하고 안락한 삶에 물들어서, 빈곤이라고 말할 수는 없지만 가끔 상대적 가난을 의식하며 불편해질 때가 있고, 그럴 때 문득 옛날 생각을 하면 부끄러움을 감출 수 없다. 조그마한 일상에 마음이 흔들리곤 하는 것을 느끼니, 사람의 마음이 그만큼 간사한 것이구나, 생각하곤 한다.

춘향골에서

초등학교 졸업 후 나는 10km 이상 떨어진 남원읍내 중학교로 진학하였다. 요즈음은 상상하기 어렵지만, 그 당시 시골에서는 집안 형편상 중학교에 진학하는 일이 당연하지 않았는데, 가까운 면소재지 중학교를 마다하고 남원읍에 있는 중학교까지 진학한 것은, 학업성적이 좋아서 주변에서나 담임선생님께서 강력히 권하셨기 때문에 떠밀려 결정된 일인 것 같다. 나로서는 개인적으로 운이 좋았다고 할 수밖에.

중학교에 진학하고 보니, 집에서 멀리 떨어진 학교까지 등하교하는 일이 가장 큰일이었다. 어린 나이에 집에서 10km 이상 떨어진 남원읍내까지 통학을 하는 것은 여간 어려운 일이 아니었다. 특히 추운 겨울에 그랬다. 고등학생 정도 되면 자전거를 타고 통학하는 학생도 있었지만, 중학생인 나로서는 다른 친구들과 똑같이 집에서 3km 정도 떨어진 간이역으로 걸어가 기차를 타고 남원읍내로 통학할 수밖에 없었다. 지금은 동네 앞까지 시내버스가 다니지만, 그 당시엔 그것이 최선이었다.

　지금 생각해도, 매일 어떻게 그런 생활을 하였는지 모르겠다. 다른 선택의 여지가 없었지만 참 힘들고 어려운 등하굣길이었다. 어쩌다 늦게 하교하는 길에 기차역에서 내려 집으로 걸어오다 보면 칠흑 같은 밤이 되곤 하였는데, 그럴 땐 어머니가 누나와 함께 중간쯤까지 마중을 나오셨다. 집에 전화기가 없어서 늦게 하교한다는 사실조차 미리 알려 줄 수 있는 방법이 없던 때라서, 내가 평소 때와 같은 시간에 집에 오지 않으면 어머니와 누나는 '아마 어디쯤 오지 않을까.' 하고 집을 나서서 조금씩 기차역 쪽으로 발걸음을 옮겼다. 그러다 보면 어느새 거의 중간쯤까지 오게 되었고, 깜깜한 밤이 되었다. 그 길에는 조그만 야산이 있었는데, 여기저기 분묘 등이 있고 가끔 무서운 짐승이 출몰한다는 소문에 저녁이 되면 왜 그리도 무서웠던지, 온몸이 오그라들어 발걸음을 옮기기가 어려웠다. 어머니와 누나가 아니었더라면 어떻게 그 산길을 혼자 넘어왔을까, 지금 생각해도 오싹해진다.

　그런 길을 나는 3년 동안 거의 대부분 걸어 다녔다. 한여름 폭우가 쏟아지는 날도, 한겨울 눈보라가 몰아치는 날도 걸었다. 등하교하던 당사자로서는 참 불편하고 힘들었지만, 비와 눈발이 논과 밭으로 된 평야를 누비며 바람을 타고 멀리서부터 폭풍처럼 몰려오는 광경은, 몇 번이고 다시 보고 싶은 아름다운 자연의 광경이었다.

　지나간 일은 늘 아름다워지는 것인가! 그때는 고통이었지만, 지금 생각하면 다 추억이다. 한여름 땡볕 속에서 모자 하나 눌러쓰고 집에서 기차역까지 헉헉거리며 걷고, 갑자기 맞이한 소나기를 피하여 남의 원두막 속으로 들어가기도 하며, 겨울철 멀리서부터 눈보라가 하얗게 밀려오는 것을 조그마한 우산 하나로 가린 채 한 발 한 발 어렵게 헤쳐 나가던 일들이 아련하게 떠오른다.

등하굣길의 어려움을 잘 알고 계신 부모님은 특별히 혹한기에 몇 번 새로운 통학 방법을 시도하셨다. 한 번은 같은 동네 사는 한 학년 위 선배와 같이 읍내에서 자취를 시켰고, 또 한 번은 직장 다니던 몇 년 선배의 읍내 가게에서 머물게 하기도 하였다. 자취하는 동안 연탄불이 과열되어 방바닥 장판에 불이 붙는 것도 모르고 자다가, 뜨거운 기운에 깨어나 가까스로 화재를 면한 적도 있고, 연탄가스에 중독되어 생명을 잃을 뻔한 적도 있다. 도시생활에서 연탄 사용이 가장 보편적인 때라서 연탄가스 사고로 큰일을 당하는 일이 흔한 뉴스거리였던 시절이었다. 같이 자취하던 선배가 가스에 중독되어 실신한 나를 업고 병원으로 달려가는 동안 찬바람을 쐬고 의식을 회복하였던 기억이 새롭다. 잠깐 남원읍내에 있는 먼 친척 집에 하숙을 시켜 주신 적도 있는데, 나로서는 짧은 기간이지만 호사를 누렸다. 3년이라는 세월 동안 먼 길 등하교를 하는 과정은 한마디로 다사다난多事多難 하였다고 할까?

초등학생일 때는 천진난만하게 살았지만, 중학교에 진학한 후부터는 넓은 세상에 조금씩 눈을 뜨게 되었고, 자연히 학업에 대한 의욕이나 동기부여가 강하여졌다. 어려운 살림에 학업을 계속하도록 해 주신 부모

내 인생의 봄

님에 대한 도리를 절절히 깨달았기 때문이기도 하였으리라. 자취하고 하숙하고, 그리고 기차로 통학을 하는 동안 나는 정지된 상태에서 멍하니 있는 게 너무 시간이 아까웠다. 그래서 기차로 이동 중 책을 보고, 걸어가면서까지 단어장을 만들어 영어단어를 하나씩 외우기도 하였다. 요즈음 같으면 발달한 전자기기를 이용하여 편리한 방법으로 공부를 할 수도 있었겠지만, 그때는 원시적인 방법 외에는 없었다. 고등학교 진학을 위해 서울로 와서 얼마 되지 아니하여 눈이 나빠지고 병원에서 난시라는 진단을 받았는데, 아마도 통학하는 동안 흔들리는 기차 속에서 책을 많이 본 것이 그 원인이 아닐까도 생각하였다.

나는 연로하신 아버지를 돕기 위하여 틈틈이 지게를 지고 농기구를 들고 농사일을 거들었다. 어린 나이에 체구도 작은 주제에 얼마나 도움이 되었을지 모르지만, 부모님은 들에서 일하시는데 공부한답시고 집안에 앉아 한가로이 공부만 할 수는 없었기 때문이다.

그러나 실상을 들여다보면 농사일을 돕는 것은 시늉에 불과하였다. 집안일을 잠시잠시 거들고 나면 바로 책상으로 복귀하였다. 부모님께서도 시간만 나면 공부한다고 책상머리에 앉아 있는 나에게 집안일 같이 하자고 하는 것을 자제하셨던 것 같다. 나는 시간이 아까웠고 공부가 좋았다. 내가 초등학교 때부터 중학교 다닐 때까지 집에서 같이 지내는 동안 부모님은 나에게 "왜 공부하지 않느냐, 공부해라."는 말을 해 본 적이 없다. 그 당시 부모님에게는 '공부만이 살길이다.'는 개념 자체가 없었던 탓이기도 하고, 내 태도에서 공부는 누구의 말을 듣기 전에 스스로 알아서 해야 되는 것이라고 느끼셨기 때문이었기도 하리라.

　내 기억에는 내가 중학교 다닐 때 우리 동네에 전깃불이 처음 들어오기 시작하였다. 전깃불이 들어오기 전 동네에는 텔레비전이 전혀 없었고, 오로지 트랜지스터 라디오를 통해서 방송을 듣는 것이 거의 전부였다. 전기가 들어오기 전 밤이면 오래된 호롱불을 켜 놓고 희미한 등불 아래서 공부하던 생각이 까마득한 옛날 같다.

　우리나라가 해방 후 한국전쟁까지 겪고 나서 짧은 시간 안에 근대화를 이룩하고 이제 선진국가 대열에 들어선 것을 전 세계가 경이롭게 평가하고 있거니와, 나는 이 나이에 이를 때까지 한 세대 안에 농업사회, 산업사회, 그리고 정보화 사회를 차례대로 생생하게 겪었고, 이제 제4차 산업혁명 시대를 직접 체험하고 있는 셈이다. 참으로 현기증 나도록 빠르게 진화하는 세월을 살아왔다.

중학교 졸업식 때 친우와 함께

향수 鄉愁

　나는 중학교를 다닐 때 학업성적이 괜찮아서 거의 1등을 놓치지 않았다. 어려운 가정형편에 남원읍내까지 나와서 중학교를 다닐 수 있었다는 그 자체가 나에게는 커다란 기쁨이었고 행운이었다. 오로지 공부에만 신경 쓸 뿐 다른 것에 관심을 둘 여유조차 없었다. 그 덕분에 선생님들로부터 귀여움을 받았고 큰 문제없이 학업을 마칠 수 있었다. 담임선생님은 아니었지만, 같은 울타리 내 고등학교에 적을 두시면서 특별히 중학교 과정에 국어과목을 지원 나오셨던 선생님을 가장 잊을 수 없다.

　진창선 선생님!

　졸업하고도 가끔 연락드리고, 결혼하여 아이 둘을 낳은 후에는 온 가족이 전주에 계시는 선생님을 찾아뵈었던 적도 있다. 그 선생님은 나에게 늘 커서 법관이 되라고 격려해 주셨다. 실제로 내가 판사가 된 이후

선생님은 직접 쓰신 시집을 보내 주시거나 편지를 보내 주시면서 응원해 주셨다.

　자랑스런 고향의 별 우리 오진환 변호사!

　그리움이 눈송이처럼 쌓이면 고향의 제자들이 별처럼 떠올라. 맨 앞 책상에서 방그레 미소 짓던 우리 오진환 변호사는 빼어난 재주로 더욱 친구들의 사랑을 한 몸에 받던 그날이 벌써 고향과 함께 한 폭의 추상화가 되었네. 집에 함께 왔던 두 아들나미는 하마 몰라보게 장성했겠지.

　언제 어디서나 항상 자랑스런 귀재 우리 오진환 변호사. 가정에도 늘 다복과 행운이 함께 하기를 마음 모아 축원하네. 늦깎이로 문단에 입문했는데도 나이 팔순을 넘기기 전에 수필이라도 내기를 권해서 작년 1년 여기저기 써 발표했던 것을 모아 책으로 엮었다네. 나이 들어 뒤늦게사 불효로 살았던 세월이 부끄러워 그려봤는데 왠지 무거움만 더한 것을 두고두고 다스려 살아야겠네.

　　예년에 없이 바람이 차고 기온 차도 심한 계절에 건투를 빌며,

　　임진년 1월 24일.

　　　· · · · ·

　선생님, 언제나 그리운 진창선 선생님!

　변함없는 필체와 다정함으로 선생님의 서신 접하니 바로 곁에서 선생님을 뵙는 듯 너무나도 반갑고, 한편 한없이 죄송한 마음입니다. 제가 먼저 연락드리지 못하고 선생님께서 서신 보내실 때까지 지나쳐 온 저의 무

심함을 스스로 많이 꾸짖었습니다. 선생님이 주신 책 속에서 평소 선생님의 모습과 마음을 읽으면서, 제 마음은 어느새 옛날 남원중학교 교정, 그 시절로 돌아가게 됩니다. 철없이 교정을 뛰어놀던 때, 선생님께서 지적하신 바와 같이 남원중학교 뒤쪽 증축교사에서 맨 앞에 앉아 선생님의 수업을 받던 때, 그리고 학교 파하고 선생님과 함께 뽀얀 먼지 날리는 신작로 길을 걸어 하교하던 때…, 주마등처럼 스쳐가는 그때 그 시절을 내내 회상하였습니다.

그동안 건강하시고, 댁내 모든 분들 두루 편안하셨습니까? 당장 서신 속에서의 선생님의 모습은 옛날 그대로인 듯하여 속으로 여간 다행이 아니라고 느꼈습니다만, 언제나 건강하시기를 많이많이 기원합니다.

선생님, 저는 요즈음 오십대 후반의 나이가 되어 비로소 인생을 조금이나마 깨달은 듯하고, 이제야 조금 철이 드는 듯하기도 합니다. 소년등과少年登科(?) 하여, 순간순간 겸손하게 살고 최선을 다하여 판사로서의 소임을 다하겠다고 다짐하였고, 변호사로서도 견리사의見利思義의 각오로 바람직한 변호사상을 확립하겠노라고 각오를 새롭게 하며 지내왔건만, 회고해 보면 수양 부족과 자만, 과욕 등으로 인하여 말과 글로 많은 실수를 범하였고 사람들을 사랑으로 대하지 못하였으며, 저의 삶에 감사하지 못하고 불평 가득하였던 점 등 회한과 부끄러움만 가득합니다. 문득문득 '지금 판사 하라고 하면 전보다 더 잘할 수 있을 텐데, 지금부터 변호사 하라고 하면 처음처럼 그렇게 하지는 않을 텐데…' 하고 생각하곤 합니다. 평소 '나중에 후회하지 않도록 지금 이 순간 최선을 다하여 살자.'는 것이 저의 좌우명과도 같았는데도, 이 나이가 되니 자연스레 회한의 마음이 더 앞서는 것은 어쩔 수 없습니다.

제가 정읍지원장으로 부임하여 2년간이나 근무하면서도 선생님 한번 찾아가 모시지 못한 점 늘 생각할수록 부끄럽습니다. 그때는 왜 그리 마음의 여유가 없었는지, 왜 주변 돌아보지 못하고 나만 생각하며 살았는지.... 이렇게 부족하기만 한 저를 늘 한결같은 마음으로 사랑하여 주신 선생님, 마치 부모님과 같은 심정으로 온갖 허물 탓하지 않으시고 정을 베풀어주신 점, 머리 숙여 감사드릴 뿐입니다.

선생님, 저는 법관의 직을 스스로 마감하고, 변호사로서 삶을 시작한 지도 어느새 11년이 지났습니다. 법관을 저의 천직으로 여기고 열심히 살았고, 변호사 되어서도 치열하게 살면서 약간의 경제적인 여유로움도 얻고, 일에서 어느 정도 벗어나게 된 후 각종 위원회 등에 참여하여 사회봉사하는 시간을 가지면서 지내 왔습니다. 어느새 세월이 흘러 후배들이 법원 내 중추적인 지위에 오르고, 저도 법조인으로서 원로(?) 축에 들어가는 나이가 되고 보니 세월의 무상함을 더욱 느끼게 됩니다.

약 4년 전에 어머니를 여의었습니다. 시골에서 생의 마지막 순간까지 고난의 삶을 살아오신 어머니. 제가 판사생활을 할 때 경제적으로도 여유가 없다 보니 제대로 도움을 드리지 못하였는데, 누군가로부터 "아들이 판사인데 어머니를 이렇게 두냐."고 하는 말을 들을까 봐 어디 가서도 아들이 판사라는 말을 자신 있게 하지 못하였다는 말씀 듣고, 얼마나 울었는지 모릅니다. 지금도 그 심정 생각만 하면 눈물이 앞을 가립니다. 제가 정읍지원장 재직 시 관사에서 2년 정도 모시고 살면서, 비록 늙으신 어머니로 하여금 저의 세끼 끼니를 차려 주시도록 한 불효를 저질렀지만, 중학교 때 서울로 떠나 온 후 늘 떨어져 살았는데 잠깐이나마 가까이 모시고 모자의 정을 나누었다는 점에서, 다행이기도 하고 저로서는 무척 행복한 시간이었다고 위안을 삼곤 합니다. 변호사 되어 약간의 용돈 드리면서 마음으로나마 어머니께 나름 잘하고 편하게 해드린다고 했는데, '철이 나고 나니 부모님께서 기다리지 않으신다.'는 옛 말씀처럼 어머니 생의 마지막을 앞두고는 그저 모든 것이 마음뿐이었습니다. 선생님의 책에서 구구절절이 애틋한 사모곡을 읽으면서 돌아가시고 안 계신 저의 어머니 생각하며, 속으로 눈물을 많이 흘렸습니다.

제가 결혼하여 아내와 자식들 앞세우고 선생님 찾아뵌 것이 언제인가 싶게 아련한 과거 꿈만 같은데, 어느새 자식들은 모두 성장하여 큰애는 사법시험에 합격하고 연수원 마친 후 지금 군대에서 법무관 훈련 중입니다. 작은애도 대학 졸업 후 이번에 서울대학교 로스쿨에 입학하였습니다. 둘 다 좋은 대학교를 졸업하였는데도 그리 수월하게 지금에 이른 것은 아니지만, 그래도 저와 아내가 바라는 대로, 그리고 본인들이 바라는 대로 어느 정도의 성과를 이룬 점, 늘 하느님께 감사하고 주위 모든 분들께 감사한 마음 한량없습니다. 결과적으로 법조인으로서의 저의 뒤를 잇게 되었는데, 아들들이 처음부터 저의 뒤를 잇겠다고 하였을 때 '내가 인생을 잘못 살지는 않았구나.' 하고 생각한 것도 사실입니다.

선생님, 요즈음 부쩍 자연과 고향이 소중함을 많이 느낍니다. 싱그러운 공기가 그리 좋을 수 없습니다. 최근 서울 근교 자연휴양림에서 일박一泊한 적이 있는데, 심신이 정화되는 것 같아서 정말 좋았습니다. 인간은 끝에 가면 모두 흙으로 돌아간다고 하는데, 우리 몸도 생리적으로 나이 들면서 그런 방향으로 적응되어 가는 것 같기도 합니다. 앞으로 저는 저의 재능을 기부할 수 있는 기회 있으면 사회에 봉사하고, 여행을 통하여 삶을 조금이나마 더 풍요롭게 하면서, 자연과 더불어 여유롭게 관조하는 건강한 생활을 하겠노라고 다짐하고 준비하며 살고자 합니다.

선생님, 한 가지 소청이 있습니다. 혹시 건강이 허락하시면 서울 나들이 한번 하실 수 있는지요? 한번 모시고 소찬이라도 식사 대접해 드리고 싶습니다. 물론 제가 전주로 갈 일이 있으면 찾아뵙겠습니다만, 실제로 시간 내는 것이 여의치 않고 늘 쫓기는 듯하여 장담하기가 힘든 것이 솔직한 고백입니다.

종종 연락드릴 것을 새롭게 각오하면서 이만 줄입니다. 선생님 부디 늘 건강하소서! (2012년 2월 서울에서)

미처 깨닫지 못한 사이에 벌써 여러 해가 지나가 버렸다. 편지 속에서 다짐하던 것을 거의 실천하지 못하였으니, 한없이 부끄럽다. 핑계야 많지만 결국 성의문제 아닌가, 자문하고 자책하면서 앞으로라도 잘해야지, 꼭 그래야지, 각오를 새롭게 해 본다. 그리고 선생님의 만수무강을 빌고 빈다.

남원에는 잘 알려진 바와 같이 시내 한가운데 유명한 광한루가 있고 그 광한루 경내 오작교 밑에 잉어 떼가 우글대는 큰 연못이 있는데, 거울이면 그 연못이 스케이트장으로 변하였다. 남원읍내 학교에 다니는 학생들도 있었겠지만, 특히 서울이나 전주 등으로 진학하였던 학생들이

남원 광한루와 오작교

방학 되면 내려와서 스케이트를 타는 모습을 종종 보곤 하였다. 그 당시 나의 처지로서는 감히 스케이트 타는 것을 생각할 수도 없는 형편이라서, 그 광경은 나에게 전혀 다른 세상, 그리고 남의 세상이었다.

나는 지금도 생생히 기억한다. 여름날 작열하는 뙤약볕 아래서 짐을 잔뜩 실은 소달구지 위에 몸을 싣고 신작로(어릴 때 자동차가 다니는 비포장의 국도 또는 지방도를 흔히 그렇게 불렀다)를 따라 어머니와 함께 읍내 오일장五日場에 가던 때를. 어머니는 소가 힘들까 봐 달구지를 타지 못하고 허덕거리는 소와 함께 걸어서 멀고 먼 길을 가곤 하였다. 어쩌다 버스라도 지나갈 때면 먼지가 하얗게 일어나 온 들녘을 덮고 갔다. 그때는 왜 그리 볕이 따가웠는지, 왜 그리 목이 마르고 허기가 졌는지. 지금 회상하면 도회의 일상에 찌든 우리에게 잔잔한 미소가 떠오르게 하고 오래 간직하고 싶은, 돌아가고 싶어도 갈 수 없는 소중한 추억이기도 하지만, 만약 실제로 그때로 돌아가라고 하면 완강히 손사래를 칠 일이다.

나는 언제고 시골 그리고 내가 태어나고 자란 어린 시절을 떠올릴 때면 문득 신작로를 생각하곤 한다. 비포장 길을 따라 동글동글하게 만들어진 돌멩이가 버스나 달구지가 지나는 길에 통통 튀는 그 길에서, 양옆 가로수가 먼지 뒤집어쓴 채 바람에 팔락거리고, 끝없이 펼쳐진 하얀 길이 걸어서 가기엔 얼마나 멀게 느껴졌는지 모른다. 지금은 모두 아스팔트 포장이 되고 넓게 확장되어 자동차가 씽씽 달리지만, 어릴 적 보았던 신작로는 그 땅과 그곳에 사는 사람들의 소리 없는 외침으로 다가와 내 가슴 깊은 곳에 조그만 물줄기가 되어 변함없이 흐른다.

청운의 꿈을 품고

중학교 졸업을 앞두고 고등학교 진학을 어떻게 할 것인지가 나에게는 큰 숙제였다. 당시 우리 집 형편으로는 하루하루의 삶이 녹록지 않아서 솔직히 나의 고등학교 진학은 큰 관심사가 아니었다. 부모님의 의견을 배경 삼아 나 혼자 주도적으로 선생님들과 상의하여 진학문제를 결정하였다. 나로서는 어떻게 하든 주변 여건이 허락하는 선에서 최선을 다하여 진학하겠다는 일념이었고, 그런 일로 부모님께 부담을 드리거나 투정을 부릴 처지가 아니었음을 스스로 잘 알고 있었다.

담임선생님께서는 전라북도에서 제일가는 전주고등학교로 진학할 것을 권유하셨고, 만약 그럴 경우 전주에서 하숙하는 문제 등을 알아봐 주시겠다고 하셨다. 그러나 우리 집 사정으로 전주에서 내내 하숙을 하며 고등학교를 다닐 형편이 아니었고, 결국 고민 끝에 서울에 거주하는 큰누나 집 옆 성동고등학교로 진학하기로 결정하였다. 선택이란 여러 가지 가능한 '경우의 수'를 두고 어느 것을 취할까 고민할 때 발생하는 것인데, 당시 나에게는 사실상 오로지 한 가지 길밖에 없었으니, 곧 선택의 여지가 없었다. 큰누나 집에서 숙식을 할 수 있다는 것만 해도 다행이었고, 그때는 그것이 유일한, 최선의 길이었다.

시골 촌놈이 서울로 진학하는 길이 그리 쉽지만은 않았다. 당시 '동일계 진학'이라고 해서 중학교에서 같은 계열 고등학교로 가는 경우에는 시험을 보지 않고 자동적으로 진학할 수 있었는데, 내가 지원한 고등학교의 동일계 중학생들 중 성적이 우수한 학생들이 이른바 일류 고등학교로 진학을 하는 바람에 결원이 생긴 인원만큼 입학시험을 통하여 선발하게 되었다. 70여 명 모집에 경쟁률이 14대 1로 치열하였고, 시골에서 아무리 공부를 잘했다 하더라도 서울에서 학교를 다니던 학생들과 경쟁하는 것은 참으로 어려웠다.

고등학교 입학성적이 어떻게 되는지 지금까지도 정확히 알지는 못하지만, 입학 후 첫 중간고사 시험부터 나는 거의 1등을 놓치지 않았고, 내내 그 성적을 유지할 수 있었다. 그러나 성적이 좋았다고 하여 마음이 마냥 기쁜 것만은 아니었다. 향후 대학 진학이라는 과제 앞에서 실망감도 컸다. 당초 중학교 담임선생님이 권유하시던 대로 '전주고등학교로 진학할걸.' 하는 후회도 생겼다. 급기야 전주고등학교를 비롯하여 다른 학교로 편입할 수 있는 방법이 없는지 고민하고 중학교 담임선생님과 상의를 하기도 하였으나, 사실 그것은 나의 순진한 생각일 뿐 실행하기에는 모든 면에서 사정이 허락하지 않았다. 결국 '이왕 이렇게 되었으니 내가 입학한 고등학교에서 잘하면 되는 거지 뭐!' 하고 위로하며 포기하였다.

서울 큰누나 집에 가서 고등학교 입학시험을 본 후 합격통지서를 들고 시골에 내려왔을 때 어머니가 나를 보고 하신 첫마디는 "아이고, 이일을 어찌할거나!"였다. 합격을 해서 기쁘다는 소리가 아니고, 속으로 은근히 '불합격하면 시골에 와서 농사나 거들면 좋을 텐데.' 하고 생각하셨다가 '합격을 하였으니, 이제 어떻게 학비를 마련하여 고등학교를 보낼까.' 하는 걱정이 앞서서 그런 말씀을 하신 것이다. 어머니는 돌아가실 때까지 내 이야기를 할 때면 늘 그 당시를 회고하시며 "고등학교 합격통지서를 보고 기뻐하기는커녕 '이 일을 어찌 할거나.'라고 했던 사람이 어찌 부모라고 할 수 있느냐."며, 두고두고 미안해하셨다.

서울은 워낙 넓고 인구도 많으며 계층 간의 차이가 엄청난 곳이어서, 내게 늘 미지의 세계였고 선망의 대상이었다. 시골에서 느끼는 위화감과 상대적 빈곤은 비교가 되지 않았다. 그러나 나는 이러한 현실에 신경 쓸 여유가 없었고 위축될 필요도 없었기에 오로지 학업에만 정진하였다.

학교 부근에 있는 큰누나 집에서 숙식을 하며 학교를 다니다 보니, 방과 후에도 학교에 남아 공부에 전념할 수 있었고, 공부하는 시간 외에는 운동장에서 축구공이나 농구공을 가지고 운동하며 지냈다. 지금도 고등학교 친구들은 방과 후 혼자 남아, 조그마한 내 키에 어울리지 않게 농구를 하던 내 모습을 회상하곤 한다. 큰누나 집 가정형편은 여유롭지 않앉기에, 여러 명 조카들과 같이 많은 식구들을 거느리고 살아가는 빠듯한 삶에 나까지 부담이 되는 것 같아 늘 마음이 편하지 않았다.

나는 중학교 때나 고등학교 때 남들이 다 가는 수학여행에 동행하지 못하였다. 차마 부모님께 여행비에 대해 말씀조차 드리지 못하여 혼자 삭인 채 수학여행을 가지 않았고, 그래서 학창시절을 대표하는, 친구들과의 수학여행 추억이 전혀 없다. 다른 친구들은 모두 수학여행을 떠나고 없을 때 나는 학교에 나와 홀로 도서관에서 공부하였다. 마침 비슷한 처지에 있던 다른 친구와 같이 이런저런 대화를 하며 지냈던 것이 생생하게 기억나 엊그제 같다.

어린 시절 자장면은 누구나 그리워하지만, 나는 특히 학교 앞 조그마한 간이식당에서 제공한 옛날식 자장면 한 그릇으로 식사를 대신하곤 하였는데, 그 당시 내 처지를 대변하는 듯한 그 자장면이 불현듯 생각나고 이제는 그립기도 하다.

그 시절 나는 공부 외에 다른 데는 신경 쓸 여유가 없었다. '공부라도 잘해서 어려운 형편에 서울로 고등학교를 보내 주신 부모님께 효도해야지.'라는 생각 외에 한눈을 파

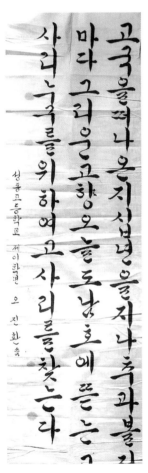

고등학교 때 서울시 고등학생 서예 대회에서 은상을 타다

내 인생의 봄

는 것은 나에게 사치였다. 학교 내 체육이나 음악과 관련하여 몇 개의 동아리가 있었는데, 나는 도서반에 가입하였다. 도서관 사서를 겸하신 선생님이 지도하던 동아리로서 선후배들의 친목과 연대가 아주 좋은 모임이었는데, 내 취향에 맞았고, 진학문제 등을 비롯하여 사소한 일상생활 등에서 한창 고민 많던 성장기에 나 혼자 해결 못 하는 것들을 사서 선생님이나 선배들에게 상담하고 조언을 구할 수 있어서 보람 있고 여러 모로 큰 도움이 되었다.

내가 다행히 공부라도 잘했기에 특별한 소질이나 배경이 없었음에도 다른 친구들은 나를 나쁘게 대하지 않았고, 선생님들도 귀여워해 주셨다. 한 번은 같은 반 친구가 "우리 집에 와서 같이 지낼 수 없느냐."고 제의해 왔다. 친구 집에서 같이 지내기만 하면 나에게 숙식을 제공해 준다고 하였다. 나는 큰누나의 짐을 조금이라도 덜어 드린다는 생각에 그 제의를 수락하였고, 한동안 그 친구 집에서 같이 지냈다. 친구 부모님은 아마도 '내가 같이 지내면 방과 후 면학분위기가 조성되어 아들의 성적 향상에 도움이 되겠지.' 하고 생각하신 것 같다. 평범하게 살아가는 큰누나 집과는 달리, 짐작컨대 상류층이었던 친구의 집에서 지내던 시절은 짧지만 새로운 세계에 대한 경험을 할 수 있었던 때였다.

내가 다니던 고등학교에서 서울대학교에 진학하는 아이들은 많지 않았고, 대부분이 연세대학교나 고려대학교 진학을 가장 큰 목표로 삼았고 실적도 꽤 좋았다. 그래서 고등학교 3학년 학과과정도 주로 '연·고대'

입학을 위주로 수업을 하였고, 당시 서울대학교에서만 시험을 치르는 제2외국어 과목은 아예 수업을 하지도 않았다. 서울대학교 입학을 목표로 준비하던 나로서는 참으로 아쉬운 일이었다.

당시 영어와 수학 과목은 일본 대학교의 입학시험 기출문제를 참고한다는 말이 돌던 때라, 경제적으로 여유 있는 학생들은 과외를 받아 관련 공부를 하기도 했다. 고군분투하던 나는 뭐라도 해야지 하는 강박관념에, 친구를 통해 일본 책을 구하여 보았으나, 일본어 독해를 거의 하지 못해서 제대로 된 도움을 받을 수 없었다. 혼자 발버둥 쳐 봤지만 엄연한 현실을 자각하였을 뿐, 나의 한계를 새삼 깨닫고 말았던 기억이 난다.

나는 목표를 하향조정하여 다른 대학의 입학시험을 치를까 생각했고 담임선생님께서도 넌지시 그렇게 하기를 제안하셨지만, 결국 마음을 바꾸지 않고 법과대학 등을 아울러 사회계열을 통합 선발하던 서울대학교에 응시하였다가 낙방하였다. 과외는 물론 학원 한번 가 본 적 없고, 학교에서도 전력투구하여 지도를 해 주지 않은 상황에서 거의 독학으로 준비하여 응시한 처지로서 역부족이었던 것이다. 주위에서나 선생님께서도 내가 처한 현실과 결과에 많이 안타까워하셨다. 그때 내 가슴을 후벼 판, 망망대해에 의지할 데 없이 홀로 선 그 허망함이란 이루 필설로 다 표현할 수가 없다.

고등학교 시절 나의 일과는 대학교 진학과 관련된 일이 대부분이었다. 진학 후 사회에 나가 무엇이 되겠다는 구체적인 꿈과 희망은 아직 가지고 있지 않았다. 일단 진학 자체가 최대한의 관심사항이고 목표였으며, 그중에서도 서울대학교에 가고자 한 이유는 상대적으로 저렴한 등록금 등 학비 때문이었음을 부인할 수 없다. 시골 우리 동네에서 어느 선배가 서울에 있는 사립대학교에 들어갔는데 학비를 대느라 전답을 팔아서 충당하였다는 소식을 듣곤 하던 참이라, 그러한 상황을 우리 집안은 감내할 수 없음을 너무나도 잘 알고 있었기에 어떻게 하든 서울대학교에 합격하여야만 하였다.

초등학교 때나 중학교 때 친구들은 같은 지역에 살고 있다는 이유만으로 친해질 수 있었지만, 서울에 있는 고등학교를 다닐 때는 전국에서 온 다양한 계층의 학생들 사이에서 기호와 취미 또는 사상 등을 공유하고 처지나 환경에 공감하는 사람들끼리 가까워지면서, 자연스레 작은 규모의 그룹을 형성하기 마련이었다.

유유상종類類相從이라던가! 나에게도 그러한 친구들이 몇 명 있고, 지금까지도 그 우정을 유지하고 있다. 돌이켜 보면, 동급생이면서도 나에게 관심을 기울여 주고 잘되라고 기도해 주고 물심양면으로 지원해 준 몇 친구들이 얼마나 고마운지 모른다. 특히 대학입시를 위하여 재수를 하고 대학생 때 사법시험 준비를 하며 치열하게 살아가던 학창시절에 그 친구들은 때로 부모형제 못지않은 정신적 후원자였으니, 어찌 잊을 수 있겠는가! 성인이 되어, 가는 길이 다르다 보니 자주 만나고 교류하지 못하고 살아왔지만, 옛날 생각하면 참 소중한 친구들임에 틀림없다. 시골에 계신 부모님의 지도나 후원에 의존하기 어려웠을 때 다정하고 끈끈하게 대해 주었던 친구들이 있었기에 그래도 덜 외로웠던 것 같다.

나는 참으로 서러운 학창시절을 보냈다. 때로 내가 처한 현실과 부모님에 대한 안타까운 마음도 있었지만, 조그마한 산골에서 태어나 그 정도라도 살아갈 수 있게 된 현실에 대하여, 그리고 그렇게 살아갈 수 있도록 물심양면으로 도와주신 친구나 친지들에 대하여 무한한 감사를 느끼고 있다.

재수생의 길

서울대학교 입학시험에 낙방한 후 당장 재수하는 것이 큰 문제였다. 우선 서울대학교가 아니더라도 장학금을 받아 진학할 수만 있다면 그 길이 더 나을 수도 있다는 고민 끝에 대입 2차시험 대상인 어느 사립대학교 상과대학에 응시하였었다. 그러나 불행인지 다행인지, 간발의 차이로 장학생으로 선발되지 못하여 입학을 포기하였다.

요즘도 가끔 그때를 떠올리며 생각해 본다.

'내가 만약 그때 장학생으로 선발되었다면 그 후 나의 삶은 어떻게 되었을까? 졸업 후 어느 회사에 취직하여 결혼하고 평범한 삶을 살았을까? 아님 어렸을 때부터 꿈꾸던 고시공부를 하여 지금과 같은 법조인의 길을 선택하였을까? 그리고 고시공부 끝에 합격하여 성공적인 법조인이 되었을까?'

때로는 어느 한순간의 선택이 우리에게 큰 영향을 미친다. 요즘은 결국 하느님이 뜻하신 대로 되는 게 아닐까, 그리고 그렇게 되어 왔겠지 하고 생각하곤 한다.

나는 어쩔 수 없이 재수를 하게 되었다. 그때 친형제 이상으로 나를 살갑게 대해 주던 고등학교 친구가 있었는데, 그 친구의 주선을 받아 역시 고등학교 동급생이었던 친구 집에서 친구 동생들의 입주과외를 하며 재수 기간의 절반 이상을 보냈다. 과외비로 재수 학원비를 납부하고 숙식을 해결했다.

재수생 시절 입주과외집의 뒷동산에서

그 당시 대성학원과 종로학원이 재수학원으로 쌍벽을 이루었는데, 나는 대성학원을 선택하였고, 큰 도움을 받았다. '내가 만약 고등학교 과정에서 이러한 수업을 받았더라면 서울대학교 첫 입학시험에서 낙방하지 않았을 텐데.' 하는 생각이 들기도 하였다.

친구 집에서 지내는 동안 친구 부모님들이 친자식처럼 대해 주신 결과 큰 어려움 없이 공부에만 전념할 수 있었고, 학원 학습 진도에 맞추어 공부하고 일정 이상의 성적을 거두다 보니 다행히 이듬해 서울대학교 사회계열에 합격하게 되었다. 그 당시 친구의 외할머니께서 친구 집 가사 일을 해 주고 계셨는데, 그분이 특히 나를 예쁘게 봐 주셨다. 언젠가는 내가 자고 있던 방에 몰래 들어오셔서 내 손을 꼭 잡고 기도해 주고 나가시는 것을 잠결에 살며시 깨서 본 적도 있다. 지금은 이 세상에 안 계시지만 그 인자하신 모습 생생하고, 한없이 고맙다.

시골에서 서울로 진학하고 외롭게 학창시절을 보내면서 대학교 진학까지 하는 동안 내가 보낸 세월을 일기장을 통하여 하나하나 회고해 보니 마치 꿈을 꾸는 듯하였다.

'어떻게 그 많은 세월을 혼자의 힘으로 모두 이겨 내고, 끝내 내가 원하는 목표를 이루었을까?'

약해지고 좌절했다가도 다시 일어서고, 나태한 삶을 반성하고 스스로 격려하며, 지금 보면 많이 유치하지만 현인들이 남긴 유명한 말들을 몇 번이고 노트에 써 가며 나 자신을 다독이고 새롭게 결심하던 나날들이 끊임없었다. 매일 일과에 대한 생활계획표를 작성하고, 시행착오를 거쳐 수시로 바꾸었다.

'노루를 잡으려는 자는 토끼를 보지 않는다.'

'노력한 만큼의 행복, 공들인 만큼의 결실에 만족하는 자세로 언제나 나의 최선을 다하자.'

'널리 배우라, 자세히 물으라, 신중히 생각하라, 명확히 판단하라, 독실히 실행하라.'

'남과 똑같이 해서는 남 이상이 될 수 없다.'

'진인사대천명盡人事待天命, 사필귀정事必歸正.'…

늦은 밤 모두들 잠든 시간에 책상에 혼자 앉아 하루를 반성하고 내일을 설계하며 새롭게 각오를 다지는 긴 결심을 하고, 마지막으로 내가 꿈꾸던 희망을 쓰고 나면 힘이 솟고 가슴이 맑아지곤 하였다. 그러한 내 모습은 지금 생각해 보아도 숙연한 마음이 든다. 난 그렇게 나의 어린 시절을 치열하게 보냈다. 그리고 마침내 소원을 이루었다.

우리 인간은 처음 태어나 한동안 요람에서 지내다가, 성장해 가면서 차츰 운동반경을 넓혀 간다. 내가 태어난 조그만 마을에서 초등학교를 다니다가 10여km 떨어진 남원읍내까지 진출하였고, 드디어 고등학교 때부터는 서울로 그 반경을 엄청 넓혔다. 고등학교 3년을 보내고 재수 끝에 서울대학교에 입학하였고, 여기서부터 이제 한국을 넘어 국제사회로 진출하는 상상의 나래를 펼치게 되었다. 이제는 어느 두메산골의 천진난만한 어린아이에 머무르지 않고 국가와 사회를 생각하게 되었고, 나아가 전 지구적인 세계를 넘보는 시야를 가지게 되었다.

관악산 캠퍼스 첫 세대

　드디어 서울대학교 대학생이 되었다. 흔히들 살면서 큰 위업을 달성하고 난 후 소감을 물으면 "아직 실감이 안 납니다." 하는 말을 하곤 하는데, 나 역시 그리고 그리던 서울대학교에 입학하였던 당시 그저 담담하였다. 대부분의 사람들에게 실감은 시간을 보내면서 순간순간 곱씹으며 느끼는 것인지도 모른다. 대학생이 된 후 지금까지 가끔, 내가 서울대학교 법과대학에 입학한 것이 무엇을 의미하는지 주위에서 말해서 스스로 생각할 기회가 오는데, 그때마다 '아! 내가 서울대학교에 합격한 것이 그런 것이었구나.' 하고 실감하곤 한다. 솔직히 나에게 서울대학교 합격은 시골 촌놈으로서 서울 주류사회에 편입될 수 있는 계기를 마련해 준 첫 관문이었다고 해도 과언이 아니다.

　나는 관악산에 자리 잡은 서울대학교 종합캠퍼스 첫 입학 세대다. 서울대학교 관악캠퍼스 이전은 많은 대학교 중 한 대학교의 캠퍼스 이전이라는 단순한 차원을 넘어 우리나라 현대사의 한 면을 장식한다. 당시 정부에서는 1968년경부터 '서울대학교 종합화 10개년 계획'을 세우고 이를 추진하면서 관악캠퍼스로의 이전에 대한 당위성을 여러 가지로 설명하고 있었지만, 세간에는 장기집권 중이던 박정희 정권에 대항하여 빈발하던 학생데모를 원천적으로 차단하기 위해 데모과정에서 학생들이 서울 중심가로 진출하지 못하도록 캠퍼스를 아예 구석으로 옮긴 것이라고 하였고, 그래서 박정희 대통령이 직접 헬기를 타고 당시 관악 컨트리클럽(골프장)이던 캠퍼스 주변을 둘러보기도 하였다는 말이 널리 회자되고 있었다.

숨은 의도가 무엇이던 간에 캠퍼스 이전을 축하하던 문리과대학 학생대표 시인이 쓴 '여기 타오르는 빛의 성전이'라는 시는 우리 현대사에서 관악캠퍼스가 짊어지고 갈 소명과 역할을 암시하고 있었다.

그 누가 길을 묻거든

눈 들어 관악을 보게 하라

이마가 시원한 봉우리

기슭이마다 어린 예지의 서기가

오랜 주라기朱羅紀의 지층을 씻어 내린다

헐몬의 이슬이 시온의 산들에 내리듯이

관악의 이마에 흐르는 보배로운 기름이여

영원한 생명의 터전이여

내 인생의 봄

(중략)

겨레의 뜻으로 기약한 이 날

누가 조국으로 가는 길을 묻거든

눈을 들어 관악을 보게 하라

민족의 위대한 상속자

아 기리 빛날 서울대학교

타오르는 빛의 성전 예 있으니

누가 길을 묻거든

눈 들어 관악을 보게 하라

　나는 서울대학교가 관악캠퍼스로 이전한 1975년도에 처음 입학하였다. 관악산 자락에 넓게 자리 잡은 서울대학교 캠퍼스는 깨끗하고 아름다웠지만 새롭게 조성되어서 다소 황량하였다. 관악산에서 흘러내리는 개천 옆으로 대학교 본부를 향하여 넓게 뻗은 도로 양 옆에 옮긴 지 얼마 안 된 나목裸木의 은행나무들이 이른 봄 추위에 떨고 있던 그때 나는 입학식을 치렀다. 따뜻한 봄날 시골에 계신 나이 드신 부모님을 모시고 캠퍼스 구경을 시켜드렸는데, 그때 아버지가 "너는 참 좋겠다, 이렇게 좋은 환경에 좋은 대학교 입학해서 공부할 수 있으니…."라고 하신 말씀이 바로 엊그제 같다.

　나는 대학교에 입학한 첫 해부터 이전에 전혀 눈뜨지 못한 새로운 정치·사회적 현실을 목도하였다. 새롭게 이주한 캠퍼스는 더 이상 평화로운 학문의 전당이 아니었고, 격동의 현대사 회오리 속에서 진통하고 있었던 것이다. 1972년 10월 17일 장기집권을 위한 독재체제의 구축을 목적으로 한 비상조치 발령으로 유신체제가 시작되었다. 이에 대응한 학생, 시민사회의 저항운동으로 사회가 극도로 불안한 상황 속에서, 입학 후 한 달 만에 대학교에 휴교령이 내려졌고, 연이어 그 유명한 대통령 긴급조치가 추가로 발령되면서 공포정치가 본격화되었다. 대학교 캠퍼스는 원래 자유로운 학문의 전당으로서 신성한 종교시설과 마찬가지로 경찰이 함부로 들어오지 못하는 곳이었지만, 긴급조치가 발령되면서부터 경찰과 정보요원들이 상주하여 학생들의 동태를 감시하고 시위를 원천봉쇄하고 있었다. 대학교가 병영화되고 만 슬픈 현실이었다.

국화꽃 향기가 진동하는 가을, 개교기념일이 되면 연례적으로 축제가 열렸는데, 대학교 교정의 운동장에서 야간 댄스파티 등 축제행사가 진행될 때 주변에는 경찰차와 소방차가 와서 만약의 소요사태를 대비하여 학생들의 동태를 지키는 기이한 현상이 벌어졌다. 자유와 낭만이 넘쳐야 할 대학교 캠퍼스에서, 대학교 본연의 분위기가 무엇인지 체득하고 그 분위기를 탐닉하기도 전에, 교내 곳곳 경찰들의 전투화 소리가 울려 퍼졌고, 시위가 발생할 때면 매운 최루가스 냄새와 녹색 전투복을 입은 경찰병력들의 경찰봉 유희를 보면서 대학생활을 보냈다.

젊은 학우들은 가만히 보고만 있지 않았고, 때로는 분신으로, 때로는 투신으로, 온몸을 던져 저항하였다. 긴급조치 위반으로 형사처벌을 받고 수감생활을 하는가 하면 체포를 피하여 장기간 도피생활을 하기도 하고, 강제 입영되어 일시적으로 학원에서 격리되기도 하였다. 주위에서 친구가, 선·후배가 하나 둘씩 사라지는 것을 보면서, 어떠한 이유에서건 간에 이에 동참하지 못하고 지낸 대학생활이 젊은 혈기에는 불편하고 불행하였다. 약간의 의식이라도 있는 학생이라면 누구나 일종의 부채의식을 갖지 않을 수 없었다. 나는 졸업할 때까지도 변하지 않은, 참 불행한 대학생활을 보낸 관악캠퍼스 첫 세대였다.

나는 1학년 때 큰누나 집에서 상당히 멀리 떨어져 있는 관악캠퍼스까지 버스로 통학을 하였다. 사회계열로 통합하여 학생들을 선발하던 때여서 1학년 학업성적을 가지고 2학년에 올라가면서 단과대학별로 전공을 정하게 되어 있었다. 나는 법과대학에 지망하기 위하여 열심히 공부하였고, 그 결과 정원이 160명 정도 되는 법과대학에 무난히 진학할 수 있었다. 어려서부터 법관이 되겠다는 꿈을 실현하기 위하여 그 문턱에 한 걸음 더 다가서게 된 것이다.

한편 2학년에 올라가면서 서울대학교 내 '정영사'라는 기숙사에 들어갈 수 있었다. 정영사는 최근 세간에도 좀 알려졌지만, 대통령 '박정희'에서 '정' 자, '육영수' 여사에서 '영' 자를 따서 이름 붙인 기숙사라고 하였고, 각 단과대학 학년별로 두세 명을 선발하여 저렴한 비용을 받고 운영되었으며, 청와대에서 식비를 일부 보조해 준다는 말이 있었다. 정영사에 들어가기 위해서는 학업성적이 상위권에 들어야 했고, 들어가서도 그 성적을 유지하지 못하면 퇴사하게 되어 있었다.

나에게 정영사 생활은 참으로 행복한 시간이었다. 영양사와 요리사가 상주하여 요일별로 메뉴를 바꾸어 제공되는 맛있는 음식을 먹고, 다양한 단과대학생들의 개성 강한 생활상을 보며 그들과 우정을 쌓아 가는, 단체생활 속의 재미가 쏠쏠하였다. 한 방에 2층 침대 2개가 있어 네 명이서 사용하였는데, 나는 치과대학생과 문리대 화학과 학생과 같은 방을 사용하였다. 기숙사에서 제공되는 음식은 내 기준으로는 아주 훌륭했지만, '집에서 부모님이 해 주신 밥이 아니라서 부실하다.'며 방에서 몰래 닭고기를 사다가 삶아 먹는 학생들도 있었다. 주말이면 대부분 부모님이 계신 곳으로 가고 기숙사는 썰렁하였지만, 나는 주로 큰누나 집으로 가지 않고 기숙사에서 머물렀고, 주말 저녁이면 기숙사 내 식당에서 TV를 통하여 고전영화를 관람하곤 하였는데, 그때 본 '뉘른베르크의 재판'이라는 명화는 오래오래 기억에 남는다.

기숙사가 소재한 연건동에서 관악캠퍼스까지는 상당히 멀었다. 그 먼 길을 대부분의 학생들은 시내버스를 타고 다녔다. 양재동이 개발되기 전, 동대문운동장에서 말죽거리(양재동)로 가서 남부순환도로를 따라 관악산까지 왕복하는 시내버스, 참 먼 거리를 단시간에 달려갔다. 주변엔 대부분 논과 밭이었고, 언덕 위 높은 곳에 '국기원' 건물이 우뚝 서 있었고 후에 들어선 '은마 아파트' 단지가 멀리 보이던 그런 시절이었다.

나는 기숙사 내에 있는 조그만 독서실이나 의대생들이 사용하는 도서관을 이용하여 사법시험 공부를 준비하였다. 공부하다가 지치면 야간에 종로3가에 나가 '3류 극장'에서 동시상영 영화를 보거나 생음악이 넘쳐나는 청진동 술집에 가서 맥주 한 잔에 멍하니 앉아 있다가 오는 것이 많은 고시생들의 스트레스 해소법이었다.

나는 다행히 정영사에서 지내게 되면서, 고시공부를 하는 와중에도 학생들 가르치는 아르바이트도 하고 일부 장학금을 받아서 비교적 저렴한 국립대학교 등록금과 기숙사비를 부담하며 무사히 대학교생활을 마칠 수 있었다.

서울대학교 졸업식날 아버지, 어머니와 함께

농촌법학회와의 인연

　내가 나온 고등학교에서는 서울대학교 사회계열에 입학한 학생이 나 혼자였다. 2학년에 진학하면서 원하던 법과대학에 가게 되었지만, 특별히 가까이 알고지내던 동료나 선배가 없었기 때문에 누구한테 조언을 구하거나 도움을 받을 여지가 없었다. 그래서 나의 대학교 생활은 어찌 보면 몹시 외로운 과정이었다. 나는 문득 학교생활을 풍요롭게 하기 위해서 학회(서클)에 가입해야 되겠다고 생각하여, 스스로 문을 두드려 '농촌법학회'를 찾았다. 아마도 내가 농촌 출신이라서 그 이름에 끌렸는지 모르지만, 내 정신세계의 한 축을 만들어 준 계기가 된 것이 바로 우연하게 인연을 맺은 농촌법학회였다.

　그 학회를 통하여 나는 지적으로 성장할 수 있었고, 지식인으로서 사회적 연대와 공감의식에 눈뜨게 되었다. 좌와 우, 진보와 보수 모두 이해하고 아우를 수 있도록 사고의 폭을 넓힌 소중한 시간을 보냈다고 자부한다.

　서울대학교 내에는 각 단과대학별로 여러 가지 성격을 가진 학회나 서클이 있었고, 법과대학도 그랬다. 그중 농촌법학회는 1960년대 초 법과대학에 다니던, 농촌을 사랑하는 젊은 지식인 몇 명이 모여 '농촌이 버려져 있는 대지이고 천오백 만의 인구가 무지와 기아와 굴종의 암흑 속에 실신하여 쓰러져 있는 곳'이라는 현실인식하에 '농촌을 밝게 하고 빈곤과 무지와 신음이 없는 땅으로 만드는 것이 사명'이라고 확신하고, '한국 농촌사회에 저류底流하는 고유법을 탐구하여 민족통일에 이바지하고 농촌사회의 후진성, 불합리성 및 역폐疫弊의 원인을 법학도의 입장에서 관찰하고 분석하여 농촌의 발전과 후진성 극복에 신국면을 제시하고자 만든 학회'였다.

　어떤 단체나 다 그렇듯이, 농촌법학회는 역사가 계속되면서 처음 태동 때의 기대와 다르게 변모하고 발전하였지만, 특히 관악캠퍼스 이전으로 인하여 커다란 변혁을 맞이하게 되었다. 종래 서울대학교가 각 단과대학별로 여기저기 흩어져 있던 시절과 달리 종합화되고, 1974년경부터 입학시험에서 단과대학별이 아닌 계열별로 선발하면서, 1학년 신입생들을 상대로 신입회원들을 모집할 때 법과대학생이 아닌 다른 학과 소속의 회원들이 다수 입회함으로써 법과대학 서클이 아닌 범서울대 서클로 발전한 것이다. 이를 계기로 회원들의 외연이 확대되면서 종전 법과대학 서클이 가진 태생적인 한계를 초월하여, 학생운동의 기반이 더욱 확대되고 탄탄해지는 계기가 마련되었다.

내가 몸소 겪은 농촌법학회의 모습은 전체 역사에서 극히 일부에 불과하다. 1985년경까지 존재하다가 사라진 농촌법학회는 정말 헤아릴 수 없이 많은 사연과 일화를 남겼고, 농촌법학회를 거친 많은 회원들은 지금 각계각층에 다양하게 분포하여 살고 있다. 일부는 불행하게도 오래전 유명을 달리하였고, 일부는 아직도 고통과 억압의 후유증에서 벗어나지 못하고 있으며, 또 일부는 과거의 고생과 헌신을 어느 정도 보상받기도 하였다. 최근 들어 정치상황이 부침을 계속하면서 회원들 각자 좌절과 허전함이 다소 해소되었을지 모르나, 고생하거나 생을 마감한 사람들을 생각할 때 느끼는 가슴 아린 감정만은 세월이 갈수록 더 강해진다.

농촌법학회를 인연으로 알게 된 선후배들 모두가 나에게 소중하지만, 특히 이현범 선배와는 혈육 이상의 관계를 유지하고 있다. 나는 그 선배의 인도로 변호사 생활 대부분을 같은 사무실에서 지내 왔고, 지금도 대부분의 대소사를 그 선배와 상의하곤 한다.

학회 활동은 선배들이 후배들을 상대로 사회과학 서적 등을 같이 읽고 토론하는 모임과, 1년에 몇 번씩 하는 MT membership training, 그리고 여름과 겨울 방학 때 연례적으로 가는 농촌활동 등이 대표적이었다. 한동안 보수와 진보 이념논쟁 때마다 거론되던 리영희의 『전환시대의 논리』(1974년), 이영협의 『일반경제사요론』(1960년), 그리고 에드워드 카E.H. Carr의 『역사란 무엇인가?』(1977년) 등은 이제 동시대를 살았던 사람들 기억 속에 고전으로 자리 잡았다.

내 인생의 봄

대학교 입학시험에만 몰두하느라 세상 돌아가는 것에 관심을 둘 수 없었던 젊은 학도들에게 역사와 경제, 철학 공부를 통한 세상 배우기는 지적인 충격과도 같았다. 억압적이고 불평등한 사회구조와 사회에 만연한 각종 부조리에 대한 갑작스런 깨달음은 사회에 대한 부채의식이 없는 자유로운 영혼들을 쉽게 행동으로 이끌었다. 어느 사회나 대학생들의 학생운동이 사회변혁의 선두에 서는 것은 어쩌면 지극히 자연스런 현상일지 모른다.

　　내가 학회활동에 참여하고자 마음먹은 데에는, 이제 대학생으로서 단순히 학업만이 아닌 국가사회에 대한 관심과 그 발전을 위한 학생운동에 대한 관심 및 참여의지를 가져야겠다는 생각이 자리하고 있었다. 그래서 선배들이 추천한 사회과학 도서 등을 틈틈이 읽었고 선·후배들과 함께 토론하였으며, 그러한 활동을 통하여 우리 사회의 문제점이 무엇이고 어떻게 해결할 것인가 하는 점에 대하여 꾸준히 생각하게 되었다.

　　학회활동을 통한 학습의 소결론은, 도시와 농촌을 비롯하여 우리 사회의 구성원들이 경제적으로 생존권이 보장되고 행복을 추구하며 정치적으로 현대적 기본권을 누리며 잘 사느냐 못 사느냐 여부는 결국 개인의 땀과 노력에 달려 있는 것이 아니라 전적으로 제도와 시스템에 달려 있다는 것, 그래서 그 제도와 시스템에 구조적으로 문제가 있다면 이를 개혁하여야 한다는 것, 기득권자들에게 그 개혁을 기대하는 것은 현실적으로 어려우므로 그 개혁의 선봉에 학생들이 나서야 하고 나아가 사회에 나가 시민운동, 노동운동 또는 농촌운동 등을 통하여 꾸준히 투쟁하여야 한다는 것이었다.

농촌 하면 내가 태어나고 자란 고향이고 부모님과 가족들이 살고 있는 삶의 터전이지만, 오랜 세월 가난에서 벗어나지 못하고 살고 있는 현실을 그저 당연한 것으로 생각하여 왔는데, 그게 아니구나 하고 비로소 깨닫게 되었다고나 할까? 당시 우리나라에서 농촌, 그리고 농업은 지금과 비교가 되지 않는, 중추적이고 선봉적인 산업이었다. 농촌의 인구 비율만 보아도 그러하거니와 '식량안보'라는 차원에서도 국가정책에서 민심의 향방을 가장 좌지우지하는 분야가 바로 농업정책이었다. 막 산업화가 급하게 추진되던 당시 상황에서 학생들이나 사회운동 세력들이 노동운동과 함께 농민운동에 적극적으로 관심을 기울인 것은 지극히 당연한 추세였다.

오래전부터 우리 사회 일각에서는 내가 체험한 학회활동을 '의식화'라고 명명하여 색안경을 끼고 보는 시각이 존재한다. 내가 겪은 학회생활은, 한마디로 '반공이 국시이던 시절, 제도권 교육을 통하여 배운 정치, 경제 등 사회과학과 역사철학 등 모든 것과 정반대의 시각으로 세상을 바라보고 이해하려고 하는 의식의 재탄생'이라고 할 수 있었다. 그것이 바로 의식화라고 한다면 할 수 없으나, 그 실체를 정확히 본다면 색안경을 끼고 바라볼 문제는 아니지 않을까?

보수와 진보 논쟁에서 보수를 특성에 따라 물리학에서의 '관성'으로, 진보를 '운동'으로 개념 정의한다면, 학회활동의 근본이 진보적 시각으로 세상을 이해하고자 하였던 것은 맞다. 그러나 의식화는 가치중립적인 개념일 뿐 어느 특정한 사상이나 이념을 믿고 추종하는 것을 지칭하는 개념이 아니다. 예컨대, 진보적 사고를 가지고 있는 사람에게 보수적 시각에서 세상을 바라보도록 교육하고 설득하는 활동이 있다면 그것도 바로 의식화이다. 나아가 봉건사회에서 근대, 현대사회를 순차적으로 거치는 동안 민주주의가 꽃을 피우고 있듯이, 우리 사회에서 일어나는 모든 정치행위는 보수와 진보를 통틀어서 모든 시민을 민주사회의 올바른 구성원으로 만들고자 하는 의식화에 다름 아니다.

다시 말하지만, 학회활동을 통하여 특정한 이념이나 제도를 추종하도록 세뇌교육을 한다면 그야말로 문제겠지만, 세상을 기존의 의식이나 관념과 다른 시각으로 바라보고 올바른 이론을 탐구하는 것은 건전한 민주사회의 구성원을 만들기 위한 지극히 정당하고 필요한 활동이다. 이는 지식인의 최소한의 사명이자 의무에 속한다. 그리고 이러한 활동을 통하여, 우리 사회가 세계가 주목하는 빠른 속도로 민주화를 달성하였다고 하여도 전혀 과장이 아닐 것이다. 결국 그때 내가 겪은 공부와 활동을 의식화라고 하여 색안경을 끼고 본다면 이는 또 하나의 진영논리에 불과하다.

아련한 기억 속의 농촌활동

농촌법학회 활동 중 농촌활동에 참여한 것이 가장 기억에 남는다. 당시 대부분의 학생들에게 농촌은 미지의 세계였고, 대학생이 되었으니 우리 사회의 소외계층에 대하여 관심을 가지고 도움을 주는 것은 일종의 낭만이자 지식인으로서 최소한의 양심이라고 여겨지던 때였다. 우리 학회 회원이 아닌 어느 선배는 여름철 산과 바다를 찾아 놀러가는 대신 농촌법학회의 연례 농촌활동에 꼭 참여해 보고 싶다고 하여 동행한 적도 있다.

다만 농촌법학회로서 과거 심훈의 소설 『상록수』(1935년)에 나오는 농촌 계몽운동이 아닌, 참여와 공감을 통한 의식화라는 기본적 인식하에 '농촌봉사활동'이라는 이름을 마다하고 '농촌활동'이라는 이름을 사용하는 등 농촌을 바라보는 관점의 전환이 중요하다고 보았고, 이를 실천하려고 노력하였다. 농민이 도시사람이나 대학생들의 봉사나 계몽의 대상이 아니고, 국민의 한 축을 형성하는 삶의 주체로서 도시사람들과 더불어 살아가야 하는 중요한 일부분으로 여겼다.

우리는 농민들을 상대로 '당신들이 국민으로서, 농촌의 주역으로서 부당하고 부조리한 점들에 대하여 가만히 있지만 말고 적극적으로 주장하고 권리를 행사하여 농민들의 권익을 지키고 나아가 이를 향상시키라.'고 주장하였다. 잠자고 있던 농민들의 기본권이나 주권 의식을 일깨웠다고 할 수 있다.

몇 해 전 '소비자보호원'이 '소비자원'이라고 이름을 바꾼 것과 같은 취지라고 생각한다. 이는 소비자가 다른 주체로부터 단순한 보호나 시혜를 받는 대상이 아니라 소비자 운동과 소비자 주권의 주체라는 의미이다. 소비자 주권은 자유경쟁을 원칙으로 하는 시장경제에서 재화생산의 형태와 수량을 결정함에 있어 소비자가 행하는 주도적 역할을 말하며, 소비자의 구입 행위는 실제로 구입하는 재화에 대하여 화폐로 투표하는 행위라고 바꾸어 말할 수 있다.

나는 3학년이 되어 학회장으로서 농촌활동을 이끌게 되었다. 지금도 기억에 생생한, 강원도 원성군에 있는 어느 마을로 여름에 농촌활동을 가게 되었다. 농촌활동 중 가장 기본적인 원칙 중 하나는 현지 농민들에게 절대 민폐를 끼치지 않는다는 것이었고, 따라서 우리는 밥 한 끼도 농민들에게 얻어먹지 않았다.

장년반, 부녀반, 아동반, 탁아반 등으로 역할을 분담하여 활동하였고, 낮에 열심히 노력봉사를 하고 밤에는 그날의 활동을 평가, 반성하고 다음 날의 활동을 준비하느라 거의 밤새워 토론을 하곤 하였다. 토론의 내용은 낮에 무슨 일을 하였고, 농민들과 어떠한 대화를 하였으며, 느낀 점이나 건의할 점은 무엇인지 등이었다. 이러한 생활을 며칠 계속하다 보니 잠이 부족하여 낮에 일을 하는 동안, 그리고 때로는 걸어가는 동안에도 눈을 감고 조는 경험을 하였다. 사람이 잠이 부족하면 걷다가도 존다는 말을 그때 체감하였다. 나는 학회장으로서 밤에 회의를 주재하는 도중에도 말하는 중간에 깜빡깜빡 졸았던 생각이 난다.

모든 단체 활동은 일정한 규율과 통제가 필요한 법, 육체적인 한계를 초월하는 노력봉사와 부족한 수면 등이 겹쳐 대원 중에는 몰래 대오에서 일탈하여 한적한 곳에서 잠을 잔 경우가 있었고, 주민들에게 민폐를 끼치지 않는다는 원칙을 어긴 경우도 있었다. 당연히 징계가 논의되었고, 밤잠 설치며 열띤 토론이 벌어졌다.

우리 학회의 농촌활동이 위와 같을진대, 대학교나 정보당국에서 농촌활동을 단순한 노력봉사로 보았을 리 없었다. 그들은 이것을 의식화의 일환이자 당시 억압통치를 하던 군부정권에 저항하는 활동이라고 여겼다. 요즈음 같으면 '소비자 주권'이나 '농민 주권' 운운하는 것이 별로 이상하지 않지만, 그 당시에는 이런 것들이 모두 반정부활동의 일환으로 여겨졌다. 이에 학교당국에서는 원래의 취지가 가지고 있는 순수성 때문에 대학생들의 농촌활동을 원천적으로 봉쇄하지는 못하고 마지못해 허락하되 철저히 통제하고 감시하였다. 활동에 참가하는 학생들의 명단을 사전에 학교에 제출하여야 하였고, 원칙적으로 지도교수가 현장에 동행하였다.

그러한 농촌활동을 겨울방학 때도 같은 곳에서 실행하였다. 사실 농촌은 겨울철이 농한기라서 지역별로 특별한 생산활동이 없는 한 하는 일이 없고 다음 해를 준비하는 휴면기를 보낸다. 따라서 대학생들의 농촌활동도 이에 맞추어 진행되었다. 우리도 여름철 농촌활동에서 부족하게 느꼈던 농민들과의 대화에 주력하였다.

주로 농민들의 자조적인 활동, 요즈음 유행하는 사회경제적 활동, 즉 협동조합 운동 등이 대화의 소재였던 기억이 난다. 그러한 자조적 활동을 통하여 농촌경제 활성화와 농민들의 지위향상 등을 도모하여야 하지 않겠느냐는 이야기를 나눴다.

말이 그렇지 평소 친분이 있었거나 공통의 대화소재나 연대의식이 있었던 것도 아니어서, 농민들과의 자연스런 대화가 그리 쉽지는 않았다. 차라리 젊은 힘과 노력으로 부족한 농민들의 일손을 덜어드리는 일이 쉽지, 마주 앉아 대화를 하고 공감대를 넓히는 일은 젊은 나이에 상당히 부담이 되었다. 특히 그 당시 억압적 사회분위기 탓도 있어서, 대학생들을 대하는 농민들의 눈빛이 항상 우호적이지도 않았다. 정보기관에서 농민들에게 의심의 눈빛으로 대학생들을 감시하라는 지시를 하였다는 말도 들리던 때여서 농민들의 태도를 뭐라 탓할 수도 없었다.

당시 상황이 어떠했든 간에, 마을 회관에 자리를 잡고 추운 날씨에 스스로 밥해 먹으며, 아침 일찍 일어나 가까운 저수지까지 달리기를 한 후 국민체조를 하고 나서 마지막에 '무수한 수풀 속에 참의 오솔길….'로 시작되는 우리 학회가를 힘껏 부르던 그 겨울의 농촌활동은 내내 잊을 수 없다. 아침에 일어나 한옥 방 문고리를 손으로 만지면 쩍쩍 달라붙었고,

저수지 뚝에 모여서 체조를 하노라면 콧김이 서리고 이내 콧속에서 공기가 얼어붙었다. 그때가 지금보다 실제로 더 추웠는지, 아니면 단지 춥게 느껴졌던 것이었는지 알 수 없으나, 참으로 차가운 겨울이었다고 기억한다.

성인들의 시각에서 활동내용을 실질적으로 따진다면 사실 소소하거나 유치하기도 하였지만, 학회활동을 하던 대학생들의 입장에서는 정신적으로 한 단계 성장하는 계기로서 가장 효율적인 활동무대였고, 단체활동을 통한 민주시민 교육의 장이었음은 분명하다고 생각한다.

이렇게 체력의 한계를 극복하고 농사일에 참여해 보는 극한의 체험과 농촌을 일으키는 길이 무엇인지 젊은 학도로서 진지하게 토론하고 생각해 본 경험은 나이가 들어서도 잊히지 않는다.

언젠가 내가 농촌활동을 갔던 곳 부근을 지나는 기회에 그 마을을 찾아보려 하였으나 쉽지 않았다. 시외버스에서 내려 취사도구와 식재료 등을 들고 뜨거운 여름날 마을까지 걸어가던 산과 길, 그리고 숙식을 하던 마을 중심부의 마을회관, 큰 저수지 옆의 논과 밭에서 농사일을 거들던 곳은 어제 일처럼 기억에 생생한데, 그곳에 이르는 큰길은 도대체 어디서 출발하여 어디로 들어갔는지 잘 기억이 나지 않았다.

짧은 기간의 활동이었지만, 지금도 회원들이 만나면 그때 일을 대화삼아 시간 가는 줄 모르게 회상한다. 마치 군대 다녀온 남자들이 늘 소주잔 기울이며 군대 이야기로 시간 가는 줄 모르듯이.

내 인생의 봄

나에게 대학교 생활, 그중에서도 특히 농촌법학회는 과연 무슨 의미를 가지고 있는가? 내가 만약 농촌법학회에 입회하지 않고 평범하게 고시공부를 하여 사회에 진출하였더라면 과연 나의 삶은 어떠하였을까? 평소 어떠한 생각을 가지게 되고, 계기마다 구체적으로 어떠한 행동을 하였을까? 사람을 꼭 그렇게 분류할 필요는 없지만, 진보적인 사고방식을 가지고 행동하는 사람이 되었을까, 아니면 반대였을까?

　뭐든 상대적이지만, 나는 원래 특별히 '반골기질'을 가지고 태어났다고 스스로 생각해 본 적은 없다. 그리고 외향적이거나 정치나 권력을 지향하는 성격을 많이 가지고 있지도 않다. 만약 농촌법학회에 가입하지 않은 채, 역사나 경제학 등 사회과학 공부 등을 별로 하지 않고 법학공부에 전념하여 고시에 합격하였더라면 지금보다는 더 보수적이고 평범한 시민의 한 사람으로 살았을지 모른다. 국가사회가 구성되고 작동되는 체계적이고 과학적인 원리와 이론에 대하여 더 취약하였을지 모른다. 비록 법학을 전공하고 법조실무에 종사하여 왔지만, 중요한 사건에서 대립되는 학설이나 견해 사이에 하나를 선택하거나 바람직한 미래를 설계하는 의사결정을 내려야 할 때, 내가 경험한 사회과학적인 기초이론과 학습은 나의 사고의 폭을 넓혀주는 데 아주 중요하였다고 자부한다. 결국 대학교에 들어가 사회의식을 깨우치는 데 농촌법학회가 큰 역할을 한 것은 틀림없다.

낭만이 사라진 캠퍼스

　　서울대학교가 관악캠퍼스로 이전하여 자리를 채 잡기도 전에 대통령 긴급조치와 휴교령 등으로 대학교가 만신창이가 되면서 극도로 억압된 분위기와 운동권 내부의 패배감이 만연하였고, 1976년 말까지 모두들 침체된 기간을 보냈다. 상상을 초월하는 초헌법적 사태하에서, 당분간 많은 희생이 따르는 시위를 자제하고 장기적으로 상황을 지켜보며 후일을 도모하고 내실을 기하자는 의견이 주류였다.

　　그러던 중 1976년 말 유신반대의 신호탄이 된 시위가 일어났다. 법대 4학년 선배 3인방이 당시 미국에서 발생한 '박동선 사건'을 기화로 1976년 12월 8일 서울대 인문사회관 5동 앞에서 '민주구국선언문'을 낭독하였다.

　　'반독재 투쟁 속에 청춘을 불태워 온 학우들이여, 우리는 다시 역사 앞에 부름을 받아 여기 와 있다. … 유신헌법은 탱크의 굉음으로 강요당

했고, 긴급조치라는 만능의 도깨비방망이로 학원의 자유를 억압하고, … 이제는 더 이상 속을 수 없고 침묵만 지키고 있을 수 없다.'

박동선 사건은 미국에서 '코리아게이트'라고 불리던 사건으로서, 미국 행정부가 주한미군 철수계획을 검토하고 있다는 사실을 박정희 정권이 파악하고 그것을 취소시키기 위하여 중앙정보부를 통해 재미교포 박동선 등을 로비스트로 내세워 미국 정부의 고위 관리와 국회의원들에게 거액의 뇌물을 제공하였는데, 1976년 워싱턴포스트가 특종보도하면서 불거진 것이다.

졸업시험을 치르고 졸업사진까지 찍은 후 졸업식만 남겨 놓은 상태에서, 법대 선배들은 졸업장에 연연하지 않고 엄한 형사처벌을 감수하며 시위를 주도하였고, 이것을 계기로 잠잠하던 유신반대의 물결이 다시 일어나 계속하여 끊이지 않았다.

당시 그 시위는 후배들에게 큰 충격을 주었다. 4학년이 되면 학생운동의 일선에서 물러나 졸업 후의 진로를 고민하던 전통을 깨고 많은 희생을 감수하며 결행한 그 용기와 추진력 때문이었다. 선배들 중 한 분은 농촌법학회를 이끌던 선배로 내가 학회에 입회한 후 많은 가르침을 주었고, 경직되지 않고 포근하면서도 원칙을 철저히 지킨 훌륭한 선배였는데, 시위를 결행하고 처벌을 받은 후 한동안 재야운동권에서 중추적인 역할에 앞장서 활동하다가 그만 안타깝게도 병마에 무릎을 꿇고 말았고, 다른 한 선배는 지금도 열심히 재야운동권에서 활약하고 있다.

선배들이 구속 기소되어 법원에서 재판을 받던 형사법정에 가 보았다. 아마도 법대 선배였을 공판검사가 피고인 신문을 하였고, 선배들이 답하였다.

"자네들은 법과대학생으로서 학교에서 법을 지키라고 배웠나, 아니면 법을 지키지 않아도 된다고 배웠나?"

"정당한 법은 지키라고 배웠습니다."

"그럼 정당하지 않은 법은 어떻게 하라고 배웠나?"

"개정되도록 합심하여 노력하여야 하고, 끝내 여의치 않으면 민주시민으로서 저항권을 행사할 수 있다고 배웠습니다."

법대 선배들의 시위 후 대학교는 정중동의 분위기 속에서 서서히 유신반대의 물결이 고조되고 있었다. 그 속에서 1977년 10월 7일 '사회대 심포지엄 사건'이 발생하였다.

1977년은 서울대학교 사회학과 창설 30주년이 되는 해였다. 사회학과 학생들이 가을축제 때 개최하기로 준비한 '1920년대를 중심으로 한 민족운동의 사회학'이라는 주제의 심포지엄 행사에서, 학교 당국이 직전에 행사를 취소하고 행사장으로 가려는 발표자와 진행자를 교수들이 억류해 버리는 사태가 발생하였다. 행사장에서 심포지엄을 기다리고 있던 학생들이 소식을 듣고 흥분하여 끝내 '긴급조치 해제하라.', '유신헌법 철폐하라.'는 등의 구호와 함께 500여 명이 참여하는 실내 시위를 일으켰다. 당시 행사장 강의실에 있던 400여 명의 학생들이 모두 경찰서로 연행되었고, 나도 그중에 끼어 있었다.

'사회대 심포지엄 사건'으로 인하여 학교당국은 10개 단과대학과 대학원에 휴업령을 내렸고, 경찰서로 연행된 학생들은 A, B, C급으로 분류되고 A급으로 분류된 여러 명의 학생들이 구속되는 상황까지 갔다. 과거 시위 경력과 행사 당일의 행적이 기준이었다.

나도 조사를 받았으나, 특별히 시위경력이 없고 당일 행적이 드러난 것이 없어서 며칠 후 석방되었다. 그때 생생하게 보았다. 우연하게 행사장에 참석하였다가 젊은 혈기에 과격한 발언 하나 한 것 때문에 구속까지 됨으로써 인생의 행로가 완전히 변경되는 것을. 그래서 사람의 운명이 한순간에 바뀌는 것을. 그 사건은 많은 학우들에게 우연하게 영향을 미쳤고, 마음을 흔들어 놓는 계기가 되었다.

이제 긴급조치를 통한 억압통치는 운동권 학생들에게 면역력이 생겨서 더 이상 억제 효과가 없었다. 모두들 시위를 주도한 후 줄줄이 교도소로, 군대로 자발적으로 끌려갔다. 시위 도중 분신을 시도하여 사망하는 일이 발생하기도 하고, 도서관 난간에 매달려 시국선언문을 낭독하다가 떨어져 중상을 입기도 했다. 그 당시 불의에 항거하는 집회와 시위는 생명을 담보로 하였다. 목숨을 걸고 온갖 불이익과 희생을 감수한 사람들의 피와 땀으로 우리는 세계가 놀랍도록 빠른 속도로 민주화를 이룩하였음을 아무도 부인하지 못할 것이다.

재학 당시 우리는 시민운동, 노동운동, 그리고 농민운동 등을 많이 논의하였고, 그러한 운동을 통한 사회변혁에 대하여 토론을 하였으며, 그 일선에 나가 초지일관하는 삶을 지향하자고 다짐하곤 하였다. 그래서 실제 그렇게 살아가는 선후배들이 있고, 일부는 노선을 변경한 사람들도 있으며, 일부는 전혀 다른 길을 가는 사람도 있다.

동료, 선·후배들과 함께 나는 일선의 사회운동에 앞장서는 길이 아닌 법조인의 길을 선택하겠다고 하였고, 지금까지 그 길을 걸어오고 있다. 그때 다짐하였다. 비록 사회운동의 일선에 나서지는 않지만, 결코 현실에 매몰되어 오래된 관습에 따라 살아가는 나약한 모습을 보이지는 않겠다고. 나는 당시 최선은 아니지만 차선의 삶을 살겠다고 마음먹었던 것이다.

대학생활이 남긴 것

대학교 졸업 후 오랜 세월 동안 많은 변신을 하였다. 일정한 기간 정신없이 일하며 살았다. 일생을 두고 하고 싶은 일만, 그리고 하고 싶은 기간 동안만 일을 하면서 사는 사람이 몇이나 있을까만, 나는 그때그때 작심한 일을 일정한 틀을 잡아 마음속으로 약속하고 가능한 한 그 약속대로 살고 싶었다.

그런 의미에서 벌써 짧지 않은 삶을 살았는데, 남은 인생을 어찌 살꼬? 묘안은 없고 옛날 같은 정열이나 투지도 많이 식었지만 그래도 근본은 잊지 않아야 하고, 그 근본에 근접하는 삶을 살아가야 하지 않을까?

원래 다짐하였던 삶을 과연 살고 있는가, 가끔씩 스스로 점검해 보긴 하였지만, 부족하기 짝이 없는 생활 속에서 그래도 근본을 잊지 않게 해주고, 잊었다가도 깨우쳐 주곤 하는, 내 마음 깊은 곳의 가슴 시린 학창시절의 경험들을 나는 지금까지 늘 고맙게 여기고 있다.

내가 다니던 학창시절은 질풍노도의 시대였다. 나는 당시 이상과 현실, 이론과 실천 사이에서 고민하는 풋내기 지성인으로, 그리고 박봉우 시인의 '아리랑고개의 할미꽃'을 음송하던 문학적 청년으로 살았다. 공부만 하느라 세상 물정을 모르고, 각박하게 살아가느라 여유라는 것을 즐길 줄 모르는 현대인의 모습을 지양해야지, 그리고 늘 나태하지 않고 강인하게 깨어있는 삶을 살아야지 하고 다짐하곤 하였다. 그 시대를 살아가는 우리는 '냉철한 머리, 뜨거운 가슴으로with cool heads but warm hearts'를 외쳤다. 뜨거운 심장, 차가운 머리는 합리적이고 이성적인 판단과 어려운 사람들에 대한 공감과 배려를 강조하는 말로서, 고전파 경제학자 알프레드 마샬Alfred Marshall이 1885년 영국 케임브리지대학교 경제학부 창설 기념강연에서 쓴 표현이라고 들었다.

나는 꿈에도 그리던 서울대학교 최고학부에 입학하였지만 처음부터 서울대학교 학생이라는 표징을 몸에 붙이고 다닌 적이 없다. 배지도 달지 않았고 교복도 입지 않았다. 농촌활동을 다녀온 후에는 고무신을 신고 교내를 활보한 적도 있다. 농촌법학회 활동을 통하여 터득한 사회의식 탓도 있겠지만, 그러한 생활이 나에게는 자연스러웠고 내 양심의 가장 밑바닥에 깔려 있는 최소한의 의식을 대변하였다. 그러한 행동이 나에게 무엇을 의미하는가? 돌이켜 보면 그것은 내가 어려서부터 지금까지 내 본연의 모습을, 그리고 초심을 잃지 않아야 되겠다는 의지의 표현이었다.

나는 시골에서 가난한 농민의 아들로 태어났다. 예나 지금이나 주변에 어려운 사람들이 많다. 좋은 대학교에 들어가고 서울에서 생활한다는 이유로 내 주변의 사람들을 못 본 체하고 과거의 모습을 내 몸에서 지우려고 하는 것은 옳지 않다는 것이 기본적인 생각이었다. 내가 서울대학교 학생이라는 것을 나를 아는 사람은 다 안다. 그런데 굳이 내 몸에 서울대학교 배지를 달고 다닐 필요가 어디 있는가. 남에게 과시하겠다는 것 외에는 달리 의미가 없지 않은가. 우리는 주변에서 변신을 잘하는 사람들을 많이 볼 수 있다. 심리학에서 말하는 보상심리 때문인지도 모른다. 그러나 나는 그런 사람들이 좋아 보이지 않았고, 지금도 그렇다.

뉴욕 '큐가든'에서 일어난 비극적 사건에서 영감을 얻은 접근방식으로 '큐가든 원칙Kew Gardens Principle'이라는 것을 배웠다.

'해악을 제공하지 않은 사람이라도 어떤 상황에서는 해악을 치유하는 데 기여할 적극적 의무가 있다.'는 원칙으로서, 이 원칙에 따르면 일정한 조건, 즉 '도움이 절실히 필요한 상황이다, 필요 상황에 근접해 있다, 도울 역량이 있다, 그 상황에서 도울 사람이 나 말고는 없다고 판단된다, 도움을 주는 이가 심각한 해를 입지 않을 것이다.'는 조건이 충족될 때 누구나 타인을 도울 적극적 의무가 생긴다.

그러나 현실은 그다지 희망적이지 않다. 전 세계 인구 대부분은 전 지구적 문제에 대한 이해와 해결에 골몰하기보다 자신들의 특정이익을 위하여 앞장서고 있다. 특정한 종교적 도그마에 따라 또는 특정 국가의 이해관계에 따라 거의 맹목적으로 움직인다.

글로벌 공동체의 일원으로서 나는 어떠한 마음자세로 어떻게 실천하며 살아가야 할까? 세상이 확대되고 복잡해질수록 중심을 잡고 살아가는 것이 그만큼 더 어려워진다.

제2장

내 인생의
여름

사법시험 제21회 합격!

나는 졸업하면서 법과대학 전체에서 좋은 성적을 거두었다. 기숙사에서 계속 잔류하기 위하여 성적 관리에 신경 쓴 탓도 있으나, 어떻든 열심히 공부한 결과다. 대학교에 낙방한 후 재수하면서 '나중에 남들보다 사법시험에 빨리 합격하여 재수한 것을 만회하면 되지 뭐!' 하고 속으로 결심하였는데, 실제 그 결심이 어느 정도 이루어진 셈이다. 대학교 졸업을 하면서 바로 제21회 사법시험에 합격한 것이다. 과거에는 사법고시라고 하였고, 다른 분야도 보통 행정고시, 외무고시 등으로 고시라고 통칭하였는데, 사법고시는 중간에 사법시험으로 명칭이 변경되는 바람에 법조인들은 사법고시 세대와 사법시험 세대로 나뉘고, 나는 바로 사법시험 세대에 속한다.

나는 어려서 시골 초등학교를 다닐 때부터 주위에서 늘 커서 법관이 되라는 말을 들었다. 그 당시에는 법관이, 누구나 능력만 있으면 국가고

시를 통하여 진출할 수 있는 최고의 관직으로 여겨졌기 때문이었으리라. 유교사회를 거쳐 일제 강점기를 지나오면서 선비나 관료 숭배사상이 만연한 탓도 있다. 나 역시 법관이 되는 걸 당연한 것으로 받아들였고, 그 관문을 큰 고생 않고 통과한 것이다.

어려운 시절 대학생활을 하면서 농촌법학회를 통하여 사회현실에 관심을 두고 지내는 동안 고학년에 접어들었고, 자연히 졸업 후의 진로에 신경이 쏠리는 시점에 나는 사법시험 공부를 시작하였다.

우리가 처한 현실과 내가 공부하여 파악한 구조적인 국가사회적 문제점들을 해결하기 위해 우선 무엇을 하여야 하는가? 개인적 성향과 주변의 여건 등이 중요 변수이기는 하지만 당장 급하고 중요한 것이 무엇인지 아는 것이 그리 어렵지는 않았다. 최선의 길을 선택하여 용기와 희생을 무릅쓴 많은 역사가 여기저기서 이루어졌다. 그러나 그 최선의 길을 선택하는 것이 그리 쉬운 일이겠는가!

나는 최선은 아니지만 차선이라고 여긴, 이상과 현실을 조화시킨 타협의 길을 가기로 마음먹었다. 법이라는 이름으로 사회를 변화시키는 것이 과연 무엇인지 손에 잡히지는 않았지만, 항상 최선만 존재하는 것은 아니지 않는가, 스스로 자문하고 위로하며…. 고시를 통하여 제도권에 진입하고 그 속에서 나의 길을 찾아보자 하였다. 젊은 혈기로서는 칠흑 같은 암울한 현실을 외면한 비겁한 길이라는 생각도 들었지만, 다른 방향의 삶에 대한 자신감이 없었고 부모님의 기대를 저버릴 용기가 나지 않았다.

내가 선택한 길을 가기 위하여, 현실세계에 대한 관심을 두고 선후배들과의 유대를 강화하는 등 학회활동에는 빠지지 않았지만 종종 일어난 학내 시위 때는 한 발자국 뒤에 머물렀다. 학회활동에 적극 참여하면서도 하교하여 기숙사에 오면 열심히 사법시험 준비를 하였다. 사실 이러한 이중생활, 즉 어느 한쪽으로 집중하여도 시원치 않을 어려운 두 길을 타협하여 추구한다는 것이 얼마나 어렵고 많은 심적 고통이 따르겠는가!

생명까지도 담보로 삼고 온몸으로 독재정권에 저항하는 학우들을 보며, 그래도 지각이 있는 학생이라면 동조하고 같은 길을 가야 하지 않을까 하는 사명감과 의무감으로 분연히 일어선 많은 친구들이 있었다. 그런 모습들을 보면서 도서관 한편에서, 제도권에 진출하여 출세하고자 고시공부를 한다는 것이 얼마나 마음 불편하였던가! 다만 먼 훗날 민주화된 선진사회가 되면, 그 사회에서 무엇이 되어 살든지 살아 있는 양심으로 살아야지 하는 기본적인 생각만을 가졌고, 그것으로 나 자신의 처지나 태도를 위안하며 생활하였다.

학회의 경우 3학년이 주축이 되어 활동하고, 4학년이 되면 졸업과 취업준비 등 현실세계를 위하여 일선에서 물러나 후배들에게 일을 맡기는 것이 관례였다. 나는 4학년 여름방학을 이용하여, 지금도 친하게 지내는 두 명의 법과대학 친구들과 함께 그중 한 명의 고향인 대전시 인근의 오래된 절(고산사)로 가서 본격적으로 사법시험 공부를 하였다.

그 당시 사법시험 합격자 수가 1년에 100여 명이었던 시절이어서, 합격이란 하늘의 별을 따는 것처럼 어렵게 여겨지던 때였다. 요행히 일찍 합격하는 사람들은 예외지만, 대학교를 졸업한 후 몇 년을 두고 사법시험 공부에 매달린 사람들이 아주 많았고, 이를 두고 세간에서 '고시낭인'이라고 불렀다. 그 고시낭인들은 1년 내내 고시공부만을 하지는 않았다. 체력적으로도 힘들지만 경제적으로도 쉽지 않았다. 그래서 사법시험 2차가 끝나면 뿔뿔이 흩어져 취직을 하는 등 각자의 생활을 하다가 여름이 지나 다음 해 시험공고가 나고 찬바람이 불면 다시 짐을 싸들고 모여서 고시공부를 시작하곤 하였는데, 많은 고시생들이 산속의 절을 택하였다. 조용하고 집중해서 공부하기 좋은 여건이기도 하고, 하숙비에 비하여 상대적으로 저렴한 탓도 있었던 것 같다.

산사山寺의 하루는 참으로 조용하고 무료하였다. 본채인 대웅전 건물과는 조금 떨어진 별채에 공부방을 마련하였다. 절에서 식사를 제공하였고, 식사 후 소화시킬 겸 모여서 잠시 수다를 떠는 것 말고 하루 종일 책과 씨름하는 것이 일과였다. 때때로 머리 식힐 겸 산책을 하거나 시멘트와 나무토막을 이용하여 만든 헬스기구로 체력단련을 하기도 했다. 그러다가 가끔 대전시내에 내려가 약간의 음주가무 등 기분전환을 하곤 하였다. 가까이 산 아래 순두부 식당에 가끔 가서 식사하던 생각이 나고, 여름날 저녁 모기 뜯겨 가며 마루에 모여 앉아서, 무술을 하여 영화에도 출연하였다고 하는 어느 젊은 스님의 무용담을 듣곤 하였다.

그해 여름 몇 달을 절에서 보낸 후 서울로 돌아온 나는 시험 치르기 전 마지막 몇 달은 동대문 근처 사설독서실에서 공부를 하였다. 일단 대학을 졸업하고 나면 1979년 4월 13일까지 사법시험이 치러질 예정이었는데, 1978년 12월 12일부터 사법시험 마지막 날까지 탑성도서실塔城圖書室이라는 곳을 이용하였다. 요즘 같으면 고시원인데, 칸막이로 책상을 다닥다닥 붙여서 만든 방 안에서 몇 명씩 거주하며 공부하고, 잠도 그 자리에서 의자만 치운 후 이부자리를 펴고 자는 그런 생활이었다.

그때는 요즘 고시원에서 흔하게 보는 가짜 고시생은 없었고, 각종 국가고시를 준비하는 사람들이 모여서 생활하였기 때문에, 나 같은 대학생들도 있었지만, 결혼하여 가족을 둔 나이 든 국가고시 준비생들도 제법 있었다.

때가 되어 모두 모여 식사를 하는 동안 라디오에서 흘러나오던 가수 방실이의 인기가요 '실버들'이 지금도 귀에 생생하다. 난 이곳에서 사법시험을 위한 마지막 불꽃을 온몸으로 살랐다. 국가고시에 합격하여 영광스런 순간이 오면 모든 시련과 고뇌가 말끔히 해소되지만, 그 영광스런 순간에 이르는 과정에 있는 이들은 모두 핏기 없는 얼굴과 장래에 대한 불안감으로 애처롭게만 보였다.

사법시험 2차시험은 주관식으로서 여덟 과목을 하루 두 과목씩 나흘 동안 치렀는데, 제대로 체력을 살필 수 없이 공부만 하였던 나는 매일 밤늦게까지 다음 날 치를 과목의 책을 일독하고 잠자리에 들 때마다 제대로 잠을 잘 수 없었고, 그래서 마지막 시험 전날은 체력이 바닥나서 거의 탈진상태였다. 마침 같은 방에서 다른 국가고시를 준비하던 나이 든 사람이 있었는데, 군대생활 동안 의무대에 근무하였다며 약방에서 수액을 사다가 공부방에서 주사를 놓아 주었다. 그 결과 체력은 약간 회복되었지만 몸이 노곤하게 늘어져서 밤늦게까지 공부를 할 수 없었던 탓에 마지막에 치른 형사법 시험은 성적이 별로 좋지 않았다.

어떻든 그 당시 나는 감내하기 어려운 경험을 하였고, 그 때문인지 환갑이 넘은 지금까지도 가끔 사법시험 보는 꿈, 시험에 낙방하여 절망하는 꿈을 꾸곤 한다.

나는 사실 대학교 3학년에서 4학년으로 올라가면서 객관식 1차시험을 보아 합격하였었고, 준비가 다 되지 않았지만 경험 삼아 주관식 2차 시험을 치러 보았는데 나중에 결과를 확인하니 약간의 차이로 떨어진 것으로 나타났다. 다음 해는 열심히 준비하면 합격이 가능하겠구나, 생각하였다. 그리고 좋지 않은 성적으로 턱걸이 합격하느니 다음 해에 좋은 성적으로 합격하는 것이 훨씬 더 좋다고도 생각하였다. 합격 후 법조인의 길을 갈 때 시험성적은 여러 면에서 절대적인 기준이 되고 영향을 미치지만, 한두 살 나이 차이는 그다지 중요하지 않았다. 4학년에 나름 집중해서 준비한 끝에 나는 다행히 120명 뽑는 제21회 사법시험에 합격하였고, 성적은 중상中上 정도였다.

내 인생의 전환기

합격은 나에게 최대의 전환기였고 행운이었다. 모든 과정을 주관하신 하느님께 늘 감사한다. 내 처지에 그때 합격하지 않았다면 일단 대학원에 진학하여 군 입대를 연기한 후 한두 번 더 고시에 도전하였을 것이고, 그래도 안 되면 생업을 위하여 어딘가 취직할 수밖에 없었을 것이다. 미련을 버리지 못하여 다니던 직장을 그만두고 고시공부를 반복하는 고시낭인이 되었을지도 모른다.

사법시험 합격은 예나 지금이나 변함없이 실력과 운이 따라 주어야 할, 대단히 어려운 일임에 틀림없다. 나는 한없이 기뻤다. 떨어져 지내어서 그때 부모님과 가족들의 모습은 특별히 기억이 없지만, 나와 같지 않았을까? 나 혼자 공부하고 진로를 결정하여 끝내 결실을 맺었으니 무척 뿌듯하였다. 나중에 들으니, 흔한 풍경처럼 고향인 주생면 소재지 어디엔가 내가 사법시험에 합격하였다는 축하 플래카드가 내걸렸었다고 한다. 그 당시에는 사법시험 합격이, 특히 시골에서는 그렇게 경사로 받아들여지던 때였다.

사법시험 합격은 나에게 실질적인 삶의 변화를 가져다주었다. 이제 내 스스로 부모님으로부터 독립하여 경제적 주체가 되는 것이 비로소 가능해진 것이다. 고등학교 때부터 서울 큰누나 집에서 기거하고 어려움 속에서 시골 부모님에게 도움을 받아 학업을 계속했던 나는 늘 마음의 짐을 안고 있었고, 어떻게든 빨리 그 질곡을 벗어나고 싶었다. 비로소 소원이 이루어진 것이다. 사법연수원에 입소하면 공무원 신분을 취득하고, 처음 1년은 사무관 대우, 다음 1년은 서기관 대우를 받았고, 그것이 끝나면 군법무관으로 가기로 예정되어 있었다.

내가 큰누나 집에 기대어 서울로 진학을 결정한 것은 당시로서는 다른 선택의 여지가 없었기 때문이었지만, 차라리 좀 더 고생하더라도 중학교 때 담임선생님의 권유대로 전주로 진학하여 어렵더라도 이를 이겨내며 학업을 계속하였으면 더 좋았을걸, 하는 생각을 종종 하였다. 큰누나가 넉넉한 형편이었어도 크게 다르지 않았겠지만, 더군다나 어려운 형편에서야 더 말할 필요가 있겠는가!

여러 명 자녀(조카)들을 교육시키는 것만 해도 하루하루 버거웠을 텐데 느닷없이 떠안은 어린 동생 뒷바라지까지, 힘든 내색 없이 견디어주신 큰누나 내외분의 삶을 되돌아보면 깊은 감사와 함께 애잔한 마음이 몰려온다.

부모와 자식 사이에는 서로 잘잘못을 따지거나 잘하고 못하는 것을 저울질하지 않는다고, 적어도 나는 그렇게 믿는다. 부모와 자식 간에는 오로지 최선이냐 아니냐, 사랑이냐 아니냐의 정도 차이는 있을지 몰라도 베푼 만큼 대가를 바라거나 얼마나 베풀었는지 헤아리지는 않는다는 말이다. 그러나 부모와 자식 사이를 벗어나면 전혀 다르다.

어려운 형편에 서울로 보내 공부하게 해 주신 부모님에 대한 애잔한 마음은 한량없었지만, 큰누나에 대한 부담과는 비교의 대상이 되지 않았다. 어려서는 잘 몰랐던 삶의 기본원칙을 나이 들면서 많이 느끼며 살았다. 더더욱 힘들었던 것은, 나 혼자 짊어지고 갈 십자가였으면 좋았을 텐데, 결혼하여 자식을 낳고 살아가는 동안 아내에게까지 그 짐을 느끼게 하여 두고두고 미안하기 짝이 없었다는 점이다.

우리는 살면서 가급적 다른 사람의 신세를 지지 않아야 하고, 피치 못하고 신세를 지게 되면 바로바로 그 신세를 갚는 게 좋다. 역으로 남에게 호의를 베풀 기회가 있더라도 가능한 한 힘에 부치게 베풀지 말고, 나아가서 베푸는 것으로 끝내고 잊어버려야지 나중에 되갚기를 바라지 않았으면 한다. '내가 너에게 어떻게 했는데 네가 나한테 그럴 수 있어?' 하는 생각을 하지 않도록 마음먹고 실천하였으면 한다. 그런 마음을 떨칠 자신이 없으면 차라리 처음부터 다른 사람에게 베풀지 않는 게 더 좋다.

'이 세상에 공짜 없다, 비밀 없다, 지름길 없다.' 삼무三無라는 말에 많은 사람들이 고개를 끄덕이는데, 새겨들어야 할 말이 아닐까?

사법연수생 시절

1979년 9월 1일 나는 오랜만에 깨끗한 양복을 하나 맞춰 입고 사법연수원 제11기로 입소하였다.

사법연수원은 덕수궁 앞 옛날 대법원과 법원행정처, 그리고 서울고등법원, 서울지방법원(민사, 형사), 서울가정법원 등이 소재한 법원청사 내에 있었다. 지금 생각하면 그리 좁은 법원청사 내에 어떻게 그 많은 법원 식구들이 모여서 집무하였는지 의아할 정도지만, 별채로 된 대법원 청사와 법원행정처 건물 외에 높고 기다란 별도의 건물에 서울지방법원, 서울가정법원, 서울고등법원, 사법연수원 등이 있었다.

사법연수원은 서울고등법원 건물 상층부에 자리 잡고 있었는데, 강의실에서는 서울시청 앞 광장이 훤히 내려다보였다. 1980년 5월 '광주민주화운동'이 일어났을 때, 나는 서울시청 앞으로 지나가는 군부대 탱크들을 볼 수 있었는데, 그 탱크들이 광주로 향하였고 우리 민족사에서

씻을 수 없는 비극이 진행되고 있었다는 것을 그 당시에는 까마득히 몰랐다.

　사법연수원 제11기 연수생은 모두 112명이었는데, 연령순으로 번호를 받았고 나는 마지막 112번이었다. 나의 생년월일은 지금은 없어진 '호적부'에 실제 나이보다 늦게 등재되었었다. 내가 처음 초등학교에 입학할 당시인 1962년도에는 취학통지서를 받지 않고 그대로 입학하였던 것 같다. 호적부의 등재가 실제 나이와 그렇게 큰 차이가 있다는 것을 나는 중학교에 진학하면서 처음 알게 되었다. 출생년도만 잘못된 것이 아니고 생일은 더더욱 실제와 전혀 다르다.

　호적부에 잘못 등재된 것을 알고 난 후 나는 부모님께 그 경위를 물어본 적이 있다. 내가 태어날 당시 늘 하던 대로 본적지에 거주하시는 큰아버지께 출생신고를 부탁하였는데, 무슨 이유인지는 모르나 큰아버지께서 늦게 신고하신 것 같다고 대답하셨다. 영아사망률이 높았던 당시 한여름 삼복더위에 태어나 모유도 제대로 먹지 못해 살아서 사람 구실할 수 있을지 몰라 신고를 좀 미루셨는지도 모른다.

　어쨌거나 내가 사법시험에 합격하고 판사까지 된 후에는 잘못된 호적부를 정정하여야 하는 것 아닌가 하고 고민 아닌 고민을 한 적이 있는데, 굳이 그럴 필요가 있을까 생각하고 그대로 두면서 세월을 보냈다. 어떻든 법조계에서 나이 말이 나오면 실제 내 나이를 따지면서 설왕설래하며 지금까지 살아왔고, 사법시험 합격할 때 최연소 합격자로 언론에 발표될 뻔하였다고 웃으며 지내 왔다. 실제 나이로 최연소 합격을 하였으면 얼마나 영광일까만, 호적부 기재 착오로 최연소라고 언론에 보도되었다면 여간 쑥스러운 일이 아니었을 터. 다행히 나보다 어린 나이에 합격한 사람이 있어서 그런 일은 없었다.

2년간의 사법연수원 생활 동안, 처음 1년간은 연수원 내에서 실무이론 강의를 받았고, 나머지 1년간은 법원, 검찰 그리고 변호사 각 실무를 위하여 현장으로 파견되었다.

해방 후 초기 법조인들이 사법고시에 합격하여 판사와 검사, 변호사로 진로를 결정할 무렵에는 성적순에 의하여 검찰, 법원, 그리고 변호사의 순으로 진로를 정하였다고 하는데, 우리가 다니던 시절에는 많이 달라져 있었다. 판사 선호도가 훨씬 높아서 판사로 임관하기 위해서는 성적이 좋아야 하였기 때문에 나는 판사를 목표로 연수원 생활을 열심히 해야 했다. 반면 처음부터 검사가 적성에 맞다고 생각하고 검찰을 지망할 사람들은 상대적으로 마음이 조금은 편한 듯하였다.

당시에는 원하면 모두가 판사나 검사로 임관하던 시절이었는데, 처음부터 변호사로 진로를 결정한 사람이 여러 명 있었다. 그러한 결정을 하는 동료들을 보고 그때는 조금 의아하게 생각하였는데, 지금 생각하면 뭔가 선지적인 안목이 있었던 것 아닌가 하는 생각이 든다.

나는 사법연수원 후기에서 여기저기 견학도 하고 선배들의 법조생활을 엿보기도 하면서 서서히 법률 실무가로 변신하고 있었다. 시보의 자격으로 판사와 검사, 변호사의 업무를 직접 담당해 보는 것은 퍽 흥미로웠다. 전국으로 흩어져서 근무하여야 하기 때문에 법원실무를 재경지역에서 하게 되면 검찰실무는 지방에서 하는 식으로 근무지를 형평에 맞게 결정하였는데, 나는 검찰실무를 서울(동부)에서 한 후 법원실무는 지방에서 하여야 할 차례였으나, 나 대신 다른 동료가 서울을 마다하고 지방(광주)을 선택하는 바람에 법원실무도 서울(남부)에서 하게 되는 행운을 누리게 되었다.

법조인으로서 내가 처음 만났거나 나를 지도해 주셨던 선배법조인들 중 지금도 법조계 일선에서 활약하고 계신 분들이 많은데, 오랜 법조계 생활에서 우러나온 그분들의 경험담을 듣고 실무교육을 받던 일이 평생 기억에 남는다.

검찰실무를 하는 동안 지도 부장님이 이런 말씀을 하셨다.

"형사사건에서도 형식적으로 사건을 처리하는 데 급급하지 말고 당사자 사이의 분쟁을 종국적으로 해결하는 데 목표를 두어라. 그렇게 업무를 처리하는 검사가 훌륭한 검사다."

형식적으로 사건을 처리하고 나면 필시 나중에 관련된 분쟁이 다시 발생하여 민사 또는 형사 사건화된다는 것이다. 두고두고 중요한 가르침이라고 생각하였다.

일생 처음으로 변사체 부검에 참여해 보았고, 구치소, 교도소, 사형장, 국립과학수사연구소 견학 등 검사로서 취급하는 모든 업무를 엿보았다. 다른 실무와 달리 검찰실무 때에는 정식으로 검사직무대리 발령을 받아서 간단한 사건을 배당받아 직접 수사하고 내 이름으로 기소하는 업무를 담당하였다. 피의자를 어떻게 다루어야 하는지, 특히 구속 피의자의 경우, 그리고 혐의를 부인하는 경우 어떻게 수사를 효율적으로 하여야 할지 몰라 쩔쩔매던 생각이 난다. 피의자가 감정에 호소하자 선뜻 넘어가 그 피의자를 기소유예하겠다고 결정문을 작성하고 지도 부장님에게 결재를 받으러 가서, 순진하게 속아 넘어갔다고 크게 꾸지람을 들은 경험도 새록새록 생각난다.

법원실무의 경우 직접 판사 역할을 담당하는 게 아니라 주로 기록을

사법연수원 수료식에서 장인, 장모님과 함께 대법원 건물을 배경으로

가지고 판결문을 작성하는 업무를 통하여 판사 역할을 실습하게 된다. 부수적으로, 당시 국선변호인으로 선임되어 형사사건에서 실제 변호인 역할을 담당하였던 일도 인상적이었다.

당시 특이한 점은 사법연수생도 법관들과 같은 방을 사용하면서 그 안에서 같이 근무하였다는 것이다. 청사 사정 때문에 별도의 공간 마련이 어려웠던 탓도 있었겠지만, 도제식 교육시스템과 법관 임용제도하에서는 이론과 실무를 교육하는 것 외에 법관들의 일상적인 삶의 태도와 방법까지도 연수받아야 한다고 생각하여 그랬는지도 모른다. 그렇게 선배들을 통하여 체득한 업무와 업무 외적인 배움은 연수생들에게 평생 남게 되었다.

내 인생의 여름

평생의 반려자를 만나다

　나는 법원실무를 하는 기간 동안 아내와 결혼을 하였다. 사법연수원을 수료한 후 군법무관으로 가게 되면 전방에서 근무할 가능성이 많은데, 영외근무를 하기 때문에 결혼해서 아내와 같이 생활하는 것이 여러모로 좋다는 게 일반적인 분위기였고, 나도 특별히 결혼을 늦출 이유가 없었기 때문에 그 분위기에 편승하였다.

　1980년 12월 초 어느 날 남산에 있는 유명 호텔 커피숍에서 고향 지인의 소개로 처음 아내를 만났다. 흔히들 연애인가 중매인가 묻곤 하는데, 나는 그럴 때마다 반반이라고 하였다. 처가와 친척관계에 있던 고향지인이 나를 소개한 것이고, 만나서 보니 내가 우연히 한두 번 먼발치에서 뵌 적이 있는 법과대학 선배의 동생이었다.

　운명이랄까, 그 당시 아내를 만나고 헤어지면서 '아, 내가 이 여자와인연이 안 되어 결혼하지 않으면 결혼이 늦어지겠구나.' 하는 생각이 번득 들었다. 지금 생각해 보아도 그때 왜 그런 생각이 들었는지 설명하기 어렵다. '나는 마음에 드는데 당신이 싫어하면 어떻게 하지.' 하는 마음이었을까?

나로서는 결혼이 나 혼자만의 일이 아니고 가족 대 가족의 결합이자 새로운 출발이기 때문에, 아내가 결혼하여 우리 집 문화나 분위기에 잘 적응하는 것을 결혼조건 중 하나로 마음속에 담아 두고 있었다. 다행히 소개한 분을 통하여 처가를 어느 정도 파악하고 믿음이 생겼기에 쉽게 결혼 결심을 할 수 있었고, 그렇게 한순간 운명처럼 아내를 만났다.

처음 만난 후 아내가 바로 연락을 해 와서, 우리는 짧은 기간 거의 매일 만나 데이트를 한 후 3개월도 채 안 되는 1981년 2월 14일 결혼식을 올렸다. 아직 겨울의 흔적이 여기저기 남아 있던 날, 시골에서 부모님과 가족들이 모두 상경하여 명동에 있는 예식장에 모여 은사이신 박병호 교수님의 주례로 결혼식을 올렸다. 박 교수님은 한국법제사를 전공하시고 한학에 조예가 깊으셔서 늘 서예를 게을리하지 않으신 분인데, 주례 때 선물로 강락평생康樂平生이라는 휘호를 남겨 주셔서 지금도 잘 보관하고 있다.

요즈음은 거의 볼 수 없지만, 그때는 거의 빠지지 않던 '함지기'를 하며 처가 골목이 떠들썩하게 저녁잔치를 하였던 친구들, 결혼식 때 사회를 봐 준 친구, 축하 시를 써서 선물로 낭송하여 준 친구 등의 모습이 눈에 선하게 떠오른다. 세월이 흐르는 동안 우리 결혼기념일은 '발렌타인데이Valentine's Day'로 지정되어 더더욱 영원히 잊을 수 없는 기념일이 되었다.

배우자를 선택할 때 사연이야 각양각색이겠지만, 보통은 첫인상이나 신체조건과 성격 등을 보고 재산관계, 가족관계, 학력이나 직업 등의 조건 역시 중요하게 여긴다. 흔히들 혈액형을 가지고 성격을 구분하곤 하는데, 부부 두 사람이 거의 같은 성격일 때, 아니면 전혀 다른 성격일 경우 행복한 부부생활을 위해서는 어느 쪽이 더 바람직할까? 즉, 이 세상에는 성격이 급한 사람과 느긋한 사람, 정리를 잘하는 사람과 여기저기 늘어놓기를 좋아하는 사람, 화려한 것을 좋아하는 사람과 수수한 것을 좋아하는 사람, 외향적인 사람과 내성적인 사람 등등 타고난 성격과 혈액형이 각양각색인데, 그렇게 차이가 많은 사람들 중에서 성격 등이 서로 같은 사람끼리 만나고 결혼하여 사는 것이 더 행복할까, 아니면 서로 다른 사람끼리 결혼하여 사는 것이 더 행복할까?

나는 우생학적으로나 유전학적으로는 잘 모르겠지만, 성격이 서로 다른 사람끼리 만나서 사는 것이 안정되고 풍요로운 삶을 위하여 더 좋지 않을까 생각해 본다. 다만 기본적으로 자기와 서로 다른 사람에 대한 존중의 마음이 전제되어야 한다. 객관적으로 불합리하고 나쁜 습관 등은 당연히 개선하고 고쳐야 하겠지만, 사람은 기본적으로 모든 면에서 동일하지 않고 개성이 다르며 장단점이 있다는 것을 인식하고, 가능한 한 그러한 차이를 인정하고 존중해야 한다는 것이다.

남자와 여자는 생물학적으로도 여러 면에서 다른 점이 많다는 것은 널리 알려져 있거니와 오래전부터 『화성에서 온 남자 금성에서 온 여자』라는 책을 통하여 구체적으로 그것을 깨달은 바 있다. 부부가 같이 생활하면서 그러한 차이를 인정하지 않고 상대를 자기에게 맞추도록 강요하고 그것이 이루어지지 않으면 화를 내고 싸우는 사람이라면 곤란하다. 만약 그러한 성격 등을 고칠 의사가 없고 불편해한다면 당연히 성격이 자기와 완전히 같은 사람을 찾아서 결혼하여야 할 것이다.

성격이 다른 상대방을 인정하고 존중하려면 그 사람에 대한 사랑이 전제되어야 한다. 같은 대상이라도 사랑하면 모든 것이 용서되고 아름다워 보이지만, 반대의 경우에는 모든 면이 싫고 짜증나기 마련이다.

사랑에 대하여 한마디만 하자면, 사랑은 결국 인간관계의 소중함을 인식하고 상대방의 존재에 대한 고마움, 감사하는 마음을 가지는 게 아닐까, 그리고 그러한 사랑을 위해서는 나름 기술과 노력이 필요하지 않을까? 사랑은 원래 받는 것이 아니라 주는 것이 아닐까?

지금 같아서는 그렇게 하지 않았을 것 같은데, 나는 사법연수생 신분에 결혼한다고 판사실에 청첩장을 돌리는 것이 적절치 않아 보여 소속 재판부에만 알린 채 결혼식을 올렸는데, 나중에 그 소식을 들은 다른 판사님들로부터 꾸지람 섞인 말씀을 들었다. 그래도 상대적으로 결혼이 빠른 편이어서, 가족 친지들은 물론 초등학교부터 대학교까지 많은 친구들의 부러움과 축하 속에서 행복한 결혼식을 올릴 수 있었다.

결혼하고 신혼살림은 잠실 주공아파트에 차렸다. 3남3녀 중 막내로 태어나 손에 물 한 번 안 묻히고 살았을 아내가 남원 촌놈에게 시집을 오겠다고 한 것은 큰 결심이었고, 결혼하여 처음 얼마간 시누이까지 같이 살게 된 신혼살림은 쉽게 감내하기 어려운 큰 부담이었겠구나, 하고 여겼다. 아내는 오로지 사람 하나 보고 나와 결혼하여, 군 입대를 하기까지 짧은 기간 동안 소꿉장난 같은 신혼살림을 차리고 살았다.

　사실 20대 중반의 빠른 나이에 부부로서 새로운 가정을 이루어 일상적인 생활을 시작한 것은 큰 도전이 아닌가 싶다. 미리 부부교육을 받지도 못했고, 연로하신 부모님과 일찍 떨어져 지낸 처지에 그분들의 삶을 통하여 간접적인 교육을 받을 기회도 없이 불쑥 결혼하고 신혼살림을 시작했으니 돌이켜 생각해 보면 '참 무모한 것이었구나.' 하는 생각이 든다. 30여 년간 전혀 다른 문화와 환경에서 자란, 대부분 성격이 많이 다른 한 사람을 배우자로 만나 결혼하여 살려고 하면서 미리 준비한 게 너무 빈약한 것은 아니었던가? 살아 보니 그렇다. 그럼에도 불구하고 여러 가지 시행착오 속에 신혼살림을 잘 꾸려 갈 수 있었던 것은 오로지 나와 아내, 서로 간의 사랑과 존중 때문이었으리라.

주례를 서주신 박병호 교수님의 휘호

　변호사 실무는 상대적으로 짧은 기간 동안 변호사회에서 지정해 준 광화문 근처 어느 변호사 사무실에서 하였고, 변호사가 하는 일을 직접 담당해 보았는데, 주로 민사사건의 소장이나 신청서 등을 작성하였다. 지도 변호사님은 지금 고인이 되셨지만, 여러 모로 나를 편히 지내게 해 주셨다. 상대적으로 기간도 짧았지만 당장 변호사로 진로를 결정할 생각이 전혀 없던 때라서 큰 부담 없이 편하게 지내면서 변호사 실무를 마무리하였다.

법조3륜法曹三輪의 법원, 검찰, 변호사 실무를 모두 잘 마쳤고, 사법연수원 동기들 중 친하게 지내던 몇 명의 선배, 동료들과 스터디 그룹을 만들어 판례공부를 하면서 마지막 평가시험을 준비하고 치른 후 사법연수원 2년을 무난하게 마무리하였고, 그 결과 나중에 법원에 지망할 수 있는 일정 수준 이상의 성적을 거두어 다행이라는 생각을 하며 군복무를 시작하였다.

생소한 군사훈련

　우리나라 헌법은 '모든 국민은 법률이 정하는 바에 의하여 국방의 의무를 진다.'고 선언하고 있다. 나도 국방의 의무를 완수하기 위해 사법연수원을 수료한 후 바로 법무사관 후보생으로 입대하여 광주 상무대에서 3개월간 군사훈련을 받았다.

　입소 당일 기차를 타고 광주로 내려가 상무대에 들어갔고, 가족들과 헤어진 후 연병장에 도열하여 있는데 당시 교관이 한 훈시가 엊그제처럼 귀에 들려온다.

　"여러분은 지금 이 순간부터 민간인이 아니라 대한민국 군인이다. 사회에서 있었던 신분과 대우는 모두 잊어라. 이제부터 밖에서 몸에 밴 나쁜 습관과 태도를 깨끗이 씻어 내도록 하겠다…."

　교단 위에 선 훈련교관의 대충 그러한 취지의 일성으로 시작된 군대 생활, 처음 맛보는 분위기 속에서 어정쩡하게 잔뜩 긴장하고 서 있던 우리에게 교관은 대뜸 선착순 얼차려를 통하여 초기에 기선을 제압하려고 하였다. 사관학교를 나와 중위계급장을 달고 있던 교관들은 나이로 봐서는 우리보다 동생뻘이었기 때문에, 애초에 기선을 제압하지 않으면 훈련기간 내내 어려울 것이라는 것을 경험을 통하여 잘 알고 우리를 길들이려고 한 것이다. 그러나 일방적으로 물러설 우리가 아니었고, 우리는 우리대로 처음부터 밀리지 않으려는 무언의 결의를 표현하였다.

얼차려를 받는 태도가 맘에 들지 않는다고 교관이 어느 동기생을 세워 놓고 일장 훈시를 한 후 양손으로 가슴을 밀었다. 이에 그 동기생은 "교관님, 지금 저에게 군대에서 금지된 구타를 하는 것입니까?" 하고 대들었다. 그러자 교관은 "이게 훈육의 일환이지 무슨 구타인가!" 하고 대답하였다. 말은 그렇지만 적지 않게 놀랜 표정이었고, 한 발 뒤로 물러서는 태도였다.

그 일이 일어난 후 교관들은 우리들에게 함부로 대하지는 않았지만 꽁하니 가슴에 담아 놓았다가 훈련 말미 유격훈련 과정에서 뒤끝을 보였고, 그 일이 발각되어 교관과 후보생들 사이에 설왕설래 촌극이 벌어지기도 하였다. 지금 생각하면 유치하지만 그 당시에는 상당히 심각한 일화였다.

강도는 다르겠지만, 우리가 받은 훈련과정은 일반 장교들과 별로 다르지 않았다. 기초 제식훈련부터 사격훈련, 화생방훈련, 유격훈련 등 일련의 군사훈련을 모두 받았고, 후반부에는 행정학교에 가서 직무교육을 받았다.

처음 경험해 보는 군대생활, 모든 게 생소하고 특이했다. 다수의 후보생들이 먹었던 밥, 특이한 냄새가 나는 '군대 짬밥'이 기억에 새롭다. 외박을 하고 귀대하는 길에 볶은 고추장들을 가지고 가서 밥에 비벼 먹었는데, 한국 사람들이 해외여행 중에 많이 먹는 볶은 고추장의 위력을 우리는 오래전부터 터득하였다. 처음에는 짬밥 먹기가 힘들었지만 시간이 가니 적응이 되었고, 열심히 훈련을 받다 보면 그것도 없어서 못먹는 경지에 이르렀다. 군대 음식 중 백미는 영외에서 실시된 독도법 훈련 도중에 민가에서 사 먹은 라면이었다. 단체로 급식하는 불어터진 라면만 먹다가 방금 끓인 '사제 라면' 한 그릇, 그것도 감독관 없는 곳에서 사 먹은 라면은 훈련받던 후보생들에게 뭐라 표현하기 어려운 천상의 맛이었다.

나는 약간 평발이라서 매일 아침 일상적인 구보가 힘들었고, 결혼 후 1년도 안 되어 입대하고 마침 아내가 큰아이를 임신한 상태여서 아내와의 생이별(?)을 많이 안타까워하며 지냈다. 당시 하루가 멀다 하고 아내와 주고받은 빛바랜 편지 꾸러미를 꺼내 놓고 보니 지나간 시간들이 엊그제처럼 새록새록 머리를 스쳐 간다.

다만 당시 유행하던 말, '훈련소 시계는 거꾸로 매달아도 간다.'는 말을 하며, 어서 세월이 흘러갔으면 하고 바라면서 지냈다. 훈련 막바지에 모두들 힘들다고 혀를 내두르는 유격훈련을 받았다. 수십km 완전군장 차림의 행군과 이어진 여러 가지 고된 훈련은 나이 든 후보생들에게는 꽤 힘든 과정이었다. 유격훈련의 과정은 평소 우리의 교관들이 아니라 유격대 교관들이 직접 상무대로 와서 인솔하였고 행군을 시작하면서 부터 유격훈련이 시작되었는데, 워낙 힘들고 위험성도 여기저기 도사린 훈련과정이라 긴장을 풀어서는 안 된다는 의미에서인지 처음부터 분위기가 살벌하고 험악하였다.

연병장에서 긴장하여 부동자세로 서 있는데 갑자기 현기증이 나고 어지러움 증세를 느꼈다. 손을 들고 교관에게 어지럽다고 말하였더니 교관 왈, "무슨 쓸데없는 소리야, 그 자리에 엎드려뻗쳐." 하는 게 아닌가. 속으로 "이게 무슨 경우야, 어지럽다는데 엎드려뻗치라니…." 하였지만, 지시에 따를 수밖에. 그런데 조금 지나니 어지러운 것이 싹 가시지 않는가. "아, 이래서 엎드려뻗치라고 한 것이었구나!" 하고 깨달았다.

오랜 기간 훈련교관으로서의 노하우가 쌓여서 후보생들이 어떠한 상황에 처하여 있는지, 무엇을 원하는지 훤히 꿰뚫고 있었던 것이다. 11월 말쯤 살얼음이 얼던 계절, 인간이 가장 공포심을 느낀다는 8m 높이에서 물에 풍덩 빠지는 훈련을 할 때는 두꺼운 옷이 얼어서 딱딱해진 데다가 스쳐 가는 초겨울 바람에 추위가 극에 달하여 온몸이 덜덜 떨렸다. 이러한 고되고 힘든 훈련을 무사히 마치고 나니 한편 스스로 대견하고 뿌듯하였다.

사내들로서 동고동락하는 훈련기간을 통하여 우리 동기들 사이에 전우애도 깊어졌다. 훈련이 힘들면 힘들수록 전우애의 정도는 비례하여 더 돈독해진다는 진리를 터득하였다.

아이들 키우며 평택에서

　군사훈련을 모두 마치고 육·해·공군으로 나뉘어 배정되었는데, 그 기준은 훈련기간 동안의 성적이었다. 아무래도 근무지 탓이겠지만 모두들 공군을 가장 선호하였고, 배치 후 별도 해상훈련이 포함되어 있다는 해군을 가장 싫어하였다. 대부분 훈련성적에 신경 쓰지 않았으나, 나는 곧 애기도 태어날 것이고 영외생활을 하려면 대도시 생활이 최선이라서 꼭 공군에 배정받고 싶었다. 열심히 최선을 다하여 훈련받은 결과 원하는 대로 공군에 배정되어 평택에서 3년 내내 근무하게 되었다. 절반은 검찰관으로, 절반은 군판사 겸 법무참모로 근무하였다.

　군 복무를 하면서 나는 국가사회의 축소판과도 같은 조그만 조직이 움직이는 구조를 경험하는 의미 있는 세월을 보냈다. 흔히들 군복무는 개인적으로는 희생이고 허송세월이라고 여기는 풍토이다. 허나 경험해 보니 병역의무와 무관한 다른 동기생들, 즉 바로 판사나 검사 또는 변호사로 나서게 된 동기생들에 비하여 경제적으로는 손해지만 조직사회에서 배운 바도 많았기에 결코 허송세월은 아니었다.

특히 나는 군대에서 처음으로 테니스를 배울 수 있었는데, 제대 후 사회생활을 하면서 취미생활 하는 데 큰 도움이 되었다. 법무관실의 선임하사가 수준급 테니스 실력자여서 그와 함께 거의 매일 테니스를 쳤다. 그 결과 나도 실력이 많이 향상되어, 훗날 법원에 근무할 때 '대법원장배 전국법원 대항 테니스대회'에서 지방법원 대표로 나서기도 하였고, 판사로 근무하는 동안 내 주요 취미생활이 되었다.

법무관들은 주로 군의관들과 친하게 지냈다. 우리 부대는 소규모라서 일반 의사와 치과의사 출신 군의관들 한두 명 정도가 전부였는데, 근무하는 동안 오락도 같이 하고 종종 회식자리를 가지면서 친분을 쌓았다. 제대 후 사회에 나와서도 한동안 서로 연락을 취하곤 하였지만, 지금은 아쉽게도 모두 끊겼다.

나는 결혼 후 아이들을 낳고 키우던 시절에 군 생활을 보내서, 여러 가지 상념이 떠오른다. 지금은 엄청난 도시로 변모하였지만, 그때는 조그마한 소도시였던 평택시. 논 가운데 홀로 우뚝 선 단독주택을 세 얻어 아이들 키우며 지내던 일, 나중에 부대 관사가 배정되어 입주하였는데 겨울에 습기가 차고 곰팡이가 생겨서 아이들이 겨울에 감기로 내내 고생하던 일, 화사한 봄날에는 유모차를 끌고 아이들 데리고 논가로 가서 막 피어나는 봄나물을 캐던 일, 외식이라는 것을 거의 생각하지 않고 지내던 때 가끔 평택역전 유명한 냉면집에서 아내와 같이 냉면 한 그릇 먹으며 행복해하던 일, 승용차가 없던 시절이라서 한 번이라도 가족이 움직이려면 작은아들은 아내가 업고 나는 큰아들 손을 잡고 기저귀 가방을 들고 힘든 여정을 감내해야 했던 일 등등.

큰아들은 태어나 1년 7개월 만에 동생을 보는 바람에 그 어린 나이에 주로 걸어 다녔었다. 지금도 가끔 우리 가족들끼리 대화하면서 아이들 키우던 일을 회상하곤 하는데, 생각할수록 마치 꿈과 같은 삶이었구나, 서로 공감하곤 한다.

기억력이 이리도 약해지는가! 처음 어떻게 천주교에 입문하여 영세를 받았는지 기억이 잘 나지 않지만, 나는 아내와 함께 군부대 밖에 있는 시골 조그마한 성당에 다니면서 천주교 신자가 되었다. 나중에 아이들이 태어나 제대를 하고 대전에서 판사로 근무하기 시작하면서 아이들도 모두 성당에서 세례를 받았다. 무미건조한 부대생활 동안 우연한 기회에 영적인 은혜를 받았다는 것은 나에게 평생의 신앙생활을 두고 잊을 수 없는 커다란 선물이었다.

평택에서의 생활을 회고하다 보면 빼먹을 수 없는 것이 있다. 헌병대에 근무하던 분, 흔히 문관이라고 하였으나 정식 명칭은 군무원인 나이 드신 수사관이 있었는데, 원래 평택 출신이고 그곳에 오래 근무하여 지역과 부대 사정 등을 훤히 꿰뚫고 있는 분이어서, 젊은 나이에 어린 아이들 키우면서 객지에서 군 복무를 하던 나는 사사롭게 어려운 일 있으면 그분의 도움을 많이 받았다.

운전면허를 취득하기 위하여 일생 처음 헌병대 지프차를 운전해 보았고, 인천에 있는 운전면허 시험장까지 가서 1종 보통면허를 취득한 후 주행연습을 하면서 그분의 승용차로 평택과 천안 사이 1번 국도를 따라 운전을 하였는데, 긴장하여 온몸에 땀이 범벅인 채 워낙 천천히 가는 내 뒤로 길게 늘어선 차들이 경적을 울리며 항의하는 것을 보고 쩔쩔매던 것이 엊그제 같다.

제대하고도 몇 년 전까지 가끔 연락을 하며 지내다가 최근에는 뜸하여졌는데, 얼마 전 문득 생각이 나서 옛날 전화번호를 찾아 연락을 시도하였으나 성사되지 않았다. 그 세월이 벌써 언제인가 순간적으로는 헤아리기 어렵지만, 나이로 봐서 아마 돌아가신 것이 아닌가 하는 생각에 마음 숙연해진다. 그리고 새삼 고마웠음을 절감한다.

자주 만났던 군의관들, 관사생활 등을 통해 친해진 일반장교들, 법무관실에 같이 근무하던 선임하사나 단기 복무하던 병사들, 여러 지휘관들과 참모들…. 지금은 모두 어디서 어떻게들 살고 있을까? 맘만 먹으면 한걸음에 달려갈 수 있는 좁은 나라에 살면서, 스쳐 지나가다가도 우연히 마주칠 만도 한데 한 번도 그런 일 없이 지나간 시간들이 아쉬워서, 흩어진 기억들 끄집어내 추억하며 한동안 상념에 젖어 본다.

그때는 허허벌판에 인가만 드문드문하던 지역이 지금은 엄청나게 발전하였다. 언젠가 부근을 지나가다가 아내가 말하였다.

"옛날에 여기다가 땅이라도 조금 사 놓았으면 좋았을 텐데…."

평택이 이렇게 발전하리라고 그때는 상상이라도 하였겠는가.

대전에서 초임 판사 생활

제대 후 1984년 9월 1일 비가 억수같이 내리고 한강이 위험수위를 넘나들던 날, 대법원에서 유태홍 대법원장님으로부터 판사 임명장을 받고 대전지방법원 판사로 보임되었다. 드디어 내가 어려서부터 꿈꾸던 법관이 된 것이다.

임명장을 받은 후 며칠간 신임법관 연수를 받았다. 선배 법관은 신임법관들에게 이렇게 강조하였다.

"쉽게 하려고 하면 안 된다, 철저하게 예의를 지켜라, 공무원으로서 실질과 형식을 겸비하라, 품위를 지키고 겸허한 자세를 유지하라, 기록을 철저히 독파하고 재판장과의 합의 시 충분히 무장하라, 원칙과 예외가 있으나 가급적 원칙적인 사람이 되라, 남이 안 보는 데서 의관을 정비하여 떳떳한 사람이 되라."

판사 임명 후 하늘을 우러러 하느님께 감사드렸다. 그리고 훌륭한 판사가 되어야 할 텐데, 하며 이런저런 마음의 준비를 하였다.

옛날 다이어리를 뒤적여 보니, 법관의 자격에 관하여 이렇게 적혀 있다.

첫째, 인격자여야 한다He must be a gentleman.

둘째, 정직하여야 한다He must be honest.

셋째, 용감하여야 한다He must be courageous.

넷째, 열심히 일하는 사람이어야 한다He must be a reasonably hard worker.

다섯째, 약간의 법률지식이 있으면 된다If he has some knowledge of law, it will be helpful.

19세기 말 미국의 어느 판사가 한 말이라고 한다.

1984년 9월 7일 대전지방법원에 부임하였다. 대전역에서 곧바로 중앙통 도로를 따라 내려가면 충청남도청이 있었고, 거기서 멀지 않은 곳에 법원과 검찰청도 자리 잡고 있었다. 오랜만에 법원청사 3, 4층 판사들 집무실에서 내려다보던 법원 마당과 시내 전경을 마음속에서 그려 보았다. 엊그제처럼 눈에 선하다. 최근 가 본 적은 없지만, 법원과 검찰청 청사는 그 후 정부대전청사가 자리 잡은 유성 쪽 행정타운으로 옮겼으니 옛 법원과 검찰청 자리가 지금은 어떻게 되어 있는지 모른다.

나는 형사합의부 겸 가사합의부 배석판사로 판사의 업무를 시작하였다. 부임하던 날 특별기일로 재판이 잡혀 있어서, 관례처럼 처음으로 부장님이 입혀 주신 법복을 입고 재판에 참여하였다. 법복을 입고 법정에 들어가 법대 위에 앉으면서 나의 판사로서의 업무가 본격적으로 시작되었다.

내가 평생 법조인으로 살아갈 첫 직장에서 선후배, 동료들과 상견례를 하고 생소한 실무를 하나하나 배워 가며 즐겁고 행복한 판사생활을 하였다. 환영회부터 열렸다. 환영회 자리에서 마시던 포도주(마주앙)는 지금도 기억에 생생하다. 원래 과실주를 많이 마시면 뒤끝이 좋지 않은 법, 술이 약한 탓에 많이 마시지도 않았는데 속이 뒤집혀 고생하였고, 그 술버릇은 그 후에도 습관처럼 계속 나를 괴롭혔다.

그 당시 전국의 판사 숫자는 지금에 비하면 많지 않았고, 사건 내용들이 비교적 복잡하지도 않았다. 종종 야근을 하였지만, 일과가 끝나면 주로 회식을 하거나 가끔 마작을 하였다. 그 시절에는 판사들 사이에서 가장 공통적인 오락이 마작이었고, 따라서 처음 판사로 임관하면 선배들이 후배들에게 우선 마작부터 가르쳤다. 나는 기박 등의 오락 종류 중에서 마작이 가장 경우의 수가 많아서 재미가 있는 반면 승패 간의 진폭이 적은 것이 아닐까 하고 생각하곤 하였다. 물론 룰(규칙)을 어떻게 정하고 하느냐에 따라 달라지기는 하겠지만.

말이 나왔으니 말이지만, 어느 동료는 부친이 젊어서부터 마작을 즐기다가 패가망신하고 건강까지 잃는 바람에 자신에게 절대 마작을 하지 말라고 엄명하였다면서, 부친이 돌아가시고 난 후에야 비로소 마작을 배우기도 했고, 근무하던 지역의 어느 원로 변호사는 며칠을 두고 밤을 새워 가며 마작을 하다가 의뢰인의 재판기일을 놓치는 바람에 손해배상청구 등을 호되게 당하였다는 소문도 들렸다. 나중에 골프를 배우면서 하던 말이지만 '주골야마'라고, 낮에 하는 운동으로 골프가 가장 재미있고, 밤에 즐기는 오락으로는 마작 이상이 없다고들 하였다.

마작은 극히 보수적인 법조계에서, 남녀노소가 같이 즐길 수 있는 가장 점잖은 오락이라는 장점이 있었다. 나도 마작을 배우고 난 후 부장님을 따라가서 법원장님과 함께 마작을 하기도 하였다. 그것이 이상하지 않고 자연스러웠으며, 상하 간 소통의 장으로서 퍽 의미 있는 전통으로 여겨졌다.

2년의 짧은 기간 동안 이례적으로 부장님 네 분을 모시면서, 배석판사로서 민사와 형사재판을 차례로 맡아 담당하였다. 사법연수원 수료 후 군대생활을 하면서 이론과 실무를 많이 잊어버리는 바람에 처음 얼마 동안에는 내가 써 드린 판결문 초안이 부장님에 의하여 새까맣게 수

첫 부임지인 대전지방법원 청사 앞마당에서

내 인생의 여름

정되었다. 부끄러웠지만, 두 번의 실수를 해서는 안 된다는 생각으로 열심히 노력한 결과 차츰차츰 수정내용이 거의 없어지는 것을 보고, 스스로 뿌듯하게 생각하곤 하였다. 컴퓨터가 보급되지 않던 시절, 판결문 등 모든 문서는 일일이 수작업으로 작성하던 때라서 요즈음의 작성문화와는 사뭇 달랐다.

판사생활을 오래 하다 보면 무수히 많은 동료와 선후배를 만나 같이 생활하고 일을 하게 되어 사실 특별한 애증관계가 형성되기 어려우나, 초임 시절 막 판사생활을 배우면서 만난 분들, 특히 합의부 부장님들은 이렇게 나이가 들게 되어도 잘 잊히지 않고 가끔씩 생각이 난다. 그때 우리들은 "판사 임관 후 처음 만난 부장님으로부터 DNA까지 닮는다."는 말을 농담으로 주고받곤 하였다.

나는 어린 아들 둘을 데리고 법원에서 꽤 떨어진, 대전 버스터미널에서 가까운 홍도동에 아파트를 전세 얻어 생활하였고, 그곳에서 이웃사람들과 사귀고 철 따라 가까운 곳으로 나들이도 다니면서 젊은 세월을 재밌게 보냈다. 동료들과 함께 쌀쌀한 초가을날 내장산 단풍놀이를 갔던 기억과 청주 쪽 유명한 깊은 산골 계곡으로 여름철 피서를 갔던 기억들이 새롭다. 어린 애들을 데리고 새마을호 기차를 타고 경주에 가서 즐겁게 구경하면서도 승용차 없이 넓은 시내를 다니느라 고생스러웠던 것도 기억난다.

나는 그때 외지에서 낯선 사람들과 부대껴 살아야 하는 아내와 아이들을 생각하여 사무실에서 야근하기보다는 보자기에 기록을 싸 가지고 집으로 왔고, 판결문 작성 등을 주로 집에서 하였다. 집에 오면 내 방에서 뭔가 읽고 작성하는 아빠의 모습에 익숙해진 아이들이 밖에서 "너희 아빠, 뭐 하시는 분이냐?"고 질문을 받고 "우리 아빠는 공부하는 사람이에요."라고 대답하였다고 하여, 그 후에도 한동안 아내와 나는 추억처럼 그 말을 떠올리곤 하였다.

대전에서 초임 판사로서 처음 법조계에 편입된 후 법조인, 특히 법관 특유의 문화와 규칙을 습득하고 이에 적응하는 과정을 보냈다. 우리나라는, 요즈음 조금 변화하고 있지만, 전통적으로 사법시험에 합격하고 연수원을 수료하고 나면 바로 판사로 임용되어 주니어 판사를 거쳐 시니어 판사로의 경로를 따라가는 고유의 법관 임용절차를 따른다. 따라서 처음 판사로 임명받음과 동시에 시니어 판사인 부장판사로부터 판사로서의 언행과 품성, 업무수행 능력을 훈련받게 된다.

언제부터인가 바뀌었지만, 내가 처음 판사로 임관하던 당시에는, 특히 재경지역의 경우 보편적으로 배석판사 두 명이 부장판사와 같은 사무실을 사용하였다. 불편한 점이 많았다. 전화를 받거나 손님이 찾아오거나, 특히 담배를 피우는 경우 배석판사들은 부장님의 눈치를 살펴야 했다. 그럼에도 불구하고 실무적인 면은 물론 일상적인 면에서 선배로부터 많이 배운다는 장점이 있었다.

선배 부장님들의 실력이나 품행이 늘 모범적이지는 않다. 따라서 후배로서는 필요에 따라 취사선택하면 된다. 법관 특유의 문화와 규칙 역시 늘 바람직하거나 아름답지도 않다. 그중의 하나가 판사들 사이의 서열문화인데, 판사들은 각종 인사나 대우 면에서 철저히 서열에 따른다. 심지어는 외부에서 이동 중에도 서열에 맞추어 서서 걸어간다. 이를 국민들은 좋지 않은 시선으로 보기도 하고, 언론에서 여러 번 비판기사를 쓰기도 하였다.

판사에게 부여된 헌법과 법률에 따른 역할 등을 감안할 때, 너무 형식적인 서열문화는 확실히 문제가 있으나, 한편으로 인사문제를 비롯하여 모든 것을 일정한 기준 없이 자의적으로 결정하지 않고 서열에 따름으로써 판사의 신분보장과 사법부의 독립 등에 긍정적인 기여를 한다는 점도 엄연한 사실이다.

모든 것이 새롭고 생소하였던 초임 판사 시절, 대전에서의 생활을 회고하면 금방 떠오르는 것 중의 하나가 종종 가서 즐겼던 유명한 평양냉면이다. 방사하여 기른 닭이 귀하던 때였는데, 육질 좋은 닭백숙과 같이 먹던 물냉면 한 그릇은 정말 일품이었다. 대학교에 낙방한 후 고등학교 친구의 집에서 재수할 때 그의 안내로 처음 유명한 '오장동 함흥냉면'을 먹어 보았고 냉면이 무엇인지 비로소 배우고 좋아하게 되었지만 평양냉면의 제맛은 미처 알지 못하던 때였는데, 대전에서 그 진미를 맛보게 된 것이다.

한국전쟁을 겪은 후 이북에서 내려온 많은 실향민들이 계룡산 남쪽 자락에 자리 잡고 살면서 고향에서 해먹던 냉면식당을 차려 운영하였다. 그러다 계룡대가 들어서면서 오랫동안 터를 잡고 살던 곳에서 쫓겨나와 대덕연구단지 부근으로 이주하여 새로운 터전을 정하고 냉면집을 계속하였는데, 우리는 그 전통 이북 냉면집을 단골 삼아 다녔었다. 메밀이 가득 들어가 고소하고 질기지 않은 면발을 특징으로 하는 고유의 평양냉면! 후에 천안지원을 거쳐 의정부지원으로 전근하였을 때 송추에서 비슷한 평양냉면집을 발견하고 얼마나 반가웠던지…. 대전에서부터 시작된 우리 부부의 평양냉면 사랑은 지금까지도 변함없고, 해가 갈수록 더 강렬하여진다.

대전에서 근무하면서, 내가 사법시험을 준비할 때 몇 달간 공부하던 절에 아내와 아이들을 데리고 간 적이 있다.

"여보! 내가 공부하던 곳이 여기야, 애들아! 아빠가 옛날에 이런 데서 공부하였어…."

많이 변하여 옛 모습을 찾기 어려웠고, 특히 우리가 공부하였던 별채는 이제 찾아볼 수 없었다. 세대가 변하고 세상이 바뀌어, 언제부터인가 고시공부를 한다고 산사를 찾던 전통도 사라진 지 오래이다. 몇 년의 세월은 참으로 많은 변화를 남겼더랬다. '내가 이런 데서 공부했었나?' 할 정도로 생소하고 어색하였던 기억이 난다.

지금도 대전 식장산 중허리에 자리 잡은 그 절을 가기 위하여 버스를 타고 가 입구 신작로에서 내려 한동안 올라가던 굽이굽이 산길과 오랜 전통을 자랑하는 절의 모습, 대웅전을 마주 보고 경내 한 귀퉁이에 자리 잡은 별채 공부방이 눈앞에 어른거린다. 그 별채 뒤로 조그만 물길이 있어서, 여름 장마철에 내리는 비가 제법 물소리를 내며 시냇물을 만들었고, 우리는 때때로 공부에 지친 심신을 달랠 겸 그 시냇물에서 미역을 감곤 하였는데….

　지방 근무를 하면서 본원에서 2년을 보내고 나머지 2년은 관내 지원에서 근무하던 관례에 따라, 나는 '관내 지원 중에서 어디로 가게 될까?' 하고 궁금해하던 차 다행히도 천안지원 발령을 받았다.

　대전지방법원 관내에 여러 지원이 있지만, 천안지원은 서울에 가깝고 교통이 좋기 때문에 판사들이 가장 선호하는 법원이었다. 그래서 때로 서울에 근무하다가 경향교류 인사명령으로 지방에 내려올 때 천안지원을 정하여 내려오는 경우가 종종 있었다. 천안지원은 대전지방법원 천안지원이 아니라 서울지방법원 천안지원이라는 말이 들릴 정도였는데, 나는 아무런 특별한 배경도 없이 그 어려운 천안지원으로 발령을 받은 것이다. 당시 인사발령의 경위를 지금까지도 나는 잘 모르지만, 아무튼 교통 좋고 근무여건도 좋은 천안지원에서 근무하게 되어 무척 기뻤다.

천안지원으로 전근하다

　나는 '천안? 이름 그대로 하늘 아래 가장 편한 동네 아닐까?' 하고 기대에 부풀어 천안지원으로 부임하였다.

　우선 교통이 좋았다. 그 옛날 조선시대 때에도 한양에서 경상도와 전라도로 내려가기 위해서 반드시 거쳐야 하였다는 분기점 대로大路, 천안 삼거리가 있는 곳 아닌가! 서울을 가거나 시골로 가거나 바로 기차를 이용할 수 있고, 교통이 복잡하지 않던 때라서 서울 강남에서는 승용차 출퇴근도 가능하였다. 군대 생활 3년을 평택에서 보낸 덕분에 그곳에서 가까운 천안은 왠지 친숙한 분위기가 느껴졌다.

　천안 하면 우선 내가 3년 이상을 거주한 관사가 생각난다. 역사가 오래되어 처음 건립된 유래도 명확하지 않은 허름한 단독주택이었다. 옛날 천안 지역의 재조 및 재야 법조인들이 회원이던 법우회라는 단체가 마련했다는 정도로만 알려진 재산인데, 확실한 주인이나 유지비가 별도로 없다 보니 관리상태는 엉망이었다.

나는 근무 기간 내내 그곳에서 살았다. 처음 연탄을 때다가 궁여지책으로 노력한 끝에 기름보일러를 설치하여 지내게 되니 그리 행복할 수가 없었다. 불편해도 우선 별도의 주택비용이 필요 없어서 좋았고, 당시 선배 한 명이 시내에 우뚝 선 유일한 고층아파트에 살다가 다른 곳으로 전근했는데 그 아파트가 정리되지 않아서 한참 고생하였다는 소식을 들은 터라 별 고민하지 않고 참고 살았다. 건평 20평 정도의 주택에 방이

천안지원 근무시절 관사 앞에서 두 아들

3개라서 올망졸망 좁았다. 거기에 조그마한 다락과 부엌 등이 있었으니….

마침 관사 앞에 제법 넓은 공터가 있어서 아들 둘과 함께 나가 플라스틱 야구 배트와 공으로 스윙연습을 하곤 하였는데, 언젠가 궁금하여 그곳을 지나가 보니 이제 옛 모습은 간데없고 완전히 다른 동네가 되어 있었다. 가끔 시내 극장에 가서 영화를 보고, 지역에서 유명한 시장통 칼국수 집에서 수육과 함께 칼국수를 즐기기도 하던 시절, 그 와중에 아들 둘이 유아원을 거치고 큰아들은 초등학교를 다니다가 훗날 서울로 이사하였다.

나는 천안지원에서 처음에는 합의부 배석 겸 단독판사 업무를 맡아 일하였고, 1년 이상 지나자 법관이 증원되어 단독판사 업무만 전담하였는데, 민사사건과 형사사건 등으로 이루어진 단독판사 업무를 두 사람이 나누어 담당하였다.

정말 정신없이 바쁘게 생활하였다. 재판 업무 외에 운동이나 마작 등 취미생활에 석사학위 논문 준비를 하느라고 눈코 뜰 새가 없었다. 나중에 이러저런 사정을 감안하여 포기하였지만, 한동안 해외연수를 준비하기 위한 외국어 공부에도 시간을 할애하였다. 대전에서 모시던 부장님이 천안지원의 이런 사정을 들으시고 "오 판사, 참 일복이 많은가 봐요."라고 말씀하셨다. 그래도 주니어 판사로서 가장 기억에 많이 남는 세월이 아니었나 싶다. 새삼 그때를 회상하자니 괜히 가슴이 설레어 온다.

주어진 업무에 충실하되, 법원 구내에 코트가 있어서 동료 판사나 직원들과 테니스를 계속하였고, 지원장님 포함 합의부 구성원 판사 3명과 단독판사 2명 등 법관 숫자가 단출하여 늘 같이 어울려 다니면서 종종 마작 등 오락을 즐겼다.

지금까지도 즐겨하는 골프를 그곳에서 처음 시작하였다. 천안 관내는 나중에 천안시로 통합된 천안시와 천원군, 그리고 온양시와 아산군 등이 있었는데, 관내에 유서 깊은 '도고 C.C.(골프장)'가 있어서 골프 치기

지리산 화엄사에서

에 아주 좋은 여건이었다. 옛날 어떻게 그런 시골에 처음 골프장이 개설되었는지 알 수 없으나, 도고골프장은 온양온천, 도고온천과 함께 각계각층의 유명인들도 종종 찾는 곳이었고, 요즘 개장하는 골프장들에 비하여 넓고 평편하여 초보자가 골프하기에도 참 좋았다.

내가 처음 골프를 시작할 때만 해도 충청남도에 유성골프장과 도고골프장 정도만 있던 시절이고 골프 인구도 많지 않아서, 평일에는 하루 종일 라운딩을 하여도 추가 그린피를 받지 않던, 참으로 '호랑이 담배 피던 시절'이었다. 그러다가 조금 지나니 주말에 예약이 어려워지고, 추가 라운딩 자체가 힘들어졌다. 천안에 거주하는 우리가 어쩌다 새벽에 골프장에 가면 서울에서부터 새벽 세, 네 시에 일어나 그곳까지 달려온 골퍼들을 만날 정도였다.

이제 천안 관내에만 엄청 많은 골프장들이 생겼고, 전국적으로는 수백 개의 골프장이 있으니, 참으로 격세지감이 든다. 지원장님의 권유로 골프에 입문하여 신체적 단련으로서의 의미 외에 골프라는 운동이 우리에게 주는 교훈을 인생살이에 반영하며 살아오면서 벌써 30여 년이 흘렀다. 당시 천안에서 나보다 조금 연상인, 골프를 좋아하는 지인들을 만날 수 있었는데, 온양온천 수영장에서 함께 수영을 배우고, 주말에는 물 좋은 곳으로 천렵을 가는 등 여가 생활을 같이했고, 지금도 일 년에 한두 번씩 만나 운동을 하면서 노년을 향하여 가는 좋은 인연을 맺었다.

천안지원에 근무하는 동안 서울대학교 대학원에서 1987년 2월 졸업식에 겨우 시한에 맞추어 경제법 전공(논문 제목, 독점규제 및 공정거래에 관한 법률에 있어서 손해배상청구)으로 석사학위를 받았고, 이는 내가 공정거래위원회와의 인연을 맺게 된 계기가 되었다. 충분한 준비와 여유가 있었더라면 좀 더 나은 논문을 작성할 수 있었을 텐데, 그때만 해도 '어렵게 대학원 수료한 것이니 일단 학위는 받아야지.' 하는 심정으로, 바쁜 일과 속에서 겨우겨우 이루어 낸 것이었다. 그 후 내 경력과 인맥에 상당한 영향을 미쳤으니, 결과적으로 잘한 것이고 유익한 것이었음이 틀림없다.

천안지원에 근무하던 기간, 1987년 5월 어느 날 80세 중반 연세의 아버지께서 돌아가셨다. 어머니 말씀에 의하면 중년의 나이에 많이 편찮으셔서 주변에서 모두 곧 돌아가실 것 같다고 하였단다. 의료기술이 발전하기 전이기도 하고 여러 가지 사정으로 현대 의료혜택을 받지 못하시고 어디가 어떻게 아프셨는지조차 파악하지 못했지만 다행히 어머니의 지극정성으로 회복하셨었다.

그 후 내가 나이 들어서는 특별히 질병으로 고생하시는 것을 본 적은 없다. 그런 아버지가 80세 초반 나들이하다가 넘어져 고관절이 골절되는 상해를 입으셨다. 병원 의사선생님 말씀이, 연로하셔서 수술을 하기 어렵다고 했다. 집에서 자연적인 치유를 기대할 수밖에 없었고, 마지막에 지팡이를 짚고 집 밖으로 출입할 정도로 약간 회복하셨으나, 결국 그 길로 기력을 잃으시고 상해를 입은 지 3년 정도 후에 돌아가셨다.

장례식장이 생기기 전이었고 시골이라서 집에서 전통적인 가족장을 치렀다. 나로서는 처음 겪는 집안 장례식이라 허둥대었다. 특히 경향 각지에서 조문 오시는 분들에게 특별히 미안하였다. 내가 근무하던 천안에서 많은 분이 고향 산골까지 조문을 오셨고, 나의 연수원 동기들 중 지방에서 근무하던 여러 분이 우리 집을 찾아왔다. 미안하고 감사한 마음 한량없다.

나는 중학교 졸업 후 서울로 진학하였고, 가끔 방학이나 휴가 때 시골에서 지낸 것을 제외하면 아버지와의 특별한 추억이나 일화가 없다. 그저 어려운 가정에서 태어나 식구들 건사하느라 결혼까지 늦게 하셨고, 분가하여 지금의 고향에서 터를 잡은 후 근근이 살아오시면서 나름 남에게 피해 주지 않고 정직하게 사셨으며, 가족들 간에 화목하게 살도록 가장으로서 최선을 다하였음을 어렴풋이 기억할 뿐이다.

돌아가시기 전 시골에 갔다가 귀경하려고 인사를 드릴 때면 종종 "요즘 기력이 쇠하고 꿈자리도 사나웠는데, 이제 가면 너를 다시 못 볼지 모르겠다."고 하셨는데, 마지막엔 그토록 평화로운 모습으로 영원히 잠드셨다.

다음 해 11월 하순 경 장모님께서 돌아가셨다. 장모님은 평생 공무원 생활하다가 말년에 국회의원을 역임하신 장인어른을 대신하여 집안 살림을 도맡아 하시면서 3남3녀를 모두 훌륭하게 교육시키고 막내인 내 아내까지 결혼시키셔서 이제 편안히 여생을 즐기며 사실 일만 남았는데, 오랜 지병으로 고생하시다가 70세도 되기 전 너무도 빨리 영면하셨다.

장인어른과 함께 막내사위인 나를 많이 예뻐해 주셨고, 서투른 신혼 살림을 하던 우리 부부를 노심초사 늘 걱정하시고 돌보아 주셨다.

자주 병원에 입원하시면서 투병하시던 어느 날, "내가 큰사위 장·차관 되고 막내사위 부장판사 되는 것만 보고 죽으면 좋겠는데…" 하고 말씀하시던 모습이 엊그제 같은데, 끝내 그 소원 이루지 못하고 가셨다. 내가 나중에 부장판사로 승진하여 정읍지원장에 부임하면서도 바로 장모님의 얼굴이 떠올랐다.

천안에서만 계속 근무할 수는 없는 노릇, 인사관례에 따라 재경지역으로 전근을 가야 하는데 특별히 서두를 이유는 없었다. 맡은 일 열심히 하되 취미생활도 재미나게 즐겼다. 요즈음 유행하는 '워라밸Work and Life Balance'이 어느 정도 보장된 여건이어서, 2년 정도 근무 후 재경지역으로 전근이 가능하였으나 1년 연장을 신청하였고, 그 결과 천안에서 3년 반을 보낸 후 1990년 3월 초 정기 인사철에 서울지방법원 의정부지원으로 옮겼다.

전근 후 의정부법원에서 천안에 있는 사람들에게 인사편지를 보냈다. 그때는 전근 후 많이들 이런 인사장을 보내곤 하였다.

안녕하셨습니까? 생소한 산과 들 낯설기만 한 도시를 바라보면서 마음은 천안으로 달려가 그곳에 정들었던 곳곳을 누비고 다닙니다. 그래도 이제 처음 부임하던 날의 그 삭막하고 텅 빈 마음은 조금 진정되었지만 막상 제가 근무하던 사무실을 나오려 할 때의 울컥했던 서운함과 그리워지는 얼굴들의 다정한 모습을 떠올리면서 천안과 온양 지역에 계신 여러분의 저에 대한 정이 한없이 따뜻했음을 느낍니다. 제가 원래 정이 많은 편이기도 하지만 여러분들이 특히 좋으신 분들이었기 때문임을 잘 알고 있습니다.

정말 정이 많이 들었던 천안생활 3년 반이었습니다. 그 세월이 제 일생에 있어 가장 즐겁고 보람찬 기간일 것임을 확신하고 있습니다. 다만 여러분의 그 후대에 보답하기는커녕 자리만 어지럽히고 온 것은 아닌가 하고 부끄러워지는 마음은 떠날 때나 지금이나 변함이 없습니다. 서둘러 오다 보니 제대로 인사드리지 못하고 이 서면으로 대신함을 용서하십시오. 지금 이 순간, 그 좋았던 분위기, 기억에 남는 도시 구석구석, 잘 다니던 집들과 열심히 했던 운동, 그리고 흔쾌히 보살펴 주셨던 여러분의 따뜻한 정을 다시 생각하면서 형언할 수 없는 그리움과 고마움으로 당장이라도 다시 그곳으로 되돌아가고 싶은 심정입니다. 두고두고 잊지 않고 즐거운 기억으로 간직하겠습니다.

끝까지 저의 떠나온 길에 전송하여 주신 데 대하여 감사드리며 앞으로도 종종 만나 뵐 수 있기를 고대합니다. 늘 건강하시고 하시는 일에 영광이, 가정에 행복이 가득하시기를 기원합니다. 안녕히 계십시오. (1990년 3월 서울지방법원 의정부지원에서)

드디어 재경지역 법관으로

천안에서 재경지역으로의 전근을 앞두고, 어디로 발령이 날지 알 수 없었지만 일단 서울 강남에 어렵게 집을 마련하였는데, 의정부지원으로 발령이 났다. 집을 마련하고 나서 1년쯤 지난 후 집값이 폭등하였다. 참 아슬아슬하였다.

의정부는 나에게 생소한 곳이었다. 처음 부임하였을 때 사무실 창문을 통하여 내다본 시내의 모습은 그리 포근하거나 따뜻하지 않았다. 그래도 정을 붙이고 지낼 수밖에. 정들면 타향도 고향이 된다고 하지 않던가.

의정부지원에서 지내는 동안 내내 힘들었던 점은 서울 강남에서 출퇴근을 하는 것이었다. 나와 비슷한 처지에 있던 동료, 선후배 판사들과 함께 카풀car pool을 만들어서 교대로 운전하며 다녔다. 지금보다야 좀 나았겠지만, 예나 지금이나 교통이 복잡하긴 마찬가지. 강남에서 의정부로 왕복하는 길은 서너 코스가 있었다.

가장 단거리는 성수대교를 지나 제기동을 따라 가는 도로로서, 아마도 과거 전라남도 목포시에서 평안북도 신의주시에 이르는 우리나라 1번 국도가 그 길 아니었을까? 상계동과 하계동을 지나는 '동일로'와 '동이로', 그리고 불광동 쪽을 통하여 북한산 뒤를 따라 서쪽으로 돌아가는 길과 구리시와 퇴계원을 따라 동쪽으로 돌아가는 길 등이 우리가 다양하게 선택한 코스였다. 그때그때 교통상황을 봐 가며 다녔는데, 지금과 같이 실시간 교통상황을 알 수 있는 항법장치navigation가 없던 때라 경험에 의한 평균적 교통상황을 가늠하며 움직일 수밖에 없었다. 내가 의정부지원을 떠나고 한참 지난 후에 '동부간선도로'와 '외곽순환고속도로'가 개통되어, 지금은 옛날보다는 서울 강남에서 의정부로 오고가는 교통상황이 훨씬 양호한 편이다.

어렵게 같이 어울려 출퇴근을 하던 그 길 위에 우리는 많은 소통, 애환과 사연들을 남겼다. 각자 독립적으로 일하고 생활하는 것이 일상화된 법관들로서 쉽게 경험하기 어려운 추억이었고, 지금도 그때 그 멤버들을 어디서라도 마주치면 누구보다 반가운 마음이 든다.

의정부지원에서 단독판사로 근무하는 동안 민사사건과 형사사건 등을 순환보직으로 담당하였다. 재판을 하면서 인상 깊었던 일은, 당시 의정부지원의 관할구역인 고양시와 파주시 등에 한창 개발붐이 불던 때라

민사사건이 많이 제기되었고, 또한 전통적으로 휴전선 지역을 관할하는 관계로 경기도 북부지방의 토지소유권 확인 등을 구하는 민사사건이 많았다는 점이다. 그때 의정부지원 관할구역은 4개시 8개군으로 상당히 광활하였다. 현장검증을 위하여 휴전선 부근 임진강 넘어서까지 군부대의 허가를 받아 출입하곤 하였다.

요즈음 경기 북부지역을 가 보면 옛날과 비교하여 실로 하늘과 땅 차이다. 고양시가 개발되어 거대 도시가 된 것은 벌써 옛날이고, 그 외에도 많은 신도시가 추가로 개발되어 옛날에는 자주 다니던 곳인데도 어디가 어디인지 분간할 수 없다.

그 당시는 한창 혈기 왕성하여 열심히 일하고 부지런히 놀던 시절이라서, 단독판사들끼리 점심 때 동두천 시내에 있는 유명한 떡갈비집까지 가서 식사를 하기도 하고, 때때로 임진강가 식당에 가서 장어요리나 황복요리를 먹기도 하고, 같이 어울려 테니스나 새벽골프를 즐기는 등, 그야말로 공적으로나 사적으로 거침이 없던 시절이었다고나 할까?

재판 업무 외에 전통적으로 선거관리위원장을 맡게 되었고, 남양주시에 배정되는 바람에 상당히 넓은 남양주시 관내를 두루 다녀 볼 기회를 가졌다. 서울에 가까워서 서울 생활권에 속하면서도 산천경개도 좋아서 자주 찾아가 머무르고 싶은 곳이었다.

즐거운 시간은 빨리도 지나간다. 지방으로 초임 발령을 받은 후 재경

지역까지 왔지만 제대로 법관생활을 하려면 서초동 서울지방법원으로 부임하는 것이 꿈이랄까, 어느새 주니어 법관을 면하고 중견법관을 향하여 서울고등법원으로 갈 차례가 되었다.

의정부지원에서 1년 2개월 정도 짧게 일하다가 때가 되어 1991년 4월 21일자로 서울고등법원 판사로 승진하여 서울로 옮겼다.

서울에 입성하다

대전지방법원에 초임 발령을 받고 상당한 세월이 흐른 후 드디어 서울법원으로 입성하였다. 봄날 서초동 서울법원 청사에 새로 조성된 경내 주위로 철쭉꽃과 영산홍이 화사하게 피어나 한 달쯤 우리 마음을 즐겁게 해 주던 계절이었다.

고등법원의 재판업무는 민사부와 형사부, 그리고 특별부 등으로 크게 구분되었는데, 나는 특별부에 배정되었다. 특별부는 행정소송과 조세소송 등을 전담하는 재판부이다. 그러한 소송은 지금은 지방법원에서부터 시작하지만 그 당시엔 고등법원에서부터 1심을 담당하였다. 고등법원에 근무하는 동안 특별부에 배속되지 못하여 특별부 사건을 다루어 보지 못한 채 재판연구관으로 가는 경우가 많아서, 처음부터 특별부에 배속된 일은 나에게 약간 행운이었다.

서울고등법원의 재판은 종래 하던 업무와 격이 다르다고나 할까? 지금도 그렇지만, 규모가 크고 쟁점이 복잡하며 세간의 이목이 집중되는 사건들이 서울로 많이 쏠리고, 그런 사건들이 1심 재판을 거쳐 서울고등법원으로 올라오기 때문에 늘 긴장감 속에서 고등법원 배석판사의 업무를 수행하였다.

매주 법정에서 재판을 한 후 사건이 결심되면 선고기일을 정하여 주당 평균 3~4건 정도 판결선고를 하는데, 사건이 많다 보니 선고기일이 몇 달 후까지 순차적으로 잡혔다. 캐비닛에 두꺼운 기록들을 쌓아 놓고 그때그때 꺼내서 검토하고 판결서를 작성하여 선고하는 틀에 박힌 업무 그 자체가 나에게는 스트레스였다. 멘탈이 약한 탓인가? 급기야 만성위염증세로 고생하였고, 좋아하던 하루 한 잔의 커피도 끊었다. 그러한 일이 판사로 일하는 동안 가끔 나타나 나를 괴롭혔다.

특이하다고 할까, 당시 행정소송 중 토지수용사건은 중앙토지수용위원회만을 피고로 하는 것이어서 전국적으로 중앙토지수용위원회가 소재한 서울고등법원에 전속관할되었고, 때때로 현장검증이 필요하면 제주도도 마다하지 않고 갔었다. 우리 재판부에서는 두세 사건을 모아 한꺼번에 출장길을 떠나서, 마지막으로 목포 '대불산업단지' 토지수용사건의 현장검증까지 마친 적이 있다. 부장님 관용차를 타고 서울에서 목포까지 먼 거리를 가면서 이곳저곳 구경도 하고 맛있는 음식도 먹으며 소풍 같은 출장을 간 일이 추억 속에 남아 있다.

얼마 후 행정소송의 1심관할이 변경되었고, 토지수용사건의 관할도 바뀌었으며, 이제는 판사들이 먼 거리를 출장 다니던 재미도 여러 여건 상 없어졌다. 아쉬워해야 할지, 세상이 변한 만큼 당연한 흐름으로 받아들여야 할지…?

두 분의 부장님을 차례로 모시며 근무하였는데, 후에 한 분은 대법관으로, 또 한 분은 헌법재판관으로 승진하시는 좋은 인연이 이루어졌다.

서울고등법원에서 1년 반을 마치고, 마침 새롭게 시행된 인사정책에 따라 나는 다시 서울지방법원 단독판사가 되었다. 지방법원 단독판사의 위상을 높여서 1심재판을 강화하고자 하는 대법원의 정책에 따라 직무대리라는 제도가 새로 생긴 것이다. 특별부 근무를 마치고 고등법원 민사부나 형사부로 옮겨야 하는데 다시 지방법원 단독판사 업무를 담당하게 되어, 조금 편하여 좋으면서도 다른 한편으로는 서울고등법원에서 중요한 민·형사사건을 직접 다루어 보지 못해 아쉽기도 했다.

서울지방법원이나 서울고등법원은 우리나라 수도의 모든 사건을 담당하는 관계로 질적으로나 양적으로 어렵고 규모가 큰 사건들이 집중되기 마련이다. 나는 서울지방법원에서 민사단독으로서 경매사건이나 보전소송사건 등을 담당하였는데, 워낙 큰 사건들이라 상당히 긴장이 되었다.

경매사건 중에서는 시내 중심의 백화점 사건으로 감정평가금액만 1,500억 원 하는 것이 있었고, 보전소송 사건을 담당하면서 집합건물등

기에 관하여 새롭게 제도를 정립하고 경매절차에서 호가제呼價制를 입찰제入札制로 바꾸는 등 중요한 정책적 실무례를 만드는 데 일부 관여하느라 어려움을 겪기도 하였다.

판사가 담당하는 업무야 그 어느 것 하나 중요하지 않고 어렵지 않은 것이 있을까만, 그때 내가 담당하였던 모든 업무가 참 보람 있고 중요하였다. 사법시험을 공부할 때 교과서에서나 보던 사례나 쟁점들이 실제 기록을 통하여 제기되는 것을 보고, 역시 대부분의 중요한 법률문화는 서울지방법원에서부터 출발하는구나 하고 깨달았다. 종종 지방에 근무하는 판사들이 전화하여 이론이나 서울의 실무례를 묻는 것을 보고 서울지방법원의 위상을 실감하였다. 자동차사고로 인한 손해배상청구 소송에 관련된 사례와 기본원칙 등을 정리하는 책자를 발행하는 데 참여하기도 하였다. 지내고 보니 가슴 뿌듯하다.

서울지방법원에서 근무하는 동안 인연을 맺은 김승진 법원장님의 추천으로, 여러 가지 부족하기 짝이 없는 나였지만 재판연구관 때 천주교 서울대교구에서 주관하는 남성 제181차 '꾸르실료' 과정에 법조 대표로 참가하였다.

며칠 동안 진행된 교육과정의 내용은, 통상의 경우와 같았겠지만 거의 기억이 나지 않는다. 그러나 잊히지 않고 생생하게 기억나는 일이 있다. 마지막 날 새벽 본당별로 많은 교우들이 우리가 잠든 사이 새벽잠 설치고 와서, 희미한 촛불 앞에서 무릎 꿇고 두 손을 들고 앉아 우리를 위하여 기도를 해 주시는 과정이 있었는데, 예상치 못한 그 숙연하고 진지한 모습을 마주하니 순간 눈물이 왈칵 쏟아졌다.

　평소 누군가 나를 위하여 기도해 주고 있다는 것만큼, 내가 어려움에 처하여 있을 때 큰 위로가 되는 것은 없다. 평신도로서 특별한 감흥 없이 신앙생활을 하던 중 하느님께 조금이라도 더 가까이 다가가는 계기가 되었다. 그 후에도 종교모임 때마다 김승진 원장님을 종종 뵈었는데, 요즈음은 건강이 예전 같지 않으시다는 전언에 마음이 많이 아프다.

대법원 재판연구관

재판연구관은 대법관을 보좌하는 판사로서, 오로지 기록을 검토하고 보고서를 작성하여 올리는 업무를 담당할 뿐 대법원 상고사건에 대하여 연구관의 이름으로 재판을 하고 판결을 선고하는 법관이 아니다.

요즈음 대법원 사건이 워낙 폭주하여 연구관들의 업무 부담이 상상 이상이라고 알고 있는데, 내가 연구관으로 근무할 때도 비슷하였다. 연구관은 대법관에게 전속되는 연구관과 비전속 연구관으로 구분되고, 비전속 연구관은 다시 일반조, 행정조, 조세조, 근로조, 특허조 등으로 나뉘었는데, 나는 서울고등법원에서 특별부에 근무한 경력이 반영된 것인지, 행정조에 배속되었다. 행정조는 업무의 하중이 상대적으로 조금은 편하다.

첫날 선임 연구관이 우리에게 오리엔테이션을 하는 자리에서 "여러분의 일생에 있어서 연구관 시절은 없었던 기간으로 생각하세요."라고 말하여 모두들 바짝 긴장하였다. 소문을 들어 어느 정도 각오들을 하고 있던 차, 일상의 재미를 모두 잊고 주변 신경 쓰지 말고 그저 열심히 일만 하라는 말에 더욱 긴장할 수밖에.

연구관으로 일할 때 사건의 질이나 규모 면에서 오는 부담도 컸지만, 최종심에 관여한다는 데서 오는 심적 부담이 가장 심하였다. 누구나 사람인 이상 오류나 실수가 있다. 그것을 바로잡기 위하여 3심제도가 있는 것이다. 재판을 담당하는 법관들의 입장에서는 내가 혹시 잘못 판단하더라도 상소심에서 바로잡아지겠지 하는 마음가짐으로 스스로 위안하는 면도 없지 않는데, 대법원은 최종심이므로 만약 대법원에서 실수를 하면 그 실수를 시정할 길이 제도적으로 거의 없다. 따라서 최종심이라는 부담이 제일 크게 느껴졌다.

재판연구관의 업무가 그러할진대, 법관으로 일하는 동안 재판연구관은 하중은 많되 참 재미없는 기간이었다. 그래서 선배가 '일생에서 없던 기간으로 생각하라.'고 하였나 보다 하며 지냈다.

스스로 건강을 챙기는 일은 나이나 세월과 상관없이 언제나 중요하다. 나는 옛날 대법원 자리에서 근무할 당시, 토요일에 자동차 뒷좌석에 등산옷과 신발을 싣고 출근하였다가, 오전 근무를 마치고 구내식당에서 점심을 먹은 후 혼자 구기동으로 가 북한산 등산을 하곤 하였다. 혼자 하는 등산의 묘미를 그때부터 터득하였다. 부지런히 대성문까지 가는

데 채 한 시간도 걸리지 않는다. 그렇게 등산으로 심기를 일신하고 귀가하면 다음 한 주의 업무가 훨씬 수월하였고, 그마저 못 하면 한 주 보내기가 참 퍽퍽하였다.

매일 점심을 먹고 난 후 덕수궁 경내를 산책하며 연구관 시절의 고통과 어려움을 경감하는 청량제로 삼았다. 공무원들에게 특별히 점심시간에 한하여 무료개방을 하여 준 덕분이었다.

연구관 첫해 7월 24일부터 8월 7일까지 15일간 '사법제도시찰' 명목으로 서유럽 여행을 다녀왔다. 그해는 북한 김일성 주석이 사망한 해로서, 기상관측 사상 유래 없이 더운 여름이 닥쳤다. 처음으로 관용여권을 만들어서 온 가족과 함께 첫 해외여행을 간 일은 오래오래 가슴 설레는 기억으로 남았다.

가족들이 오랫동안 인내하며 판사의 길을 후원하고 응원하여 준 데에 대한 조그마한 보상이었다고 할까? 보통 1년 정도의 기간으로 가는 장기해외연수를 갔더라면 아이들 어학능력 향상에 도움이 되었을 텐데, 하는 생각을 한참 지난 후 하였지만, 그때는 15일의 짧은 기간의 해외여행만이라도 참 좋았다.

동료 연구관 3명의 가족들과 함께 서유럽 7개국을 둘러보는 일정이었고, 첫 해외여행에서 느끼는 호기심과 설렘으로 어떻게 보냈는지 모르게 시간이 빠르게 지나갔지만, 그래도 먼 훗날 우리 아이들과 함께 처음 한 해외여행을 추억할 수 있겠지, 생각하였다. 사실상 첫 해외 가족여행에 들떠서 어떻게 지나갔는지 모를 그 여행은, 아직 해외여행이 무

온 가족이 처음 나선 서유럽 관광길에 이탈리아에서

엊인지 알 듯 모를 듯할 때의 아이들의, 때로는 짜증내고 때로는 즐거워하는 모습을 가득 기록한 한 움큼의 사진을 남겼다. 우리 가족의 첫 해외여행은 잊을 수 없는 추억으로 자리 잡아 지금도 종종 유럽을 새삼 그리워하곤 한다.

재판연구관 2년 중 후반기에 들어서 동기 몇 명이서 지리산 천왕봉 등산을 감행하였다.

아, 지리산…! 명색이 지리산 자락에 위치한 남원 출신으로서, 늘 천왕봉을 멀리서 바라보고 자란 처지에 실제 천왕봉을 올라가 보는 것이 처음이었으니, 감회가 남달랐음은 어쩌면 당연한 것이었으리라!

가까운 연구관 동료들 6명이서 상당 기간 준비하고 나서, 남원에 내려가 1박한 후 새벽부터 출발하여 백무동 – 하동바위 – 천왕봉 – 한신계곡 – 백무동 코스를 10시간 정도 걸었는데, 힘들었지만 보람 있는 여정이었다. 특히 하산하면서 한신계곡을 따라 10여km 이상 산길을 걷는 것은 참 지루하고 힘들었다.

저녁에 순천으로 내려가 그 지역 친구의 도움으로 여흥을 즐긴 후 다음 날 선암사와 송광사 등을 구경하고 저녁 늦게 서울로 귀환하였다. 모두들 대만족한 2박 3일이었다.

2년간의 대법원 근무 기간 중 후반기 말에 대법원 청사가 서초동으로 이전하여 우리도 따라서 이사를 하였다. 새 건물에서 근무하는 재미도 나름 괜찮았다. 점심식사 후 방배동 뒷산으로 산책하던 것이 관례였고,

동료 재판연구관들과 함께 지리산 천왕봉에 오르다

때때로 지금도 존재하는 대법원 테니스 코트에서 운동도 하며 보냈다.

　법원에서 판사로 근무하는 동안에는 고등법원 판사를 거쳐 재판연구관으로 근무할 때가 많은 연구와 경험 및 자료 등을 통하여 실력이 최고조에 달하는 시기라고 자타가 인정한다. 전국에서 올라온 상고심 사건에 관여한 2년의 재판연구관 재직기간은 법조인생에서 개인적으로나 사회적으로 아주 중요한 시기였다.

돌아가고 싶은 정읍지원장 시절

　판사로 근무할 때 선배들이 말하길, 가장 가슴 설레고 기쁠 때가 부장 판사로 승진하여 일선에 나갈 때였다는 말을 듣곤 하였다. 막상 닥치고 보니 맞는 말 같았다. 재판연구관을 마치고 정읍지원장으로 발령을 받고 대법관님들과 동료 후배들에게 이임신고를 하기 위하여 함께 각 방을 돌아다니던 때가 판사로서 가장 설레고 즐거웠다.

　판사들의 일반적인 인사시스템이 그렇지만, 사전에 인사 대상자에게 희망지역을 신청하게 한 후, 가능하면 서열을 우선시하여 희망지에 발령을 내므로, 인사 대상자들끼리 서로 의사를 확인하여 희망지를 조정한 후 법원행정처에 신청서를 제출한다. 법원행정처에서는 거의 그대로 발령을 내기 때문에, 대개의 경우 내가 어디로 보임될지 사전에 대충 알게 되었다.

나는 정읍지원장으로 보임받았다. 판사는 자신이 담당하는 재판업무만 할 뿐 행정업무를 담당할 기회가 거의 없어서, 대체로 부장판사 승진후 행정업무까지 담당할 지원장으로 가는 것을 선호하는 경향이 있었다. 내가 지원장으로 보임된 것은 당시 인사 대상자들 사이에서 서열과희망지역 등을 조정하여 결정된 행운이어서 기쁨이 배가 되었다.

1996년 3월 2일 정읍지원장으로 취임하기 위하여 새벽 고속버스 편으로 전주에 가서 법원장님께 부임인사를 한 후 정읍지원으로 가서 취임식을 거행하였다. 모든 게 처음으로 해 보는 일정들이었다. 간단한 취임식을 하고 직원들의 인사와 관계기관장들의 인사를 받았다.
부임하기 전 정읍지원장 취임사를 직접 작성하여 갔다.

반갑습니다. 유난히 추웠던 지난겨울 내내 인고의 세월을 보냈던 동토에도 어느새 봄기운이 완연합니다. 눈이 부시도록 화사한 이 계절을 맞이하면서 전통과 역사가 서린 이곳 정읍지원에서 여러분과 함께 근무하게된 것을 저는 더없는 영광으로 생각합니다.
저는 이번 인사를 앞두고 이곳에서의 근무를 희망한 후 대법원 인사발령에 의하여 그 희망이 현실화된 이 벅찬 순간까지 지원장으로서의 직무수행에 관한 이런저런 생각으로 여러 날 밤잠을 설치기도 하였습니다. 여러 면에서 부족함이 많은 저로서 이 영광스러운 자리에 선다는 생각에 당초의 벅찬 흥분보다는 두려운 마음이 앞섬을 솔직히 고백하지 않을 수 없습니다. 오로지 어려운 여건에서도 묵묵히 사법부의 일원으로 일하여 온 여러분의 후원과 도움만을 믿어 의지할 뿐이고, 여러분이 있어 마음 든든합니다.

그런 의미에서 저는 이 자리에서 여러분과 함께 한 가지 다짐을 하고자 합니다. 저는 평소 합리적인 사고와 실천을 신봉하여 왔습니다. 우선 업무수행에 있어서 합리주의를 제안합니다. 여러분도 잘 아시다시피 우리가 처한 여건과 상황이 반드시 쾌적하고 수월한 것만은 아닙니다. 그러나 이러한 처지를 비관하거나 불평만 하고 있을 수 없는 것이 엄연한 현실입니다. 이 시대 그리고 이 지역에서 국가 사법권 행사에 일익을 담당하게 된 우리로서 최선을 다한다는 마음으로 업무에 임하여 주십시오. 여러분의 업무수행을 돕기 위하여 제가 할 일이 무엇이고 필요한 것이 무엇인지를 항상 생각하며 가능한 모든 면에서 지원과 격려를 다하겠습니다.

다음으로 우리 공동체 구성원 사이의 인간관계에 있어서도 합리적으로 운영되기를 희망합니다. 흔히들 인화라고 하여 이를 강조합니다만, 저는 강요된 문화가 아닌 자연스러우면서도 아름다운 좋은 인간관계 형성을 위하여 최대한 노력하겠습니다. 지금은 세계화라는 대의명분하에 모든 것이 급속도로 변하고 있는 것이 사실이지만, 어느 한쪽으로 치우치지 아니하고 모자람도 넘침도 없는 조화로운 분위기 조성을 인화의 목표로 삼고자 합니다.

백 마디의 말보다는 조그마한 실천 하나하나로 여러분과의 다짐을 현실에서 구체화시키겠습니다. 따라서 더 이상 장황한 말은 생략하고, 앞으로 여러 경로를 통한 대화로 이를 대신하겠습니다. 저는 평소 전임 지원

내 인생의 여름

장님을 개인적으로 따르고 존경해 왔습니다. 그분과 함께 여러분이 이루어 오신 훌륭한 업적과 좋은 분위기를 승화 계승할 수 있도록 다시 한번 여러분의 아낌없는 협조와 성원을 부탁드립니다. 여러분 감사합니다.

한동안 지원장 관사에서 혼자 잠을 잤다. 봄의 문턱에 들어섰지만 아직도 겨울의 잔재가 남아 있던 계절, 화사한 아침 햇살이 창문을 비출 무렵 단독주택으로 된 관사의 뜰에서 재잘대는 아름다운 새소리를 들으며 잠에서 깨어났다.

처음 부임하고 나서 지방신문 기자와 인터뷰를 하고, 관내 기관들에 부임인사를 하고 이런저런 행사에 기관장으로 참석하는 등 재판 업무 외 일상적인 지원장 업무를 소화하였고, 민사와 형사, 가사사건 등 합의부 사건을 두루 취급하면서 처음 해 보는 부장판사의 업무에 최선을 다

정읍지원장 관사에서 아내와 같이

하였다. 검찰과 변호사회 등 유관기관과의 원만한 관계를 위하여 신경 썼고, 직원들과의 소통과 배려에 힘썼다.

흔히 지방에서는 정치인이 결혼식 주례를 많이 섰다. 수요와 공급 측 면에서 이해가 일치한 때문이다. 그러다가 내가 정읍지원장으로 근무할 당시에는 여러 가지 사회적 문제점들에 대한 비판이 많아져 정치인들이 주례 서는 것을 법으로 금지하였다. 그 결과 지방에서 젊은이들이 결혼 을 앞두고 주례자를 구하기가 어려워졌다. 요즈음은 주례자 없는 결혼 식도 종종 볼 수 있지만, 그때는 그런 일이 거의 없었다.

결국 학연이나 지역연고, 직장관계 등을 통하여 주변에서 주례자를 구했는데, 나는 당시 주례를 설 만한 나이가 아니었지만 정읍지원 내 사 내결혼이나 정읍지원에 근무하는 직원의 결혼식 주례 부탁을 거절할 수 없어서 두세 번 주례를 섰다. 며칠 두고 나름 성실하게 주례사를 준비하 였으나, 일상적인 틀을 벗어날 수 없었다. 좀 더 세상을 살아 본 후 주례 를 섰더라면 더 나은 주례사를 남길 수 있었을 텐데.

그 후 몇 번 주변에서 주례 부탁을 받은 적 있으나, 대부분 정중히 사 양하였다. 혼자 생각해 본 적이 있다. 지금 다시 주례를 선다면 뭐라고 주례사를 남길까?

진부한 것은 제외하고 한 가지만 강조하자면, 나는 공적으로나 사적 으로, 세상을 살아가면서 기본을 중시하라는 말을 가끔 하곤 하는데, 선남선녀가 만나 결혼을 하기 위해서는 우선 우리 삶의 기본과 기초를

내 인생의 여름

생각하고 이를 평생 중시하며 살아갈 각오를 하여야 한다고 강조하고 싶다.

삶의 기본이란 무엇인가? 우선 생물학적인 존재의미를 거스르지 말아야 한다. 남자와 여자, 부모와 자식, 그리고 형제, 남편과 아내 등 기초적인 인간관계가 무엇을 의미하는지 깨닫고 잊지 말기를 바란다. 인간이 만물의 영장이라고 하고 동물 중 유일하게 영혼을 가지고 있다 하는데, 가끔 주변에서 인간의 존재의의와 하느님이 만드신 원초적인 인간관계를 망각하는 일이 일어난다. 참으로 안타까운 일이다.

태평양 연안에 천축잉어라는 바다고기가 있다. 암컷이 알을 낳으면 수컷이 그 알을 입에 담아 부화시킨다. 입에 알을 담고 있는 동안 수컷은 아무것도 먹을 수가 없어서 점점 쇠약해지고 급기야 알들이 부화하는 시점에는 기력을 다 잃고 죽고 만다. 죽음이 두려우면 입안에 있는 알들을 그냥 뱉으면 그만이다. 하지만 수컷은 죽음을 뛰어넘는 사랑을 선택한다.

거미도 유사한 행동을 한다. 어미 거미는 새끼를 낳으면 자신의 피를 먹여 키운다. 피가 다 떨어지면 죽는다는 것을 알면서도 자식이 자라는 것이 너무 귀엽고 사랑스러워 마지막 남은 한 방울을 끝까지 다 주고, 결국 죽고 말라비틀어진다.

자연에서 이러한 사례는 참 많다. 얼마나 숭고한 자연의 법칙이고 섭리인가! 한낱 미물에 불과한 생물들도 그러하거늘 만물의 영장이라는 인간이야 더 말할 필요가 있겠는가!

나는 평소 '동물의 왕국' 등 TV프로그램을 즐겨보는데, 동물의 생활을 보면서 우리 인간이 취하여야 할 기본을 생각해 보곤 한다. 모두가 기본으로 돌아가 아내와 남편으로서, 부모와 자식으로서 각자의 위치에서 하느님이 부여하여 주신 자기의 책임과 의무를 다하며 살아간다면 반드시 그 가족의 행복이 보장될 것이다. 결혼은 내가 강조한 인간관계의 기본을 최선을 다하여 지키며 살겠다는, 한 남자와 한 여자의 최소한의 약속이자 계약이다.

지금은 사정이 어떤지 잘 모르겠으나, 법원에서는 경향교류 인사로 서울에서 지방으로 전근을 가게 되면 대부분 자녀들의 교육문제와 가족들과 같이 거주할 주택 마련이 가장 중요한 관심사였다.

판사들이 지방근무를 하면서 거주할 관사가 절실히 필요한데도 관사는 턱없이 부족하였다. 매년 사법부 예산이 배정되는 대로 조금씩 관사를 늘려가던 때였다. 정읍지원의 경우에도 판사들 모두에게 관사가 배정되지는 않았다.

나는 지원장으로서 법원행정처 건설국장(부장판사)님에게 찾아가 정읍지원의 실태를 말씀드리고 관사를 추가로 매입할 수 있는 예산 배정을 정중히 요청하였고, 그 소망이 금방 이루어졌다. 새로 배정된 예산으로 깨끗한 아파트를 추가로 구입하여 판사 관사로 사용하게 하였다. 나중에 건설국장님께서 기관장으로서 소속 판사들을 위하여 적극적으로 노력하던 나의 행동을 치하해 주었다.

정읍은 예부터 겨울에 눈이 많이 온다. 서해에서 불어오는 눈구름이 노령산맥과 만나 잠시 쉬어 가면서, 언저리에 함박눈을 뿌리고 간다. 내가 근무하던 2년 동안 여러 번 30cm 이상의 폭설이 내렸다. 나뭇가지가 휘어지다 못해 부러지고, 산과 들 온 천지가 하얀 눈으로 뒤덮인다. 기회를 놓치지 않기 위하여 후배 판사들과 함께 생소한 장비로 단단히 무장을 하고 내장산 둘레 길을 따라 거의 무릎까지 빠지게 쌓인 눈길을 걸어 보았다. 어린 시절 이후 도시생활을 하면서부터는 체험하기 어려운 기회였다.

정읍 김현 약사님의 인도로 검도에 입문하여 한동안 땀 뻘뻘 흘리면서 수련하였고, 어렸을 때부터 해 보고 싶었던 서예를 배우기 위하여 김제까지 몇 번 간 적도 있었으며, 늘 즐기던 테니스 외에도 검찰 식구들과 함께 공설운동장에서 단체로 축구를 하고 실내 체육관에서 농구를 하기도 하였다. 다양한 체험을 하면서 유익하고 보람찬 시간들을 보내려고 노력하였었다.

내 일생 잊을 수 없는 추억 중의 하나가 지원장 관사에서 어머니와 함께 지낸 일이다. 보통 부장판사로 승진하여 지방근무를 하는 경우 자녀들의 교육문제 때문에 가족을 동반하지 않고 혼자 지방근무를 하곤 한다. 나 역시 처음엔 혼자 관사에서 지내다 남원에서 형님 가족과 사시던 어머니를 모시고 와서 같이 생활하게 되었다.

나는 3남3녀 중 다섯째로, 요즈음으로 말하면 거의 늦둥이 격으로 태어났다. 내가 정읍지원장으로 부임하기 직전 어머니 팔순잔치를 해 드렸다. 판사의 처지에서, 화려하지는 못하였을지언정 남원 시내 어느 연회장에 일가친지들을 초대하여 남원 출신 유명 개그맨의 사회하에 성의껏 잔칫상을 마련하고 연회를 열었다. 어찌 보면 판사 아들 둔 덕에 나름 괜찮은 효도잔치를 받았다고 생각하셨을 것 같다.

그 후 얼마 안 되어 나는 정읍지원장으로 부임하였고, 단독주택으로 된 관사에서 혼자 거주하면서 팔순을 넘긴 어머니를 모시고 와서 세 끼니를 차려 주시도록 하였다. 늙으신 어머니를 힘들게 한 불효자라고도 할 수 있으나, 중학교를 마치고 서울로 와서 공부하고 결혼해서도 따로 살아온 나로서는 오랜만에 어머니와 같이 지내는 일이 아주 기쁘고 좋았다. 관내 유명 식당에 가서 맛있는 음식을 사 드리기도 하고, 제법 알려진 고창군 소재 온천에서 종종 온천욕을 즐기시도록 하고, 여기저기가 볼 만한 곳 구경도 시켜드렸다. 어려서 서울로 진학한 후 거의 따로따로 생활하다가 우연히 맞이한 귀한 시간이 언제 또 오겠는가 싶어 가능하면 많은 추억을 만들려고 노력하였다.

나는 더없이 편하고 좋았지만, 어머니는 내가 출근하여 퇴근할 때까지 긴 시간을 친구도 없는 객지에서 혼자 생활해야 하셨기에 신경이 많이 쓰였다. 다행히 시간이 가면서 이웃에 비슷한 연배의 친구를 사귀고 혼자 시장에 다녀오시기도 하면서 잘 적응하셨다. 자식을 위하는 길이기에 어려움과 외로움 모든 것을 기꺼이 감내하셨으리라.

2년 후 그와 같은 생활을 마치고 서울로 전근 오는 바람에 어머니는 다시 남원으로 가셨다. 처음 관사에서 혼자 지낼 때 내장사 주지스님이 외로움을 달래라고 불하하여 주신 진돗개가 어느새 많이 커서 어머니와 동행하였다. 관사에서 이삿짐을 꾸려 나는 서울로, 어머니는 남원으로 헤어지던 날, 영영 이별이라도 하는 냥 어찌 그리 눈물이 나던지. 꿈 같은 2년의 세월을 끝내는 아쉬움이 그만큼 컸던 것이렸다.

2년이 채 안 되는 짧은 기간이지만 어머니는 어머니대로, 자식인 나는 나대로 같은 지붕아래 생활을 할 수 있었던 것은 경향교류, 그중에서도 지원장으로 보임된 행운이 가지고 온 행복이었다.

한 가지 슬픈 일도 있었다. 장모님이 돌아가시고 나서 몇 해를 쓸쓸히 혼자 지내시던 장인어른께서 그만 뒤를 따르셨다.

평생 공직에서 일하셨고 마지막엔 국회의원에 당선되어 정계에 몸담으셨으며, 천성적으로 부지런하셔서 은퇴 후에도 몸 관리 철저히 하시고 혼신을 다하여 가족들 보살피면서 사셨는데, 겨울날 낙상하신 끝에 몇 달 고생하시다가 끝내 회복하지 못하고 돌아가셨다.

많이 슬펐다. 막내인 아내를 특별히 예뻐해 주셨고, 더불어 막내사위인 나까지 큰 사랑으로 대하여 주시고 보살펴 주셨던 분이다. 지방에 근무할 때도 막내 딸 살림을 늘 걱정하시고 종종 찾아오셔서 뒷바라지를 마다하지 않으셨다.

두고두고 후회스런 일은, 정읍지원장으로서 장인어른과 친구분 몇 분을 초대하여 관내 소개도 해 드리고 맛있는 식사도 대접하지 못했던 일이다. 그리 하였더라면 얼마나 좋아하셨을까? 왜 일찍 그런 생각을 하지 못하였을까? 뒤늦게 후회해 보아야 아무런 소용이 없으니 참 애석하다. 나중에 아내를 통하여 들으니, 우리 어머니가 '판사 아들이 어머니를 이렇게 두느냐.'고 주변에서 말할까 봐 아들이 판사라는 말을 하지 못하였다고 하셨듯, 장인어른께서도 친구분들에게 사위가 정읍지원장이라는 말을 하면 놀러가자고 하여 민폐를 끼칠까 봐 그 말을 하지 않으셨다고 한다. 더더욱 헤아리고 챙기지 못한 점 아쉽다.

정읍지원장 집무실에서

내 인생의 여름

정읍을 그린다면

정읍지원을 떠난 후 그곳 생활을 회상하며 써서 어딘가 기고하였던 글이 남아 있어서, 근무에 대한 소감을 대신하고자 한다.

정읍(여기서 정읍은 정읍지원 관내인 정읍, 고창, 부안을 의미한다)에서의 근무를 마치고 난 직후, 언젠가 마음의 평정을 되찾으면 이와 유사한 형식으로 꼭 한번 정읍을 회상하려고 다짐하였었는데, 여러 가지 개인적인 사정이 겹쳐 당초 생각보다는 많은 세월이 흐르게 되었다. 그러나 막상 그 다짐을 실천하려고 작정하니 어느새 마음은 정읍으로 달려가 정들었던 곳곳을 누비고 다닌다. 정읍을 대표하는 내장산과 단풍, 바닷가의 대합, 그리고 아름다운, 그러나 올곧은 마음을 소지하고 있는 그리운 사람들, 그속에서 2년의 세월을 보낼 수 있었던 것이 나에게는 분명 행운이었다.

정읍에는 주변에 그리 크고 높지는 않지만 많이 알려진 산들이 있고,

가까운 거리에 금산사, 백양사 등 대사찰이 자리하고 있다. 그중에서도 정읍 하면 우선 연상되는 것이 내장산임은 아무도 부인하지 못할 것이다. 내장산은 마치 병풍 모양의 형세로서 서래봉을 위시하여 아홉 개의 봉우리를 거느리고 있다. 등산하기에 그리 쉬운 편은 아니지만, 나는 서투른 경력으로 큰마음 먹고 내장산 아홉 봉우리를 일주한 적이 있다. 동료들과 어울려 거의 9시간이 소요되는 여정을 끝마치고 나서 느끼는 쾌감을 어찌 말로 다 표현하랴! 그때가 바로 엊그제만 같은데 무심한 세월은 쏜살같이 흘러간다.

그런데 내가 내장산을 떠올리면서 가슴 저리게 그리운 것은 내장산의 아홉 봉우리가 아니고 격일로 아침마다 약 1시간 정도씩 밟았던 내장산 중허리를 돌아오는 산책코스다. 나는 그 코스를 따라 내장산의 사계를 일일이 지켜볼 수 있었다. 굳이 언급할 필요가 없는, 숨이 막히도록 화려한 가을의 단풍만이 아니라 새싹이 돋아나는 이른바 봄 단풍과 비록 물이 좀 부족하기는 하나 활엽수로 어우러진 여름의 녹음, 그리고 서해에서 몰아치는 눈보라가 노령산맥에서 멈추고 뿌리고 가는, 유난히 많이 내리는 겨울 눈 속의 산사 등 어느 것 하나 빼놓을 수 없는 풍경들을 나는 지금도 또렷이 기억한다. 나는 몇 사람의 일행과 함께 격일로 그 코스를 돌고 나서 일단 목욕을 하고, 내장산관광호텔의 식당에서 콩나물국을 곁들인 아침밥을 먹곤 하였다. 그리고 나서 상쾌한 아침공기 마시며 바라보는 내장산 속의 나는 이 세상에 부러운 것이 없이 행복하였다. 새삼 그 산책길과 콩나물국, 그리고 같이했던 사람들이 눈앞에 선하다.

정읍에는 또한 승용차로 1시간 이내의 거리에 풍요로운 서해 바다가 있다. 언제나 바다 앞에 서면 그 넓은 벌판을 가로지르는 파도와 거센 바람에 압도되곤 하지만, 서해안은 특히 세계적으로 유명한 수만 리 갯벌 때문에 더욱 소중한 존재다.

가히 세계적으로 보기 드문 드넓은 갯벌, 그 속에 숨겨진 온갖 보물 중에 나는 백합을 최고로 친다. 갯벌에서는 온갖 조개 종류가 나지만, 그중에서 백합은 꽉 다문 껍질 속에 머금고 있는, 짜면서도 감칠맛이 물씬 나는, 오염되지 아니한 국물과 신선하고 쫄깃쫄깃한 육질이 타의 추종을 불허한다. 이 백합을 '쿠킹호일'에 싸서 구워 먹어도 맛있지만, 생으로 먹는 대합은 정말 별미다. 그 맛에 젖어드는 단계가 되어야 대합의 제맛을 알게 되겠지만, 이 무딘 필설로 그 맛을 다 표현할 수는 없고 꼭 한번 시식하여 보라는 말로 대신할 수밖에.

여느 강산과 바다에 비교하여도 정읍의 산과 서해바다를 자랑스럽게 내세울 수 있지만, 그러나 내가 정읍을 특별히 그리워하는 것은 그것 때문만이 아니다. 아름답고 올곧은 심성을 지닌 사람들이 그곳에 많이 살고 있기 때문이다.

정읍은 갑오동학농민혁명이 일어난 곳으로서 곳곳에 그 유적들이 남아 있다. 간간이 그 유적지를 둘러볼 때면, 비록 세월이 많이 흘러서 역사 속의 한 페이지로만 남아 있지만 당시의 절박하였던 상황과 그 속의 사람들의 모습을 머릿속으로 그려 보면서 마음 숙연해지곤 하였다. 정읍에는 옛날 반외세의 자주독립과 반봉건의 민주화를 외치며 분연히 일어섰던 그 정신을 계승하고자 노력하는 사람들이 많이 있다.

나는 처음 정읍에 내려가면서 짐작만으로도 내심 긴장이 되었다. 그리고 막연한 짐작에 머무르던 그 긴장은 내가 근무하는 동안 간간이 현실로 다가오곤 하였다. 그와 같은 정읍의 정서를 대표적으로 간직하고 있는 어느 약사님과의 만남을 나는 진정으로 소중히 생각하고 있다. 그분은 우선 오후 6시만 되면 약국 문을 닫고 좋아하는 사회활동을 한다. 갑오농민혁명계승사업회의 일을 하기도 하고 몇십 년 계속하여 온 검도를 후학들에게 가르치기도 하며, 적지 아니한 나이인데도 여러 가지 배우는 일을 게을리하지 않는다. 고집스러운 그 이면에는 좋아하는 선후배와 어울려 소주 한잔 기울이는 일을 마다 않는 정열과 옳은 일이라면 그 무엇으로부터도 흔들리지 않는 올곧은 마음이 자리 잡고 있다. 세상의 온갖 탁류에 휩쓸리지 않는 항상심을 유지하려고 하는 분이다. 나의 능력 부족으로, 이런 단편적인 예나 설명으로써 그분의 캐릭터를 표현할 수밖에 없으나, 이러한 하나의 예를 통하여 정읍의 정서를 짐작해 주었으면 하는 바람이다.

내 자신만의 문제가 아니라 이웃이나 사회 공동체를 생각하는 여유와 열정을 가지고 있는 사람들, 문제를 보고 이를 외면하지 않고 불의 앞에 기꺼이 파수꾼이 되어 분연히 일어설 줄 아는 소명의식을 가지고 있는 사람들이 많은 정읍에서, 농민문제 등이 제기되고 이를 해결하려고 행동으로 나서는 모습을 언론매체를 통하여 가끔 접하였다. 이러한 일들이 우연히 일어난 것이 아님을 나는 몸소 체험하였다.

법원에 근무하면서, 사고와 행동을 똑바로 하고자 노력하는 그분들의 존재는 나에게 늘 긴장을 잃지 않게 하였고 해이해지는 마음을 바로 잡게 하여 주었다. 그분들을 통하여 정신적으로 많이 배웠고, 또한 나의 모습이 그분들에게 올바로 보이도록 노력하였다. 주위에 이렇듯 나의 생각과 몸가짐을 끊임없이 추스르게 하는 존재가 있다는 것은 분명 행운에 속한다.

세월이 흐를수록 점점 왜소해지고 소극적이며 타협하는 쪽을 선호하게 되는 것을 문득문득 느낄 때면 나는 정읍의 그 약사님을 생각한다. 그리고 힘을 얻어 정신을 가다듬고 나의 현 위치를 되돌아보곤 한다. 내가 정읍을 특히 잊지 못하는 것은 바로 이런 연유 때문이다.

비록 타의에 의해서이지만 평소 익숙하지 않은 글쓰기를 통해서 때때로 잊고 사는 삶의 올바른 모습을 다시 생각하고 나 자신에게 채찍질을 하며 마음을 다지는 계기가 되었으면 한다. 그래서 정읍이 내게 준 의미가 마음속에 늘 남아 있었으면 한다.

세월은 흐르는 것이 아니라 켜켜이 쌓이는 것이라고 하였던가! 내가 정읍에서 생활하던 기간 동안 내 마음 속에 켜켜이 쌓인 세월을 다시 꺼내어 보니 어느새 내가 정읍지원장으로 지내던 도시, 정읍의 구석구석 모습들이 한 장 한 장 눈앞에 펼쳐진다. 지금도 그 골목, 그 산천은 그대로 남아 있을까? 산천은 의구한데, 그때 그 사람들은 어떠한 모습으로 무엇을 하며 살고 있을까?

지금도 기억에 생생하다. 정읍지원 구 청사 앞의 좁은 골목길, 지원장실 2층에서 내려다보던 정읍시내 좁은 거리, 식사 때마다 즐겨 가던 식당들, 그리고 거의 매일 아침 내장사 중허리 둘레길을 따라 산책을 마치고 내려와 식사를 하던 내장산호텔, 종종 가던 고창 선운사의 병풍처럼 자태를 뽐내던 동백나무 군락과 부안 내소사의 전나무숲길, 부안 바

닺가의 절경 적벽강….

또다시 그 시절로 돌아가고 싶다. 그때 그 사람들과 다시 어울려 지내고 싶다. 그때 즐겨 다니던 내장사와 내장산, 두루두루 돌아다녀 보고 싶다.

2년 임기를 마치고 정읍지원장의 직무를 마치게 되었다. 만감이 교차하였다. 마침 직전에 터진 의정부지원 관내 '법조비리' 사태로 온 세상이 시끄럽던 때였다. 의정부지원에서는 대부분의 판사들을 다른 곳으로 보내고 새롭게 판사들을 배치하였는데, 나도 그중 하나로 의정부지원으로 인사발령을 받은 것이다. 평판사 때 근무한 바 있는데, 재경지역의 많은 법원을 놔두고 다시 의정부지원으로 가게 되다니, 의정부와 무슨 인연이라도 있었던 것일까?

나는 이번에도 손수 이임사를 작성하였다.

어느 정도는 예상되었던 인사입니다만 대법원 인사명령에 의하여 이제 정말 정읍을 떠나는구나 하고 생각하니 한없이 서운합니다. 저는 우선 섭섭하다는 말을 하고 싶습니다. 많이 노후되었지만 그래도 선배들의 고뇌가 서린 정들었던 청사와 전망 좋은 저의 사무실, 유난히 조경이 수려한 정원, 그리고 무엇보다도 사랑하는 우리 법원 가족 여러분을 뒤로한 채 정읍에서의 생활을 마감하려고 생각하니 만감이 교차합니다.

그동안 감사했습니다. 어려운 여건하에서도 묵묵히, 그리고 성실히 일해 준 직원 여러분, 늦은 밤까지 사무실에 불을 밝힌 채 과중한 업무를 별 탈 없이 수행하여 준 여러분, 그리하여 제가 근무하는 동안 단 한 건의 민원 제기도 없이 밝고 활기찬 직장을 만들어 주신 직원 여러분, 정말 고맙고 두고두고 잊지 않을 것입니다.

제가 처음 부임할 때 말했던 것처럼, 여러분의 그러한 공로는 지금 당장 보상되지 않더라도 언제고 여러분의 앞날에 영광으로 되돌아올 것입니다.

이제 막 새 정부도 출범하였습니다만 우리 사법부도 유례없는 격동의 소용돌이 속에 있습니다. 오늘의 이 사태에 대하여 순간순간 분한 마음도 없지 않으나, 한편으로는 우리가 그동안 현실에 안주하여 세상의 변화 추세에 뒤떨어졌던 것은 아닌지 자성을 하기도 합니다. 어찌 되었건 간에, 자의건 타의건 간에 우리도 변해야 합니다. 능동적으로 현실에 적응하여 새로운 사법부의 위상을 창출하는 데 앞장서야만 할 것으로 생각합니다.

그래서 말입니다만, 이제 우리 법원 공무원으로서는 양심을 저버리는 일, 국민들로부터 지탄을 받거나 의혹을 사는 행동을 절대 하지 않아야 하겠습니다. 그래서 공직자로서 국민 앞에 정정당당하게 설 수 있어야 할 것입니다. 당장 쉽지는 않겠지만 사건 당사자는 물론이고 변호사나 법무사와의 관계에 있어서도 항상 이 점을 명심하시기 바랍니다. 이와 같이 우리의 자세를 올곧게 한 후에야 비로소 우리가 바라는 바, 즉 우리의 권익보호를 국민들 앞에서 요구할 수 있을 것입니다.

저는 처음 부임할 때 여러분께 합리적인 사람이고 싶다고 강조했습니다. 그래서 재판업무는 물론이고 행정을 수행함에 있어서도 항상 그 점을 염두에 두었습니다. 결정과 집행에 있어서 많은 의견을 취합하여 가장 합리적인 방법과 내용으로 처리하고자 노력하였고, 가능한 한 친절하고 공정한 재판을 하고자 노력하였으며, 직원 여러분의 근무여건 향상을 도모함에 있어서도 그늘진 곳, 불편한 곳이 없도록 노력하였습니다. 그러나 제가 의욕 내었던 만큼 제대로 실행되었는지는 의문입니다. 순간순간 재판을 하면서 당사자에게 짜증을 내기도 했고, 여러분의 요구를 골고루 들어 드리지 못한 점도 많았을 것입니다. 제 나름대로 최선을 다했지만 혹시 잘못이 있었다면 그것은 오로지 저의 능력과 덕망이 부족한 소치였으니 널리 이해하여 주십시오.

그래도 운 좋게 법관 관사를 완비하고 전주지법 관내에서 정읍지원의 위상을 어느 정도 향상시켰다는 사실을 가슴 뿌듯한 보람으로 여기면서 떠나겠습니다. 요란한 구호보다 조용한 실천, 남을 의식하는 형식보다 내실을 우선시함으로써 한순간의 스쳐지나가는 바람처럼 조용히 왔다 가려는 당초 의도를 어느 정도는 실천에 옮겼다는 자부심만이라도 가슴에 안고 떠나겠습니다.

산과 바다, 그리고 의지가 곧고 인심이 좋은 사람들이 삼위일체가 되어 우리나라 어느 지역 못지않게 근무하고픈 법원이라 자부하는 정읍지원의 가족 여러분!

정말 저는 복이 많은 사람입니다. 능력과 덕망이 탁월한 판사님들 덕분에 혼자 와서 지내면서도 아무런 어려움이 없었고 전혀 외롭지 않았습니다. 그리고 사법행정의 면에서는 물론이고 유머 넘치는 훌륭한 인품을 갖추고 법원 살림을 잘해 주심으로써 어느 한순간도 걱정이 없도록 도와주신 사무과장님을 만나서 같이 근무했던 것을 정말 행복하게 생각합니다.

이제 새로운 지원장님과 판사님들이 오실 것입니다. 새로 부임하실 지원장님은 대법원에서 한동안 사무실을 같이 쓴 분으로서 유능하고 덕망이 높으신 분입니다. 여러분의 변함없는 사랑과 협조로 지원장님과 함께 보다 발전된 정읍지원, 그리고 국민에게 사랑받는 사법부 건설을 위하여 노력하여 주십시오.

우리 어느 때 어느 곳에서 다시 만나더라도 정읍에서 같이했던 시간을 즐겁게 회상할 수 있기를 기대합니다. 항상 본연의 업무에 정진하시고 앞날에 큰 영광이 펼쳐지기를 기원합니다. 늘 건강하십시오, 감사합니다.

시련 겪은 의정부지원을 거쳐 북부지원에서 마지막까지

의정부지원에 부임한 후 관례처럼 보낸 인사장을 통하여 정읍을 회상하였다.

정읍을 떠나온 지 이제 겨우 한 달이 지났을 뿐인데, 몇 년이라도 지난 것처럼 아득히 멀리 느껴집니다. 그만큼 정읍, 그리고 그곳의 여러분들에 대한 그리움이 가슴 깊이 절절했던 탓이겠지요.

어느새 정읍시내 정들었던 구석구석이 몹시도 그리워집니다. 성스럽도록 화사한 봄 단풍 속에 산자락을 휘어 감고 벚꽃 잎 흩날리던 봄날의 내장산 굽이굽이, 선혈인 듯 붉은 빛 물들인 선운사 동백과 언제가 봐도 포근하고 소담스런 내변산과 내소사, 그리고 무엇보다도 약간은 긴장감을 갖게 해주면서도 정이 넘치고 포근하게 대하여 주셨던 그곳의 여러분들. 형언할 수 없는 그리움과 고마움으로 당장이라도 되돌아가고 싶은 심

내 인생의 여름

정입니다…. (1998년 4월 7일 의정부에서)

지원장 포함, 다섯 명의 판사들 중 한 분 빼고 모두 재경지역으로 전근하게 되어, 남은 판사님에게는 별도로 인사장을 보냈다.

　노랗게 핀 개나리꽃 사열받으며 동부간선도로를 달려오면서 정읍 천변의 벚꽃을 생각했습니다. 오늘처럼 봄비가 내리면 내장산 자락 나뭇가지에서 돋아나는 새순이 더욱 아름답겠지요. 혼자만 남겨 놓고 모두들 떠나와서 그런지 어떻게 지내시나 많이 궁금합니다. 정읍 사람들도 모두 궁금합니다. 하지만 애써 잊어야만 한다는 것을 잘 알고 있습니다. 이제 많이 진정이 되었지만 아직도 정읍의 후유증으로 시달리고 있어요….

정읍을 떠나와 의정부지원에서 근무하던 중 그리움이 사무쳐 친애하는 후배판사들 몇 명과 함께 정읍을 다시 방문하기로 기획하였다. 정읍지원 재직 당시에도 못 해 본 것이었는데, 변산반도 국립공원에 위치한 부안 내변산의 '월명암'에서 일박하는 일정이었다. 강원도 낙산사가 일출로 유명하다면 월명암은 낙조가 일품으로 알려져 있다.
　'우리나라에서 가장 아름다운 낙조의 감상은 월명암 인근 낙조대가 아닐까 싶다. 최고봉의 높이가 불과 509m로 낮은 산이지만, 산의 어울림이 첩첩산중이란 표현에 꼭 들어맞는 내변산과 사람들이 옹기종기 모여 사는 들녘의 모습, 변산반도 서쪽 바다의 길게 뻗어 가는 푸르름이 마치 일부러 연출된 듯 어우러지는 사이로 서서히 그 모습을 감추는 태

월명암에서 본 낙조

양은 자연이 사람에게 보여 주는 참으로 대단한 경관이다.'

 내가 좋아하는 정읍의 선배를 통하여 월명암에서의 일박을 마련하였
는데, 곰소 시장에서 백합을 한 봉지 사 가지고 가 소주 한 잔 곁들인 월
명암에서의 하룻밤은 정말 영영 잊히지 않는 추억이 되었다. 저녁 늦게
밖으로 나와 보름달이 환하게 비추는 월명암 정상의 숲속에서 나뭇잎
이 모두 지고 난 나목의 나뭇가지들 사이로 교교하게 비추는 달빛을 한
동안 바라보고 있노라니, 피부에 살갑게 닿아 상쾌하게 느껴지는 적당
한 기온과 가슴 깊이 신선하게 파고드는 소슬바람이 너무 좋아서, 그대
로 방으로 들어가 잠을 청하기가 아까워 늦게야 잠자리에 들었던 기억
이 난다.

기회가 되면 다시 한번 가보고 싶은 월명암이다. 최고봉인 의상봉과 쌍선봉, 옥녀봉을 비롯하여 직소폭포 등을 보듬고 있는 내변산 등산을 마치고 내소사 전나무숲길을 거쳐 해안가 '적벽강'까지 본 후 그 유명한 백합죽 한 그릇으로 허기를 채운다면 이보다 더 좋은 하루 일정은 없을 것이다. 그 길에 월명암에서 또 한 번 일박하고 싶다.

의정부지원에서의 판사생활은 '전관예우' 문제로 인한 법조비리 발생 직후여서, 계속되는 언론보도로 세상이 떠들썩하였고, 법원 내부에서도 사법개혁의 방향과 방법론을 두고 견해가 극명하게 대립하기도 하였다. 어느 언론에서 사법부가 마치 악의 소굴인 양 아주 악의적인 보도를 하여 법관들이 정정보도를 요구하는 사태가 발생하였고, 비리에 연루된 변호사에 대한 법원의 일부 무죄판결에 대하여 대검찰청에서 공개적으로 비판하는 입장문을 발표하여, 의정부지원 판사들이 이에 항의하고 재발방지를 요구하는 의견을 법원장을 통하여 대법원장에게 문서로 전달하기도 하였다.

언론보도의 허위 또는 과장 여부를 둘러싼 분쟁은 예나 지금이나 크게 변한 것이 없다. 특히 국민들의 민감한 관심분야에 대하여 경쟁적으로 보도를 하다 보면 사실관계가 정확하지 아니한 보도를 하는 것을 종종 보게 되는데, 무엇보다도 언론자유의 기본적 성격과 언론의 역할 등에 대한 철저한 성찰을 통하여 언론보도의 주체가 진정성을 가지고 올바른 기능을 담당하고자 하는 소명의식을 가져야만 할 것이다.

한편 검찰의 대응태도도 예나 지금이나 비슷하다. 우리는 사법부의 판단에 대하여 옳고 그름을 다시 판단받을 수 있는 현대적인 제도, 즉 상소제도를 갖추고 있다. 1심판결에 대하여 불만이 있으면 항소하여 다투면 되고, 그래도 안 되면 상고하면 된다. 만약 제도적인 불복의 방법이 없을 때, 필요하면 언론을 통하여 견해를 밝히고 나아가 집회와 시위를 하여 의사표시를 할 수 있겠지만, 제도적인 방법이 충분히 마련되어 있는데도 그러한 방법을 취하지 않고 변칙적인 방법으로 대응하는 것은 옳지 않고, 뭔가 악의적인 의도의 발로라고 하지 않을 수 없다. 개인이건 단체건 나만 옳다는 태도는 언제나 정당성이 없다.

역사는 발전하지만, 때로 반복된다. 요즈음 많은 사람들이 사법부의 위기를 논하고 있다. 몇 번 거듭된 사법부 내 비리나 부조리 등을 통하여 공정성과 정당성에 대한 신뢰가 많이 무너졌다. 다시 그 신뢰를 회복하기 위해서는 많은 세월이 필요할 것이다. 따라서 비판과 개혁을 위해서 이에 임하는 사람들이 공평무사하게 올바른 방향과 방법을 탐구하고 선정하여 진지하고 성실히 임하여야 한다. 사법부의 위상과 역할은 민주사회에서 아주 중요하며, 가벼이 취급될 대상이 아니다.

지원장이 아닌 순수 재판부 부장판사로서 체험한 의정부지원의 분위기는 태풍이 쓸고 간 다음의 고요함과 황량함이었다고나 할까? 모두들 새로운 각오와 다짐으로 열심히 일하고 새롭게 신뢰를 구축한다는 자세로 임하였다. 법원과 검찰 사이 갈등요인이 잠재하였지만, 우리는 기관장 및 부장들끼리의 친목도모 회합에서 못 먹는 술을 먹느라 여러 번 고생하였던 기억이 난다.

새롭게 구성된 재판부의 배석판사들과 친교를 돈독히 하고 법원을 즐거운 직장으로 여길 수 있도록 각자 노력하였다. 언제부터인가 나는 직장으로서의 법원이, 가능하면 오래 머물고 싶은 편안하고 즐거운 곳으로 각인되기를 희망하고, 내가 할 수 있는 모든 노력을 다하리라 생각하곤 하였다. 직원들 휴게실을 만들고 그곳에 양서를 배치하여, 음악을 들으며 차 한 잔 즐길 수 있는 공간이 필요하다고 생각하였다.

무엇보다도 중요한 것은 적당한 수준의 업무량이었다. 이제 우리도 밤새워 휴식도 없이 일하는 것을 미덕으로 삼던 시절은 지나갔다고 생각하였다. 여러 여건상 당장 실천하기 쉽지 않았지만, 우선 가능하면 근무시간 안에 하루의 재판일정을 모두 끝낼 수 있도록 업무량을 조절하는 것부터 시작하였다. 그런데도 한 번은 밤 9시까지 재판을 하는 일이 발생하였다. 오후 증인신문 일정이 예상을 뛰어넘어 길어졌기 때문이다.

그 후에도 법원에서는 오랜 세월 과다한 업무량과 초과 근무가 이어졌는데, 최근에는 좀 실질적으로 개선되는 듯하여 퍽 다행이라고 생각한다.

황량한 분위기 속에서 뭔가 즐거운 일을 찾고자 하는 작은 몸부림으로, 동료 부장들 몇 명이서 설악산 등산을 기획하여 실천하였다. 오색약수터에서 출발하여 대청봉까지 오른 후 산장에서 일박하는 일정이었는데, 속초지원장을 역임한 동료 부장의 노력으로 산장에서의 일박을 예약할 수 있었다.

생전 처음으로 설악산 정상 산장에서 일박하는 일은 약간 두렵고 설레었다. 생소한 잠자리와 식사에 높은 산 정상은 편하고 쉬운 숙면을 허락하지 않았다. 잠을 설치고 나서 가까이 내려다보이는 '봉정암'까지 가보고 난 후 산장을 출발하여 설악동 쪽으로 긴 계곡을 걸어 내려왔다. 평소 하지 않던 긴 산행이어서 몸은 힘들지만 마음은 한없이 뿌듯하였다.

오랜만의 산행이자 산상에서의 일박에 너무 고무되어, 매년 한 번은 비슷한 일정으로 산행을 하면 좋겠다고 결심하고 하산하였다. 허나 일상의 분주한 삶에 쫓기다 보니 실제로 실천하지 못하여 많이 아쉽게 생각했었다. 그러면서 흘려보낸 세월이 벌써 얼마나 되었던가!

의정부지원에서의 근무는 상대적으로 짧았다. 오래 되지 않아 1999년 10월에 서울북부지원으로 전근하였다. 대개 서울시내 법원을 비롯하여 재경지역의 경우 법관 이직 등 여러 가지 요인으로 자리가 비게 되면 지방에서 올라와 자리를 채우는 형식의 인사이동이 이루어지기 때문에 그리 된 것이다.

이제 강남에서 출퇴근하는 것이 전보다 편하여져서 좋았다. 나의 마지막 판사생활을 예견이라도 하듯 법원 분위기도 따뜻하였고, 지원장님을 비롯하여 새롭게 만난 판사님들이 참 좋았다. 재판을 하기 위하여 법정에 들어서면서, 당장 법관직을 사직하고 재야로 나갈 수도 있다는 생각으로 오늘 하루도 최선을 다하여 재판하자, 늘 각오를 새롭게 하였던 기억이 문득 떠오른다. 판사로서의 하루하루가 참 소중함을 전보다 더 절절하게 느꼈던 시간이었다.

서울지방법원으로 가까이 접근해 갈수록 나의 향후 진로문제도 그만큼 현실적으로 다가왔다. 어느새 나도 모르게 세월이 많이 흐른 것이다. 계속 법관으로 남을 것인가? 아니면 적당한 시기에 사직하고 변호사 개업을 할 것인가? 마침 큰애가 고등학교를 졸업하고 대학교 입학을 앞두고 있었고, 작은애는 곧 고3으로 진학할 시점이었다. 사랑하는 가족들을 위하여 뭔가 해야 한다는 가장으로서의 책임감과, 법관이라는 직업에 길들여진 현실을 벗어나는 데 수반되는 불안감 사이에서 고민하고 갈등하던 시점이었다.

  2000년을 앞두고 새천년에는 무슨 일이 일어날까, 모두들 궁금해하고 약간은 불안해하던 때였다. 특히 컴퓨터가 많이 보급되던 당시 기존의 기기가 모두 20세기에 맞추어져 있어 새천년을 맞이하면서 예상 못한 혼란과 파국이 일어날 수도 있다며 온 세상이 불안해하던 기억이 난다. 그러나 우리는 아무 일 없이 새천년을 맞이하였고, 그로부터 벌써 20여 년이 흘렀다.

우리법연구회를 위한 변론

사법부를 보수와 진보, 진영논리로 끌어들이는 경우 가장 먼저 떠오르는 것이 '우리법연구회'라고 해도 과언이 아니다. 그만큼 우리법연구회는 우리 사법부 역사에서 빼놓을 수 없는 자리를 차지하였다. 요즈음도 우리법연구회가 종종 논쟁의 중심에 서곤 하여 조심스럽긴 하지만, 나는 우리법연구회를 제대로 알리기 위하여 그 연구회의 역사와 그 속에서 내가 무슨 역할을 하였는지 간략히 거론하고자 한다.

1970년대 말 유신체제가 끝나고 1980년대 초·중반 격동의 한국사가 전개되는 과정을 몸소 겪으면서도, 나는 사법시험에 합격하고 군 복무를 하고, 판사로 임명받아 법률가로서 수련을 받았다. 그러자니 자연히 우리 현대사의 정치, 사회 현실에 대하여 직접적인 참여나 연관은 없었다.

그러다가 1987년 여름쯤 대학교 때부터 비교적 가깝게 지내던, 나와 같은 학번을 중심으로 재조·재야 법조인 몇 명이 모여 오랜만에 의기투합하였다. 당시는 '6·29 민주화선언' 후 전국적으로 민주화 열기가 고조되던 때로서, '민주사회를 위한 변호사 모임'(민변)이 창립되었고, 사법부에서도 제3공화국 출범 후 대법원장 선임과 관련하여 전국적인 '제2차(법관)사법파동'이 일어났다. 급기야 현직 대법원장이 사임하고 새로 임명된 대법원장이 국회에서 부동의가 된 끝에 결국 이일규 대법원장이 취임하던 해였다.

"사법시험에 합격하여 법조실무에 종사하는 신분으로서, 비록 사고와 행동의 한계는 분명히 있지만, 학창시절의 의기와 열정은 아니더라도 최소한 매너리즘이나 패배의식에 사로잡혀 나약하게 살아갈 수는 없지 않은가."

"우선 당장 실무가로서 관심의 폭을 넓혀 사법현실 등에 대한 정확한 진단을 위하여 이론과 실무를 함께 배우고, 이를 토대로 법원의 현실과 실무재판에서 나타나는 문제점들에 대하여 반성하고, 나아가 필요할 때는 실천적으로 비판의 목소리를 낼 수 있도록 노력하여야 하지 않겠는가."

우리는 서로들 이심전심으로 위와 같은 취지에 쉽게 공감하였고, 이를 실천하는 모임을 만들자는 데 모두 동의하였다. 몇 번 만나 독서모임을 가졌고, 그 과정에서 뜻을 같이할 수 있는 선후배 법조인 몇 명을 추가하면서 모임이 좀 더 구체화되어 갔다.

마침 신헌법 제정과 함께 헌법재판소의 본격적인 출범을 계기로 헌법 분야를, 대통령의 통일문제에 대한 특별선언을 계기로 통일문제를,

그리고 민주화 열기를 담은 시대적 상황에 따라 노동법, 경제법, 환경법 등 현대법 분야를 각각 주요 연구대상으로 확정하였고, 매달 세미나 형식으로 발표하고 토론하기로 운영방식을 정하면서, 1988년 10월 9일 첫 번째 세미나를 개최하였다. 내가 일단 총무를 맡았고, 준비기간이 부족한 상태에서 출발 자체가 중요하기에 내가 석사학위 논문 주제를 가지고 처음으로 발표하고 토론하였다.

이렇게 우리법연구회가 태동하였다. 우리법연구회는 처음부터 누군가에 의하여 의도적으로 조직된 모임이 아니라 그저 친한 사람들끼리의 친목모임으로 출발하였고, 연중 한 번씩 가족동반 모임을 갖고 별도로 회원들 간의 수련회를 개최하는 등 한동안 회원들 사이의 친목 도모에 노력을 경주하였다.

차츰 알음알음 선·후배 회원들이 늘어나고 활동이 정기화되면서 1년쯤 지나, 열띤 토론 끝에 모임의 이름을 '우리법연구회'로 정하였고 회칙도 마련하였다. 다만 회장 제도 없이 총무와 운영위원회 체제로 가기로 하였고, 1기 노동법 세미나, 2기 헌법 세미나 등의 방식으로 하나의 주제를 가지고 월례적으로 연구, 발표하였다.

회칙에는 이 모임의 목적을 '우리나라 법이론, 제도 및 그 운영실태 등 법률문화현상을 비판적 시각으로 연구, 분석하고 그 결과에 터 잡아 국민의 기본적 인권의 신장과 실질적 정의가 실현되는 민주사회의 발전에 이바지함과 아울러 통일시대에 대비하는 것'으로 명시하였다. 모임의 성격을 함축적으로 설명하는 내용이었고, 우리법연구회라는 이름과도 부응하였다.

그리고 구체적인 활동내용은 '법이론, 제도 및 그 운영실태 등의 조사·연구, 월례연구발표회, 출판 및 회지의 발행, 그 밖에 모임의 목적을 이루기 위하여 필요한 활동'으로 결정하였고, 그 후 이에 부합하는 구체적인 활동을 전개하였다.

세월이 흐르면서 우리법연구회는 자연스럽게 사법현실에 대한 비판적 연구와 실천을 지향하는 소장법관 모임으로 발전하였고, 창립 10여 년 후 회원이 100여 명에 육박할 정도로 성장하였다. 우리법연구회가 표방하는 목적과 취지에 평소 목마름을 느끼고 있던 많은 후배들이 자발적으로 하나둘 모여든 결과였다. 그리고 연구의 양적, 질적 성장을 통하여 풍부한 연구 실적이 쌓여 갔고, 정기적으로 자료집과 논문집을 발간하였다.

우리법연구회가 기본적으로 '사법부 내의 건전한 비판세력'을 지향하다보니 연구회의 구성과 활동을 공개적으로 수행하는 데 다소 주저할 수밖에 없었다. 그래서 초기부터 법관 중심의 실무가모임으로서의 객관적인 성격과 형태를 갖추려고 꾸준히 노력하였으나, 모임을 외부에 공개할지 여부를 놓고는 많은 고민을 하였다. 활동의 실질을 추구하기 위해서는 군이 공개하지 않아도 되지만, 회원들의 저변 확대와 이를 통한 연구회의 발전을 위해서는 공개가 바람직하다는 논리 사이에서, 선택에 어려움이 많았다.

그러던 중 1995년경 대법원에서 재판업무 외에 판사들의 연구모임을 독려하기 위하여 경비지원계획을 세우고 각종 연구회의 신청(신고)을 받는 일이 있었다. 우리는 이제 공개의 길을 갈 수밖에 없다고 결정하였고, 대법원에 우리법연구회를 신고하여 법원 내에서 사실상 공인받는 절차를 밟게 되었다. 그만큼 연구회의 실체가 객관화되고 질적으로나 양적으로 내실화되었다는 증명을 받는 순간이었다. 그 신청결과 요건 미비로 실제 경비지원을 받지는 못하였으나, 법원 내 판례연구실을 모임장소로 사용하도록 공식적으로 허가받는 계기가 되었다.

　　창립 10여 년쯤 지나서 기존의 총무 및 운영위원회 체제를 극복하고 새롭게 회장제도 도입을 위한 회칙개정 등 명실상부한 연구회로 성장하면서, 나는 창립회원들 중 연수원 기수가 가장 빠른 사람으로서 잠깐 초대 회장까지 맡게 되었다. 나는 재판연구관을 거쳐 부장판사로 승진하여 지방근무를 하게 되었고, 얼마 후 법관직을 사임하고 나서부터는 나는 실질적으로 연구회의 운영에 직접 관여하지 않았다.

　　우리법연구회는 그 설립취지와 지나간 역사를 통하여 짐작할 수 있듯이, 사법부 내에서 주류를 형성하고 나아가 세속적인 의미의 출세를 위하여 모인 것이 아니다. 법률실무가로서 어떻게 사는 것이 과연 옳은 것인지에 대한 자기 성찰을 통하여 오로지 소명의식과 신념 하나로 편한 길을 마다하고 입회한 사람들의 모임이다. 적어도 나는 그렇게 생각하였다.

　　유신체제와 1980년대 군사정권하에서 우리나라는 미증유의 험악한 현대사를 겪었다. 그 속에서 우리나라 사람들은 각양각색의 삶을 살았다. 많은 사람들이 개인적 희생을 무릅쓰고 불의에 항거하고 민주화를 위하여 투쟁하였는데, 우리는 그들을 향하여 어느 정도 부채의식을 가지고 있다. 개인적인 편차야 당연히 있겠지만, 나로서는 많은 회원들이 어느 정도는 그러한 부채의식을 가지고, 좀 더 깨어 있는 의식으로 매너리즘에 빠지지 않으면서 바람직한 법조인, 나아가 끊임없이 자기혁신을 추구하는 건전한 국가사회의 시민이 되고자 우리법연구회의 문을 두드렸다고 생각한다.

흔히들 우리법연구회를 '이념단체' 또는 '이념서클'이라고 표현하며 비판적 시각으로 바라보곤 한다. 그러나 우리법연구회가 회칙을 통하여 공식적으로 표방하는 목적이나 활동에서 이념적으로 어느 한쪽에 편향된 내용이 있다면 모르겠거니와 우리법연구회는 전혀 그렇지 않았다. 정확한 개념정의를 하고 나서 이념이라는 용어를 사용하는 것도 아니겠지만, 특히 우리 사회에서 양심의 최후 보루라고도 하는 법관들을 상대로 부정확한 용어를 사용하여 이리저리 분류하고 색깔을 씌우는 것은 자제되어야 한다.

우리법연구회의 역사에서, 한때 일부 회원들의 소위 '튀는 판결'과 관련하여 비판을 받은 적이 있으나, 학설이나 대법원판례에서 다수설과 소수설의 존재와 그 의의 등을 감안할 때 법원의 판결에서도 견해 차이가 표현될 수 있고 우리나라 법률문화 발전에 기여하는 측면도 있어서, 보편타당한 비판이라고만 할 수는 없다. 2003년 참여정부가 들어서서 우리법연구회의 회원들 중 한두 명이 행정부나 사법부의 요직에 기용되면서, 우리법연구회가 법원 내 민사판례연구회와 함께 군대 내의 '하나회'와 대비되어 세간의 비판대상이 되기도 하였다. 세월이 흐르면서 이런 일도 생기는구나 하고 당시 격세지감의 소회를 가졌지만, 구체적으로 두 단체의 태동과 목적, 그리고 그 후의 운영 형태 등을 들여다보면 하나회를 우리법연구회와 대비하는 것은 타당성이 없다.

어떻든 '정의는 행하여져야 할 뿐만 아니라 행하여지고 있다고 외부에 보여야 한다Justice should not be done, but should be seen to be done.'는 법언처럼, 우리가 의도하지 않았더라도 우리법연구회가 뭔가 특권을 누리는 단체처럼 외부에 보였다면 그 비판을 겸허히 수용하고 개선하였어야 할 것이나, 우리법연구회의 역사에서 연구회의 이름으로 무슨 특권을 누리거나 정의와 형평에 반하는 그 어떠한 것도 의도한 적은 없었다고 생각한다.

우리 현대사가 그렇듯이, 우리법연구회도 역사가 상대적으로 오래되지 않았는데도 불구하고 파란만장한 이력을 남겼다. 참여정부하에서 하도 여론의 집중적인 비판과 관심을 받다 보니 이에 못 이겨 많은 회원들이 스스로 탈퇴하였고, 나도 많은 OB회원들과 함께 그때 우리법연구회를 탈퇴하였다.

나는 2005년 9월 9일 회원들에게 '최근의 탈회 논의에 대한 입장'을 밝힌 바 있다.

개인과 마찬가지로 단체도 세월이 흐르면서 구성원은 물론 정신이나 목적 등 정체성이 변하기 마련입니다. 우리법연구회도 그동안 질적, 양적 성장을 이룬 끝에 종래 제기되지 않았던, 그러나 이제 시급히 해결해야 할 피할 수 없는 과제를 앞에 두고 있는 듯합니다.

우리법연구회의 지난 역사를 간단히 뒤돌아보고자 합니다. 우리법연구회는 10주년을 넘기면서 크게 도약하였습니다. 그 무렵 홈페이지가 마련되었고 저는 그때 홈페이지를 소개하는 인사말을 쓴 바 있는데, 다시 읽어 보니 지금도 그 말이 그대로 유효한 듯합니다.

'우리법연구회의 연륜이 10년을 넘기면서 새로운 출발을 다짐하여 약진하고 있던 차에 마침 새천년을 맞이하였고, 변화하는 시대적 여건하에서 우리법연구회도 내외적으로 새로운 대응과 도약의 요구를 받았습니다. 몇 명 회원들의 자발적인 의기투합으로 시작된 모임이 십 수 년을 이어오면서 성장을 거듭한 끝에 우리법연구회는 어느새 식구가 100명을 넘어섰고, 식구가 불어난 만큼 해결해야 할 과제도 늘어 가고 있었습니다.'

반드시 홈페이지만의 공은 아니겠지만, 그동안 홈페이지를 매개로 한 회원 여러분들의 활동은 예상보다 더 큰 성과를 얻었지 않았나 자평해 봅니다. 그 결과 대외적으로 우리법연구회가 공개되고 그 존재가 각인되어 간 끝에 최근 정치적 상황의 변화로 우리법연구회가 인구에 회자되기 시작하였고, 그 연장선상에서 또 다른 상황에 처하여 오늘에까지 이른 것이 아닌가 합니다.

저는 인간은 사회적, 정치적 존재라고 생각합니다. 인간은 사회적 존재이기 때문에 필연적으로 정치적 존재일 수밖에 없습니다. 여기서 정치적이라고 함은 제도적, 법적 의미가 아니라, 넓게는 자연적, 사회적 여건이 부여한 범위와 영역 안에서 각자가 자유롭게 행복을 추구할 수 있는 인류의 보편적 이상향을 실현하기 위하여, 좁게는 자기가 속한 국가 사회와 집단 속에서 인류의 보편적 이상향을 실현해 가는 구체적인 방법(흔히 민주화라고 할 수 있을 것입니다만)을 추구하기 위하여, 말하고 행동하는 존재라는, 제 나름대로의 의미 부여입니다.

최초 우리법연구회를 만들 때, 저는 적어도 '판사로 일하면서 법정에서 재판만 하면 된다는 생각에 머무르지 않고, 사법부의 민주화를 위하여, 나아가 국가 사회의 민주화를 위하여 때로는 판결로, 또 때로는 말과 행동으로 끊임없이 정진하여야 하겠다, 그러기 위해서는 뜻을 같이하는 사람들이 모일 필요가 있고 모여서 같이 공부할 필요가 있겠다, 주로 실무가들의 모임인지라 판례 등을 중심으로 공부하되, 주제는 시민법과 대비되는 현대사회의 법, 즉 노동법이나 경제법, 환경법 및 이에 관련된 헌법으로 하면 좋겠다.'는 생각이었습니다.

소박한 물줄기가 회원들의 배가로 인하여 큰 도랑이 되고, 17년을 보내면서 비록 연구회 단위의 조직적인 행동은 아니었지만 사법부 내에서의 구체적 문제 제기에 일조하고 선도를 하여 왔습니다.

이러한 과정을 거치면서 최초 의도한 우리법연구회의 정신이나 정체성이 세부적으로 발전하고 변하였지만, 근본적으로 달라진 것은 없다고 생각합니다. 다만 주위 여건의 변화로 인하여, 당초에는 우리법연구회 회원이라는 사실만으로 여러 면에서 사실상 불이익을 당할 수도 있다(그러나 적어도 그 정도는 감수해야 한다)는 생각을 가지고 지내던 우리가 이제는

'사법부 수장을 선정하는 데 기여하였고, 따라서 뭔가 이익을 누릴 수도 있다.'는 주위로부터의 시기(오해)에 찬 평가를 받기에 이르렀습니다.

이유야 어떻든 지금의 상황에서 '탈회'논의가 이루어지고, 나아가 구체적 행동으로까지 이어지는 마당에 이제는 피할 수 없는 과제라는 생각이고, 소극적으로 대처할 것이 아니라 적극적, 긍정적으로 대처함이 좋겠다는 생각입니다. 이런 문제가 우리법연구회의 현안으로 된다는 것 자체가 바로 우리법연구회의 성장과 발전을 의미하고, 나아가 장래 또 다른 도약을 위한 진통으로서 유익한 과제이기도 하기 때문입니다.

우리법연구회는 그 후 법원 내 소수의 법관들만으로 명맥을 유지하다가 몇해 전 아예 해체선언을 하였다. 우리는 위법 부당한 행위를 의도하지 않았고, 실제 그렇게 행동하지도 않았으며, 단지 자기개혁의 정신으로 보다 나은 사법부를 만들고 그렇게 함으로써 국민의 인권향상과 실질적 정의를 구현하고자 하는 취지로 모임을 만들었다. 그 취지는 우리법연구회를 통하여 영원히 살아남을 줄 알았는데, 외적인 영향으로 결국 해체의 길을 선택하게 된 우리의 현실이 몹시 슬프다. 이제 와서 내가 굳이 우리법연구회를 대변할 수 있는 자격이나 능력도 없지만, 남은 바람은 우리법연구회가 과장되거나 덧칠해지지 아니한 채 실제 그대로의 모습으로 사법부 구성원은 물론 국민들에게 인식되었으면 하는 것이다.

제3장

내 인생의 가을

아쉬운 정 남기고

법관의 직을 사임하고 마지막 재판법정에서 가족과 함께

나는 2000년 여름 법관의 날개를 접고 변호사로 새 출발을 하였다.

돌아보니 어느새 20여 년이 되었다. 많은 상념들이 번개처럼 뇌리를 스쳐 지나간다. 언제부터인가 과거를 회상하다 보면 2000년 변호사 개업 전과 후가 극명하게 대비되고, 변호사 개업 후의 세월이 어떻게 그리 빨리 지나갔는지 도무지 이해가 되지 아니한다. 지나간 다이어리를 다시 뒤적이며, 과연 내가 무엇을 어떻게 하며 그 세월을 보냈는지 복기해 보곤 한다.

즐거웠던 일과 슬프고 힘든 일, 몸이 망가져 가며 열심히 일하던 일과 짬짬이 여행이나 운동을 하며 전에 누리지 못한 재미를 보았던 일 등이 겹쳐서 온다. 흔히 나이가 들수록 세월이 더 빠르게 지나간다고 하지만, 나에게는 특히 지난 20여 년이 정말 쏜살같이 지나갔다. 전보다 훨씬 재미있어서 그랬을까, 아니면 뭔가 꿈만 꾸고 이룩한 것이 없어 허무해서 그랬을까?

2000년 7월 22일 법관 정기인사를 앞두고 청춘을 함께한 법원을 떠나면서 내부 통신망을 이용하여 동료들에게 간단한 이임사를 남겼다.

작별 그리고 새로운 만남을 위하여!

전후 어려운 시절 시골에서 태어나 격동의 세기말을 살아온 저는 법관의 길이 참으로 감사하고 행복했습니다. 그래서인지 저의 부족함도 깨닫지 못한 채 잠시 머무르겠다던 당초의 생각도 잊고 세월이 이렇게 많이 흐른 것을 미처 몰랐습니다. 그러나 항상 편치만은 않았습니다. 인고의 삶을 사는 사랑하는 가족과 오로지 신념만으로 어려운 생활을 영위하는 선·후배 동료들에게 늘 마음의 빚을 지고 살았습니다. 다만 항상 최선을 다하고 있다는 마음과 그 다짐만으로 용서를 구하였을 뿐입니다.

이제 철이 들어 평생 천직으로 여기던 법관의 직을 사직하고자 합니다. 이 길이 진정으로 옳은지는 잘 모릅니다. 그리고 이제 와서 사직을 결심하는 것도 너무 어려웠습니다. 그러나 저에게 있어서 최선이라고 저는 생각합니다. 새로운 출발 자체만으로도 큰 의미가 있을 거라고 믿고 믿으며….

저희 일생에서는 꽤 길었지만 영겁의 시간 속에서는 찰나에 불과한 세월 동안 제가 법관으로 머물렀던 자리에 한순간 잔잔한 바람이 일었다가 스러져 간 것처럼 여러분에게 기억되기를 기대해 봅니다. 그동안 사랑만 듬뿍 받고 못다 한 정 남겨 놓고 떠나갑니다. 새로운 모습으로 새로운 자리에서 다시 만날 것을 약속합니다.

안녕히 계십시오!

동료가 떠남을 아쉬워하고 전도를 축하해 주는 것은 아름다운 전통이었다. 나의 사직에 대하여 여러 분이 이런저런 방법으로 아쉬운 말, 위로의 말들을 해 주셨는데, 몇 분은 내부 통신망이나 편지 등으로 비교적 긴 글을 보내 주셨다. 법관으로서 주어진 업무 수행만으로도 너무 바빠 정신없는데, 시간 내서 이러한 관심과 사랑을 베풀어 준 분들이 사무치게 고마웠다.

새삼 오래된 서류들을 뒤적이다가 발견하여 보니, 당시 그분들의 따뜻한 마음이 새록새록 느껴져 여기에 조금 몇 개 옮겨 본다.

내 인생의 가을

오진환 부장님이 퇴직하신답니다. 며칠 전 북부 부장님 중 한 분이 사표를 제출하셨다는 소식을 듣고 혹시나 하는 걱정이 앞섰습니다. 그런데 그 걱정이 현실로 확인되고 보니 여러 가지 착잡하고 안타까운 마음을 감출 수 없습니다.

우리법연구회 초창기에 미래를 꿈꾸며 - 지나고 보니 어느새 눈앞에 다가와 있었습니다만 - 언젠가는 우리 회원 중에도 부장들이 나와 법원에서 보다 중추적인 역할을 하며 우리 뜻을 더 크게 펼치리라 기대했습니다. 그리고 오진환 부장님께서 가장 앞서 그런 역할을 해 주시고 있었습니다.

그런데 이제 법원을 떠나신다니 그 아쉬움과 안타까운 심정을 뭐라 말할 수 없습니다. 더 강하게 붙잡아 보고 더 크게 원망도 해 보고 싶었지만 그러지 못하는 것은 부장님의 건강을 걱정해서입니다. 또 승진, 지방근무, 격무 … 등 풀기 어려운 난제 속에 끝까지 남아 계시라는 무리한 부탁을 드릴 용기가 없었습니다. 어쩌면 법원을 떠나셔도 우리들과는 우리법연구회라는 단단한 끈으로 묶여 있을 것이기에 변한 것이 없다는 위안도 해 봅니다. 더 넓은 세상에서 더 자유롭게 더 큰 뜻을 펼치시길 기원합니다.

(우리법연구회 후배법관)

· · · · ·

올해는 유난히 덥습니다. 건강은 어떠신지요? 오늘 다른 판사님으로부터, 부장님께서 사직서를 내셨다는 소식을 들었습니다. 평소에 유난히 표를 내거나 하지는 않으셨지만 법관이라는 직업을 보람되게 여기시고 아낀다고 느꼈기에 저는 내심 오랫동안 남아 계시겠지 하고 마냥 생각하였습니다. 얼마 전에 건강이 좋지 않으시다는 소식을 듣고는 사실 조금은 그만두시지는 않을까 하고 걱정을 하기는 하였었습니다.

언제나 가까운 분이 그만둘 때 되면 처음에 겪었던 경험을 떠올리게 됩니다. 제가 처음 부천지원에 발령을 받았을 때인데 2년째 근무하던 때에 수석판사님이 그만두셨더랬습니다. 그때는 굉장히 당황하고 화도 나고 여하튼 이해할 수가 없었습니다. 왜 그만두는 것인지…. 지금은 많은 분들을 떠나보낸 후라서 그런지 많이 담담해졌고 떠나는 분들의 입장도 이해하게 되었습니다(저도 그만둘 때가 점점 다가와서 그런 걸까요? 호호) 심지어는 떠날 때는 떠나야지 또는 떠나려고 마음먹었으면 빨리 떠나야지 하는 등등의 말을 할 때도 있으니까요. 그래도 정답게 지냈던 분이 떠날 때면 너무나 섭섭한 마음이 드는 것은 어쩔 수 없습니다. 어디 멀리 가시는 것은 아니지만 그래도 같은 입장(?)에서 같은 조직에 속하여 있다는 것이 많이 안심이 되고 위안이 되기 때문인 것 같습니다.

여하튼, 서운함을 토로하는 것은 보내는 자들의 이기적인 심정을 표현하는 것에 불과한 것이니 덮어 두어야 하겠지요? 이제 새로운 시작을 하셔야 하니 그 준비로 바쁘실 것 같습니다. 신경을 너무 많이 쓰게 되면 건강을 해친다고 합니다. 늘 건강하시기를 빌겠습니다. 앞으로 가시는 길에도 많은 보람과 행운이 함께 하시기를 빕니다.

(군산지원에서, 북부지원 시절 배석판사였던 후배법관)

· · · · ·

내 인생의 가을

판사님 오랜만입니다. 별거는 아니지만 병마 때문에 의기소침해서 새천년 봄날을 고스란히 빼앗기고, 정신 차리고 보니 인사철이 되었습니다. 몇 날을 불면의 밤을 보내고 나서 일단 일을 저질러야 되겠다는 생각에 다다랐습니다. 이 나이가 되어도 어떻게 하는 것이 옳은 것인지 선뜻 판단은 안 서지만 결국 인생은 모험이 아닐까요? 저는 사실 천주교 신자라서 모든 것을 하느님의 뜻으로 돌리려고 합니다. 제가 그리 무심한 편은 아닌데도 연락 한번 못 하였던 것은 밝은 소식을 전하지 못한 것이 미안했기 때문인데 이렇게 불현듯 사직이라는 소식을 전하게 되어 정말 미안합니다. 그러나 주위에서 저의 사직을 조금은 아쉬워하리라고 믿고(아닌지도 모르는데) 이럴 때 떠나야겠구나 하고 평소 생각하곤 한 것을 실행에 옮기는 것뿐입니다. 아무런 뜻은 없습니다. 다만 그런 이유만이 전부라면 욕할지 몰라서 덧붙이자면, 이제 가족을 위해서 살아야 되겠다는 생각이 절실했기 때문입니다.

혹시 제가 말을 하지 않았던가요? 제가 정이 좀 많다고. 옳은 결심이라고 몇 번이고 다지고 다진 후인데도 울컥해지는 심사는 어쩔 수가 없네요. 판사님 편지 받고도 그랬습니다. 이제 주사위는 던져졌고 저에게는 새로운 생활이 기다리고 있습니다. 또 다른 법조인으로서 열심히 살아가겠습니다. 부디 멋진 법조인으로 남아서 좋은 생활 하시기를 바랍니다. 기회 있으면 자주 만납시다. 저는 오히려 자유인이 되어서 만나기가 좋다고 생각되는데, 판사님 이제 재야에 있는 사람이라고 괄시할까 봐 걱정되는데요.(후훗). 판사님의 배려에 진심으로 감사하고, 내내 건강하세요. 조금 횡설수설하는 것 같아 이만 줄이는 것이 좋을 것 같네요. 안녕히 계세요.

(군산지원 판사님의 글에 대한 나의 답변)

. . . . . .

185

한동안 연락을 드리지 못하여 송구스럽던 마음을 어제 금요일 저녁에 뵙고 인사드리는 것으로 달래려 벼르고 있었습니다. 그래서 잔뜩 기대를 가지고 들어섰던 중국음식점에서 지원장님의 소식을 듣게 되었습니다. 순간 마치 큰 돌이 머리 위로 떨어져 내린 듯한 충격을 받아 어찌할 바를 몰랐습니다. 전혀 상상도 하지 못했기 때문입니다.

어쩐지 전날 꿈이 이상했습니다. 큰 건물 안에 갇혀 미로를 헤매던 꿈이었거든요. 아침에 잠에서 깨어나서는 혹시 오늘 재판 날 당사자들과 무슨 일이 있으려고 이러나 하고 내심 걱정을 했었는데, 다행히 그날 재판은 무사히 끝났거든요. 그런데 지원장님의 퇴직 소식을 들었습니다. 판사라는 직책은 남원 시골에서 자란 저나 지원장님에게, 또 가족들에게 거의 환상적인 꿈과 같은 명예라고 할 수 있는데, 벌써 그 직을 사퇴하신다니 정말 믿기 힘들었습니다. 더욱이 윗분들에게나 동료분들에게나 또 후배들에게 그토록 합리적이고 원만하시고 출중하시다는 평을 받고 계시고, 또한 저 개인적으로도 판사라는 상을 넘어 인생의 대선배요 스승으로 모시기에 부족함이 없다고 생각해 온 지원장님께서 법원을 나가신다는 것은 상상도 할 수 없었던 것이지요.

어제 저녁에는 거의 잠을 이루지 못했습니다. 가위에 눌려 벌떡 벌떡 일어서기도 하고 아내와 함께 아쉬움을 나누기도 하며 뜬눈으로 지새운 것 같습니다. 마치 예전에 쫓아다니던 여학생한테 채였을 때와 같은 답답하고 울적하고 서운한 감정 그대로를 맛보고 있습니다. 제 장래에 대해서도 자꾸 딴 생각이 나기도 하고요. 조만간 한번 찾아뵙겠습니다.

(정읍지원에서 같이 근무하여 평소 나를 지원장으로 불러 준 후배법관)

사실 나에게 법관의 자리는 너무나 행복하고 과분한 것이었다. 어려서부터 주위에서 오로지 법관이 되라고 격려와 성원을 받았고 그리 되었지만, 평생을 법관으로 지내리라 생각하지는 않았다. 비록 가까운 가족들을 무시하고 혼자만 고고한 삶을 살 수만은 없었기에 차선책을 선택하여 살았으나, 학창시절 농촌법학회 선·후배들과 마음으로 교감하고 다짐하였던, 일말의 소명의식 같은 것이 늘 나를 맴돌았다. 약간의 허세 아니었나 하는 생각이 드는 것도 사실이지만, '그냥 이렇게 살아도 되는가?' 하고 마음속에서 솟구치는 그 뭔가가 있었다. 그게 언제인가 하는 막연한 생각만으로 살아오다가 적기timing가 다가왔다 생각하여 마침내 결행한 것이다.

많이 고민하였다. 당시에는 고등법원 부장판사 승진에서 탈락하면 대부분 자연스럽게 법복을 벗고 변호사 개업을 하던 시절이었다. 차라리 그렇게 반 강제로 퇴직하는 것이 쉽지, 특별한 계기나 이유 없이 내 스스로 천직과도 같이 여겨지던 법관의 길을 떠나려니 참 결심하기 어려웠다.

'이제부터는 가족을 위하여 살자, 그러기 위해서는 이 길이 최선이다.' 아주 단순하게 다짐하고 위안하며 사직을 최종 결심하였다. 속된 말로 '판사는 본인만 좋고 검사는 사업하는 장인이 좋고 변호사는 아내가 좋다.'는 말이 있었다. 이제 나 혼자만이 아니라 가족들이 좋아하는 것을 해 보자. 그 길에서 새롭게 내 자신의 보람도 찾아보자….

하필 나는 퇴직을 앞두고 그해 초에 오른쪽 얼굴 신경이 마비되는 '구

안와사'라는 병에 걸렸다. 그 무렵 이런저런 일로 약간 피곤하긴 했으나, 나에게 왜 그런 병이 찾아왔는지 지금까지도 원인을 잘 모르겠다. 법정에서 재판장으로서 재판업무를 계속 수행하여야 하는 처지여서 참 난감한 일이었다. 그래도 병가를 내거나 휴직하지 않고 근무를 계속하면서 치료를 받았다. 주위 권유로 몇 군데 한방병원에서 침을 맞았고, 민간 치료요법을 위하여 천안시 외곽 어느 마을까지 가서 약간 특이한 치료도 받았다. '병에 걸리면 숨기지 말고 자랑을 하라.'는 옛말이 있다. 그래야 이런저런 치료법을 듣게 되고, 그런 치료법에 따르다 보면 운 좋게 환자에게 딱 맞아떨어지는 것을 발견할 수 있다는 의미일 것이다. 그런 생각으로 민간요법도 마다하지 않고 먼 데까지 갔었다.

가까운 사람들에게야 아프다는 것을 비밀로 할 수 없지만 여기저기 떠들고 다니기도 그렇고, 어디서 무슨 특별한 도움을 받을 병명도 아니어서, 조속한 회복을 위하여 오직 아내와 함께 고군분투하였다. 종전에는 조심스러워 아내에게 고속도로 운전을 맡기지 않았었는데 하는 수 없이 서투른 아내에게 고속도로를 왕복 운전하게 하면서 천안까지 가서 치료를 받았다. 아내에게 많이 미안하였고 신체적으로는 물론 심적으로 얼마나 힘들까 안쓰러워 속으로 여러 번 눈물을 삼켰다.

지금도 완전하지는 않고 흔적이 조금 남아 있지만, 어느 정도 세월이 지나 많이 호전되던 참에 더 이상 미룰 수 없다는 생각에 사직하기로 결정한 것이다. 사실 꼭 그때 사직한 이유는 변호사 개업을 할 장소가 어디가 될지 고려했을 때 적기라고 판단했기 때문이다. 대법원 인사명령으로 서초동으로 전근하게 되면 지원 소재지보다 변호사 시장의 규모는 크지만 그만큼 경쟁이 심하고 치열할 테니 힘들지 않을까 하는 생각이 들었다. 지내 놓고 보니 내 생각이 과연 옳았는지 의문이지만, 그때는 그런 생각이 공감이 갔다.

당시 북부지원장님께서는 "변호사라는 것이 건강한 사람도 힘들고 지치는 일인데 성치 않은 몸으로 어찌 감당하려고 하느냐."며 진심으로 만류하고 걱정을 해 주셨다. 퇴직 후에도 당시 국·과장들과 함께 지원장님 모시고 최근까지 친목 모임을 계속하였고, 평소의 사랑과 후원에 늘 감사하게 생각하고 지냈는데, 아쉽게도 얼마 전 지병으로 갑자기 작고하셨다. 평소 전혀 예상치 못한 슬픈 일이었다.

황량한 광야에 홀로 서서

변호사의 길! 영광만 기다리는 일이 아님을 잘 알고 시작하였다. 흔히 법관은 온실 속에서 사는 것과 같고 변호사는 황량한 광야에 홀로 나가는 것이라고들 한다. 그래도 편하고 안락한 온실을 스스로 버리고 황량한 광야로 나가게 된 것은, 개인적인 목표나 성향 등의 차이는 있겠지만, 예전이나 지금이나 경제적인 이유가 제일 크지 않을까? 이제는 경제적인 목표를 위하여 변호사 개업을 한다 해도 예전 같지는 않지만 말이다. 나도 정치적 야망이나 포부 등 특별한 이유 때문이 아니었으니, 결국은 비슷한 이유로 개업을 한 셈이다.

아무튼 퇴직을 결심하고 주위에 알려지자 선배 변호사들은 "변호사로서 막차를 탔다."고들 하였다. 그만큼 변호사 시장이 갈수록 예전 같지 않고 어렵다는 의미였다. 나는 결심하였다.

"그래, 한 5년 열심히 일하고 그 후에는 공익활동도 하고 사회봉사도

하고, 여유를 찾으며 바람직한 변호사의 길을 개척해 보자."

'얼마나 어렵게 결심하고 시작한 일인데…!' 건강이 좋지 아니한 상태에서도, 나는 열심히 변호사 업무를 배웠고 최선을 다하여 수행하였다. 여기저기 잦은 이동 중에 자동차 뒷좌석에 누워 힘을 비축하고 재충전하였으며, 조금이라도 도움이 될까 봐 잠시 잠시 빈 시간을 이용하여 사무실에서 '기 치료'나 '카이로프랙틱'을 받기도 하였다. 불리한 건강상태를 극복하고 시행착오를 거쳐 마침내 성공한 변호사가 되겠다는 목표를 향한 처절한 몸부림이었다고나 할까?

민·형사 사건을 통틀어 내가 수임하여 처리한 사건 수는 아마도 평균적인 수준은 되었겠지만, 솔직히 수입은 많지 않았다. 특히 세간에서 예상하는 것과는 차이가 많았다. 나의 수임 방식과 형태 때문이기도 하고, 지역적인 특성 때문이기도 하고…. 북부지원 관내는 주택이 중심이라서 흔히들 '베드타운'이라 불렸고, 잡다하게 사건 수는 많아서 당시 동남서북 검찰지청 중에서 검사 수가 제일 많았다. 하지만 민사와 형사를 망라하여 변호사에게 수입을 많이 보장해 주는 사건은 별로 없었다. 그래도 북부지원 관내에서 부장판사로 퇴직한 사람이 당시 나밖에 없어서 비교적 중요한 민사사건들을 수임하였고, 특히 관내 재개발, 재건축 사건 등이나 한창 개발 붐이 불던 의정부지원 관내 민사사건 등을 조금씩 수임할 수 있어 퍽 다행이었다. 4년쯤 북부지원 앞 법무법인의 분分사무소에서 일하다가 서초동 본 사무실로 합류하였다.

여러 가지 어려운 상황에서 개업을 하였고, 북부지원 관내의 특성 등을 염두에 둔 것을 비롯하여 적극적으로 비즈니스를 하는 체질이 아니다 보니, 이곳에서의 장래가 불투명하다고 생각한 나는 처음부터 어쏘 변호사Associate Lawyer를 두지 않고 혼자서 모든 업무를 직접 수행하였다. 오랜 세월 법관으로 일한 경험 때문에 사소한 일도 사무장에게 맡기지 않고(사실 내 성격상 맡기지 못하였다는 것이 더 정확할 것 같다) 모두 내가 직접 처리하였다. 컴퓨터에 저장된 파일을 통하여 가끔 내가 작성한 각종 서류들을 일별하다 보면, 언제 내가 이렇게 많은 일을 하였는가, 정말 이 서류들을 내가 작성한 것이 맞는가, 하고 분량과 내용에 스스로 놀라기도 한다.

건강을 유지하기 위하여 주말이면 잠시 짬을 내서 가까운 산에 가서 산책하는 것을 제외하곤 주로 일만 생각하였다. 어느 날은 아침 눈뜨고 일어나 세끼 식사하는 것을 빼고 하루 종일 저녁 늦게까지 컴퓨터 앞에 앉아 일을 하기도 하였다. 3년 정도 그런 생활을 보내고 나자 목이 아프고 어깨가 굳어서 참을 수 없는 통증이 찾아왔다. 일종의 직업병에 걸린 것이다. 하는 수 없이 어쏘 변호사를 채용하였고, 어깨 통증을 치료하기 위하여 매주 몇 회 지압치료를 받았다.

사람의 몸이 망가지는 것은 순간이지만 회복하는 데는 많은 세월이 필요한 법, 어깨 통증이 어느 정도 완화되는 데 몇 년이 걸렸다. 지금 생각해 보면 처음 몇 년의 변호사 생활은 참으로 어리석은 삶이었는데, 그 당시로서 나는 최선의 선택이라고 생각하였다. 나의 체질과 성격 탓이었거니 생각한다.

변호사로서 사건을 수임하는 형태는 각양각색이고 옳고 그름을 따질 수 없다. 의뢰인 중에는 누군가 주위에서 소개하여 온 사람도 있지만 여러 채널을 통해 정보를 취득하여 독자적으로 찾아온 경우도 종종 있다. 과거 어느 선배 변호사는 주위에서 소개해 준 사건만 수임한다는 말이 들리기도 하였는데, 사건 의뢰인과 변호사와의 관계는 늘 우호적이지만은 않고 가끔 갈등이 발생하기도 하여서 그럴 때 소개하여 준 사람의 도움을 받으면 갈등 해소에 도움이 되기 때문이라 이해하였다. 그러나 그렇게 사건을 수임하는 것은 누구나 바라는 이상에 가깝고, 대부분의 경우 현실적인 이유 때문에라도 그런 이상을 좇을 수는 없다.

처음 의뢰인이 변호사를 접견하면 대부분 사건을 맡았을 때 승소(승산) 가능성을 묻는다. 종종 몇 % 정도가 되냐고 묻기도 한다. 내가 직접 처리하는 일이 아닌데 어떻게 정확하게 알고 %로 말할 수 있겠는가? 의뢰인의 입장에 서면 이해 못 할 바 아니지만, 변호사가 소극적이고 확신이 없는 듯하면 사건을 맡기지 않고 가 버리는 경우가 종종 있다.

나는 늘 확신이 가더라도 "100%라고 할 수는 없다, 장담할 수는 없다."고 말하였다. 솔직히 나중에 내 말에 책임지라는 추궁을 피하고자 하는 면도 없지 않지만, 그보다는 '실제 세상 일이 다 그렇다.'는 현실 인식에 기초해 말한 것이다. 사람이 하는 일이라 생각과 견해가 다를 수 있고, 나의 예상과 전혀 다른 결론이 내려지는 것을 아주 가끔 경험하기도 했기 때문이다. 객관적으로 보면 변호사는 사건의 승패에 대하여 정확하게 예측할 수 있는 능력이 있느냐 없느냐가 가장 중요할지도 모른다.

나의 의뢰인들은 대부분 미리 나를 파악하고 어느 정도 신뢰하고 온 데다가, 내가 면담하면서 솔직한 의견을 가감 없이 알려 주기 때문에 나의 말 한마디에 따라 사건위임 여부를 결정하지는 않았다. 가끔 예외가 없지는 않았지만, 결과적으로 그런 사건은 수임하지 않는 게 더 낫다고 여기며 마음 편하게 생각하였다.

20여 년 변호사를 하다 보니 잡다한 사건에서부터 제법 사회적 이목이 집중되는 사건도 가끔 담당하였다. 일하면서 특별히 사회정의나 인권이 생각나는 사건도 있었고 증거에 따라 재판결과가 갈리다 보니 현실적으로 억울하다고 생각되는 사건도 상당하였다. 때로는 '이런 사람을 위하여 내가 변호하고 변론하여야 하는가, 돈으로 내 영혼을 파는 것은 아닌가?' 하고 생각하는 사건도 있었는가 하면 사소한 일상에서 벌어진 조그만 일이지만 열심히 변론하여 불가능해 보이던 결론을 이끌어 내고 속으로 한없이 기쁘고 보람을 느낀 사건도 있었다. 의뢰인 이름이 생각나지 않을 때가 있고, 사건 내용이 전혀 기억나지 않는 경우도 있으나, 어떻든 의뢰인과 함께 울고 웃는 속에서 변호사로서 지낸 20여 년 세월이 그래도 부끄럽지 않고 아름다웠던 것으로 머릿속에서 명멸하여 간다.

변호사 업무는 결국 의뢰인과의 관계에 의하여 성패가 판가름 난다. 변호사와 의뢰인과의 위임관계는 신뢰를 기본으로 한다. 원래 잘 알던 사이라면 다르겠지만, 의뢰인의 변호사에 대한 신뢰는 통상 변호사의 객관적인 이력과 경력을 기초로 한다. 구체적으로 사건을 처리하는 단계에서는 결국 사건처리의 성공여부에 신뢰가 달려 있다고 해도 과언이 아니다. 그게 인지상정 아니겠는가!

변호사로서 사건을 잘 처리하려면 일단 실력이 기본으로 갖추어져 있어야 하겠지만, 우연적인 요소도 많이 작용한다. 아무리 친한 의뢰인의 사건이라도 행운이 뒷받침되는 경우가 있고, 반대의 경우가 있다. 따라서 사건의 승패가 내 마음대로 되지 않는, 울고 웃는 우여곡절이 반복되는 과정에서 의뢰인과의 관계가 오래 지속되기는 상당히 어렵다.

회고해 보면, 원래 나와 친분이 없던 의뢰인과 오래 위임관계가 지속될 때는 대체로 내가 수행한 사건에서 성공한 경우였고, 반대의 경우에는 관계가 금방 단절되었다. 성공한 사건의 의뢰인은 계속하여 본인의 사건을 나에게 의뢰할 뿐만 아니라 시간이 가면서 다른 사건의 당사자까지 소개해 주었다. 이렇게 변호사의 일상이 진행되는데, 나에게도 그런 인연으로 인하여 개업 초기부터 지금까지 오랜 세월 위임관계가 계속되고 있는 의뢰인이 존재한다.

나는 대법원 재판연구관 때 재개발과 재건축 등에 관련된 행정사건을 담당하였고 관련된 논문을 써서 여기저기 발표한 적이 있다. 당시 서울북부지원 관내에는 옛날 달동네라고 불리던 낙후된 곳이 많았고 자연히 도시재개발이 많이 진행되었다. 나는 변호사로서 초기에 재개발에 관련된 민사나 행정사건 등을 여러 건 수임할 수 있었고, 재미있고 보람 있게 송무를 수행하였으며 결과도 대체로 양호하였다.

나의 변호사 생활에서 잊을 수 없는 인연 중 하나는 경기북부지방을 기반으로 하는 어느 유명한 종중이다. 그 종중은 조선시대부터 물려받은 상당히 넓은 종중 소유의 토지가 있었는데, 경기북부지방이 개발되기 시작하면서 2003년경부터 종중 내부에서 각종 분쟁이 발생하였다. 종중 사건에서 많이 볼 수 있듯이, 처음에는 종중 회장 등 임원의 지위를 둘러싼 분쟁에서부터 출발하여 나중에는 종중 재산의 소유권 귀속 등을 둘러싼 분쟁으로 비화되고, 부수적으로 각종 민·형사 사건이 제기되었다.

흔히 '무슨 일이든 첫 단추를 잘 꿰어야 한다.'는 말처럼 다행히 처음 출발부터 소송의 결과가 대체로 좋게 나오는 바람에 지금까지도 조금씩 이어지고 있는 분쟁을 내가 거의 전담하다시피 수임하여 처리하고 있고, 내가 변호사 사무실을 유지하는 데 상당한 도움이 되었다. 내가 만난 그 종중의 사례를 보면서 '조상 잘 만나서 후손들이 이래저래 큰 덕을 보고 사는구나.' 하고 느꼈다.

서울을 중심으로 하여 재경지역에 그러한 종중들의 사례가 상당히 많다. 우리나라 종중은 어느 개인의 소유가 아닌 애매한 성격의 단체이다 보니, 종중의 재산을 노리는 후손들 사이의 분쟁이 끊이지 않고, 경제적 이해관계까지 결부되다 보면 분쟁의 정도가 치열하고 복잡하다. 때때로 우리나라 종중 제도의 근본적인 개혁이 필요한 것이 아닌가 하는 생각을 하기도 한다.

경향 각지에서 법관으로 근무하는 동안 우연히 만나 오래 친분을 유지하며 지내는 분들도 있지만, 의뢰인과 변호사로 만나 소송이 끝난 후에도 계속하여 관계를 유지하고 특별히 가깝게 지내는 분들도 있다. 물론 소송의 결과가 좋았기 때문이기도 하고 서로 간에 형성된 신뢰나 애정이 밑받침되었기 때문일 것이다. 이 세상 혼자만의 힘으로 살아갈 수 없는 법, 수많은 사람들을 만나고 또 헤어지곤 하지만, 살면서 우연히 만나 친하게 지내는 그분들은 일생 나에게 소중한 자산이 아닐 수 없다.

나는 다행히 나의 과실로 사건을 그르치거나 의뢰인의 신뢰를 잃은 경우는 거의 없었는데, 아무런 잘못 없이 의뢰인 측의 일방적 사정과 주장으로 신뢰관계가 깨어지고 급기야 내가 고소·고발까지 당한 사례가 한 번 있었다.

어느 지역의 아파트 수^受분양자들 수백 명이 아파트 건설업체 등을 상대로 사기분양이나 하자보수 등을 주장한 사건이었는데, 진행 과정에서 다수의 의뢰인들 사이에 의견다툼이 발생하였고, 급기야 소송대리인인 나를 상대로 일부가 변론내용에 대하여 이의를 제기하면서 사태가 악화되었다.

오해의 발로인지, 아니면 그 어떠한 목적을 위한 악의적 공격인지 잘 모르겠으나, 아무튼 변호사 업무를 하면서 내가 겪은 잊지 못할 '흑역사'라 아니할 수 없다. 다수 당사자들 내부의 입장 차이로 다양한 의견들이 대립되자 대화가 되지 않아 서로 합의점을 찾을 수 없었고, 급기야 나는 소송대리인을 사임하였다. 나를 상대로 변호사협회에 진정하고 형사고소를 하는 등 전혀 예상치 못한 상황까지 생겨서 설명하고 설득하고 타협안을 제시하며 회유해 보았지만 소용없었다.

대학교 재학 중 한국법제사 과목을 수강할 때 교수님으로부터 배운 말을 지금까지 선명하게 기억하고 있다.

"'인생을 살면서 척犭지지 말라.'는 옛말이 있는데, 그때 '척'은 바로 소송의 당사자를 의미하고, 따라서 척지지 말라는 것은 소송의 당사자가 되지 말라는 말이다."

그런데 나 자신이 그러한 처지가 된 것이다. 상당히 오래 지속된 싸움에서 여러 가지 심한 고통을 겪었다. 처음으로 경찰서에 가서 수사관 앞에서 조사를 받았고, 검찰에서 무혐의 처분을 받은 후 그들로부터 재정신청을 당하는 수모를 겪었다.

20여 년을 지내며 내가 맡은 각종 사건 속에서 때로는 웃고 때로는 웃으며, 인생살이의 다양한 면모를 맛보았다. 예상하였건 아니건 간에 소송 끝에 좋은 결과가 나오면 마치 내 일인 양 날아갈 듯이 기뻤고, 반대로 전혀 예상하지 못한 나쁜 결과가 나오면 정말 괴로웠다. 가끔 당사자들로부터 심적인 괴롭힘을 당하기도 하였다. 그럴수록 나는 더욱 업무에 신중하게 되고, 당사자들을 조심스럽게 대하게 되었다.

세월이 흐르는 동안 나이를 한 살 두 살 더 먹어 가다 보니, 대부분의 변호사 업무가 승패로 귀결된다는 점, 그 승패에서 내 의지가 아닌 다른 사람의 의지에 의하여 때때로 전혀 예상하지 못한 불합리한 결과가 결정되고 예측 안 되는 상황들이 있다는 점이 차츰 싫어져 간다.

내가 처음 결심한 '개업 후 5년여의 세월'이 흐르고 사무실도 서초동으로 옮기면서, 과거부터 하던 서울북부지방법원과 서울중앙지방법원에서의 조정위원, 검찰 범죄피해자지원센터 위원, 세무서 이의신청심의위원 등 다양한 사회활동 외에 보다 차원이 다른 '진실화해를 위한 과거사정리위원회' 비상임위원, 공정거래위원회 비상임위원, 중앙행정심판위원회 비상임위원 등에 취임하였다. 물론 모두 변호사 업무와 병행이 가능한 것으로, 우연히 찾아온 새로운 경험이자, 보람 있고 의미 있는 삶의 일부를 장식한 일들이었다.

변호사란 무엇인가

내가 변호사 개업을 결심하자 선배들이 여러 가지 조언을 해 주었다. 사건 수임은 어떻게 하여야 하는지, 의뢰인들과의 관계를 어떻게 하여야 하는지, 그리고 건강을 위한 노력과 여가활동은 어떻게 하여야 하는지…. 폭넓은 내용들이었는데 내내 머릿속에 담아두고 참고하였다.

"변호사는 일이 많아 바쁘면 돈을 벌어서 좋고, 일이 없으면 여가시간을 활용하여 즐길 수 있어서 좋다."

장도壯途를 축하한다며 주변에서 하여 준, 많이 들었던 말 중의 하나인데, 꼭 이어지는 그다음의 말이 진수다.

"가장 바람직한 것은 사건 수임을 꾸준하게 적정 수준으로 하는 것이다. 바쁘지도 않고 한가롭지도 않게."

그게 맘대로 되는가. 결국 중요한 것은 주어진 시간을, 그때그때 부여된 여건하에서 가장 효율적으로 활용하는 것이고, 성공적인 삶이 되

내 인생의 가을

는지 여부는 개개인의 역량과 노력에 달렸다.

　공무원 생활을 청산하고 변호사가 된 후 가장 피부에 닿는 변화는 자유였다. 특히 개인 사무실을 운영하면서 내 시간을 내가 어떻게 사용하든지 간에, 다른 사람의 눈치를 볼 필요가 없어서 좋았다. 변호사는 의뢰인과의 관계에서 맡은 사건을 민법에서 규정한 대로 '위임의 본지에 따라 선량한 관리자의 주의의무를 다하여 위임사무를 처리'하기만 하면 된다.

　내가 말하는 자유는 적정한 수준의 사건 수임을 전제로 한다. 만약 최소한의 사건 수임도 맡지 못한다면 자유는 허상이고, 여기저기 고통만 남는다. 어디론가 돌파구를 찾아야 하는 진통이 따른다.

아내와 노래방에서 즐거운 한때

개업을 결심하면서 한편으로, 과연 내가 적정한 수준의 사건 수임을 맡을 수 있을까, 변호사로 성공할 수 있을까 하는 걱정이 있었다. 누구나 새로운 일을 시작하는 경우 비슷한 경험을 하게 될 것이다. 다행히 어느 정도 사건 수임을 하여 초기에는 바쁘게 생활하였다. 일단 처음 계획한 대로 한 5년 동안은 다른 것 신경 쓰지 말고 열심히 변호사 업무에만 전념하자는 결심을 실천하려고 노력하였다.

3년쯤 지난 후 조금 정신을 차리고 나서 처음으로 온 가족이 해외 가까운 곳으로 여행을 갔다. 짧고 단조로운 일정이었지만 오랜만의 가족여행이어서 아주 좋았다. 그 후에는 2, 3년에 한두 번씩 정기적으로 장거리 세계여행을 다녔다. 자유여행을 갈 위인이 못 되어, 주로 여행사 패키지상품을 선택하여 아내와 단둘이 다녔다. 갈 곳은 많고 시간과 돈은 한정되어 있으니, 주위에서 얻은 정보를 종합한 후 내 나름의 우선순위를 정하여 다녔다. 장거리 비행기를 타는 고통만 아니라면 앞으로도 계속하여 세계여행을 다니고 싶다. 이제 시간이야 문제되지 않을 것이고 건강과 재력이 뒷받침되어야 할 텐데….

바쁘게 지내는 동안 건강이 가장 문제였다. 운동할 시간이 많지 않아, 틈틈이 가까운 곳으로 등산하는 것이 거의 전부였다. 주말에 혼자서 왕복 3시간 남짓의 산행을 하면서 건강을 챙겼다. 아이디어를 구상하고 주변을 정리하는 등 이런저런 생각으로 걷다 보면 금방 시간이 갔다. 뭔가 열심히 일을 하고 나서 운동을 하는 것이니, 행복하고 마음 뿌듯할 수밖에.

그러던 중 약간 시간적 여유가 생겼다 싶어, 친구의 권유로 동향 선·후배들의 친목 모임에 가입하게 되었다. 그 모임에서 월례 골프모임을 개최하였고, 1년에 한 번씩 해외 원정을 갔다. 특히 겨울철 추운 계절에 동남아 쪽으로 운동여행을 가는 것이 아주 즐겁고 좋았다. 덕분에 여기 저기 많이 다녀 봤다. 단체가 아니면 거의 불가능한 여행을 주기적으로 하다 보니 몇 년의 세월이 흘렀고, 구성원들의 사정으로 얼마 전 모임이 해체되어 많이 아쉽다. 대체로 연말연시를 택하다 보니 몇 번인가 새해를 해외에서 맞이하였고, 동남아 각국의 다양한 신년맞이 행사를 직접 체험하기도 한, 벌써 아련해진 추억들을 새삼 떠올려 본다.

국가공무원의 길을 가는 사람은 대체로 전근을 자주 하게 된다. 특히 법관으로 임관하면 최장 2년에 한 번꼴로 전보 또는 승진 인사명령을 받고 경향 각지로 전근을 가게 된다. 나의 주민등록표 주소란을 보면 그 이력이 고스란히 기재되어 있다.

나는 결혼한 후 처음 잠실에서 둥지를 틀었고, 군 복무를 하는 동안 평택에서 살았으며(평택에서만 3년 동안 세 번이나 이사를 하였다), 판사로 임관하여 대전과 천안을 거쳐 드디어 서울로 입성하였다. 천안지원에서 재경 지역으로 전근 오면서 아내의 선견지명과 용기로 운 좋게 강남 대치동에 집을 마련하였고, 거기서 판사생활을 마무리할 때까지 아들 둘을 교육시키며 살았다.

지금은 '포장이사'가 보편화되었지만, 옛날에는 이사를 가기 위해서 온 가족과 친지들이 동원되어 직접 짐을 꾸려야 했다. 그 어려운 일들을 어떻게 헤쳐 지나왔는지, 생각만 해도 끔찍한 경험들이었다. 장인어른이 이사 다닐 때 사용하시던 묵직한 나무 궤짝을 물려받아 깨지기 쉬운 그릇들을 신문지에 싸서 담아 이사하던 기억이 옛날 흑백사진 속의 모습처럼 멀리 느껴진다.

공무원 생활의 애환이 고스란히 서려 있던 대치동 청실 아파트, 비록 넓지 않고 소박한 집이었지만 아이들이 초등학교를 거쳐 중학교와 고등학교를 마치고 대학교에 가기까지 우리 가족에게 중요한 시기를 장식한 잊을 수 없는 집이었다. 처음 에어컨이 없이 살던 시절, 여름이면 거실 앞뒤 문 활짝 열어 놓고 네 가족이 거실에 자리를 펴고 누워 도란도란 얘기하면서 잠을 청하곤 하였다. 뭐니 뭐니 해도 대학교를 가기 위한 치열한 경쟁시대, 고등교육의 최전선에서 아이들이 잘 자라고 공부도 번듯하게 하여 좋은 성과를 이룩하여 대치동에서의 삶은 우리 가족 모두에게 행복한 마음의 고향으로 자리 잡고 있다.

변호사 개업을 하여 2년 이상을 더 살다가 2003년경 좀 더 넓은 집을 구하여 서초동으로 이사하였다. 신축 중인 아파트를 분양받아 입주하기까지, 오며가며 내 집이 한 층 한 층 올라가는 것을 보는 것은 마음속 조그만 행복이었다. 교통 좋고 사무실 가까워서 좋았던 서초동에서 초반기 변호사 생활을 보냈고, 우리 아이들 사법시험 합격과 법학전문대학원 입학 등 영광을 맛보며 7년 이상을 살다가 2010년경 관악산 가까운 곳으로 이사하였다.

　　　　　　　　　　　　　　　내 인생의 가을

변호사란 무엇인가?

몇 해 전 법률신문에서 경향 각지 로펌Law Firm과 개인 변호사들을 탐방하여 변호사들의 일상을 소개한 후 마지막에 '변호사란 무엇인가?' 하고 정리한 글이 있었다. 변호사가 누리는 자유가 이구동성으로 변호사의 가치로 꼽혔다.

돈을 벌면 버는 대로 좋고 아니면 빈 시간에 책을 읽거나 음악을 듣고 그림을 그릴 수 있어서 좋다. 아무 때나 출근할 수 있어서 좋고 사건을 선택할 수 있어서 좋다. 싫은 일을 안 할 수 있고, 미운 사람을 만나지 않을 수 있어서 좋다. 원하면 부자나 권력에 대항하여 부지런히 '정의가 무엇인가?'를 추구할 수 있고, 사회적 이슈를 법정으로 끌고 가 문제 삼을 수도 있다. 변호사가 되어 누리는 것 중 일상의 자유는 우리 인생에서 어쩌면 가장 소중한 가치이고 축복인지 모른다.

변호사는 그 자체로 돈을 버는 직업은 아니다. 열심히 일하면 먹고살고 아이들 교육시키고 집 한 칸 마련할 수 있는 정도의 소박한 재력이 평균적인 변호사의 모습이다. 그 이상을 추구하는 것은 지나친 욕심이고 변호사의 본질과 양립하기 어렵다.

우리는 주변에서 상반되는 가치를 동시에 탐하고 추구하는 무모함 때문에 가치관이 혼란에 빠지고 한 인생이 파탄 나며, 급기야 국가사회에 해악을 끼치는 현상을 종종 목도한다. 상반되는 가치 중 하나를 얻으면 다른 하나는 포기할 줄도 알아야 한다. 그것은 우리가 거역할 수 없는 자연의 법칙이기도 하다.

강금원 회장님과의 만남

　인생은 우연의 연속이다. 변호사 생활 3~4년 후 우연히 알게 된 지인을 통하여 '노무현 대통령의 후원자 창신섬유 강금원 회장'이라는 분을 알게 되었다. 그분은 내가 알게 된 지 얼마 후에 '시그너스 골프장'을 인수하여 운영하기 시작하였다. 이 우연한 만남은 최소한 몇 년 동안 나의 삶에 잔잔한 영향을 미쳤고, 나도 그로 인하여 색다른 경험을 많이 하게 되었다. 그분으로 인하여 참여정부 시절 각계각층의 많은 분들을 만날 수 있었고, 새로운 관계를 형성하기도 하였다. 결코 평범하지 않은 경험이자 잊을 수 없는 내 인생의 한 부분이기에 강 회장님과 관련된 사연을 여기서 피력한다.

　내가 강 회장님과 인연을 맺은 후 직접 경험한 범위 내에서 보면, 강 회장님은 노 대통령님과 떼어 놓고 생각할 수가 없다.

노무현 대통령이 2003년 2월 25일 제16대 대통령에 취임한 후 우리 정치사에서 미증유의 탄핵정국이라는 회오리가 정치권을 강타하였다. 2004년 4월 15일 치러질 제17대 총선을 앞두고 2003년 11월 11일 미니 여당인 열린우리당이 창당되었고, 노 대통령께서 2004년 2월 24일 방송 기자클럽 초청 대통령기자회견에서 열린우리당을 지지하는 발언을 한 것을 두고 야당에서 공직선거 및 선거부정방지법 위반 등을 이유로 탄핵을 발의하여, 결국 2004년 3월 12일 오전 국회에서 탄핵안이 가결되는, 헌정 사상 초유의 사태가 발생했다.

　　탄핵안의 요지 중 노무현 대통령 자신과 측근들, 그리고 참모들의 권력형 부정부패에 대한 부분이 있는데, 강 회장님과 관련된 부분만 요약하면, 노무현 대통령이 향후 정치활동에 필요한 자금을 조달할 목적으로 인수한 생수회사(주식회사 장수천)의 리스채무와 관련하여 공적자금이 투입되어 국민부담을 초래하였으므로 공직후보로 부적합하다는 정치공세가 전개되자 이를 해소하기 위하여, 새천년민주당 대통령후보 확정 후 강 회장님이, 장수천의 채무를 연대보증한 노무현 대통령 측근의 부동산을 매수하고 그 매매자금으로 리스채무를 변제하기로 서로 합의하고 이를 실행함으로써, 강 회장님이 실질적으로 매매를 가장하여 노무현 대통령에게 정치자금을 교부하였다는 것이었다.
　　국회에서 탄핵안이 가결된 후 헌법재판소에서 여러 차례 변론이 진행된 후 2004년 5월 14일 오전 10시에 헌법재판소는 탄핵심판을 기각하기로 결정하였다.

위와 같은 정치권의 소용돌이가 진행되던 와중에 강 회장님이 형사
사건에 연루되어 2003월 12월 29일 구속 기소되는 일이 발생하였다. 검
찰에서 강 회장님과 강 회장님이 경영하던 회사를 대상으로 조사한 끝
에 강 회장님과 그 회사 등을 조세포탈, 업무상 배임 및 정치자금에 관
한법률 위반 등의 혐의로 구속 기소한 것이다.

나는 1심 재판단계에서부터 강 회장님에 대한 변호를 맡았다. 강금원
회장은 고심 끝에 기소된 범죄사실 중 조세포탈 등의 점에 대하여는 깨
끗이 시인하고 다투지 않았으며, 노 대통령님과 직접 연결된 정치자금
제공의 부분만 무죄취지로 다투었다.

나는 변론에서, 공소사실의 요지는 피고인이 소유자로부터 부동산을
매수한 것처럼 가장하여 실질적으로 그 매매대금 상당액을 정치자금으
로 무상 제공하였다는 것이나, 강금원 회장은 실제로 소유자로부터 부
동산을 매수한 것일 뿐 가장매매를 한 것이 아니고, 다만 소유자 등과의
특별한 관계하에서 이루어진 호의적인 거래로서 다소 이례적인 사정 등

세간에 공개된 노 대통령님과 강 회장님의 다정한 모습

내 인생의 가을

이 일어난 것에 불과하다고 강하게 항변하였다.

그러면서, 흔히 대통령을 비롯하여 특권층에 대하여 본인은 물론 친인척이나 측근에게 높은 도덕성을 요구하며 범법행위에 대해 상대적으로 엄한 처벌을 내리는 경우가 많지만, 그 이유는 당사자가 평범한 사람들에 비하여 평소 특권을 누렸거나 특별한 지위에 있었거나 남다른 혜택을 받았음을 이유로 하는데, 피고인은 그가 평소 존경하고 형제처럼 친하게 지내던 분이 대통령에 당선되었다는 대리만족감 정도가 전부이며, 그 대통령과 가깝다는 이유만으로 상대적으로 불이익을 받거나 형평에 어긋나는 처벌을 한다는 것은 아무리 생각해도 온당치 않은 일이라고 변론하였다. 내가 관여하여 파악한 바에 의하면 그 당시의 상황은 정말 그러하였다.

강 회장님이 연루된 '장수천 문제'는 탄핵사유에서 중심적인 것이 아니라 지엽적인 일부에 그쳤으나, 탄핵심판의 결정이 내려지기 직전 1심 판결이 선고되었기 때문에 만약 강금원 회장에게 그 부분에 대하여 유죄가 선고되었더라면 탄핵재판에서도 적지 않은 파장이 있었을 것임은 자명하다. 나는 최선을 다하여 변론하였고, 다행히 그 부분은 무죄가 선고되었다. 내가 변론한 취지대로, 매매계약에서 다소 이례적인 사정들이 존재하지만 그러한 사정들만으로 매매계약이 실제로는 상호 간에 매매의사가 없는 가장매매라고 인정할 수는 없다는 것이 판결이유였다.

노무현 정부는 출범과 동시에 과거의 정권에서 일상화되었던 검찰과 국가정보기관에 대한 통제나 유착관계의 악습을 과감히 탈피하겠다고 선언하였고, 이를 실천하였다. 그래서인지 당시 검찰은 현직 대통령의

강 회장님 일행과 골프장 순방 중, 왼쪽 두 번째가 필자

후원자인 강금원 회장을 가혹하게 대하였다. 수사과정에서는 물론이고 재판과정에서도 그랬다. 재판 도중 내가 제출한 보석청구에 대하여 검찰은 별건 수사가 진행되어 향후 기소될 예정이라고 하면서 보석에 적극 반대하였다. 결국 강금원 회장은 1심 내내 구속 상태에서 재판을 받았고, 2005년 5월에서야 집행유예 판결을 선고받고 비로소 석방되었다.

강금원 회장이 석방된 후 나는 자연스레 그분과 가까이 지냈다. 고문변호사를 맡았고, 그분의 일상생활을 일부 같이하였다. 주말이면 함께 골프를 쳤고, 여름철에 강원도에서 휴가를 같이 보낸 적도 있다. 가까이 지내면서, 강 회장님이 골프장에서 각국 대사들의 친선모임을 주선하는

내 인생의 가을

등 노무현 정부의 성공을 위하여 노심초사하는 모습 등 다양한 활동을 옆에서 지켜보았다.

참여정부가 막을 내리고 이명박 정부가 들어선 다음 대전지방검찰청은 2008년 5월경 대검찰청의 지시에 따라 어느 회사의 '국가보조금 비리사건' 내사에 착수하였다. 그때 압수수색이 이루어졌고, 차명계좌로 의심되는 계좌를 추적하는 과정에서 강 회장님이 안희정 전 충남지사에게 1억 원을 송금한 사실을 확인하였다. 안희정 전 지사는 참여정부 출범후 정치자금법 위반으로 징역형과 추징금을 선고받았는데, 추징금 납부를 위하여 지인들이 돈을 모금한다는 말을 듣고, 평소 형제처럼 지내던터라 강 회장님이 그 일부로 1억 원을 계좌로 송금한 것이다.

검찰은 강금원 회장의 개인 회사와 법인, 골프장 등에 대하여 전방위적으로 압수수색을 하고 편법 회계처리 및 일부 운영상의 비리혐의 등에 대하여 횡령이나 배임 등의 혐의로 수사를 하여 강금원 회장을 2009월 4월 9일 구속하고 후에 기소하였다. 흔히 말하는 전형적인 별건수사였다.

강금원 회장에 대한 혐의의 요지는 이렇다. 강 회장님은 회사나 골프장 등을 운영하면서 개인 명의의 예금통장이나 이른바 비자금을 가지고있지 않았기 때문에, 자금이 필요할 때면 두 회사로부터 주주임원 단기대여금으로 회계처리를 하도록 하고 돈을 받아 사용한 후, 돈이 생기면이를 수시로 입금하여 반제하는 방식으로 자금을 운영하였는데, 검찰에서는 그러한 자금운영방식을 문제 삼아 횡령 등의 혐의로 구속기소한것이다.

법원에서는 '회사의 대표이사 혹은 그에 준하여 회사 자금의 보관이나 운용에 관한 사실상의 사무를 처리하여 온 자가 회사를 위한 지출 이외의 용도로 거액의 회사 자금을 가지급금 등의 명목으로 인출, 사용함에 있어서 이자나 변제기의 약정이 없음은 물론 이사회 결의 등 적법한 절차도 거치지 아니하는 것은 통상 용인될 수 있는 범위를 벗어나 대표이사 등의 지위를 이용하여 회사 자금을 사적인 용도로 임의로 대여, 처분하는 것과 다름없어 횡령죄를 구성한다고 볼 수 있다.'는 대법원 판례 등을 인용하면서 집행유예의 유죄판결을 선고하였고, 대법원까지 가서 그대로 확정되었다.

내가 그 사건에서 담당한 가장 기억에 남는 변론요지는, 첫째 강금원 회장이 안희정 전 지사에게 추징금에 사용할 1억 원을 송금한 내역이 나왔다 하여 왜 강금원 회장 개인과 그가 운영하던 모든 회사에 대하여 전방위적으로 수사를 개시하였는지 하는 절차적 문제점이고, 둘째 강금원 회장이 수행한 주주임원 단기대여금 형식의 자금 운영방식에 대하여 횡령으로 의율擬律하여야 한다는 대법원 판례 등의 부당성이었다.

가벌성 등과 관련하여 나는, 피고인 강금원이나 직원들이 취한 법률 행위의 그 어느 대목에서도 세금탈루 등으로 국가의 조세권을 침해하거나 위반한 것이 없고, 나아가 골프장 등의 주주, 혹은 채권자, 골프장 회원권 보유자 등의 이익을 침해하거나 침해할 위험을 초래하는 그 어떠한 행위 역시 한 적이 없으며, 골프장의 자산규모, 경영상태 및 채무의 규모나 골프장 회원들의 숫자, 규모 등 모든 사정을 종합할 때 피고인 강금원이 행한 법률행위로 인하여 그 어떠한 주체의 보호법익을 해하거나 해할 위험성이 결코 없다고 보았다.

… 본 변호인은 항소심 판결까지 선고받은 후 곰곰이 생각하여 보았습니다. 과연 이 사건에서 피고인 강금원의 횡령혐의가 최종적으로 유죄로 인정될 때 그 판결이 국민들에게 주는 범죄 예방적인 메시지는 과연 무엇일까?

'아무리 1인 회사라도 회사 돈을 대여받을 때에는 반드시 이사회의 결의를 거쳐라, 차용증을 작성하고 이자 약정을 하여라.' 이런 것들이 될까요?

1인 회사에서, 이사들도 대부분 가족이나 친인척들일 텐데(따라서 이사회 결의 여부나 차용증 등은 극히 형식적인 한 장의 문서에 불과한 것이 보통일 텐데), 그러한 형식적인 행위의 존부로 형사범죄의 유무죄를 가르는 기준으로 삼는 것이 과연 실체적 정의에 합당한 것일까요?

그리고 과연 사적경제 주체인 회사에 대하여 무슨 근거로 그러한 것들까지 요구할 수 있을까요?(예컨대, 이자를 받을 수도 있고 무이자로 대여할 수도 있는 것인데, 이자 약정을 하여라, 이자를 반드시 받아라 하는 등의 요구를 무슨 근거로 할 수 있는 것인가요? - 물론 특수관계에 있는 자 사이의 거래관계가 세금포탈의 문제에 해당한다면 이에 대하여 세금을 추징함은 별론으로 하고 횡령죄 운운에는 해당하지 않는다는 의미입니다) … [상고이유서 중에서]

믿기지 않는 일화가 하나 있다.

2008년 봄 벚꽃이 한창 피었을 때 노무현 대통령이 강 회장님과 골프장에서 같이 운동을 하였다고 한다. 골프장 중 라미코스 8번홀 그린 앞에 이르렀을 때 대통령이 왼쪽 경사면에 수양버들처럼 가지가 아래로 늘어진 수양벚나무를 보며

"그 나무 일품이네. 꽃도 좋다."라고 하였단다.

강금원 회장이 "원하시면 팔겠습니다. 옮겨 가시지는 말고 여기 오실 때마다 내 나무다 하십시오."

"얼마에 팔 거요?"

"만 원에 팔겠습니다."

그렇게 해서 그 나무는 대통령의 나무가 되었고, 대통령은 그 나무를 보며 각별히 좋아했다고 한다.

그런데 대통령 서거 후 정말 믿기지 아니한 이상한 일이 일어났다. 골프장 안에서 가장 왕성하게 자라던 그 나무, 봄이면 어김없이 축 늘어진 가지에 화려한 꽃을 잔뜩 달고 그 자태를 뽐내던 나무가 시름시름 죽

시그너스 C.C. 라미코스 8번홀 그린 언덕 아래 조그만 나무 자리에 수양벚나무가 있었다

　　　　　　　　　　　　　　　내 인생의 가을

어 가기 시작하였다. 강 회장님이 그 나무를 살리기 위하여 직접 온갖 노력을 다했지만 그 나무는 결국 죽고 말았다.

감나무 등 기후적으로 생장하기에 어려운 나무가 가끔 혹한의 세월을 이기지 못하고 죽는 경우는 있었지만, 그렇게 잘 자란 벚꽃나무가 죽은 것은 골프장에서 처음 있는 일이었다. 정말 기이한 일임에는 틀림없다. 지금도 그 자리에는 두 분의 각별한 인연을 말하듯 수양벚나무의 그루터기가 남아 있고 강금원 회장마저 작고하신 후 비슷한 나무 한 그루를 옆에다 심었다. 내가 강 회장님과 같이 라운딩을 할 때 여러 번 그 이야기를 직접 들었다.

우리는 주변에서 인간의 능력으로는 쉽게 믿기 어려운 일을 종종 목도하곤 한다. 골프장의 수양벚나무도 분명 그중에 하나임은 틀림없다. 그리고 새삼 노 대통령님과 강 회장님의 인간관계를 되돌아보게 된다.

아쉬운 이별 후의 상념들

강금원 회장님! 그분을 생각하면, 우선 자신과 가족들에게는 가혹하리만치 엄격하면서도 형제와 친지들에게는 한없이 관대하고 인정이 넘쳤던 분, 늘 건강한 미소 속에서 의리를 가장 중요시하여 그를 알고 지냈던 분들이 그의 이름을 언급할 때면 늘 '의리'라는 단어가 생각나게 했던 분, 시집가고 장가가서 잘 살면 되는 것이니 결혼식에 사람들이 가서 축하의 말을 안 해도 된다고 "결혼식장(경사)에 꼭 가야 하나요?"라고 말하면서도 조사(애사)만큼은 무슨 일이 있어도 꼭 챙겼고 긴급한 일이 있지 않는 한 먼 거리 잘 알지 못하는 사람의 상가까지도 부고장이 오면 마다하지 않고 가서 조의를 표하였던 분, 원리원칙을 강조하고 신의와 의리가 있는 사람은 가까이하되 그렇지 않은 사람은 철저히 멀리했던 소신과 원칙이 확실했던 분, 그리고 골프장 여기저기 봄날 유난히도 화사하게 피어나는 벚꽃을 사랑했던 분으로 기억한다.

내 인생의 가을

그런 분이 너무 일찍 우리 곁을 떠났다. 참여정부 시절 나는 강 회장님과의 인연으로 인하여 생소한 경험도 많이 하였고, 순간순간 힘들기도 하였지만 행복한 시간이 더 많았다.

강금원 회장은 2007년 10월경 원광대학교 병원에서 처음 뇌종양 진단을 받고 그 무렵 서울대학교병원에서 정밀검사를 한 결과 뇌종양으로 최종 진단되어 조직 검사 후 또는 조직 검사 없이 방사선 수술이나 항암제 투여 등의 치료를 권하였으나, 환자의 희망으로 치료를 미루고 주기적으로 추적 관찰을 받기로 하였다.

정기적인 검사를 받으면서 지내다가 2009년 4월에 구속되었고, 그 후 2009년 4월 24일 대전 건양대학교 병원에서 검사 결과 좌측 시상부의 종양이 커지고 반대쪽 시상부로 침범된 정도가 진행되는 등 향후 생검 혹은 수술을 시행, 정확한 조직검사에 따른 항암요법 또는 방사선 요법 등의 치료가 필요하다는 진단을 받았다. 한편 의사는 빠르고 적극적인 치료가 필요하다는 의견과 함께 구속 상태가 질병의 심각한 악화를 가져올 수 있음을 지적하였다. 실제 두통과 필기장애, 현기증 등의 자각증상이 나타났고 구속 후 그 정도가 심해졌다.

나는 다른 변호인들과 함께 피고인 강금원에 대하여 병보석을 신청하였는데, 검찰은 자문의사와의 전화 통화 등을 통하여, 정확한 것은 조직검사를 하여야 아는데 2007년 11월 이후 현재까지 진행된 경과를 보면 양성일 수도 있다는 내용으로 보석기각 의견을 개진하였고, 법원은 보석을 허가하지 않았다. 그러던 중 노무현 대통령이 '부엉이 바위'에서 떨어져 서거하는 역사적인 사건이 발생하였고, 법원은 그 후 2009년 5월 26일 강 회장님을 석방하였다.

강금원 회장은 그 후 서울대병원에서 조직검사 및 이에 대응한 항암치료 등을 받으면서 재판을 받았고 '일부 무죄, 일부 유죄'로 집행유예의 판결을 받아 2010년 7월경 상고하여 2012년 5월경 대법원에서 그 판결이 확정되었다. 강금원 회장은 대법원 판결을 기다리던 중 병세가 악화되어 한동안 혼수상태로 지내다가 2012년 8월 2일 돌아가셨다.

노무현 전 대통령의 후원자 창신섬유 강금원 회장은 그가 무척이나 아끼고 사랑하던 시그너스 골프장 한쪽에 가족과 평소 그를 아끼고 따르던 지인들의 애도 속에 안장되었다.

주변에서 강금원 회장의 사망을 안타깝게 지켜본 사람들은 모두 말한다. 노무현 대통령과 서로 막역하게 지내던 강금원 회장이 조금이라도 일찍 보석으로 석방되었더라면 평소대로 주변의 일을 서로 상의하고 후원받던 노무현 대통령이 그리 허망하게 사망하지는 않았을 것이라고, 그리고 일찍 석방된 후 치료를 통해 스트레스를 덜 받았더라면 강금원 회장도 저렇게 금방 사망하지는 않았을 것이라고.

역사에서 가정이 무슨 의미가 있는지 모르지만, 그래도 몇 가지 가정을 해 본다.

이명박 정부가 들어선 후 구 정권을 탄압하려는 의도가 의심되는 검찰수사를 하지만 않았더라면, 과연 안희정 전 지사에게 1억 원을 송금하였다는 이유 하나만으로 강금원 회장의 모든 회사에 대하여 압수수색을 하여 내부 비리를 이유로 구속수사를 하였을까? 안희정 전 지사에 대한 송금 사실이 공여자에 대한 회사 압수수색의 이유가 될 수 없으니, 법원에서 판사가 영장을 발부할 때 신중하였더라면 강금원 회장이 구속되고 병세가 악화되는 일은 없지 않았을까?

보석신청에 대하여 검찰에서 기각 의견 등을 신중히 내고 재판부에서도 신속히 석방결정을 하였더라면, 우리나라에서 최고라고 할 수 있는 서울대학교 병원의 진단도 못 믿겠다면서 일일이 이에 대하여 시비를 거는 일을 멈추고 일단 석방하였더라면 어땠을까? 보석이 무슨 무죄방면인 양 부정적으로 생각하는 검찰이나 법원, 그리고 일반 국민들이 이런 결과에 대해 일부의 책임이 있는 것은 아닌가?

유난히 자연을 좋아하고 나무와 꽃을 사랑하던 강금원 회장, 폐쇄적인 구금생활을 유난히도 못 견디어 하던 강금원 회장이 구속되지만 않았다면 병세가 그렇게 빨리 악화되는 일은 없지 않았을까?

마지막까지 '본인의 부덕의 소치로 두 번이나 구속되는 일을 지켜보는 입장'에서 무척이나 면목 없어 하던 노무현 대통령도 이런 저런 사사로운 일들을 모두 상의하던 강금원 회장이 곁에 있어 서로 위로하고 상의할 수 있었더라면 그리 쉽게 생을 마감하지는 않았을 것 아닌가? 그러한 일이 없었다면 역사는 다른 방향으로 흘러갈 수도 있었던 것이 아닌가?

위와 같은 가정하에서, 실체적인 문제도 진정 할 말이 많지만 대법원의 판결로 유죄가 인정되었기에 더 이상 왈가왈부하지 않기로 한다. 그러나 단계별 관여자들은 비록 법률적으로 강제할 수는 없을지라도, 어떠한 형태로든 도의적인 책임을 져야만 하지 않을까? 그래야 이 사회가 정의가 살아 있는 나라가 되고, 남의 영역을 침범하여 혼자 호의호식하는 불의가 판치는 나라가 안 되지 않을까?

위와 같은 가정들은 나 혼자만의 생각이지만, 사실 구조적이고 광범위하게 발생하는 선의의 피해와 관련이 있고, 이를 해소하지 않으면 언제라도 동일한 피해자가 나타날 수 있기에 반드시 짚고 넘어가야 할 문제라고 하지 않을 수 없다.

한 사람의 아쉬운 삶을 되돌아보면서, 우리가 살면서 왜 겸손해야 하고 경솔하지 않아야 하며, 자신의 행동과 결과를 면밀히 성찰하면서 살아야 하는지를 거듭거듭 생각하게 된다. 특별히 법률실무가로 평생을 살아온 나로서는 더더욱 깊이 새겨야 할 대목이라고 생각하고 있다.

나는 남에게 많이 베풀지는 못하였을지 몰라도 적어도 남에게 해를 끼치지는 않겠다는 각오로 생활하였고, 절대 남을 배신하지는 않겠다고 다짐하고 살아왔다. 그리고 당장의 이익만을 추구하며 사람을 대하거나 나에게 도움이 될 사람만을 가려서 사귀지는 않으려고 노력하였다. 그러면서도 강금원 회장의 삶을 회고하면 조금 부끄럽고 숙연하여진다. 경제적으로 여유가 없다는 것을 내세워 남에게 베푸는 데 너무 인색하지는 않았는지, 남을 위하여 몸으로 할 수 있는 일을 앞두고 건강에 자신이 없다는 이유로 너무 소극적이며 몸을 사리는 삶을 살아온 것은 아닌지, 옷깃을 여미게 된다.

바람직한 법관의 모습

　사법시험에 합격한 후 2년 동안 사법연수원 생활을 하면 후반기 1년은 법조3륜이라고 하는 법원, 검찰, 변호사 실무를 배운다. 사법연수원 수료 후 나중에 무엇을 할지 모르니 세 분야를 모두 경험하고 실무를 배워야 한다는 의미일 것이다. 그때 짧게나마 검사의 역할을 해 보았고, 변호사 역할도 미리 해 보았다. 그리고 나서 나는 많은 세월을 법관(판사)의 길을 걷다가 남은 법조 인생을 변호사로 살아가게 되었다.

　많은 세월을 판사로 보내었고, 변호사로서도 법대 아래서 법관을 바라보고 상대해 본 후 이제 바람직한 법관의 모습은 어떠한 것이 되어야 할까, 진중하되 소박하게 정리해 보고자 한다.

　법관직을 사임하고 나서 막상 변호사가 되니 판사가 그리 높다는 것을 새삼 깨달았다. 어느 선배 변호사가 "판사를 그만두고 변호사가 되어 보니 판사가 하늘같았다."고 하던 말이 떠올랐다. 법대 아래서 바라보는 판사의 위상이 그렇게 높은 것이 현실이다. 판사의 업무 자체가 국민의 생명과 신체, 그리고 재산에 대하여 결정적인 영향을 미치는 일이고, 판사의 재량에 속하는 판단과 말 한마디에 따라 가히 사람의 운명이 좌지우지 되는데, 왜 그러지 않겠는가!

판사가 법정에서 변론을 진행하는 모습을 보면 천차만별이다. 부드러운 사람과 엄격한 사람, 당사자가 아무리 뭐라 해도 웃으며 넘기는 사람과 사소한 말 한마디에도 격하게 반응하는 사람, 당사자의 말을 가능한 한 자유분방하게 들어 주는 사람과 거의 말을 듣지 않고 자르는 사람, 당사자와 토론하듯이 말을 많이 하는 사람, 그러다가 맘에 들지 않으면 화를 내는 사람, 억울하다고 하소연해도 그저 아무 대꾸를 하지 않고 영혼 없이 무미건조하게 변론을 진행하는 사람, 사건내용을 미리 파악하지 않은 채 무성의하게 변론을 진행하는 사람, 사건의 결론을 암시하는 말을 무책임하게 자주 하는 사람… 등등.

나는 과연 판사시절 어떠한 부류에 속하였을까? 회고하다 보면 많이 부족하였다는 생각이 들고, 그래서 부끄러움이 몰려온다. 그러면서 바람직한 법관의 모습에 대하여 나름 머릿속으로 두서없이 정리하여 보곤 하였다. 부드러우면서도 절제의 미덕을 지니고 격식을 갖추어 재판을 진행함으로써 법정의 존엄함을 지키며, 당사자의 말을 효율적으로 듣되 가급적 말을 많이 하거나 토론하지 않으며, 성의를 다하여 재판을 준비한 후 겸손하게 사건에 임하여 예단을 비추는 경솔한 언행을 삼가는 판사가 바람직하게 보였다. 말이 쉽지 신이 아닌 이상 평범한 인간으로서 그러한 길이 쉽게 가능하겠는가. 고백하건대, 나도 참다가도 순간순간 화가 나서 절제하지 못하고 큰 소리를 내거나 짜증을 낸 적이 있었다. 변호사로서 법정에 서 보니, 재판 도중 당사자들을 향하여 짜증내는 판사의 모습을 볼 때가 가장 보기 싫고 민망하였다.

판사가 법정에서 변론을 진행하는 모습에 따라 사건의 향방이 결정되고 바뀌는 경우가 종종 있다. 이를테면, 화해와 조정을 권고하면서 사건의 결론에 대한 예단을 표시하는 경우 당사자는 그 말에 크게 좌우된다. 문제는 그 판사의 말이 오류가 없고 정당하다면 좋으나, 그렇지 않으면 판사의 언행 한마디에 의하여 사건 당사자의 운명이 엉뚱한 곳으로 가게 된다는 것이다. 실제로 화해나 조정, 또는 변론 과정에서 판사가 한 말이나 예단을 믿고 승패를 예상하고 있다가 종국판결에서 정반대의 결론이 내려지는 황당한 경우를 드물지 않게 보게 된다. 그러니 판사의 위상과 역할이 얼마나 중요한가!

단순히 절차나 진행만 중요한 것은 아니다. 본질은 사건에 대한 결론, 즉 판결내용이다. 나는 가끔 그러한 생각을 한다.

'내가 판사로서, 그리고 변호사로서 다루었던 사건 중에 사실관계가 얽히고 꼬여서 실체적 진실을 파악하기 어려운 경우가 그리도 많은가!'

사실관계가 단순하여 다툼의 여지가 없는 경우는 대체로 법정에까지 오지 않고 당사자 사이에서 해결된다. 법정에까지 오는 사건은 대부분 다툼의 여지가 있고, 그 다툼의 내용이 누가 봐도 쉽게 결론 내기 어려운 경우이다. 인간은 워낙 복잡한 존재이고, 인간생활은 인과관계가 모호하게 얽힌 경우가 많다. 어느 한쪽의 일방적 잘못만 있는 경우도 있지만 많은 경우 쌍방의 실수와 오해가 얽혀 있기에 사실관계를 확정하고 책임을 배분하여 결론을 도출하는 것이 정말 어려운 경우가 많다.

물론 이 세상에 진실은 하나이고 둘이 될 수 없지만, 그리고 다툼이 많아 진실을 가리기가 어렵게 된 근본적인 이유는 경우에 따라 다르겠지만, 많은 경우 판정을 내리기 어려운 사건에서는 그 사건을 다루는 판사의 주관과 철학, 인생관에 의하여 결론이 좌우된다. 판결은 흑백과 좌우, 어느 하나로 결론을 내리는 것이지 중간에서 타협이 있을 수 없고, 나중에 잘못되었다고 하여 쉽게 수정할 수도 없다. 다시 한번 판사의 역할이 엄청나게 중요함을 절감하지 않을 수 없다.

판사가 하는 일 중 크게 민사사건과 형사사건이 있는데, 사실 형사사건에서는 판사의 재량이 큰 부분을 차지한다. 민사사건에서는 사실관계를 확정한 후 법률을 적용하여 결론을 내린다. 따라서 사상과 주관에 의하여 어느 정도 결론이 달라질 수 있더라도, 자신의 판단을 판결이유로 쓰고 당사자에게 알리는 것이므로 재량이 상대적으로 그리 크지 않다.

허나 형사사건의 경우는 좀 다르다. 대부분 법정형량이 몇 년 이상 몇 년 이하 등으로 규정되어 있어 그 범위 내에서 판사의 재량으로 형량을 정하고, 구속이나 보석허가 여부 등도 요건과 절차가 있지만 그 판단의 근거가 판사의 주관에 의존하므로 재량이 차지하는 비율이 크다. 최근 유명 정치인들을 재판하면서 구속영장을 발부하거나 보석허가를 하는 경우 그 타당성을 두고 진영 간에 찬반 의견이 극명하게 갈리는 것을 볼 수 있는데, 그것이 바로 판사의 판단재량을 두고 서로 견해가 일치하지 않기 때문에 생기는 현상이다.

형사사건에서 판사의 남용된 재량으로 형평이나 정의관념 등에 문제가 많다는 끊임없는 이의제기로, 얼마 전부터 양형기준(미국에서의 양형가이드라인)이라는 것이 제정, 시행되고 있어서 예전 같지는 않지만, 그래도 여전히 재량이 상당함은 변함이 없다.

얼핏 판사의 위상과 역할의 중대함을 강조하다 보니 좀 일방적이지 않은가 하는 생각이 드는데, 너무 걱정할 일은 아니다. 판사가 행하는 권한의 남용이나 오류는 이를 교정하고 바로잡는 3심제도가 있어서 항소와 상고 등을 통하여 어느 정도는 해소된다. 그러나 명백한 위법성은 상소제도를 통하여 구제되겠지만 애매하면 그대로 확정될 수밖에 없고, 이는 정의에 반하는 것이기에 판사의 재판업무는 정말 조심스러워야만 한다.

그렇기에 판사는 우선 민·형사 등 어느 사건을 막론하고 사실관계를 효율적으로 정확히 확정한 후 이에 맞는 법이론을 가장 적합하게 적용하여 결론을 도출할 줄 아는 법률가로서의 실력을 갖추어야 하고, 더 중요하게는 인간의 행위나 본성에 대한 근본적인 이해와 성찰을 통하여 오해와 경솔함으로 판단을 그르치는 일이 없도록 최선을 다하는 겸손함, 나아가 합리적 사고와 균형감각 등이 필요하지 않을까 생각하게 된다. 흔히들 '법률가는 두뇌가 우수하기보다 심장이 뜨거워야 한다.'고 말한다. 법정에서 너무 쉽게 단정적인 표현을 사용하면서 남이 하는 말을 무시하는 법관은 위험하다. 많이 알려진 대로, 청송지본聽訟之本 재어성의在於誠意, '송사를 다룸에 있어 근본은 성의를 다함에 있다.'라는 말을 법조인들은 잘 알고 있다.

결국 청능유용淸能有容, 인능선단仁能善斷, 명불찰상明不察傷, 직불과교直不過矯, '청백하면서도 능히 감싸 주는 아량이 있고, 인자하면서도 능히 잘 처단하고, 밝게 처리하면서도 사정을 살펴주는 데 모자람이 없고, 곧게 처리하되 지나치게 굳지 않게 하라.'라는 옛말로 판사가 갖추어야 할 덕목을 요약할 수 있는데, 그런 의미에서 법관은 성직聖職에 가깝다.

판사로 재직하는 동안 나도 성의를 다하며 공평무사하고 합리적인 판단을 하리라 수없이 다짐하였고, 그 다짐을 잘 지키지 못하였다고 느끼면서 후회하고 다시 다짐하기를 반복하였다. 변호사가 되어 판사로부터 판단을 받는 위치에 서 있어 보니 새삼 판사의 역할이 헤아리기 어렵도록 막중함을 실감한다. 그래서 한편으로는 법관직을 그만둔 것이 다행이었구나 생각하기도 한다.

종합해 보면, 법관의 업무는 실체법이 정하는 구체적인 요건사실을 확정하여 이를 소전제(사실인정)로 하고, 여기에 대전제인 법령을 적용(법률적용)하여 결론으로써 그 법령이 정하고 있는 법률효과의 존부 및 내용을 판단하는, 삼단논법三段論法의 논리방식에 따른 재판을 통하여 구현되는데, 그 사실인정과 법률적용의 단계에서 법관에게 부여된 재량과 자유에 의하여 법관의 역할이 부각되고 빛을 발한다. 아무리 과학기술이 발달하고 인공지능이 세계를 지배하더라도 모든 것을 과학기술에만 맡길 수 없는 고유의 영역이 바로 법관에게 부여되고 있는 것이다.

조금 더 부연하면, 법관은 절차법령이 정하는 바에 따라 변론과정에서 현출되는 증거에 의하여 사실인정을 하게 되는데, 변론의 모든 과정을 하나하나 법령으로 정할 수는 없는 것이어서 구체적으로 법정된 것을 제외한 나머지 분야에서 절차적으로 법관에게 재량이 주어지는 것이고, 나아가 대립되는 각양각색의 증거를 취사선택하는 과정에서 법관의 판단재량이 전폭적으로 작용한다. 양립하기 어려운 대립된 증거들이 현출되는 경우가 다반사이고, 그 증거들의 내용을 이해하고 해석하는 데 보는 사람에 따라 이견이 분출되기도 하며, 때로는 증거들이 조작되거나 허위일 경우가 많다. 이러한 수많은 증거들을 앞에 두고 법관은 경험칙이나 사회상규 등을 근거로 취사선택하고 종합하여 사실관계를 확정하여야만 하는데, 그것이 바로 법관에게 주어진 몫이다.

경험상 증거에 의하여 사실관계를 확정하기가 어려운 경우가 참으로 많았다. 많은 경우 당사자들이 허위 주장이나 진술을 한다. 서류상 명백한 근거가 있어도 비집고 들어갈 구석만 있으면 엉뚱한 주장을 하곤 한다. 나아가 판사가 모르게 서류를 조작하거나 왜곡하기도 한다. 판사는 심증만이 아니라 객관적 증거에 의하여 재판을 하기에, 아무리 심증이 가더라도 증거가 없으면 들어줄 수 없다. 결국 증거에 기초한 판결이 실체적 진실에는 배치되는 경우가 발생하기도 한다.

나아가 법률적용의 경우도 비슷하다. 수많은 법령이 존재하지만 미처 법령이 따라가지 못한 입법공백의 분야가 많고, 법령의 규정 사이에 해석상 애매하거나 상호 간 모순되는 경우도 많다. 그럴 때 선배들이 남겨 놓은 선례(판례)가 있으면 좋지만 그렇지 않은 경우(판례가 존재하여도 그 판례에 동의하지 않을 경우에도 동일하다)에는 인정된 사실관계에 어떻게 법률판단을 할지는 오로지 담당 법관의 몫이 된다.

사실관계를 확정한 후에 법률이론을 대입하여 결론을 도출하는 판단 과정도 지난至難한 경우가 많다. 조금 극단적으로 말하면, 판사가 마음 먹으면 하나의 사건을 놓고 승소판결을 쓸 수도, 패소판결을 쓸 수도 있는 경우가 있다. 형사사건에서 무죄판결을 쓸 수도 있고, 유죄판결을 쓸 수도 있다. 이를테면, 형사 사기죄의 경우 사실관계가 확정되었더라도 피해자의 기망행위라고 할 수 있는지, 피고인과 피해자 사이에서 피해자가 그 기망행위에 의하여 실제로 속아서 일정한 처분행위를 하였는지(즉, 인과관계의 존부), 단정하기 어려운 경우가 참으로 많다. 경계선상에 있는 사건들이 우리 생각보다 많다는 뜻이다.

위에서 판사의 역할을 강조하면서 그들이 법정에서 재판을 진행하는 다양한 모습이나 재판결과의 다양성을 지적하였다. 사실인정과 법률적용의 단계에서 법관이 그에게 주어진 재량과 자유를 어떻게 행사하는지, 그 행태와 범위는 지극히 다양하다. 미국에서 시카고대학교 로스쿨 교수와 연방항소법원 판사를 지낸 리처드 포스너Richard A. Posner는 『법관은 어떻게 사고하는가How Judges Think』라는 책에서 다양한 사법행태를 아홉 가지 이론으로 설명하였다. 정치적 선호에 따른다는 가치개입이론, 전략적 고려에 따른다는 전략적 접근이론, 재판부 내의 역학관계에 따른다는 사회학적 이론, 법관들의 선입견이 개입된다는 심리학적 이론, 합리적이고 이기적인 효용추구에 따른다는 경제학적 이론, 법관이 처한 조직적 관계에 따른다는 조직이론, 판결이 가져올 효과를 중요시한다는 실용주의 이론, 법관의 경험이 의식에 투영된다는 현상학적 이론, 그리고 오로지 법률적 삼단논법에 따른다는 법규주의(법형식주의) 이론 등이 그것이다.

사법적 의사결정은 감정적, 직관적, 상식적 사고에 의하여 이루어지는 것이고, 그 사고의 요소는 분석, 직관, 감정, 상식, 판단이라는 추론의 양식 외에 정치적 이데올로기적 성향, 성격적 특성이나 개인적 특질, 개인적·직업적 경험, 기타 사법부 내외의 각종 제약 등 여러 요소의 복잡한 상호작용에 의존하는데, 그러한 행태를 분류하여 보면 아홉 가지로 나눌 수 있다는 것이다. 보통법common law과 판례법 시스템을 따르는 미국에서 법실증주의가 강조되는 것과 달리 대륙법계 사법시스템을 채용하여 법규주의가 주류를 형성하는 우리에게도 많은 참고가 된다.

법관은 사실인정과 법률적용의 모든 단계에서 이론적으로는 늘 '실체적 진실'을 탐구한다고 말한다. 실체적 진실은 '진실'이라는 말이 함의하듯이 하나의 정답이 존재할 뿐 둘이 될 수 없지 않는가. 그러나 위에서 본 대로 현실은 그리 녹록지 않다. 그래서 법관은 결국 여러 가지의 가능성, 즉 여러 가지 견해를 놓고 저울질하고 비교형량 하여 최종적으로 그 어느 하나를 선택한다. 그 과정이 1심에서부터 상급심에 이르기까지 계속되고, 최종심인 대법원에서 정점을 찍게 된다. 모든 법관은 흔히 법적 안정성과 구체적 타당성이라는 상반된 가치를 놓고 저울질을 하고, 리처드 포스너의 아홉 가지 이론처럼 그가 보유하고 있는 개인적인 소신과 기질에 기초하여 어느 하나를 선택하여 판결을 하는 것이다.

과연 어떠한 것이 바람직한 법관의 모습일까? 법관은 그에게 주어진 재량과 자유 앞에서 어떻게 재판에 임하여야 할까? 사건이 다양한 만큼 쟁점과 분야도 극히 다양하겠지만, 모든 경우에 결국 법관은 판결이 가져올 결과를 중요시해야 한다. 그 길은 사법적극주의일 수도 있고 구체적 타당성일 수도 있다. 그리고 구체적, 실질적 정의일 수도 있다. 그것을 포기하는 것은 미래에 컴퓨터에게 재판을 맡기겠다는 의미이며, 숲을 보지 않고 나무만 보는, 미시적, 형식적 법규주의에 매몰되는 비겁한 태도라고 할 수도 있다. 인류가 처한 기후, 생태학적 위기, 민족 간의 분열과 종교전쟁 등 전 인류적 문제는 물론, 국내적으로 심화되는 정치적 대립과 갈등, 가난과 불평등 등의 문제에 눈감은 채 판에 박힌 사건처리만을 추구하는 것이라는 비난에서 자유로울 수 없다.

사법적극주의, 구체적 타당성 및 실질적 정의 등의 내용을 규정하는 가치, 즉, 법관이 가져야 할 이데올로기는, 다음에서 보게 될 진보와 보수 간 논쟁의 결론처럼, 인간이 결코 양보하거나 포기할 수 없는 생물학적, 종교적 존엄성에 대한 확실한 믿음과 인간에 대한 사랑의 기초 위에서 인간이 가장 평화롭고 행복하게 살아갈 수 있는 세계를 위하여 사고하고 행동하는, 이성적 합리주의에 있다고 하고 싶다.

　재판은 끊임없는 선택의 과정이다. 법관은 그 길에서 이성적 인간으로서 최선의 합리적 선택을 하여야 한다. '있는 그대로의 세상'만이 아닌 '있어야 할 세상'을 위하여, 법관은 우선 그 길을 감당할 실력을 쌓도록 정진하여야 하고 그런 후 부단히 실천하고 행동하여야 한다. 나중에 대법원 판례를 통하여 최종 확인받음으로써, 판결을 통하여 세상을 변혁할 수도 있는 그런 길로 매진하여야 한다. 그것이 어렵지만 법관으로서 추구하여야 할 숙명이다.

과거사 정리를 위한
진실화해위원회에서

　국가별로 시대가 바뀌면 늘 과거사 정리문제가 현안으로 대두된다. 새로운 시대를 열기 위해서는 밝은 과거는 계승발전시키되, 어두운 과거는 제대로 정리하고 청산하여야만 새로운 시대를 개척해 가는 데 걸림돌이 되지 않기 때문이다.

　1945년 8월 우리나라가 일본 식민통치로부터 해방되고 이어서 1950년 6월 한국전쟁이 발발하면서, 우리 현대사에는 많은 어두운 과거가 발생하였다. 1948년 8월 15일 대한민국 정부 수립, 1950년 6월 25일 한국전쟁, 1960년 4.19 혁명, 4.19 혁명 직후 제주 4.3 사건, 그리고 1980년 5.18 광주민주화 운동 등의 과정에서 친일파 청산문제, 대량의 민간인 학살, 그리고 심각한 인권침해 사건 등이 발생하였음에도 불구하고, 우리는 시대를 바꾸어 살면서 그러한 과거사를 제대로 잘 청산하지 못하였다.

진실화해위원회를 시작하면서, 오른쪽 끝이 필자

　정부수립 직후 친일파 청산을 위하여 '반민족 행위자 처벌 특례법'을 통해 '반민족행위자 특별조사위원회'를 구성하여 친일파청산 문제를 해결하려 하였으나 수구 세력들의 방해활동으로 끝내 성과를 거두지 못하고 해체되었다. 4.19 혁명 직후에도 과거사 청산을 시도하였으나 1961년 5.16 쿠데타로 중단된 후 권위주의 정권을 거치는 동안 오히려 정리되어야 할 과거사가 쌓여 가는 양상을 보였다.

　노태우, 김영삼 정부하에서 5.18 민주화운동에 관련하여 진상규명과 피해자 처리 문제 등을 위한 '5.18 민주화운동 등에 관한 특별법'이 제정되었고, 한국전쟁 전·후 시기에 일어난 불법적인 민간인 희생에 대한 진상규명과 명예회복 등을 위한 최초의 사업으로 '거창사건 등 관련자의 명예회복에 관한 특별조치법'이 제정되었다. 김대중 정부하에서는

'제주 4.3 사건 진상규명 및 희생자 명예회복에 관한 특별법'이 제정되었고, 권위주의 정권 아래에서 발생한 의문사 사건의 진상을 규명하기 위해 '의문사 진상규명에 관한 특별법'이 제정되었다.

2003년 참여정부를 표방하며 출범한 노무현 정부는 과거사 정리를 적극적으로 추진하였는데 '일제 강점하 친일반민족행위 진상규명에 관한 특별법', '친일반민족행위자 재산의 국가귀속에 관한 특별법'이 제정되었다. 그리고 '일제 강점하 강제동원피해 진상규명 등에 관한 특별법', '군 의문사 진상규명 등에 관한 특별법' 등이 제정되었다.

노무현 대통령은 2004년 8.15 경축사에서 '보편적 방식에 입각한 포괄적 과거사 정리'의 필요성을 강조하였고, 각계의 의견 대립과 국회에서의 치열한 논의를 거쳐 진통과 우여곡절을 거친 끝에 2005년 5월 31일 '진실·화해를 위한 과거사정리 기본법'이 제정되어 2005년 12월 1일부터 시행되었다. 이렇게 제정된 법에 따라 '진실화해위원회'가 구성되었다. 위원회는 국회에서 선출하는 8인, 대통령이 지명하는 4인, 대법원장이 지명하는 3인 등 임기 2년의 15인 위원으로 구성되었고, 나는 대법원장 지명의 위원 중 한 사람으로 임명되었다. 청와대에 가서 대통령에게서 직접 임명장을 받고 기념사진도 촬영하였다.

진실화해위원회는 민족독립 규명위원회, 집단희생 규명위원회, 인권침해 규명위원회 등 3개의 소위원회로 나뉘어 운영되었고, 나는 제1소위인 민족독립 규명위원회에서 위원으로 참여하였다. 진실화해위원회가 다룬 진실규명 대상은 크게 항일 독립운동과 해외동포사, 민간인 집단희생 사건, 그리고 인권침해 사건 등으로 나누었고, 조사관들의 조사 후 위원회의 심의, 의결을 거쳐 진상을 규명하고, 그 규명된 진실에 근거하여 피해자의 명예회복과 구제를 위한 조치, 재발방지를 위한 조치, 국민화해와 민주 발전을 위한 조치, 그 밖에 국가가 해야 할 필요한 조치 및 법령·제도·정책·관행 등의 시정 및 개폐 등 종합적인 권고를 하였고, 여기서 규명된 진실에 근거하여 많은 사건에서 사법부의 재판을 통하여 재심이 이루어졌다.

1950년 발발한 한국전쟁에서, 우리 모두가 잘 아는 바와 같이 북한군이 낙동강 전선까지 남하했다가 수복된 후 현재의 휴전선으로 남북이 갈라졌다. 이와 같이 3년간 지속된 한국전쟁의 과정에서 한 번은 군경 등 국가기관에 의한 민간인 집단희생이 발생하였고, 또 한 번은 북한군 등 적대세력에 의한 민간인 집단희생이 발생하였는데, 적대세력에 의한 대규모 희생 사건은 대부분 인민군 퇴각기에 발생하였다.

한국전쟁 전후에 발생한 민간인 희생 사건은 시기에 따라 크게 일곱 갈래로 나눌 수 있다. 한국전쟁 전에 빨치산을 토벌하는 과정에서 발생한 피해로 군경에 의한 희생도 크지만 빨치산에 의한 피해도 있었다. 한국전쟁 발발 후 먼저 침략군에 동조할 우려가 있다는 이유에서 국민보도연맹원, 예비검속자, 형무소 재소자 등이 전국적으로 집단 희생되었다. 인민군 점령 지역에서는 이른바 인민재판을 통해 우익 인사들이 희생되었고, 전세가 역전되어 인민군이 퇴각하는 과정에서, 그리고 퇴각한 후의 공백 상태에서 많은 사람들이 UN군의 지주가 되리라는 이유로 인민군이나 지방좌익에 의하여 희생되었다. 수복 지역에서는 많은 사람들이 인민군 점령기에 인민군 등에 부역하였다는 혐의로 희생되었고, 미수복 지역에서는 빨치산을 토벌하는 과정에서 많은 주민들이 빨치산을 도왔다는 혐의로 희생되었다. 동시에 경찰에 협조했다는 이유로 빨치산에 희생된 사람들도 있었다. 마지막으로 한국전쟁 중 많은 민간인들이 미군의 폭격 과정에서 희생되었다.

인권침해사건의 경우 1945년 8월 15일부터 권위주의 통치 시기까지 위법하거나 현저히 부당한 공권력의 행사로 인하여 발생한 사망·상해·실종사건, 기타 중대한 인권침해사건과 조작의혹사건이 있는데, 예상대로 그 범위도 넓고 이해관계에 따른 각계의 대립이 심각하였다.

이념을 달리하여 남북이 분단된 지 70년을 훌쩍 넘긴 긴 세월 동안 우리 현대사는 격동의 나날을 보냈다. 특히 해방 후 권위주의 통치 시기까지 짧은 기간 동안 세계가 깜짝 놀랄 만한 경제성장을 이룬 반면 인권침해 등 정치적 후진상황이라는 어두운 그늘을 상당히 남긴 것도 사실이다. 그러한 어두운 과거를 청산하는 과정에서, 이해관계를 가지고 있는 당사자들의 저항이 일어날 것은 자명했다.

인권침해사건을 분류하여 보면, 권위주의 정권을 유지하기 위하여 반공이데올로기를 선두에 내세우면서 발생한 간첩조작의혹 사건이 가장 많았고, 나아가 학생운동이나 노동운동, 기타 재야활동 등을 탄압하기 위하여 저지른 각종 인권침해사건 등이 주류를 이룬다.

간첩조작의혹 사건에서 가장 인상적인 것은 어느 평범한 어부가 서

해안 북방한계선을 침범하였다고 하여 반공법으로 처벌한 사건인데, 조사 결과 오래된 형사사건 기록이 보관되어 있었고, 그 기록에 의하면 당시 관계기관에 대한 사실조회회신에서 북방한계선을 침범하지 않았다는 문서가 기록 사이에 편철되어 있었는데도 불구하고 재판과정에서 그 문서를 숨기고 제출하지 아니하여 유죄확정 되고 복역까지 한 사건이 있었다. 어떻게 이런 정도의 불법적인 행위가 자행되었는지 어안이 벙벙하였다.

그 밖에 기억나는 것은 '민족일보 조용수 사건'으로, 지금 같으면 아무런 문제가 아닌 남북의 평화적 통일에 관한 정치적 주장을 반공법으로 의율하여 사형시킨 것이 있고, 현재까지도 뜨거운 논쟁거리인 '부일장학회 재산 등 강제헌납 의혹 사건'으로 과거 개인의 재산을 강제로 침탈한 후 그 후손들이 어떻게 호의호식하며 지내는지 실상을 보여 주는 것, 그리고 오랫동안 세간을 떠들썩하게 한 '강기훈 유서대필 의혹 사건'으로 진실화해위원회에 이르기까지 무려 6~7번의 문서감정 절차를 거쳐 진실규명을 한 것 등이 가장 특이하여 오래 기억에 머문다.

당시 진실화해위원회의 업무를 둘러싸고 정치권은 물론 사회각계에서 많은 논쟁이 있었다. 특히 '왜 이제 와서 새삼스럽게 과거사를 들춰내서 불필요한 분쟁을 조장하고 세상을 어지럽게 하느냐.'는 비난이 많았다. 진실화해위원회 내부에서도 정당별로 여당과 야당에서 추천된 인사 사이에 의견충돌이 많았고, 특히 '부일장학회 재산 등 강제헌납 의혹 사건'의 경우 당시 야권의 지대한 관심사항이었기 때문에 심의·의결 과정에서 야당추천 위원들의 반대가 심하였다. 나는 대법원장 추천으로 위원이 된 입장이기도 하였고, 법률가로서 가능한 한 객관적이고 합리적인 법리와 논거에 의하여 보편타당한 결론이 도출될 수 있도록 하겠다는 소명의식으로 일하였다.

사회 현상에 모두 호불호가 있고, 이해관계가 각기 달라서 어느 정도의 논쟁은 이해할 수 있으며, 그러기에 가능한 한 공평 타당하고 합리적인 처리가 절대적으로 필요하나, 그때나 지금이나 과거사 정리 자체를 부인하거나 폄훼하는 것은 이해할 수 없다. 잘못된 행위로 인하여 죽임을 당하고 평생의 삶이 망가지거나 여러 가지 피해를 당한 사람들을 국가에서 어떻게 외면하고 무시한다는 말인가. 반대로 그와 같은 잘못을 저지르고도 호의호식하며 잘살고 있고 참회 한마디 하지 않은 사람들을 어찌 그냥 놔두어야 한다는 말인가!

민간인 집단살해 사건으로서 집단살해 후 한꺼번에 매장된 현장 몇 군데를 방문한 적이 있다. 일부 수습이 완료되기도 하였지만, 아직도 수십 년의 세월이 흐르도록 현장이 그대로 남아 있는 곳도 있었다. 이런 현실적인 문제에 대하여 눈감고 그냥 방치하자는 것은 문명국가의 국민으로서 기본적인 태도가 아니라는 생각이 들었다.

당시 인권침해사건에서 긴급조치에 의한 인권침해사건도 조사하고 의결하였는데, 그 경우 사법부도 관련되어 있어서 과거사를 정리하는 차원에서 사법부에서는 어떻게 하여야 하는가, 생각하며 위원회의 심의와 의결에 참여하였고, 어디선가 내 의견을 피력한 적이 있고 나의 기초적인 생각이 담겨 있어 옮겨 적어 본다.

우리 인류의 보편적 이상향은 자연적, 사회적 여건이 부여한 범위와 영역 안에서 각자가 자유롭게 행복을 추구하는 삶이 될 것입니다. 그러기 위해서는 개인이건 집단이건 간에 다른 사람 또는 다른 집단의 영역을 침범하거나 다른 개인 또는 집단의 권익을 짓밟고 이를 이용하여 이득을 취하는 일이 없어야 합니다. 인류는 부단히 생산력을 향상시켜 왔음에도 불구하고 아직도 다른 사람 또는 집단의 영역 침범의 필요성을 느끼지 않을 만큼 풍요롭지 못하고, 설사 풍요롭게 되었더라도 끝없는 탐욕을 위하여 침탈과 폭력, 독재와 전쟁이 계속되고 있는 것이 엄연한 현실입니다. 위와 같은 침탈 등의 현실 앞에서 이를 타개하고 개선하는 일은 여러 투쟁에 의하여 이루어졌습니다. 가진 자가, 힘 있는 자가 스스로 양보하는 경우는 극히 드물기 때문입니다.

요즘 진보와 보수 논쟁이 가열되고 있습니다만, 근본적인 지향점은 인류 보편의 이상향을 실현하기 위한 구체적인 방법을 두고 견해를 달리하는 것뿐이고, 그렇게 되어야만 한다고 봅니다. 국제적으로나 국내적으로 과거청산 논의가 뜨겁습니다만, 우리 사법부에서도 권력에 굴종하거나 적극적으로 이에 동조, 편승하거나 개인의 이익이나 영달을 위하여 적게는 인사명령 등을 통하여 부당한 행위를 하고, 크게는 판결 등을 통하여 범죄행위에 버금가는 행위를 한 적이 있다고 봅니다. 인혁당 사건 등 '사법살인'에 관한 내용도 그러한 범주에 속하겠지요. 우리나라는 사실상 해방 후 처음으로 선거혁명에 의한 정치적 지배세력의 교체가 이루어졌습니다. 따라서 과거청산도 일제잔재부터 해방 후 군사 정권하에서의 문제까지 가능한 한 철저히, 그리고 완벽하게 해결하여야 합니다. 반복되는 논쟁으로 인한 국가사회적인 소모전과 국력 낭비를 줄이고 미래 지향적인 건전한 사회를 건설하기 위해서는 진정한 과거청산이 꼭 한번 이루어져야만 하는 것입니다.

위와 같은 전제하에서 우리 사법부가, 또는 법조에 몸담고 있는 사람들이 하여야 할 일이 과연 무엇인가 생각하여 보았습니다.

첫째, 과거 물리적인 힘이나 법령 또는 제도를 이용하여 다른 사람이나 집단의 영역을 침탈하는 데 직접 관여한 사람은 그로 인한 지위에서 내려오고 또 직접적으로 취득한 경제적 이익을 환원하고, 조용히 자숙하고 살아야 합니다. 현재 아무 지위에 있지 않다면 이에 상응한 참회의 의사표시를 하여야 합니다.

둘째, 사법부는 법적으로 잘못된 과거를 바로잡는 일에 적극적으로 나서야 합니다. 재심사건 등 재판은 물론이고 진상을 규명하고 원상회복하는 일에 대하여 적극적으로 임해야 합니다.

셋째, 사법부의 수장은 국민 앞에 사죄하여야 합니다. 과거 일이고 현재 주체세력에 의한 일이 아닌데도 거듭 피해자에게 사죄하는 독일 등의 예처럼 모든 국가 사회나 집단의 대표는 그러한 일을 하여야 할 책무를 국민으로부터 부여받은 사람이기 때문입니다.

넷째, 사법부의 현재 구성원 모두는 앞으로 다시는 잘못된 침탈행위나 이에 동조하는 행위가 재발하지 않도록 마음을 다지고 이를 묵묵히 실천하여야 합니다. 방법은 각자가 다르겠지요.

내 인생의 가을

위와 같은 일련의 절차는 당연히 과거에 일어났던 역사적 사건의 진상을 철저히 규명하여 진실이 밝혀진 후를 기본적 전제로 합니다. 만약 이런 절차를 생략하고 성급히 진행한다면 또 하나의 영역침탈행위로 먼 미래 청산과제가 될지도 모르므로…. (2005년 4월 29일)

어두운 과거사를 정리하는 데 가장 중요하고 핵심적인 것은 과거 역사 속에 꽁꽁 파묻혀 있는 실체적 진실을 밝은 세상으로 꺼내어 명명백백하게 밝히는 것이다. 진실화해위원회도 그 이름이 의미하듯이 먼저 실체적 진실을 규명한 후 그에 상응한 보상과 화해를 이끌어내겠다는 것에 다름 아니다. 우선 진실이 밝혀져야 용서가 가능하고 화해도 생각해 볼 수 있는 게 아니겠는가!

그러나 어두운 과거일수록 진실을 밝히는 일이 정말 어렵다는 것을 우리는 경험적으로 잘 알고 있다. 일제 강점기 때 일어났던 각종 어두운 과거사와 비교적 가까이 내가 직접 지내온 5·18 광주민주화운동 등에서 보듯이, 아직도 실체적 진실이 규명되지 않은 채 서로들 싸우고 대립하고 있다.

과거사 청산이라는 숙제를 수행한 나라는 독일, 프랑스, 스페인, 러시아, 아르헨티나, 칠레, 남아프리카공화국, 알제리 등 상당히 많다. 가장 모범적인 사례의 하나로 꼽히는 남아공의 경우 우리보다 먼저 어두운 과거사를 정리하고 진실화해를 위하여 노력한 선례가 있고, 우리도 그것을 많이 참고하였다. 남아공에서는 특별히, 지난한 진실규명 작업을 성공시키기 위하여 진실을 고백하는 자에게는 사면을 해 주기로 정하고 진실규명작업을 진행하였다. 당연히 피해자 및 그 가족들의 반대투쟁과 사회정의에 반한다는 국민들의 비판여론이 쏟아졌으나, 그럼에도 불구하고 이를 무릅쓰고 그렇게 추진하였던 고충을 우리는 능히 짐작한다.

나는 2년의 임기를 마치고 더 이상 위원회에 관여하지 않았지만, 위원회는 그 후 2년을 연장하여 업무를 수행하였다. 그간 실제 많은 일을 하였지만 완전하게 과거사 정리를 하지는 못하였고, 특히 진실규명 후의 위원회 권고에 대하여 국가에서 취하여야 할 과제에 대하여는 정권이 바뀌면서 일부 진행된 것이 있겠지만 제대로 완결되지 않은 것으로 알고 있다.

2년의 세월 동안 나는 보람 있는 일에 참여하였다는 자부심을 가지고 있고, 많은 아쉬움을 남긴 채 진실화해위원회는 역사 속으로 사라졌다.

공정거래위원회에서

    나는 2006년 3월부터 3년간 공정거래위원회 비상임위원을 역임하였다. 나와 공정거래위원회와의 인연은 오래전으로 거슬러 올라간다. 법과대학을 졸업하고 대학원에 진학하면서 전공을 노동법이나 경제법 등으로 생각하고, 최종적으로 경제법으로 결정하여 1987년 2월에 석사학위를 받았다. '독점규제 및 공정거래에 관한 법률에 있어서의 손해배상청구'라는 제목이었다.

    군법무관과 판사 임관 후 실무에 종사하면서 경제법이나 공정거래위원회와는 별 관련 없이 지냈다. 다만 간간히 공정거래법의 동향과 공정거래위원회의 심결례를 파악하는 등 일상적인 일을 하였을 뿐이다. 내가 석사학위를 받을 당시만 해도 우리나라에서 공정거래법 위반을 원인으로 한 손해배상청구는 학계에서는 물론 실무계에서도 거의 관심이 없었고, 오로지 필자의 개인적인 지적 호기심의 정도에 머물렀다. 그러던 차 공정거래법 위반을 원인으로 한 손해배상청구 사건으로 대법원 1990. 4. 10.자 89다카29075 결정이 나와서 너무나 반가운 마음에 '법조'라는 법률잡지에 판례평석을 써서 게재한 바도 있다.

공정거래위원회는 어떠한 기관인가?

1887년경 당시 미국의 철도사업은 그 내용이 복잡 다양하고 시시각각 변화하는 경제현상 때문에 그로부터 발생하는 문제를 규제하는 데 있어서 전통적인 삼권분립에 의한 입법적 방법이나 사법적 방법은 한계를 가졌다. 따라서 새로운 사회·경제적 문제로 대두된 철도사업의 문제를 효과적으로 처리하기 위해 새로운 권력 통합적 행정기관인 행정위원회로서 주간통상위원회州間通商委員會 : Interstate Commerce Commission를 창설하게 된다. 미국의 주간통상위원회를 효시로 하여 각국에서 발달한 행정위원회의 하나로 우리나라에서도 독립규제위원회로서 공정거래위원회가 태동하였다.

공정거래위원회는 1980년 12월 31일 법률 제3320호로 제정되어 1981년 4월 1일부터 시행된 '독점규제 및 공정거래에 관한 법률'에 의하여 설립된 이래 39여 년이라는 상대적으로 길지 않은 역사를 가지고 있으나, 우리나라 경제력의 발전과 더불어 크게 성장하여 지금은 세계가 주목하고 있고, 그 위상이 높아지고 기능이 확대되면서 국민들이 피부로 느끼는 중요성도 날로 커지고 있다. 공정거래위원회가 처리하는 사건 수도 수년간 엄청나게 증가하였고 질적으로도 획기적인 발전을 이룩하였다. 이에 발맞추어 공정거래법을 전공하는 학자가 많아짐은 물론 실무계에서도 관심 제고와 더불어 인적 자원이 급속히 팽창하였다.

나는 위원장 및 부위원장을 포함한 9인의 위원으로 구성되는 공정
거래위원회의 4인의 비상임위원 중 한 명으로 일했다. 공정거래위원회
에서 두고 있는 비상임위원제는 다른 나라에서 선례를 찾기 어려운 특
징 중의 하나다. 제도의 취지는 전문적이고 중립적인 외부 인사를 공정
거래위원회의 의사결정과정에 참여시킴으로써 공정거래법 집행업무의
독립성과 공정성을 도모하고, 나아가 공정거래위원회의 결정에 대한 신
뢰감을 제고하고자 한 것으로 이해할 수 있는데, 이 제도에 대해서 비판
이 많은 것도 사실이다.

다만, 현행 비상임위원제도는 공정거래위원회의 공정성 면에서 소추
기능과 심판기능의 혼합으로 인한 문제점을 해소하는 기능을 수행하고
있고 이는 충분히 일리 있는 것이어서, 이 점에 대한 해결책 없이 쉽게
폐지만을 주장할 수는 없는 게 정확한 현실이다. 문제는 공정거래위원
회 내부 밀실처리에 대한 문제점을 해소하기 위하여 외부의 인사를 참
여시키고자 하는 본래의 취지를 어떻게 살릴 것인가 하는 데에 있다.

내가 대법원 재판연구관으로 근무할 당시 법원에서는 매년 법관 한
명을 공정거래위원회의 국장급 심의관으로 파견하였는데, 내가 경제법
으로 석사학위를 받고 계속하여 관심을 가지고 있었던 것이 계기가 되
어 심의관으로 갈 뻔한 일이 있었다. 아마도 누군가 나를 지명하여 대법
원에 파견요청을 하였던 것 같은데, 대법원에서 업무 과중을 이유로 허

락하지 않았다.

당시 수석대법관님께서 "공정거래위원회에서 오 판사를 심의관으로 파견하여 달라고 요청이 왔는데, 대법원 사정상 안 된다고 하였어요."라고 말해 주셔서 알게 되었다.

내 임의로 되는 것은 아니었지만, 그때 심의관으로 가서 2년 정도 근무하였더라면 그 분야에 이론과 실무를 겸비한 전문가가 될 수도 있었을 텐데 하는 아쉬움이 있었다. 한참을 공정거래위원회 파견을 기대하며 가슴 설레고, 장래 계획도 세우고 하였었는데.

그러다가 참여정부가 출범한 후 변호사 3명이 복수 추천되고 후보 중 내가 비상임위원으로 가게 된 것이다. 사실 어찌 보면 공정거래위원회 비상임위원은 별거 아니라고 할 수도 있는데도, 날로 관심이 증폭되는 공정거래위원회의 위상과 더불어 희망자가 많아지고 있다.

다른 행정위원회에서도 유사하겠지만, 비상임위원의 경우 어떻게 업무에 임하는가가 개개인의 성향에 따라 천차만별이라고 해도 과언이 아닌데, 통상은 내부 직원과 상임위원들의 업무처리에 대한 단순한 감시 기능이 최선이고, 좀 나쁘게 말하면 거수기에 불과할 수도 있는 것이 엄연한 현실이다. 나는 9명의 위원 중 한 사람으로서, 내가 할 수 있는 범위 내에서 최선을 다하여 사건을 검토하고 심의와 의결에 성실히 참여하였다.

내가 비상임위원으로 일하는 동안 세계적인 회사 MicroSoft사나 Intel사 등의 공정거래법 위반사건 등을 심의·의결하였는데, 이런 사건의 경우 심사자료만 해도 수천 장에 달하였고, 회의가 오후 2시부터 밤 9시까지 계속되기도 하였다.

매주 전원회의가 열리고 2주에 한 번꼴로 소위원회에 참여하였는데, 변호사 업무를 하면서 동시에 매주 배달되는 전원회의 안건을 검토하여 심의·의결에 참여하기가 그리 쉽지 않았으나, 최선을 다하였다. 많은 세월 법률실무에 종사한 사람으로서, 좀 주제넘다는 생각도 들었지만, 의결서 작성이나 심의절차상의 문제점들에 대하여 검토하고 내부 직원들을 상대로 의결서 작성방법 등에 대하여 교육을 시키기도 하였다.

마침 내가 비상임위원이 된 후 얼마 지나지 않아서 평소 존경해 왔던 권오승 선배님이 위원장으로 취임하셨다. 그분은 학회를 인연으로 대학교 때부터 알게 된 이후 여러 대목에서 나를 이끌어주시고 사랑해 주셨다. 그리고 공정거래위원회에서 나의 임기 대부분을 같이 활동하면서 많은 추억과 보람을 공유할 수 있게 해주셨다.

공정거래위원회의 본질적인 기능과 역할은 무엇일까?

국경을 초월하여 모든 경제 주체가 한정된 자원을 가장 효율적으로 배분하고 서로 조화롭게 살아가는 방식으로, 철저하게 수요와 공급의 원칙하에 움직이는 시장경제가 최적의 기제機制임을 우리는 세계 경제사를 통하여 익히 배워 잘 알고 있다. 시장경제가 정상적으로 제 기능을 발휘하기 위해서는 모든 사업자들이 시장에 자유롭게 진입할 수 있어야 하고(공개), 그들 간에 경쟁을 제한하는 요인이 없어야 하며(자유), 그 경쟁은 공정하게 이루어져야 한다(공정). 공정거래법은 헌법상의 경제민주화를 기본으로, 이론상의 완전경쟁은 아니라도 최소한 유효경쟁을 목표로 하여, 자유로운 시장경제가 제대로 작동하지 못하도록 경쟁을 제한하는 각종 부당한 경제행위를 규제함으로써 균형 있는 국민경제의 성장과 소비자 후생의 극대화를 목표로 한다.

공정거래법의 집행기관인 공정거래위원회는 그 소관사무가 워낙 다양하고 방대하여 일의적으로 말하기 어려우나, 독점규제법상의 소관사무 중 흔히 재벌개혁 관련사항인 기업결합의 제한 및 경제력집중의 억제에 관한 사항과 담합행위 즉, 부당한 공동행위 규제에 관한 사항이 핵심적이고, 기타 법령에 의한 소관사무 중에는 전통적으로 분쟁이 빈발하고 방대하여 사회문제화되는 하도급거래에 관한 사항이 큰 비중을 차지하고 있다.

공정거래위원회가 내리는 시정조치의 내용이나 과징금의 규모가 엄청나서 그로 인하여 국민경제에 미치는 파급효과가 크고 국민들의 기대치가 날로 높아지고 있다. 나는 사법업무에 오래 종사하여 온 경력에다가 새롭게 공정거래위원회의 비상임위원으로 일하게 된 장점을 살려, 기존의 핵심적인 공정거래위원회의 역할이나 기능 외에 전통적 사법기관을 통한 각종 민·형사상의 분쟁 해결과의 조화로운 관계를 많이 생각하여 보았다.

국가적으로 우리는 개인, 기업, 중앙과 지방 정부기관 등과의 사이에서 경제행위를 하고, 기업 중에는 규모와 지위 등이 극히 다양한 대기업과 중소기업 등이 존재한다. 그러한 경제행위 과정에서 분쟁이 발생하면 통상 사법기관을 통하여 해결한다. 그런데 실제 분쟁해결과정을 보면 사법기관을 통한 분쟁해결의 방법이 비효율적이고 비생산적이며 아예 불가능한 경우가 많다. 이해관계가 전 국민을 상대로 미치거나 오랜 관행 때문에 동일한 유형이 계속하여 재발하는 사례도 많다.

사법부의 판단으로 쉽게 해결하기 어렵고, 동시에 시간과 돈이 낭비되는 그러한 사례는 공정거래위원회가 일거에 시정조치를 하고, 나아가 표준약관 등을 제정하여 사전에 분쟁을 예방하는 선제적인 조치를 취한다면 최적의 분쟁해결 방법이 되지 않을까 하는 생각을 하였다.

재벌개혁도 사실 동일하다. 경제력이 집중되고 이로 인하여 시장에서 지배적인 지위를 누리는 경제주체가 그 권한을 남용하는 경우 이를 사후에 규제하는 것도 중요하지만, 사전에 그러한 경제력의 집중을 막고 이미 이루어진 집중을 해소하는 방향으로 정책을 세워 집행하는 것이 공정거래위원회이고, 이는 미국에서 유래한 행정위원회의 연혁과도 일치한다.

나는 대학교에서 법학을 전공할 때부터 전통적인 시민법보다는 경제법, 노동법, 환경법 등 사회법 또는 현대법에 더 관심이 많았다. 대학원에서 학위논문을 쓸 때도 자연스럽게 나의 취향에 맞게 제목을 결정하였고, 우연하게 그 전공을 살려 공정거래위원회에서 비상임위원으로 일할 수 있었다. 법률가로서 많이들 참여하는 일반적인 사회활동에 비하여, 나는 공정거래위원회에 대하여 남다른 애정과 관심을 가지고 일하였다. 경제법의 이론적인 측면은 물론 실무가 이루어지는 시스템과 각종 특성 등을 많이 배우고 느꼈다고 자부한다.

　개인적으로 영광인 자리에서 의미 있고 보람 있는 3년의 임기를 마치고, 나는 그 공로로 매년 열리는 공정거래의 날 중 2009년 4월 1일에 국민훈장 동백장을 받는 영예까지 누렸다.

공정거래위원 임기를 마치면서 국민훈장 수훈

　　　　　　　　　　　　　　　　　　　　　내 인생의 가을

중앙행정심판위원회에서

　행정권의 행사로 인하여 권리나 이익이 침해되었거나 침해될 것이라고 주장하는 자가 국가기관에 대하여 원상회복, 손해전보, 그 밖의 피해구제를 요구하고 이에 응하여 국가기관이 구제여부를 심리 판단하는 제도인 행정구제제도(손해보전제도와 행정쟁송제도) 중 행정쟁송제도(행정심판과 행정소송)의 하나로 행정심판위원회가 있다.

　행정심판절차는 행정청의 처분에 대하여 권익을 침해받은 국민이 그 처분을 행한 행정청을 피청구인으로 하여 재결청에 행정심판을 제기하면 재결청이 심판청구서를 행정심판위원회에 송부하고, 행정심판위원회가 이를 심리·의결하여 재결청에 의결서를 송부하면 의결서 내용대로 재결청이 재결하도록 하는 제도로서, 이와 같이 행정심판사건을 심리 의결하기 위하여 설치된 합의제행정기관이 행정심판위원회이다.

　1951년 제정된 소원법을 거쳐 1984년 행정심판법이 제정되어 현대적 의미의 행정심판이 시작되었고, 여러 번의 법률 개정을 거친 후 현재 행정심판위원회는 중앙에서 국무총리행정심판위원회를 거쳐 중앙행정심판위원회로 명칭이 변경되었는데, 나는 중앙행정심판위원회의 비상임위원을 2006년 3월부터 2년 임기로 세 번 연임하여 총 6년을 역임하였다.

중앙행정심판위원회는 위원장을 포함한 50인 이내의 위원으로 구성하고 위원 중 상임위원은 2인 이내로 하며, 행정심판위원회의 회의는 위원장 및 상임위원 2인과 위원장이 매 회기마다 지정하는 위원 6인 등 총 9인으로 구성하되, 변호사 등 민간위원이 5인 이상 포함되어야 한다.

처음 행정심판위원회의 비상임위원으로 위촉될 당시는 내가 진실화해위원과 공정거래위원을 담당하고 있던 때라서 수락하는 데 주저하였다. 나는 대법원 재판연구관 시절 행정사건을 담당하는 행정조에 편입되어 2년간 일하였고, 경제법을 전공하였으며, 이런 저런 일로 행정법에 관심을 두고 있었는데, 그러한 나의 이력 등이 알려져서 그런지 당시 법제처장으로서 위원장을 맡으신 분이 직원을 보내 위촉을 수락하여 달라고 부탁하였다.

행정심판위원회의 업무는 한 달에 한 번 정도 전원회의에 참여하는 것으로서 심한 부담이 되지는 않았다. 다만 열심히 일하는 것이 알려져서 그런지 법리 다툼 등이 복잡하거나 민감한 사건을 많이 배정받았고, 실제 직원들이 복잡한 사건을 배정할 수밖에 없다면서 나에게 사전 양해를 구하기도 하였다. 힘들기도 하였지만 보람을 느끼며 열심히 일한 6년이었다. 나중에 국무총리행정심판위원회는 중앙행정심판위원회로 명칭이 변경되었고, 소속이 법제처에서 국민권익위원회로 바뀌었으며, 국민권익위원회 소속하에 별도의 행정심판위원회가 설치되었다. 정권의 부침하에 운명이 이리저리 흔들리는 기관 중의 하나가 되었다.

가장 기억에 남는 사건은 서울 부근에 위치한 경기도 소관 어느 회원제 골프장에 관련된 사건이었다. 경기도의 행정처분에 대하여 일단 행정심판위원회에서 취소재결을 하였는데, 이를 받은 경기도에서 재결의 취지에 따라 새롭게 행정처분을 하여야 함에도 불구하고 이를 거부하고 이행하지 않음으로써 다시 행정심판위원회에서 직접 행정처분을 내린 사건이었다. 행정심판법의 규정에 따라 이루어진 절차였지만, 경기도청 내부의 복잡한 사정 때문에 발생한 것으로서, 실무에서는 보기 드문 경우여서 특히 기억에 남는다.

6년간의 중앙행정심판위원을 마치면서

군의문사진상규명위원회에서

참여정부 시절, 2005년 6월 '군의문사 진상규명 등에 관한 특별법'이 제정되었고, 이 특별법에 근거하여 2006년 1월 1일 군의문사진상규명위원회(아래에서는 군의문사위원회라고 줄여 쓴다)가 발족되었다. 국방의 의무를 수행하기 위하여 군복무를 시작한 군인들 중 '자살' 또는 '질병으로 인한 사망'(병사) 등의 이름으로 정확한 원인을 모른 채 죽어 간 군인들이 수백 명에 이른다.

"멀쩡한 내 자식이 왜 죽었는가?"

"국가의 부름을 받고 자식을 군대에 보냈는데, 국가는 왜 그 죽음을 외면하는가?"

길바닥을 뒹굴며 전경 차에 실려 외딴 곳에 버려지기를 수없이 되풀이한 유가족들의 절규가 만들어낸 결실이었다. 한시적인 기간 내에 수백 건의 군의문사 사건이 접수되었고, 그 일부는 진상이 규명되었다. 창군 이래 처음으로 군대 내에서 발생한 의문사를 전면 조사하여 원인을 규명하게 된 뜻깊은 작업이었다.

나도 그 군의문사위원회와 특별한 인연이 있다.

따스한 늦은 봄 햇살이 싱그럽던 6월 어느 날 식구들은 모두 들에 일하러 나가고 나 혼자 초등학교에 갔다 돌아와 툇마루에 팔베개를 하고 누웠다가 잠깐 잠이 들었다.

"진환아!"

비몽사몽간에 누군가 내 이름을 부르는 소리에 낮잠에서 깨어 보니 큰형이었다. 3남3녀 중 큰형 오태환은 우리 집 장남으로서 아버지를 도우며 집안의 기둥 역할을 하였고, 군대 가기 전 양복기술을 배워 시내 양복점에서 일하다가 입대하였다. 상병 계급장을 달고 군 생활 막바지에 마지막 휴가를 나와 잠이 든 나를 깨운 것이다.

며칠 휴가기간 동안에도 큰형은 틈나는 대로 농사일을 거들고 잡다한 집안일을 정리하였다. 아쉬운 휴가를 마치고 다시 부대로 복귀할 때 가족들은 남은 군복무 잘 마치고 무사히 돌아오기를 기대하였고, 머지않아 금방 다시 만난다는 희망에 부풀었다.

마을에 한두 대의 전화밖에 없던 그 시절, 큰형이 군에 복귀한 지 보름쯤 뒤에 전보 한 통이 도달하였다. 내가 학교에 다녀왔을 때 이미 집안은 쑥대밭이 되어 있었다. 방 안에선 어머니의 통곡소리가 들리고 아버지는 툇마루에 앉아 담배만 태우고 있었다. 나는 직감적으로 '큰형에게 무슨 일이 생겼구나.' 생각하였다.

무려 반세기도 훨씬 전의 일이지만 그때의 기억이 생생하다. 요즘은 생소한 통신수단이지만 당시 전화가 없는 사람에게는 급한 소식을 전하는 유일한 통신수단인 전보에는 큰형이 군복무 중 사망하였다는 몇 글자뿐이었고, 언제 어디서 왜 죽었는지 전혀 알 수가 없었다.

다음 날 면사무소에 다니던 고종사촌 형이 우리 가족을 대신하여 큰형이 근무하던 군부대로 갔다. 당시 우리 형제들이 아직 어렸고, 강원도 최전방까지 교통이 복잡하고 경제적 여건이 녹록지 않아서인지, 요즘 같으면 온 가족이 당장 달려가야 할 상황임에도 사촌형 혼자 간 것이다.

다음 날 사촌형이 돌아왔는데 품 안에 큰형의 유골함을 들고 있었고, 큰형은 작전 중이거나 훈련 중 사망이 아니라 질병으로 죽었다^(병사)고만 하였다. 큰형의 유골은 마을 뒷산에 뿌려졌다.

그 후 우리 가족의 삶은 한동안 최악이었다. 어머니는 일상생활에서 마치 제정신이 아닌 것처럼 하루 종일 아무 말 없이 지내기도 하고, 일을 하면서도 뭔가 중얼중얼하며 한을 토해 내셨다.

철없이 행동하거나 말썽을 피우는 우리 형제들에게,

"큰형이 살았어야 하는데…."

하시며 마음 아파하셨고, 어린 우리 형제들은 부모님을 위로할 처지도 아니어서 뭐라 대꾸해야 할지 몰라 안절부절못했던 기억만 난다.

나는 시골에서 중학교까지 졸업하고 서울로 진학하여 열심히 공부에 매진한 끝에 사법시험에 합격하였고, 판사를 거쳐 변호사로 지내고 있

　　　　　　　내 인생의 가을

던 중 군의문사위원회가 발족되었다는 소식을 들었다. 번뜩 떠오른 것이 있었다.

'혹시 큰형이 왜 어떻게 죽었는지, 그 원인을 밝힐 수 있지 않을까?'

큰형이 군대 가서 사망한 뒤로 졸지에 장남이 돼 버린 둘째 형은 줄곧 시골에서 부모님을 모시고 살았다. 큰형이 사망한 뒤로 집안은 여전히 어려웠고 구겨진 살림은 펴질 줄 몰랐다. 장남이 된 둘째 형이 집안을 일으키려고 많이 노력했었다.

그러다가 둘째 형도 군입대 소집영장을 받아들었다. 집안은 말 그대로 초상집 분위기였다. 큰아들을 군대 보내 사망에 이르게 한 상황에서 둘째 아들까지 군대에 보내게 되었으니, 부모님의 그 심정이 어떠했겠는가? 군 입대를 위해 기차역에서 작은형을 전송하면서 모두들 엉엉 울었다.

둘째 형이 "입대한 후에 월남전에라도 참전하겠다. 그래서 집안도 일으키고 동생들 공부도 시켜야겠다."고 한 말이 지금도 기억에 생생하다. 당연히 부모님은 펄펄 뛰며 반대하였고, 둘째 형은 아무 탈 없이 군복무를 마치고 제대하였다. 둘째 형은 제대하고 나서 얼마쯤 지나 결혼을 하였다. 중매로 맺어진 결혼식을 앞두고 전날 밤 둘째 형은 어린 나를 상대로 미지의 배우자와 결혼생활에 대한 설렘과 약간의 두려움을 토로하며 쉽게 잠을 이루지 못하였고, 나도 덩달아 잠을 설쳤다. 그게 바로 엊그제 같은데 어느새 둘째 형도 고희古稀를 훌쩍 넘겼으니, 세월이 참 무상하다.

둘째 형과 나는 많은 세월을 각자 열심히 생업에 몰두하던 중 군의문사위원회 소식을 들었고 작은형이 먼저 진정을 하자고 제안했다.

우리 가족은 큰형이 언제 왜 어떻게 죽었는지 직접 확인하지 못하였기 때문에 큰형의 죽음에 대해서 의문을 갖고 있었다. 고종사촌 형이 가서 확인했다고 하지만 군대에서 뭔가 병에 걸려 갑자기 사망하였다는 것뿐, 건강하던 사람이 어떻게 보름 만에 갑자기 목숨이 위독한 질병에 걸려 죽을 수 있는가, 사망진단서나 진료기록을 확인한 게 아니어서 혹시 다른 이유로 죽었던 건 아닐까 하는 의구심을 가슴에 품고 지내다가 군의문사위원회를 만난 것이다.

우리 가족은 군의문사위원회에 진정을 하면서 큰 기대를 하지는 않았다. 최근 사건도 진상규명이 어려운 경우가 허다한데 40여 년 전의 사건이기 때문이었다. 다만 다른 건 몰라도 그저 큰형이 죽은 병명만이라도 밝혀졌으면 하는 기대를 가지고 시작하였다. 그런데 막상 시작하고 나서 깜짝 놀랐다. 아직도 큰형의 진료기록 등이 그대로 남아 있었던 것이다.

진료기록에 따르면 큰형은 마지막 휴가를 나오기 전후 두통 등이 있었고, 휴가를 끝내고 군에 복귀한 후 증상이 급속도로 악화돼 갑자기 사망하게 되었다. 정확한 병명을 알 수 없으나 '뇌감염성 질환'으로 보인다며 직접적인 사인은 뇌가 부어올라 뇌압상승으로 사망했다는 것이다.

보고서에는 '두개내압항진'이라는 단어로 설명하고 있었는데, 군의문사위원회는 2008년 1월 23일경 '군부대에서 적절한 치료를 하지 못했다.'고 지적하고, 질병의 악화요인에 대해 군부대에 책임을 물어서 큰형

내 인생의 가을

의 죽음이 군복무와 관련이 있다고 인정한 후 국방부장관에게 큰형의 사망구분에 대한 사항을 재심의할 것을 요청하는 결정을 하였고, 재심의 결과 순직 결정을 받았다.

진상규명 결과를 받고 나니, 한편으로 후련하고 한편으로는 답답하고 억울하였다. 큰형이 뇌질환으로 사망했다는 사실이 밝혀진 것은 후련했지만 '제때 최적의 진료를 받았더라면, 큰형을 살릴 수 있지 않았을까?' 하는 아쉬움이 컸다. 그 당시의 의료수준을 정확히 판단하기 어렵지만, 큰형은 결국 뇌부종으로 사망한 건데 응급처치만 잘했어도 살릴 수 있지 않았을까, 군부대 내에서 치료가 어렵다면 대형 민간병원에서 진료를 받았더라면 어땠을까, 시골에 부모형제가 버젓이 있는데 병상에 누워 가까운 피붙이로부터 병문안 한번 받아 보지 못하고 쓸쓸히 혼자 죽어 갔을 큰형을 생각하니 불쌍한 생각에 지금도 가슴이 미어진다.

2008년 초 군의문사위원회의 진상규명 결과를 받아 보고 나서 우리 가족은 몹시 기뻤다. 그러나 그것도 잠시, 곧이어 알게 된 안타까운 현실 앞에서 우리는 망연자실하였다.

진상규명 결정 후 2008년 6월경 큰형의 위패가 국립대전현충원에 봉안됐다. 큰형의 유골을 뒷산에 뿌려 버린 바람에 위패만 봉안할 수밖에 없었는데, 그에 앞서 2008년 3월 말에 그만 어머니가 갑자기 돌아가셨다. 그리고 나서 같은 해 7월 7일 국가보훈처에서 큰형이 '순직군경'에 해당한다는 결정을 내렸지만 직계가족이 없기 때문에 우리 형제들에게는 유족등록을 할 수 없다고 하였다.

이 무슨 운명의 장난인가! 법령상 국가유공자 유족등록은 등록 시점을 기준으로 하는데, 어머니가 몇 달 전 돌아가셨기 때문에 형제들이 여럿 남아 있지만 아무도 유족등록 대상이 아니라는 것이었다.

나는 큰형의 사례처럼 군부대의 과실이나 무책임의 소치로 몇십 년이 지난 후 순직결정을 받은 경우에도 유족등록 시점을 기준으로 하여 유족등록의 대상여부를 결정하도록 한 '국가유공자 등 예우 및 지원에 관한 법률'의 해당조항이 아무리 생각해도 문제가 있다는 생각이 들었다.

최종적으로 위헌문제라도 제기해 보아야 하겠다고 결심하고 처분청인 전주보훈지청장을 상대로 순직군경유족비해당결정취소를 구하는 행정소송을 제기함과 아울러 법원에 위헌제청심판청구를 하고, 이어서 헌법재판소에 헌법소원을 제기하였으나 모두 기각되고 말았다.

우리 가족이 제기하는 문제점은 국가 입법정책의 문제이고, 나아가 입법부작위로서 국가를 상대로 한 국가배상책임 유무가 문제될지는 몰라도 위헌은 아니라는 결론이었다.

사법적 판단이야 그렇다 치더라도, 국방의 의무를 위하여 입대하였다가 순직한 유공자의 유족들이 겪었을 슬픔과 어려움을 보상받을 방법은 유족등록밖에 없는데, 그것이 거부된 것은 많이 아쉬웠다. 비록 어머니는 돌아가셨지만 큰형의 죽음으로 고통을 받아 온 형제들은 여전히 이 땅에 살아 있고, 국가는 국방의 의무를 수행하다가 죽은 사람의 원호 차원에서 유족을 보호하는 게 존재 이유이자 고유의 의무 중 하나이다. 만약 어떠한 사정에 의하여 순직 당시 순직처리를 받지 못하고 억울하게 수십 년을 보낸 후 새롭게 순직결정을 받은 경우, 그 유족들이 현행 법률에 따를 때 유족등록 대상이 될 수 없다는 것은 순직결정 등의 과정에서 아무런 잘못이 없는 유족들에게 책임을 전가하는 것이어서 부당하다는 생각을 지울 수 없다.

한시적으로만 존재하다가 이제 그 일생을 마친 군의문사위원회에 대한 아쉬움도 크다. 그나마 군대에서 자식, 형제 그리고 부모를 떠나보낸 유가족들의 억울함을 풀어 줄 거의 유일한 창구였는데, 그것마저 없어진 지금 아직도 진상규명이 이루어지지 못한 유족들의 한은 누가 풀어줄지 알 수 없다.

우리나라의 경우 사법절차로만 억울함을 구제하기에는 한계가 있는 경우가 많다. 그걸 메워주고 보완하는 게 바로 특별위원회제도가 아닐까? 한때 위원회공화국이라면서 난립한 위원회제도에 대한 비판의 시각도 있었지만, 그렇게라도 해서 국민 한 사람 한 사람의 억울함을 풀어줄 수 있다면 그것은 바로 국가가 해야 할 당연한 의무가 아닐까?

따라서 나는 군의문사위원회가 임무를 완수하지 못하고 종료되었다는 사실에 아쉬움이 컸다. 누구나 행복할 권리가 있다. 그걸 침해받고 상처를 받을 때 평화적으로 해결하기 위해서 사법절차가 있는 것이다. 사법 절차를 통해 한 사람이라도 억울하지 않도록 우리 모두 최대한 노력해야 하지 않을까? 그게 바로 국가의 의무이고 책임이라는 생각이 간절하다.

고난과 영광이 겹친 10년 세월

살면서 누구나 어려운 고비가 있기 마련인데 나에게도 그런 때가 있었다. 회고해 보면 2008년부터 나에게는 여러 가지 어려움이 연속적으로 찾아왔다. 그 어려움이 10년에 걸쳐 계속되었으므로, 나는 이를 두고 혼자서 '나에게 잃어버린 10년이구나.'라고 되씹곤 하였다.

어머니를 여의다

2008년 봄에 어머니가 돌아가셨다. 돌아가실 때 어머니 연세가 93세였으니 더러는 호상이라고 하였다. 그러나 나는 두고두고 아쉽고 서운하였다. 나를 낳아 주신 부모님과 영영 이별이라는데, 그 이별의 아쉬움이 90세라고 덜하고 백세라고 덜하랴!

흔히들 사람이 죽을 때가 되면 남은 사람들이 가신 님을 그리워하며 힘들어하지 않도록 정을 떼고 간다고 한다. 그러나 나의 어머니는 우리에게 정을 떼고 가지 않으셨다. 점심때까지 마을회관에 가셔서 동네 사람들과 어울려 식사를 맛있게 하시고, 저녁에 집에서 쓰러지셔서 그대로 일어나지 못하시고 돌아가셨다. 나는 임종도 못 지키고 마지막 이별 의식을 치르지도 못하였기 때문에 그리도 아쉽고 서운했다.

어머니는 세월이 흘러 연세가 들어가면서부터 입버릇처럼, 자식들한테 짐이 되지 않도록 "저녁에 밥 잘 먹고 자다가 그대로 죽었으면 좋겠다."라고 말씀하시곤 하였다. 말씀 그대로 되지는 않았지만 비슷하게 돌아가셨다. 어찌 보면 나의 어머니다운 마지막이었다.

어머니는 마지막까지 정신이 총명하셨고 본인 속옷을 직접 빨래하셨다. 바쁠 때는 자식과 손주들 밥도 지어 주실 정도였다. 우리 인생, 만나면 언젠가는 헤어질 운명이고, 부모님도 영원히 같이 살 수 없고 언젠가는 헤어질 것을 잘 알고 있었다. 그래도 서럽고 서럽게 살아온 어머니 인생, 내가 조금 여유가 생겨 좀 더 효도하고 잘해 드리고 싶은 마음이었으니 기다려 주시지 않고 그냥 떠나신 어머님이, 그 세월이 야속했다.

어머니가 돌아가신 날은 음력 2월 20일, 어머니를 선산 아버지 곁에 모시기 위하여 장례식을 치른 날, 그 봄날은 유난히 따뜻하고 화사하였으며 산천에 벚꽃이 흐드러지게 피었다. 어머니를 선산 양지바른 곳에 모시고 돌아오는 길, 나는 발길이 떨어지지 않아 몇 번이고 어머니 계신 곳을 뒤돌아보곤 하였다.

학업 때문에 어려서부터 떨어져 살았고, 정읍지원장 때 잠시 같이 지냈지만 또다시 서울과 남원으로 떨어져서 각자의 삶을 영위하며 지내던 중, 어머니께서는 돌아가시기 전 2~3년 동안 심장 쇼크로 몇 번 쓰러졌다가 회복을 반복하셨다. 진단 결과 워낙 연로하셔서 약을 복용하시는 거 말고 달리 방도가 없다고 하였다. 멀지 않은 날 어머니와 이승에서 이별할 수도 있겠구나 직감하였고, 전보다 자주 전화 드리고, 직접 시골에 내려가서 몇 번 어머니를 뵈었다. 어느 날에는 어머니 모습을 휴대폰 동영상으로 촬영하기도 하였고, 어머니를 꼭 껴안고 어머니의 얼굴을 부비며 체온을 직접 내 감각에 담기도 하였다. 그때 그 어머니의 따스한 체온이 지금도 생생히 남아 있다.

정읍지원에서 짧은 기간 같이 보내고 그 후에도 계속하여 '살아 계실 때 최선을 다하여 효도하자. 돌아가시고 나면 후회해 보아야 소용없다.'는 생각에 나름 최선을 다하였다고 생각하였다. 그래서 어머니가 돌아가시고 나더라도 별로 후회할 일은 없을 것이라고 생각하였다. 그런데 막상 돌아가시고 나니 후회되는 게 많다. 자나 깨나 자식 걱정하시던 어머니, 최대한 마음 편하게 해 드리지 못한 것 같고, 내가 비용 부담하여 다른 형제들과 함께 가까운 해외로 여행을 다녀오시게는 했지만, 직접 모시고 가지는 못한 것이 못내 아쉽다. 뒤늦게 깨닫고 함께 갈까 생각했을 때는 어머니의 건강 때문에 무리였었다.

가끔 먼저 가신 아버지와 어머니의 삶에 대하여 생각해 보곤 한다. 그분들의 삶은 과연 무엇이었는가? 어려운 가정에 태어나 죽도록 일만 하셨고, 그래도 넉넉하지 못하여 늘 끼니 걱정을 하시며 살았으며, 노년

내 인생의 가을

에는 서울을 몇 번 다녀가셨지만 해외는 물론 어디 산천경개 좋은 국내의 명승지 구경마저 맘대로 해 보지 못하시고 살다가 저세상으로 가신 분, 부모님은 여유나 재미와는 거리가 먼 팍팍한 삶을 사셨다.

내가 어떻게 해 볼 수 없었고, 그래서 내 책임이라고 할 수는 없지만, 생각할수록 부모님이 살고 가신 삶이 안타깝고 불쌍하다. 여름날 폭염을 뚫고 10km 이상 되는 남원읍내 시장까지 걸어서 다녀온 후 점심 식사를 하지 못하여 집에 와 맑은 물 한 대접으로 허기를 채우던 어머니의 모습을 떠올리면 금방 눈시울이 뜨거워지고 가슴이 먹먹해진다.

병마와 싸우다

어머니께서 돌아가시던 그해, 나는 정기건강검진에서 갑상선 이상이 발견되었고 정밀검사 결과 갑상선암으로 판명되었다. 당시 과잉진료라는 말이 나올 정도로 갑상선암으로 치료를 받는 사람이 급증하였고, 그 반성으로 요즈음은 초기 갑상선암 환자의 경우 수술을 하지 않고 지켜본다는 말도 들린다.

나는 처음 조직검사 끝에 암이라는 진단을 받고도 얼떨결에 당하는 것이라 그저 담담하였다. 평소 다른 사람들의 중요 병 진단 소식을 종종 듣고 있고, 그것이 나의 일이 아니라 오로지 남의 일이라고만 생각하지는 않았기 때문에 나에게 그런 일이 일어났다는 것에 화들짝 놀랄 일은 아니었던 것이다. 예후가 좋지 않은 암이 아니라는 사실만으로도 얼마나 다행인가! 오히려 아내가 많이 놀라서 어쩔 줄 몰라 하였다.

어떻든 나는 생전 처음으로 서울대학교병원에 입원하여 전신마취를 하고 수술을 받았다. 예후는 좋았다고 한다. 나흘 정도 입원 후 퇴원하고 나서 수술 부위를 거즈로 동여맨 채 바로 출근하였고, 당시 공정거래위원회의 정기회의에도 빠지지 않고 참석하였다. 주변에 알리지도 않았다. 주변에서부터 괜스레 걱정하는 말을 듣는 게 유쾌하지 않고 싫었다. 그래도 소문이야 좀 난 듯한데, 사무실의 일부 선배 몇 분 말고 나에게 그런 일이 있었음을 남들이 정확히는 알지 못한다.

수술을 마치고 재발을 방지하기 위하여 6개월에 한 번씩 '방사성옥소 치료'를 받았다. 간략히 설명하면, 옥소는 김, 다시마, 미역 등 해조류에 많은 성분으로서 우리 몸에서는 갑상선 호르몬을 만드는 데 이용된다. 이 옥소와 성질이 같은 캡슐로 된 방사성옥소를 우리 몸에 투여하면 갑상선과 암에 모이게 되고, 여기서 나온 방사능이 몸 안에 있는 종양세포를 파괴시키는 치료법이다.

끔찍한 경험이었다. 히로시마 원폭 때 방사선 양의 몇백 배 되는 방사선 알약을 먹고, 그 방사선이 몸에서 다 배출될 때까지 격리생활을 해야만 하는 치료과정이다. 치료 2주 전부터 엄격한 '요드 제한식'을 하여야 하는데 해산물은 물론 천일염이나 천일염으로 가공한 음식을 먹어서는 안 되고 유제품도 먹을 수 없으며, 무염음식만을 만들어 먹어야 한다. 참으로 힘든 과정이었는데 그 과정을 6개월에 한 번씩 무려 네 번이나 이행하였다. 체질이 변하여 잠을 이루지 못하고 불면의 밤을 지새우는 생활을 4번씩이나 하였다. 언제나 나에게 든든한 동반자는 역시 아내였다. 옆에서 묵묵히 돌보아 주었고, 여차하면 남편을 잃는다는 생각에 속으로 노심초사하고, 내 처지를 생각하여 눈물도 흘리면서 무염음식을 만들어 공급하여 주었다.

누구나 그렇듯 암이 발견되고 난 후 '왜 하필 나에게 이런 일이?' 하는 생각으로 많이 힘들기도 하고, 몇 번의 고통스러운 치료를 받으면서 '꼭 이렇게 해야만 하는가?' 하는 생각이 들기도 하고, 참 힘든 시절이었다. 격리생활을 하는 동안 멀리 보이는 북한산과 남쪽 법원청사 건물이 유난히 아름다웠다. 그리고 건강이 소중함을 몇 번이고 깨달았다. 다행히도 마지막 의사선생님 말씀, "이 병으로 사망할 일은 없을 것 같네요."라는 말에 얼마나 위로가 되었던지….

치료가 끝난 후 내 삶의 질은 많이 바뀌었다. 매일 갑상선 호르몬 약을 먹어야만 하고 전보다 자주 피곤함을 느낀다. 방사성옥소 치료도 내 몸에 많은 변화를 일으켰다. 특히 피부나 근육이 눈에 띄게 약해진 것 같고, 정신적으로도 사소한 일에 신경을 많이 쓰이는 등 심약해졌다는 생각이 들기도 한다.

그러나 어쩌랴, 이것이 삶의 일부인 것을! '투병하면 죽고 치병하면 산다.'는 말처럼 내 몸에 생긴 병, 변화 역시 삶의 일부이므로 동반하여 살아갈 수밖에 없다고 생각한다. 전보다 더 운동하고 심신을 단련하여 조금이나마 몸을 회복시키는 길밖에 없지 않을까? 노력에 의하여 달라지고 변화할 수 있다는 것만 해도 얼마나 다행이고 감사한 일인가!

『암, 투병하면 죽고 치병하면 산다』의 저자 신갈렙은 정상적인 사회생활을 하면서 행복하게 암을 다스리는 방법을 이렇게 말하고 있다.

첫째, 암치료를 병원과 의사에게 전적으로 의존하지 않아야 한다.

둘째, 진정한 암 극복의 목표를 정한다. 암 극복을 통해 무엇을 이루고 싶은지 생각해보고 목표를 설정하면 우리 몸의 면역세포의 활동이 더 왕성해지는 효과를 누릴 수 있다. 사람들은 암 극복의 목표를 암이 생기기 전의 상태로 돌아가는 것이라고 생각한다. 그러나 이것은 바람직하지 않다. 암 발생 이전 상태로 돌아간다는 것은 또다시 암이 발생할 수 있는 가능성을 안고 있는 것이다. 바람직한 암 극복의 목표는 바로 암이 생길 수 없는 삶이다. 그렇게 목표를 세우고 나면 암을 대하는 태도가 달라진다.

일곱 가지 병을 앓고 지내면서 여든 다섯 살까지 책 쓰기와 강의 활동을 왕성하게 하고 계시는, 『나는 죽을 때까지 재미있게 살고 싶다』는 책의 저자로 유명한 이근후 박사는 또 이렇게 말하였다.

만성질환을 관리한 지가 벌써 30년 가까이 되었다. 하루에 한 번 혈압을 재고 당뇨 수치를 체크해서 적은 노트가 40권이 넘는다. 만약 병을 이기겠다는 일념이었다면 이미 예전에 좌절하고 나가떨어졌을지도 모른다. 반대로 무리하지 않는 선에서 병을 다스리겠다고 결심하니 꾸준한 관리가 가능했다. 오래 쓴 몸인데 병이 깃들지 않기를 바랄 순 없다. 하나의 병을 치료하다가 다른 병에 걸리기도 하는 게 현실이다. 그러므로 완벽하게 건강한 상태를 목표로 삼지 않는 게 정신건강에 좋다. 그리고 병 하나둘쯤 앓는다고 불행해지는 것도 아니다. 잘 조절할 수만 있다면 병을 안고도 충분히 만족스럽게 살아갈 수 있다. … 차라리 병을 인정하고, 고약한 친구쯤으로 받아들이고, 병을 다스리는 방안을 찾는 편이 생산적이다. 이때 병을 이겨보겠다고 애쓰지 않는 자세를 갖추면 더 좋다. 한 번에 욕심 내지 말고, 꾸준히 관리하겠다는 마음을 가져야 병에 지치지 않는다. 이게 일곱 가지 병과 더불어 30년 넘게 살아온 내가 해주고 싶은 조언이다.

건강을 다시 생각하다

이번 일을 계기로 건강에 대하여 더욱 신경을 쓰게 되었다. '암이 생길 수 없는 삶'은 어떻게 하여야 가능할까?

우선 좋은 식자재로 정성들여 만든 균형 잡힌 음식을 먹어야 한다. 그다음으로 좋은 공기를 마셔야 한다. 그리고 늘 운동하는 것을 게을리하여서는 안 된다. 매일 유산소운동과 근육운동, 스트레칭을 규칙적으로 하여야 한다. 어찌 보면 가장 중요한 남은 한 가지는 바로 마음가짐을 올바로 하여야 한다는 것이다. 모든 것은 우리의 마음가짐에서부터 출발한다. 지나친 욕심 부리지 않고 평정심을 유지하며 좋은 인간관계를 가지고 평화로운 생활을 하는 것이다. 이것이 인간의 면역력을 향상시키고 건강하게 만든다.

세상에 공짜는 없다. 건강도 마찬가지다. 평소에 열심히 운동하고 건강에 신경 쓰는 사람은 늙어서까지 건강하게 살고, 그렇지 못한 사람은 늙어서 온갖 병에 시달리며 산다.

'건강은 건강할 때 지켜라.'는 말이 있지 않은가!

서양에도 이런 말이 있다. '당신은 그것이 사라질 때까지 당신이 무엇을 가지고 있는지 모른다You don't know what you have until it's gone!.'

평정심이나 욕심과 관련하여, 말년에 『못 가본 길이 더 아름답다』는 책을 낸 소설가 박완서는 '나는 사람으로 다시 태어나고 싶지 않으니까 다음 세상에 하고 싶은 것도 없는 대신 내가 10년만 더 젊어질 수 있다면 꼭 해보고 싶은 게 한 가지 있긴 하다. 죽기 전에 완벽하게 정직한 삶을 한번 살아 보고 싶다. 깊고 깊은 산골에서 그까짓 마당쇠는 있어도 그만 없어도 그만 나 혼자 먹고 살 만큼의 농사를 짓고 살고 싶다. 깊고 깊은 산골에서 세금 걱정도 안 하고 대통령이 누군지 얼굴도 이름도 모르고 살고 싶다, 살다가 어느 날 고요히 땅으로 스미고 싶다.'고 하였다.

시인 노천명도 '이름 없는 여인이 되어'라는 시에서 '어느 조그만 산골로 들어가 좋은 사람과 이름 없는 여인으로 사는 것이 여왕보다도 행복하겠다.'고 비슷한 소원을 읊었다.

소설가 박완서의 완벽하게 정직한 삶, 노천명 시인의 '조그만 산골에서 이름 없는 여인의 삶'이 과연 현대사회에서 가능할까?

수십 제곱미터의 지역에서, 수십 또는 수백 명이 모여 사는 원시수렵이나 농경사회에서는 가능하였을지 모른다. 그러나 지리적으로 전 지구촌이 한 나라처럼 가까워졌을 뿐만 아니라 정치·경제·사회·문화적으로 유대의 연결망이 복잡하게 형성된 현대사회에 있어서는 그리 간단한 문제가 아니다.

내 인생의 가을

나의 기초적 생존에 관계되는 의식주는 과연 어디에서 오는 것인지, 내가 일하고 있는 회사의 실제 주주는 누구이며 그 주주는 무엇을 위하여 생활하는지, 내가 가입한 연금은 그 돈이 무엇을 위하여 사용되고 있는지…. 이렇게 수많은 복잡한 일들에 대하여 우리는 파악조차 하기 어려운 시대에 살고 있다.

따라서 우리는 의도하지 못한 채 전 세계적인 불의와 부정에 연관되어 살아갈 수도 있다. 내가 매일 먹고 있는 커피는 지옥 같은 아프리카 플랜테이션 농장에서 임금이 싼 어린 청소년들의 노동력을 착취하여 생산된 것일 수도 있고, 내가 일하고 있는 회사의 외국 주주는 과거 국제적 전쟁범죄나 지하 조직을 재정적으로 후원하는 데 관련되었거나, 지금도 부정한 방법으로 재산을 형성할 수도 있다. 그리고 내가 주식을 매입하여 출자한 회사는 온갖 불공정한 방법으로 경제력을 집중시키고 있는 대기업이고, 나는 그 대기업의 재력을 축적시키는 데 크게 기여할 수도 있다.

이처럼 현대사회에서 최대문제는 개인과 집단의 탐욕만이 아니라 오히려 무지와 무관심에서 비롯한다. 개인적인 문제보다 우리가 모르고 있는 사이에 형성된 제도적, 구조적인 문제에서 근본적으로 발생한다.

결국 우리는 완전하게 정직한 삶을 사는 것이 사실상 불가능한 시대에 살고 있다. 그러면 어떻게 할 것인가? 최소한 그러한 삶을 지향하는 자세만이라도 가지고 늘 깨어 있어야 하지 않을까?

무엇이 우리를 건강하고 행복하게 할까? 인생에서 가장 중요한 목표는 무엇일까? 우리는 인생에 관하여 아는 것을 과거를 되짚어 봄으로써 깨우치게 되는데 깨우치고 나면 이미 너무 늦는다. 게다가 수많은 과거는 잘 기억하기 어렵고 기억한 것도 쉽게 잊어버린다. 사람들의 인생 전체를 실험적으로 한꺼번에 펼쳐 볼 수 있다면 어떨까?

10대에서부터 노년까지 인생 전체를 온전하게 연구하여 무엇이 인생을 건강하고 행복하게 하는가에 대하여 연구한 결과가 있다고 한다. TEDTechnology, Entertainment, Design (미국 비영리재단에서 운영하는 강연회)에서 우연히 보았다.

미국 하버드대학교 '성인발달 연구소'는 1938년부터 지금까지 미국 남성 724명, 하버드대학 졸업자 그룹과 보스턴 지역 빈민과 소년들 그룹을 대상으로 인생 전체를 계속하여 추적하여 직업, 가정생활, 건강상태 등에 대한 설명과 인터뷰, 혈액검사, 뇌촬영 등 건강검진과 진료기록 등을 종합하여 연구하였다.

결론적인 메시지는 다음과 같다. 첫째, 우리를 건강하고 행복하게 만드는 것은 좋은 관계good relationship를 유지하는 것이다. 가족, 친구, 공동체와의 사회적 연결은 유익한 반면 고독은 뇌기능을 저하시키고 불행하게 만들며 해롭다.

둘째, 관계는 양이 아니라 질이 중요하다. 부부간에도 바람직하고 따듯한 만족스러운 관계가 중요하고, 애정 없이 갈등만 잦은 삶은 이혼보다도 못하다.

셋째, 좋은 관계는 사람을 건강하게 하고 뇌를 보호하며 기억력을 유지시키고 향상시킨다. 여기서 중요한 것은 친밀하고 좋은 관계인데, 이

것은 그저 재미있는 것도 아니고 공짜로 얻어지는 것도 아니다. 늘 새롭게 좋은 관계를 유지, 형성시키기 위하여 노력하여야 한다.

진화심리학의 관점에서 쓴 『행복의 기원』이라는 책으로 유명한 서기원 교수도 인간이 느끼는 행복감은 결국 인간관계에서 오는 것이고, 나아가 행복은 기쁨의 강도가 아니라 빈도가 중요하다고 하였다. 인간은 원래 뼛속까지 사회적social to the core이라는 것이다.

마크 트웨인Mark Twain이 한 말이 있다. "시간이 없다. 인생은 짧기에 다투고 사과하고 가슴앓이 하고 해명을 요구할 시간이 없다. 오직 사랑할 시간만이 있을 뿐이며, 그것은 말하자면 한순간이다There isn't time, so brief is time, for bickerings, apologies, heartburnings, calling to account. There is only time for loving, and but an instant, so to speak, for that."

좋은 관계가 좋은 삶을 만든다.

소액전담 법관을 지망하다

내가 처음 판사로 임관할 당시만 해도 모든 상황이 지금과 달랐다. 우리 사회는 참으로 빨리 그리고 많이 변해 가고 있다. 국가사회적으로 전 분야에서 그렇지만, 특히 사법분야에서의 변화도 가히 혁명적이다.

그중에서도 가장 많이 바뀐 분야가 친족 및 가족법 관련 제도와 실무 아닐까? 오랜 세월 우리 사회를 지배하여 온 호주제가 폐지되고, 성姓과

본本 제도가 획기적으로 바뀌었다. 혼인과 이혼, 그리고 양자 제도도 많이 바뀌었고 친권자의 상실, 일시정지 및 일부 제한 등 많은 제도가 새로 도입되고 바뀌었다. 금치산자와 한정치산자라는 말이 사라지고 성년후견인이라는 큰 제도가 새로 도입되었다. 호주상속 제도가 폐지되고, 공동상속인들 사이의 상속분이 크게 달라졌다.

한마디로 정의하면, 우리 친족가족법에 남아 있는 일제 잔재와 전근대적인 유산을 청산하고 현대사회에서 일어나는 여러 가지 현상에 적극 대응한 것이라고 할 수 있으나, 하도 많이 바뀌어 법전이 누더기가 되었고, 새로 바뀐 제도와 실무에 적응하기가 법률가 입장에서도 녹록지 않을 정도이다.

사법 분야에서 법관의 임명제도도 상당한 변화를 겪어 왔다. 전통적인 법관 임관제도를 시행하되, 사법시스템에의 접근이 어려운 시골지역에 시군법원이라는 제도를 도입하여 법관이 출장가거나 상주하여 재판을 전담하는 제도를 도입한 것이 그 한 예다. 처음에는 현직 판사로 하여금 그 업무를 담당하도록 운영하다가 아예 재야에서 별도로 시군법원 판사를 선발, 임명하여 그 업무만 전담하도록 하는 제도를 상당 기간 운영하였다.

초기에는 변호사 시장의 경쟁이 지금처럼 치열하지 않을 때, 일단 변호사 개업을 한 사람들에게는 오로지 시군법원 판사 업무만 하는 일이 매력적이지 않아 지망자가 많지 않았는데, 세월이 흐르면서 상당한 경쟁이 생겼다.

나 역시 시군법원 판사라는 것에 전혀 관심이 없다가, 몇 년 변호사 하는 데 싫증이 나서 변호사 그만두고 시군법원 판사나 해 볼까 하던 차, 재야에서 시군법원 판사를 선발하는 제도를 사실상 폐지하였다.

그러다가 새로운 제도로 민사 소액사건만을 전담하는 경력법관을 재야에서 선발하는 제도를 새로 도입하였다. 소액사건은 비록 소송물 가격이 크지는 않지만, 우리 사회 보통사람들의 기초적 일상생활과 관련되고 소수자나 서민들의 이해관계와 직결되는 것이므로, 경험이 많은 시니어 법관이 담당하는 것이 사법부 신뢰도 제고를 위해서도 바람직하다는 문제의식에서 출발한 것이다. 시군법원 판사제도와 취지가 같다고도 할 수 있다. 다만 시골에 내려가 유유자적하며 시군법원 판사로 지내는 것보다는 매력이 적은 것은 사실이다.

나는 2012년도에 이런저런 생각 끝에 새로 선발하는 소액전담법관에 지원하기로 결심하였다. 내가 처음 판사에 임관할 때보다 훨씬 복잡하고 많은 구비서류들을 준비하여 제출하였다. 그중 하나로 법원행정처에서 제시한 자기소개서라는 양식에다가 법관지원 동기 및 법관으로서의 포부, 법관으로서 적합하다고 생각되는 본인의 성격적·업무적 특성, 지향해야 할 사법부의 모습과 바람직한 법관상 등을 솔직하게 적었다.

처음 작성해 보는 자기소개서라서 다소 낯부끄러운 자화자찬도 있는데, 작성 내내 어색하였다. 서류 제출을 마치고 면접심사를 받았다. 2명 선발에 20여 명 응모한 것으로 기억된다. 생전 처음으로 서류심사 외에 실무평가와 인성검사 등을 받았고, 연수원 후배기수의 현직법관들이 담당하는 면접관 앞에서 평가를 받았다.

처음 내 마음은 '설마 내가 떨어지겠어?'였다. 법원에서 근무할 때 나름 성실히 일하였고, 실력이 뒤진다고 생각한 적이 없으며, 인성에 문제가 있다고 생각해 본 적도 없었기 때문이다. 당시 잘 아는 법원행정처 어느 고위 간부에게 상의하자 "아이고! 형님이 다시 법원에 들어오신다면 대환영이지요." 하였고, 스스로도 그 말에 동의하였었다.

그런데 낙방하였다. 혼자 이유를 곰곰이 되씹어 보았다. 건강상의 이유였을까? 변호사 하면서 참여한 사회활동 때문이었을까? ……

나는 언제나 균형감각을 유지하였고 튀는 행동이나 판결로 물의를 야기한 적이 없으며 대인관계에서도 이념적으로나 인성적으로 편향된 언사를 하여 다른 사람에게 각인된 적이 없다고 자부한다. 그런데 이제 정말 온 마음 다해 남은 공직을 통하여 바람직한 법관의 모습을 보여주겠노라는 결심이 거부되자 상당히 실망스러웠다.

그러나 몇 년 지나고 보니 차라리 잘되었다는 생각이 새록새록 들었다. 업무량이 만만치 않았고, 자유롭게 내가 하고 싶은 일 하고 즐기면서 사는 생활이 더더욱 좋고 보람 있다고 느껴지는 것은 어쩔 수 없다.

법학전문대학원 교수직을 타진하다

얼마 후 정식으로 법학전문대학원 교수직을 타진한 적도 있다.

교수의 길만 해도 그렇다. 처음 법학전문대학원이 도입될 당시에는 여기저기서 교수할 생각 없느냐는 제의가 들어왔는데, 그때만 해도 나는 변호사 업무가 왕성할 때여서 선뜻 그만두고 교수 자리로 옮길 마음이 나지 않아 거절하였었다.

그런데 이제 내가 필요하여 그 길을 찾아보자니 어느새 모든 대학원의 교수진이 다 짜여 있었고, 내가 갈 자리는 없었다. 그래도 가능성이 있나 하고 시내 어느 법무대학원에 정식으로 알아보았는데, 한참 만에 돌아온 답변은 거절이었다.

우선 내 나이나 경력이 너무 고참이어서 기존의 교수진들과 어울리지 않고, 당장은 나보다 조금 젊은 여성 실무가를 교수로 원한다는 것이 요지였다.

'그렇겠구나!' 하고 이해가 되었다. 세월이 흐르고 여건이 변화된 탓이니 어쩔 수 없었다. 특별히 대법관이나 헌법재판관 등 높은 벼슬을 하던 사람들은 그럼에도 불구하고 모시고 가지만, 나는 그 어디에도 해당하지 않으니 도리가 없다.

소액전담법관과 교수 지망이 거절된 후, 원래 하던 변호사 업무로 돌아가 크게 낙담하지는 않았지만 마음은 많이 씁쓸하였다. 대환영하고 모서 가는 위치가 아닌 나의 왜소한 모습에, 그렇게 흘러가는 엄연한 현실에 헛웃음이 나왔다. 사법시험에 합격하고 법관의 길을 걷다가 재야에 나와서 여러 가지 삶을 살았지만, 큰 영광의 길만 걸어오지는 않았어도 뭔가 진지하게 지망하여 실패한 적은 별로 없었기에 이런저런 생각에 마음이 많이 아팠다.

세월이 흐르면서 결과적으로는 차라리 잘되었다는 생각이 들 때가 더 많았지만 자존심이 상한 것만은, 그것도 두 번이나 그랬던 것은 분명하다. 난 그 후로 마음만 먹으면 여기저기 기회가 있었지만 마음을 비웠고, 특히 내가 떠나온 법원을 향해서는 조금도 기웃거리고 싶지 않았다.

신재생에너지에 눈뜨다

나에게 좀 특이한 삶을 살아온, 이창선 회장이라고 부르는 고등학교 친구가 있다.

이 회장은 나와 고등학교 동창생으로서 유도대학교(현 용인대학교) 입학과 함께 대한민국 유도국가대표 선수로 각종 국제대회에 출전하여 입상하는 등 활약하였고, 당시 국가에서 추진한 국가대표 운동선수 해외진출사업의 일환으로 스페인에 진출하여 스페인 유도국가대표 코치 및 감독으로 재직하면서 스페인 국적을 취득하였다.

이 회장은 이와 병행하여 유럽의 선진 풍력사업국가 중 하나인 스페인 풍력산업에 입문하여 그 분야 전문가가 되었다. 국내에서 스페인의 유명 풍력발전 회사를 대표하여 풍력발전단지 부지 선정 및 개발, 건설, 운영을 이끌며 국내 최고의 효율을 자랑하는 풍력발전소를 경상북도 영양군에 건설하는 데 크게 기여하였다.

이와 같이 20년간의 풍력발전소 건설, 운영에 관한 경험과 기술을 바탕으로 국내에 본격적으로 풍력발전사업을 도입하려는 생각을 하던 중,

2010년경부터 풍력발전 사업에 관심을 가지고 있던 국내 재벌기업의 계열사와 풍력발전단지 인수 프로젝트 사업을 공동으로 추진하다가 그 국내 기업의 약속된 투자 불이행으로 실패하는 바람에 특수목적법인SPC의 대표자로서 근로기준법 위반으로 벌금형을 선고받게 되었다.

우리나라 출입국관리법에 의하면, 죄명을 불문하고 외국인이 국내에서 200만 원 이상의 벌금형을 선고받으면 강제퇴거명령에 따라 출국하여야 하고 일정 기간 입국이 금지된다. 나는 평소 출입국 관련사건을 다루어 본 적이 없어서 강제퇴거명령의 요건이 그렇게 엄격한지 몰랐다. 특히 단순한 외국인과 달리 이 회장은 재외동포로서 일정한 사유, 즉 65세가 넘으면 이중국적이 허용되는 등 다시 대한민국의 국적을 취득하는 길이 열려져 있었다. 그러한 재외동포에게 외국인이라 하여 죄명을 불문하고 벌금 200만 원 이상의 형을 선고했으니 강제퇴거명령을 한다는 것은, 아무리 출입국 문제가 국가의 주권에 관련된 중대한 것이라 하더라도 너무 가혹하다는 생각이 들었다.

이 회장은 출입국관리사무소로부터 출국명령을 받은 후 법적 절차에 따라 행정소송을 제기함과 아울러 태백시에 있는 '오투리조트' 인수 및 태백시 신재생에너지 클러스터 사업 등 풍력발전 관련사업을 계속하여 추진하였다.

태백에 가면 '오투리조트'가 있다. 1995년 12월 29일 제정되어 시행된 한시법 '폐광지역 개발 지원에 관한 특별법'에 의하면, 탄광이 있거나 있었던 지역과, 그 인접 지역으로서 폐광되거나 석탄생산이 감축됨에 따라 지역경제가 현저히 위축되어 있는 폐광지역에 대하여 국·공유재산의 양여와 대부 및 인허가 절차와 세제상의 특례 등 각종 특혜와 지원을 하도록 특별법을 제정하여 시행하였는데, 그렇게 하여 탄생한 것이 정선에 있는 '강원랜드'와 태백에 있는 '오투리조트'다.

태백시에서는 오투리조트를 조성하기 위하여 개발공사를 설립하여, 일부 토지를 매입하고 국·공유재산을 대부받으며 그 부지 위에 골프장, 스키장, 숙소 등을 건립하여 운영하였는데, 그 과정에서 리조트 건설대금 등의 채무를 태백시가 연대 보증하였다. 그런데 불행하게도 강원랜드는 활황인 반면 오투리조트는 경영이 부진하였다. 결국 건설대금의 지급 지연 등 열악한 재정상황이 이어지자 급기야 연대 보증한 태백시가 디폴트에 빠지게 될 상황에 처하였다. 태백시는 중앙정부로부터 오투리조트 문제를 해결하라는 압박을 계속하여 받았고, 오투리조트는 하는 수 없이 회생절차에 들어갔다.

풍력발전에 관심이 있던 이 회장은 오투리조트를 인수하여 스키장의 슬로프 위로 풍력발전단지를 조성하려는 계획을 세우고 이를 추진하게 되었다. 문제는 인수자금이었다. 이 회장은 오로지 국내와 국외에서 PFproject financing를 일으켜서 오투리조트를 인수하려고 백방으로 노력하였으나, 일정한 처리 기간 내에 회생절차를 종료하여야 하는 사법절차의 한계 속에서 필요한 기간 내에 PF가 성사되지 아니하여 끝내 오투리조트 인수계획은 실패하였다. 대신 리조트와 리조트 내 국유재산에 관심을 둔 국내의 다른 유수업체가 오투리조트를 인수하면서 오랜 기간 계속된 오투리조트 인수 프로젝트는 막을 내렸다.

내 인생의 가을

이 회장은 젊어서 주로 운동만 하였고 외국에 가서 30여 년을 보냈기 때문에 국내 사정이나 사업을 시작할 때에 주의하여야 할 점들을 잘 몰랐던 것 같다. 그에게 접근하는 사람들의 말을 쉽게 믿었고 의심치 않았다. 그런 그에게 돌아온 결과는 가혹하였다.

영양풍력발전단지를 조성한 후 한동안 수사기관의 조사를 받아야 하였고, 국내 재벌기업 계열사와 공동으로 프로젝트를 추진하다가 결렬된 후에는 모든 법적 책임을 혼자서 뒤집어썼다. 직원들에 대한 임금 및 퇴직금 미지급으로 혼자 형사처벌을 받았고, 과점주주로서 체납된 법인세 등을 개인적으로 부담하여야만 하였다. 그 후 이 회장은 다른 풍력발전 관련사업을 추진하는 과정에서 체납된 임금 및 퇴직금 미지급으로 받은 형사처벌 때문에 출입국관리법상 강제처분을 받았고, 금융기관에서 신용상 불이익을 받는 등 두고두고 짐을 얻었으며, 감내하기에 어려운 숙제를 안았다.

사업을 하는 사람들 사이에서는 오래전부터 '가능하면 남과 동업을 하지 마라.'는 말들을 한다. 처음에는 웃으며 시작하였다가도 조금이라도 틈이 생기면 각종 신고와 고소·고발로 이어지고, 급기야는 감정적인 대응에 사생결단의 지경까지 이르곤 하기 때문이다. 이 회장은 동업자들의 그러한 생리를 전혀 몰랐다.

2013년 봄 나는 아내와 함께 터키여행을 계획하고 있었다. 이 회장이 고등학교를 졸업한 후 서로 활동한 분야와 무대가 달랐기 때문에 거의 만난 적이 없이 지내다가 내가 터키여행을 앞두고 있을 때 그가 내게 다가왔고, 그의 근황과 현안 등에 대하여 설명하면서 향후 법률자문을 부탁하였다. 나의 이 회장과의 재회는 그렇게 시작되었다.

그때 이 회장은 2010년경부터 국내 재벌기업의 계열사와 풍력발전단지 인수 프로젝트 사업을 공동으로 추진하다가 실패하고, 몇 년에 걸친 국내의 냉엄한 현실을 생생하게 경험하고 터득한 후에 나를 찾아온 것이다. 이런저런 말을 들은 후 이 회장에게 말하였다.

"왜 이제야 나를 찾아왔어? 처음부터 왔더라면 그 어려운 일을 조금이라도 피하고 줄일 수 있었을 텐데…."

이 회장의 대답은, 친구로서 자존심 때문이었단다. 떳떳하게 성공하여 만나고 싶었지, 사업에 실패하여 어렵게 된 처지로 찾아와 친구에게 도움을 요청하고 싶지 않았단다.

어떻든 이 회장이 2013년 봄쯤에 나를 찾아왔고, 이 회장이 근로기준법 위반으로 벌금형을 선고받을 때 법정에서 그를 변호하였다. 그 후 단순히 계약서 검토 등 법률자문을 하다가 시간이 흐르면서 이 회장의 회사 감사를 맡는 등 단순한 자문을 넘어 깊숙이 관여하게 되었다.

내가 이 회장을 만났을 당시 그는 처음에 강원도에 있는 알프스 스키장을 인수하여 그 슬로프에 풍력발전단지를 조성하는 사업을 타진하고 있었다. 그러다가 그것이 여의치 않자 태백에 있는 오투리조트 인수작업에 집중하게 되었다.

나는 비록 중역은 아니지만, 생전 처음으로 M&A나 사업경영에 대하여 깊숙이 들여다보는 경험을 하게 되었고, 사업현장을 방문하고 PF나 브릿지론 등 금융대출을 위하여 은행 관계자들을 만나는 데 동석하였으며, 어느 때는 급한 자금융통을 위하여 사채업자를 만날 때 같이 가기도 하였다.

　이 회장은 나에게 때때로 오투리조트 인수 후에 전개될 풍력발전사업의 청사진을 설명해 주었고, 나는 그 말에 고무되어 혼자서 온갖 꿈 나래를 펼쳤다. 옛날에 태백시내를 지나가 본 적은 있지만 이번처럼 본격적으로 태백에 대하여 관심을 가져 본 것은 처음이었다. 전에는 사실 거의 들어본 적이 없는 오투리조트에 대한 사정도 자세히 알게 되었다.

　요즈음처럼 더위가 극심하여 견디기 어려운 여름이면 국내에서 가장 최적의 피서지로 용평리조트를 꼽는데, 내가 가 본 태백시는 용평보다도 더 좋았다. 오투리조트에는 에어컨이 필요 없어서 아예 설치되지 않을 정도이니 어느 정도로 시원한지는 짐작할 수 있을 것이다.

　여름이면 그곳에 거주하면서 등산도 하고 친구들을 불러 같이 운동도 하며 시원한 여름을 지내고 싶었다. 바닷가 모래밭에 모래성을 쌓다가 파도에 밀려 쓸려 가면 다시 쌓기도 하듯이, 가까운 사람들과 함께 노후의 삶을 태백시에서 보내는, 그럴듯한 꿈을 꾸었고, 진전이 없으면 포기하였다가 다시 설계하면서 부질없는 세월을 3년여 기간 동안 보냈다.

　사업이 정말 어렵다는 것, 특히 자기자본을 가지고 있지 않은 사람이 사업을 시작한다는 것은 그야말로 지옥과 같다는 것을 뼈저리게 목격하였다. 이 회장은 장기간 그 어려운 상황을 견디어 내느라고 여기저기 몸이 심하게 상하였고, 그것을 옆에서 속절없이 지켜볼 수밖에 없는 나에게도 감내하기 힘든 고통이었다. 그래도 일상적인 변호사 업무에 매달려 무료하게 하루하루 지내는 것보다는 비록 파도에 씻겨갈 모래성일지 언정 꿈을 꾸어 볼 수 있다는 자체만으로도 행복한 거 아닌가 하고 생각 하면서 힘을 얻곤 하였었다.

이 회장은 오투리조트를 인수하여 경영만을 하려던 게 아니라 리조 트 주변에 풍력발전단지를 조성하려 했다. 우리는 풍력발전단지를 신재 생에너지 사업의 하나로 본다.

신재생에너지 사업이란 과연 무엇인가?

'신에너지 및 재생에너지 개발·이용·보급 촉진법'에 의하면, 과거 대 체에너지라는 용어 대신에 신·재생에너지라는 용어를 채용하면서, 신 에너지란 기존의 화석연료를 변환시켜 이용하거나 수소·산소 등의 화 학 반응을 통하여 전기 또는 열을 이용하는 에너지로서 수소에너지, 연 료전지, 석탄을 액화·가스화한 에너지 및 중질잔사유重質殘渣油를 가스 화한 에너지, 그 밖에 석유·석탄·원자력 또는 천연가스가 아닌 에너지 등을 말한다고 정의하고, 재생에너지란 햇빛·물·지열地熱·강수降水·생 물유기체 등을 포함하는 재생 가능한 에너지를 변환시켜 이용하는 에 너지로서 태양에너지, 풍력·수력·해양에너지, 지열에너지, 생물자원을 변환시켜 이용하는 바이오에너지, 비재생폐기물을 제외한 폐기물에너 지, 그 밖에 석유·석탄·원자력 또는 천연가스가 아닌 에너지 등을 말한 다고 정의하고 있다.

석유매장량이 풍부한 베네주엘라의 정치가이자 OPEC의 공동설립 자 중 한 사람인 파블로 알폰조Juan Pablo Pe'rez Alfonzo는 1970년대에 "Ten years from now, twenty years from now, you will see : oil will bring us ruin ··· Oil is the Devil's excrement(지금으로부터 10년, 20년 후 당신은 목격할 것이다. 석유는 우리에게 파멸을 가져올 것이며 ··· 석유는 악마의 배설물이다)."라고 예측하였다.

그로부터 그리 오래되지 아니한 현재, 지구는 전통적 화석연료의 과용으로 인한 온실가스 분출로 지구온난화와 심각한 환경오염에 시달리고 있고, 대안으로 확대된 원자력발전 역시 폐기물 처리문제를 비롯, 폭발사고 등을 일으켜 이로 인한 엄청난 재앙 앞에 전 세계가 놀라고 있다. 자연히 전 세계가 에너지환경의 변화에 직면하여 새로운 에너지 개발에 열을 올리고 있고, 그 결과물이 바로 신재생에너지이다.

정부에서는 2017년도에 2030년까지 재생에너지의 비중을 20%까지 늘린다는 '재생에너지 3020 이행계획'을 발표한 바 있고, 2019년도에 와서 다시 2040년까지 재생에너지 발전비중을 최대 35%까지 늘리는 '3차 에너지기본계획'을 발표하여 시행에 돌입하였다.

위와 같은 추세에 따라 우리나라의 경우 최근 몇 년간 태양광발전소 열풍이 불어닥쳐서 온 세상이 뜨겁다. 최근 이로 인한 폐단 등 심각한 문제점들이 노정되어 탈원전 정책과 함께 뜨거운 논란거리가 되고 있는 실정이다.

어떻든 이 회장이 하고자 하는 것은 국가적 정책과도 방향을 같이하면서 커다란 부가가치의 창출이 예상되는 것이다. 오투리조트 인수 실패 후 이 회장은 국내 풍력발전이 가능한 여러 곳에서 사업을 계속 추진하고 있다. 치열한 경쟁 조직과 생활에서 체득한 경험을 바탕으로, 이 회장은 불굴의 의지와 강인한 추진력 아니면 도저히 불가능한, 아무나 쉽게 할 수 없는 일을 하나하나 이루어 내고 있다.

그 결과 천신만고 끝에 2019년 초부터 조그만 희망의 씨앗이 터서 회사를 정비하고 본격적인 풍력발전단지 조성업무를 시작하였다. 얼마나 기다리던 일인지, 시작 자체만 가지고도 눈물이 날 정도였다. 이 회장은 오늘에 이르기까지 오랫동안 죽을 만큼 고생하였다. 이 회장이 하고자 하는 것은 개인적으로나 국가적으로 바람직한 일이니, 끝내 크게 성공하여 국내외적으로 넓은 세상을 향하여 훨훨 날아갈 수 있었으면, 나도 그 나래에 끝까지 동반하여 우정과 행운을 같이 누렸으면 하고 늘 기도하면서 하루하루를 지내고 있다.

하느님께 의탁하다

고난의 10년 세월을 보내면서, 다행스럽게도 나에게 잃은 것만 있었던 것은 아니다. 나는 대신 귀중한 선물을 얻었는데, 하느님의 소중함과 하느님에 대한 의탁이 바로 그것이다.

1968년 12월 크리스마스 이브에 우주선 '아폴로 8호'는 인류 역사상 처음으로 달에 도착하여 달의 궤도를 돌다가 달 표면에 떠오르는 지구를 사진으로 찍었는데, 마치 우주의 깊은 어둠 속에서 홀로 떠 있는 작고 외로운 푸른 구슬처럼 보였다.

지금은 흔한 사진에 불과하지만 그 당시로는 충격적인 것이었다. 다음날 뉴욕타임스에서 시인 아치발트 맥라이쉬Archibald MacLeish는 '저 끝없는 고요 속에 떠 있는 작고, 푸르고, 아름다운 지구를 있는 그대로 본다는 것은 바로 우리 모두를 지구의 승객riders으로 본다는 것을 의미한다.'고 썼다.

'맞다! 내가 태어나 살고 있고 죽을 때까지 떠날 수 없는 이 지구라는 행성을 멀리 떨어져서 객관적으로 바라보니, 진정 나라는 존재는 저 지구에 살고 있는 한 사람의 승객, 잠시 탔다가 내려야 할 운명을 타고난 그 승객에 불과하구나.' 하고 나는 새삼 깨달았다.

지구를 떠나 우주를 향한 인류의 노력은 간단없이 계속되었다. 1990년 2월 14일 미국 NASA의 태양계 무인탐사선 보이저Voyager 1호가 지구와 61억km 떨어진 우주공간에서 명왕성을 지나면서 사진으로 지구의 모습을 찍었는데, 그 사진 속의 지구는 그야말로 먼지 한 톨에 불과하였다. 그 사진을 보고 NASA의 자문위원이자 『코스모스COSMOS』의 저자인 칼 세이건Carl Sagan은 지구가 한 점, 창백한 푸른 점에 불과하다고 하였다. 그러면서 널리 알려진 유명한 글을 남겼다.

우리가 사랑하는 모든 이들, 우리가 알고 있는 모든 사람, 당신이 들어 봤을 모든 사람, 예전에 있었던 모든 사람이 바로 저 작은 점 위에서 일생을 살았고, 우리의 모든 즐거움과 고통, 확신에 찬 수많은 종교, 이데올로기들, 경제 체제, 모든 사냥꾼과 약탈자, 모든 영웅과 비겁자, 문명의 창조자와 파괴자, 왕과 농부, 사랑에 빠진 젊은 연인들, 모든 아버지와 어머니, 희망에 찬 아이들, 발명가와 탐험가, 모든 도덕교사, 모든 타락한 정치인, 모든 슈퍼스타, 모든 최고 지도자, 인간 역사 속의 모든 성인과 죄인이 모두 바로 태양빛에 걸려있는 저 먼지 같은 작은 점 위에서 살았다. 우주라는 광대한 스타디움에서 지구는 아주 작은 무대에 불과하다. 인류역사 속의 무수한 장군과 황제들이 저 작은 점의 극히 일부를, 그것도 아주 잠깐 동안 차지하는 영광과 승리를 누리기 위해 죽였던 사람들이 흘린 피의 강물을 한 번 생각해 보라. 저 작은 픽셀pixel의 한쪽 구석에서 온 사람들이 같은 픽셀의 다른 쪽에 있는, 겉모습이 거의 분간도 안 되는 사람들에게 저지른 셀 수 없는 만행을 생각해 보라. 서로를 얼마나 자주 오해했는지, 서로를 죽이려고 얼마나 애를 썼는지, 그리고 그런 그들의 증오가 얼마나 깊었는지 생각해 보라. 위대한 척하는 우리의 몸짓, 스스로 중요한 존재라고 생각하는 우리의 믿음, 우리가 우주에서 특별한 위치를 차지하고 있다는 망상은 저 희미한 파란 불빛 하나만 봐도 그 근거를 잃는다. 우리가 사는 이곳은 암흑 속 외로운 얼룩일 뿐이다. … 천문학을 공부하면 겸손해지고, 인격이 형성된다고 한다. …

발사된 후 40년 넘게 우주를 비행하고 있는 보이저호는 지구에서 약 220억km 떨어진 태양권 밖 성간우주 공간에서 비행속도 시속 55,000km로 지금도 비행하고 있다. 인간의 능력으로 이런 우주공간의 규모를 과연 상상이라도 할 수 있는가?

그와 같이 상상을 초월한 거대한 우주 공간에서 한 점 먼지에 불과한 지구, 그 지구에서 다시 한 인간으로 태어나 살아가는 나는 과연 어디서 와서 어디로 가는 것인가? 보이저 1호가 찍은 지구의 사진을 보면서 나도 상념에 젖어든다. 겸손을 넘어 놀랍도록 경외감을 갖게 만드는 사진 한 장 앞에서 우리는 무엇을 느끼고 무엇을 배워야 하는가?

오랜 세월 현자들은 과학적 사실과 종교적 믿음 사이에서 연구하고 고민하였으며, 여러 가지 이론을 내놓았다. 그러나 아직도 정답은 없다. 그만큼 지난하고 근접하기 어려운 과제라는 반증이다.

그래서 우리 모두 최종적인 종착점은 바로 종교다. 우리 앞의 거대한 지구가 전체 우주 속에서는 한 톨의 먼지에 불과할 정도로, 도대체 그 크기와 양을 짐작도 할 수 없는 이 거대한 우주 안에서 먼지의 먼지도 되지 아니한 한 인간이 어디서 와서 어디로 가는 것인지, 이 거대한 우주는 도대체 언제 어떻게 생성되었는지, 생각하다 보면 결국은 절대자, 창조주를 생각하지 않을 수 없다.

나는 사회과학을 전공한 사람이지만, 천문학과 물리학을 전공한 자연과학자라고 하여 다를 것이 없을 것이다. 칼 세이건이 '천문학을 공부하면 겸손해지고, 인격이 형성된다고 한다.'고 한 것도 같은 맥락일 것이다.

나는 어려서, 굳이 종교를 특정하기 좀 그렇지만 전통적인 유·불교 집안에서 태어났으나 비교적 일찍 부모를 떠나 혼자 생활하며 개신교를 잠깐씩 넘나들다가 결혼한 후 정식으로 천주교에 입교하여 가족 모두 함께 세례를 받았다. 내가 천주교에 입문한 것은 다른 생활영역과 마찬가지로, 누구의 강력한 전도나 계시나 깨달음 같은 특이한 계기 없이 내 스스로 판단하고 자발적으로 문을 두드려 이루어 낸 일이다.

신앙인의 삶은 어떠해야 하는가? 종종 사회적으로 회자되는 말이지만, 특별히 성직자의 삶을 사는 분이 아니라면 사실 신앙인이라고 하여 신앙을 가지지 않는 사람들과 특별히 다른 삶을 살아야 한다고 생각하지는 않는다. 더불어 살아가는 다른 사람들과 잘 협조하고 상부상조하면 더욱 좋겠으나, 최소한 정직하여야 하고 다른 사람의 영역을 침범하거나 다른 사람에게 피해를 입히지 않아야 한다.

나는 그러한 삶을 살아왔다고 자신 있게 말할 수는 없으나, 그러한 자세를 견지하고 지향하며 살았다. 남으로부터 신세를 지면 최대한 그 신세를 갚으려고 노력하였고, 남의 마음을 아프게 하여 후회되는 일은 하지 않으려고 힘썼다. 천주교에 입교한 후에는 '성당에 다니는 사람이니 더더욱 그래서는 안 되지.' 하는 생각을 문득문득 하였다.

종종 뭔가 의미 있는, 때로 중요한 선택을 하여야 할 때, 그리고 선뜻 결심하지 못하여 많이 망설일 때 '하느님이 보시기에 합당한 것이 무엇인가?' 생각해 보곤 한다. 그렇게 결심하고 나면 마음이 편하다. 그러나 그것만으로 충분하지는 않다. 군이 신앙인의 덕목이 아니더라도 위에서 말하는 최소한의 도리만 가지고 살아서는 안 된다. 내가 태어나 여기까지 살아온 여정을, 그 과정에서 내가 받은 온갖 사랑을 감안하면 좀 더 너그럽고, 좀 더 베풀고, 좀 더 다른 사람들과의 공감대를 넓히는 삶을 살았어야 하는데, 나는 그 점에서 많이 부족한 것 같다. 주관적인 그리고 객관적인 여건을 탓하고 많이 합리화하며 살았던 것 같다.

내 인생의 가을

신앙인으로서 기본 의무 중 하나인 전교에서도 소극적이었던 것이 사실이다. 우선 부모님 생전에 가장 가까운 분에게도 전교하지 못하였으니, 더 말할 것이 없다.

옛날 어느 선배의 말이 생각난다. 유복자인 그 선배는 천주교에 입문한 후 젊어서부터 불교를 믿던 어머니를 상대로 천주교로의 개종을 권유하였는데 쉽지 않았더란다. 그래서 극약처방을 생각해 냈다. 그 선배는 유복자 아들을 끔찍이 생각하는 어머니에게,

"어머니, 좋아요. 어머니는 절에 다니고 저는 성당에 다니면서 따로따로 지내다가 나중에 저세상에 가서도 칠월칠석날 일 년에 한 번 견우직녀가 만나듯이 만납시다. 그러면 되겠네!"

라고 말하였더니, 그날로 그 어머니께서 성당에 다니시게 되었다는 일화를 전하여 주었다.

어떻든 나는 작은아들이 어려서 성당 복사를 하는 등 온 가족이 성당에 다니고, 젊어서 성당 소속 단체에 가입하여 친교나 봉사활동을 하는 등 가정적으로나 종교적으로 무탈하게 지냈다.

그러다가 위기가 닥쳤다. 아마도 젊어서부터 품어 온 신앙심이 기초가 부실하고 깊이가 없어서인지 무탈하게 살아가는 삶에 대한 감사와 기쁨을 제대로 몰랐던 것 같다. 몇 년간 성당에서 말하는 냉담신자 생활을 하다가 갑자기 병을 얻고 여러 가지 어려움을 겪게 되었다. 덩달아 아내까지 심신이 많이 아팠다. 평생 거의 변함이 없던 체중이 6~7kg 빠졌고, 만나는 사람마다 "어디 아파요?" 하고 물어볼 정도였다. 우리 부부

는 여러 모로 병마를 이기기 위하여 혼신의 노력을 다하였다. 여기저기 성령기도회도 가 보았고, 식이요법을 해 보기도 하였다.

'하느님은 인간에게 견딜 수 있는 만큼의 시련만 주신다.'고 하는데, 그 말에 의존할 수밖에 없었다. 그래도 힘든 어느 날은 '저녁에 잠들고 나서 아침에 깨어나지 않으면 좋겠다.'고 생각하였다. 죽을 만큼 고통스러운 나날을 보내기도 하였다. '이 또한 지나가리라.'는 말을 하루에도 몇 번씩 되뇌곤 하면서 어려운 시기를 보냈다.

그렇게 힘든 나날을 보내던 도중에 스페인에서 공부하고 오셔서 성 클라라 수도원을 이끌고 계시는 수녀님과 조우하게 되었다. 정말 하느님이 인도한 것이 아니면 도저히 설명이 안 되는 상황에 이끌려 2010년경 아내와 같이 성 클라라 수도원에 갔고, 지금까지 세월이 흐르는 동안 매년 성탄절마다 미사를 드리고 오곤 하였다. 초기에는 가끔 가서 일박도 했다. 천주교에서 실시하는 일종의 피정이라고 할까?

인천 성 클라라 수도원은 '하느님의 영원한 계획인 그리스도 신비체의 완성을 위해 봉쇄 안에서 즉, 세상과 단절된 상태에서 가난하고 단순하게 살며 노동과 침묵, 고요 안에 자신을 완전히 봉헌한 수녀님들이 하느님 나라를 증거하며 관상수도생활을 하는 곳'으로서, 육체적, 정신적으로 고통받는 사람들, 가정과 학교에서 소외된 학생들 및 성직자나 수도자들에게 쉴 장소를 제공하고 상담이나 학업관리 등을 통하여 내면의 치유를 받도록 도움을 주는 종교적 활동을 하는 단체이다.

한동안 심신이 지쳐 어렵게 지내던 시절 아내와 같이 가서 마음의 안식을 얻고 정성스레 차려 주신 밥을 먹노라면 마치 어려서 시골 갔을 때 어머니께서 차려 주신 밥상 생각이 났다. 그렇게 성 클라라 수도원의 수녀님을 조우하게 되면서, 그리고 수녀님이 일러 주신 일상적인 평범한 삶 속에서 서서히 나와 아내는 심신이 회복되고 평안을 되찾을 수 있었다. 신앙생활은 물론 일상적인 삶에까지도, 아내와 나에게 성 클라라 수도원과 수녀님들의 존재 자체가 얼마나 든든한지 모른다.

성 클라라 수도원에 가 성당에서 미사를 드릴 때면 늘 생각하곤 한다. 우리 인생은 과연 어디에서 와서 어디로 가는가? 우리는 무엇이 되기 위하여 살고, 어떻게 살아야 옳은 것인가? 오로지 하느님만을 의지하며 봉쇄수도원에서 평생 서원하고 사시는 수녀님들은 과연 어떤 생각을 하고 사시는가? 나는 과연 어떠한 존재이며 하느님이 보시기에

성 클라라 수도원에서 성탄절 미사 후

잘 살고 있는가?

흔히 인간은 망각의 동물이라고 하지 않는가! 신실하게 열심히 살겠노라고 다짐하고 나서 일상으로 돌아오면 금방 잊어버리기 십상이다. 참 부끄러운 일이다.

2010년경부터 아내와 나는 매일 성경책을 몇 쪽씩 같이 봉독하고 묵주기도를 5단씩 올렸다. 성경책 읽는 것은 도중에 각자 하는 것으로 바꾸었으나, 묵주기도는 지금까지도 우리 부부 모두 계속하고 있다.

어느 시골 성당에 가서 미사를 드렸을 때 신부님이 강론에서 '하느님에게 완전히 의탁하는 삶'을 강조하셨다. 그 실천 방안으로 늘 기도하는 삶과 남과 나누는 삶, 두 가지를 말씀하셨다. 문득 그런 신앙의 길을 나에게 대비하여 보니 한없이 부족한 나를 깨닫게 되었고, 많이 반성하게 되었다.

환희의 순간들

나와 아내가 여러 가지 어려움을 겪고 있던 사이에 큰아들이 2009년도에 사법시험 51회에 합격하였다. 나와는 꼭 30년 차이가 난다. 내 사무실에서 전화로 합격소식을 듣는 순간 눈물이 앞을 가렸다. 그만큼 본인에게는 물론 나에게도 절실했기 때문이리라.

큰아들은 서울대학교에서 경영학을 전공하였다. 나는 아이들이 대학교에 진학할 때도 진로는 물론 학교성적 등에 대하여 강하게 다그치는 스타일이 아니었고, 성적표도 보자고 하여 확인한 적이 전혀 없다. 아내는 늘 그런 나를 향하여 "아들들에게 관심이 없어서 그런 게 아니냐, 아들들 교육을 위하여 한 게 뭐냐."고 투덜대곤 한다.

'아마도 내가 성장하고 공부하여 지금에 이르기까지 흔히 하는 말로 자수성가 하여 그런 게 아닐까.' 하고 스스로 생각하기도 하지만, 기본적으로 나는 타인의 의사와 능력을 존중하고 싶고 그것은 자식들에게도 마찬가지이며, 나아가 공부란 다그친다고 되는 것이 아니라 본인이 자발적으로 동기를 부여하여 스스로 노력하여야 한다는 것을 철저히 믿기 때문이라고 속으로 변명한다.

그래서 큰아들이 전공 선택을 할 때도 나의 의사가 별로 반영된 것이 없다. 본인이 성적 등 여러 가지 여건을 감안하여 선택한 것이었지만, 일단 선택한 전공이니 대학교 졸업 후 전공을 살려 회계사 등 전문직으로 나가면 어떨까 생각하였고, 본인도 처음에는 그 방향으로 준비를 한 것으로 알고 있다.

그러나 유전자는 어쩔 수 없는 것인지, 회계사 등 전공분야는 그리 적성이 맞지 않는다는 것이다. 결국 도중에 사법시험 쪽으로 방향을 선회하였고, 그때부터 법학과목을 수강하고 혼자 고시공부를 하여 사법시험에 합격한 것이니 합격이 조금 늦어질 수밖에. 특히 2009년도에 합격이 되지 않았으면 일단 군복무를 위하여 현역으로 입대하여야 할 절체절명의 시기였다. 만약 그대로 입대를 하게 되면 고시준비는 중단되는 것이고, 그러면 제대 후 다시 고시를 준비하거나 진로를 완전히 다른 쪽으로 바꾸어야 하는데, 그것이 어찌 그리 쉬운 일인가!

그 어려운 사법시험 준비 기간 동안 아들은 서울대학교 경영대 도서관에서 밤늦게까지 공부하였고, 때때로 아내가 운전하여 아들을 데리러 갈 때 동행하여 보면 도서관 문이 닫힐 무렵 제일 마지막에 축 처진 어깨로 터덜터덜 걸어 나오는 모습이 지금도 눈에 선하다. 아들은 그랬다. "도서관에서 공부하다 나와 보면 어느새 봄, 여름, 가을로 계절이 바뀌어 있었어요." 요즘도 때때로, 만약 큰애가 그때 사법시험에 합격하지 않았으면 어떻게 되었을까, 하고 상상해 보곤 한다. 그리고 오늘이 있게 하여 주신 하느님께 무한히 감사드린다.

큰아들이 사법연수원에 입소한 후 나와 아내는 건강문제나 집안문제 등 여러 가지로 그야말로 사투를 하였다. 몇 년째 잘 지내던 서초동 집을 떠나 관악산 가까운 쪽으로 이사하였다. 분위기 전환도 할 겸 둘째 아들이 서울대학교 로스쿨에 입학하였기 때문이었다.

넓고 쾌적한 서초동 집을 두고 관악구로 이사하는 길은 참담하였다. 어느새 나도 호의호식하는 데 익숙해진 탓도 있지만 즐거운 기분만으로 추진한 것이 아니다 보니 '내가 왜 이런 길을 가야 하지?' 하는 마음에, 집을 보러 다니다가 눈시울이 뜨거워졌다.

다행히 맘에 드는 조그만 아파트를 선택하여 이사를 하고 나의 '제2의 관악시대'를 시작하였다. 침대에 누워 밖을 보면 멀리 관악산 정상의 중계탑이 보이는 집이었다. 내가 꿈꾸었듯, 때때로 홀연히 가벼운 옷차림으로 관악산에 오르고, 가끔 서울대 관악캠퍼스를 여기저기 걸어 보는 생활도 괜찮았다. 아주 소박하면서도 일품인 주변의 맛집을 찾아서 비빔밥과 칼국수 등을 즐기기도 했다. 어쩌면 인구가 밀집한 도시가 더 사람 냄새가 풍기는 곳이 아닐까 하는 생각도 들었다. 도중에 가까운 다른 아파트, 조금 더 교통이나 환경이 나은 곳으로 이사하여 2년을 더 살다가 내 사무실 가까운 서초동으로 또 이사하였고, 그곳에서 5년을 더 살았다.

우리는 큰아들이 사법연수원에서 홀로 공부와 실무에 매진할 때 부모로서 별로 도움을 주지 못하였다. 사실 사법연수원생에게 도움을 줄 것도 별로 없지만, 대신 아들에게 집안 일로 부담을 주지는 말아야지, 하였다. 이사할 때도 알리지 않았고, 나중에 집에 온다고 했을 때 관악산 쪽으로 이사하였다고 처음 알렸다. 그리고 아내가 치료차 서울대학교병원에 며칠 입원하였을 때도 알리지 않고 아내와 나 둘이서만 알고 진행하였다.

나중에 알게 되었지만, 큰아들은 스스로 독립하여 사법연수원 생활을 하면서 지금 며느리가 된 동기생과 서로 의지하고 도움을 줘 가며 최선을 다하였고, 둘 다 괜찮은 성적으로 연수원을 수료하여 판사와 검사로 임관하는 쾌거를 이룩하였다.

사실 나는 아들이 어렵게 사법시험을 준비하는 동안 "하느님! 꼴지라도 좋으니 일단 합격만 시켜 주십시오." 하고 빌었는데, 일단 합격하고 보니 사람 마음이 변하는 것이 인지상정! 어떻게든 판사나 검사로 임관하는 것이 새로운 목표가 되었다. 그 꿈을 아들 혼자 노력하여 현실로 이루어 냈다.

큰아들 사법연수원 수료식장에서

큰아들은 연수원을 수료하면서 며느리를 소개하였고, 연수원에서 생활하는 동안 같이 의지하고 지낸 일을 말하면서 결혼하겠다고 하였다. 우리야 평소 아들들의 의견을 존중하는 편이어서 아들의 선택을 지지하였고, 인연이 되려고 그랬는지 며느리에 대한 우리의 첫인상도 좋았다.

연수원 수료와 결혼 등 그 후의 진행은 아주 순조로웠다. 결혼 후 아들은 군법무관으로 입대하였다가 지금은 판사로 일하고 있고, 며느리는 검사가 되었으며, 어느새 몇 년 세월이 흘러 손녀 둘을 보아 잘 성장하고 있다. 가끔씩 법조 선배로서 큰아들 내외에게 조언을 하곤 하지만, 신세대로서 시류에 적응하며 나름대로 잘하고 있는 것 같고, 또한 그러

　　　　　　　　　　　　　　　　　　　　　　　　내 인생의 가을

기를 기원하고 있다. 욕심 내지 않고 정도를 걸으면서, 차분히 제 몫을 다하고 있다고 믿고 있다.

내가 손녀를 보기 전에는, 다른 사람들이 손주 사진을 가지고 다니며 자랑하는 것을 잘 이해하지 못하였다. 그런데 내가 겪고 보니 상황이 전혀 달랐다. 손녀들의 일거수일투족이 그야말로 행복을 주는 비타민이다. 흔히들 말한다. 조부모에게 손주들이 그토록 귀엽고 예쁜 이유가 도대체 무엇일까? 말들이 많고 정답은 모르겠으나, 어떻든 예쁜 것은 부인할 수 없으니 어쩌랴!

사실 내가 결혼하여 아이들을 낳고 키울 때만 해도 아이들이 그냥 성장한 것 같고, 내 역할도 거의 없었으며, 과정 하나하나 잘 생각이 나지도 않는다. 그때는 젊어서 세상 물정을 잘 알지 못한 채 살았던 탓도 있고, 전업주부인 아내에게 전적으로 자녀양육을 맡기고 나는 그저 사무실과 집에서 일하느라 정신없었던 탓도 있다. 그런데 손녀들을 키우면서는 태어나서 몇 살이 된 지금까지 매일매일 성장하고 달라지는 모습, 신비스러운 천사 같은 모습을 보며 가만있어도 가벼운 웃음이 지어지는 것을 어쩔 수 없다.

나와 아내는 하루가 멀다 하고 손녀들과 영상통화를 한다. 손녀들의 재롱을 보는 것이 그날의 낙이 되었다. 언젠가 이제 만 4세쯤 된 큰손녀가 영상통화 끝에 이러는 것이다.

"할머니 오늘 아주 슬픈 일이 있어."

"응 그래? 무슨 일 있었어?"

우리는 물론 큰아들 내외도 적이 놀랐다. 무슨 일이 있었나?

큰손녀 말, "할머니가 너무 보고 싶어서 슬펐어." 그러는 것이 아닌가.

그 후 얼마 지나지 않아 부산에 사는 큰아들 가족들이 서울 나들이를 하고 돌아갔다.

아내는 며칠 동안 반찬 준비하느라 바쁘고, 나는 아내와 함께 정리하고 청소하고… 가슴이 설렜다. 서울에 오기 하루 전, 나는 잠자리에 들어 생각하였다.

'우리 손녀들도 내일 서울 할머니 집에 간다고 좋아하며 잠자리에 들었을까?'

'나의 어머니도 옛날 내가 시골에 내려간다고 하면 전날 아들 기다리며 이렇게 들뜬 마음으로 기다렸을까?' 불현듯 어머니가 생각났다.

나는 조심스럽게 속으로 다짐하곤 한다.

'조부모는 앞서가는 자리가 아니라 따르는 자리에 있어야 좋다. 손자 손녀 양육과 교육에 있어서는 그 부모를 믿고 짐을 덜어 주겠다는 마음으로 도와야 한다.'라고.

이제 작은아들 얘기를 하려고 한다.

우리 집은 아들만 둘이다. 젊어서 아내가 '늙으면 딸이 있어야 한다.'며 딸 하나를 더 낳자고 한 적이 있다. 당시로서는 판사의 삶이 빠듯하고 아이들 키우는 것이 녹록지 않아 선뜻 아내의 제의에 따를 수 없었다. 그래서 농담으로 "당신이 노산이라 안 돼." 하고 말았는데, 요즈음도 아내는 가끔 딸을 하나 낳았어야 하는데 하곤 한다. '여자인 아내에게는

　　　　　　　　　　　　　　내 인생의 가을

딸이 있었으면 더 좋았겠다. 친구처럼 모든 것 상의하고 동행하며 지낼 수 있는 그런 딸이 있었으면 남편인 나나, 아들들이 채워 주지 못하는 정신적인 부분이 분명 있었겠다.' 하고 생각한다.

딸이 없어서 아쉬워하는 우리 집에서 아들 둘은 존재 자체만으로 우리 부부에게 효도였고, 많은 행복을 주었다. 건강하게 잘 자랐고, 부모 속 썩이는 행동 한 번 한 적 없고, 공부도 스스로 잘하여 원하는 대학교에 입학하여 졸업하고 제 갈 길을 잘 걸어가고 있다.

큰아들은 아주 착하고 바르고 좀 고지식하다. 술도 나를 닮아 거의 못한다. 반면 작은아들은 스포츠를 좋아하고 약간 놀기를 즐기며 상대적으로 술도 좀 한다. 대원외국어고등학교를 졸업하고 서울대학교 법과대학에 수시전형으로 합격하였다. 한편으로 자연과학적인, 이과적인 기질도 타고났는지, 법과대학생으로서 교양과목으로 물리학과 수학을 수강하였고, 교수님으로부터 '법대학생이 왜 수학과목을 수강하여 전공학생들에게 피해를 주느냐.'는 말을 듣기도 하였단다. 법대학생이지만 성적이 좋아서 전공학생들에게 피해를 준다는 말이었을 것이다. 오로지 본인의 지적 욕구 때문이었지만, 나 혼자 '참 대단한 놈이네.' 생각하였다.

작은아들은 대학교 졸업 후 조금 늦게, 사법시험에서 법조인 양성제도로 새롭게 도입된 법학전문대학원으로 눈을 돌렸다. 우연한 선택이었지만 서울대학교 로스쿨에 입학하여 졸업 후 무난히 법조인의 자격을 취득하였다. 건국 이래 오래 지속된 사법시스템의 변경으로 몇 년의 법조경력자(검사, 변호사) 중에서 법관을 선발하는 제도가 시행됨에 따라, 작은아들은 일선법원 로클럭Law Clerk과 대법원 재판연구관 등을 거쳐 유수의 로펌에서 변호사로 일하는 등 모두 5년 이상의 법조경력을 쌓은 후 이번 가을에 희망대로 법관으로 임명되었다. 조금 돌아왔을지 몰라도 새로운 경험과 다양한 스펙을 쌓아서, 긴 인생에 여러 모로 오히려 잘된 것인지 모른다고 생각한다.

내가 지켜보기에도 법조실무에 소질이 있어 잘 적응하고 있는 것 같고 본인도 어느 정도 만족하는 듯한데, 어디서 일하든지 간에 선배들에

작은아들 서울대학교 법학대학원(로스쿨) 수료

내 인생의 가을

게 칭찬소리가 들려와 마음 뿌듯하다.

법관 임명의 전 과정을 지켜본 선배이자 부모의 입장에서, 몇 차례 거듭된 필기와 면접시험 및 인성검사 등 치열한 경쟁절차를 이겨 내고 마침내 목표를 달성한 아들이 대견하였고, 아무 도움 주지 못하고 이를 지켜보아야만 하는 나의 마음은 한없이 안타까웠다. '세상이 바뀌어 이제 정말 판사 되기 어렵게 되었구나.'는 말이 절로 나왔다. 아들 둘 모두 내 뒤를 이어서 영예로운 법관의 길을 가게 되어, 흐뭇하고 감사한 마음 그지없다.

작은아들도 같은 길을 가는 며느리를 데리고 왔다. 상당한 기간 작은아들과 같이 서로 사랑하고 격려하며 법조인의 길을 닦아 왔고, 지금은 대기업 사내변호사로 열심히 일하고 있다. 서로 존중하고 사랑하며 잘 살아갈 배필이라 여겼고, 실지로 결혼하여 잘 살고 있다. 조금 기다린 끝에 여름철, 바라던 대로 손자와 손녀 쌍둥이를 낳았고 하루가 다르게 잘 자라고 있다. 이미 큰아들의 손녀 둘이 잘 자라고 있고, 귀여움이 하늘을 찌르는데, 작은아들이 안겨 준 손자와 손녀는 그 모습이 또 다른 즐거움을 선사하고 있다. 드디어 우리 가족의 퍼즐, 그 모양과 색깔이 완성되었구나 하는 생각이 들었다.

우리 집은 이제 아내만 빼고 모두 변호사 자격을 가지게 되었다. 내가 아내에게 농담하였다.

"당신만 로스쿨에 들어가 변호사 자격을 취득하면 온 가족이 자격증 취득하게 되는데, 그러면 나중에 우리 가족만으로 조그마한 로펌 하나

큰아들 식구들

만들 수 있을 텐데…."

이런 얘기를 하면 처음 듣는 사람들은 약간 놀라면서, 나에게 욕심이 많다고들 한다. 허나 내가 의도하고 추진한 대로 된 것이 전혀 아니라 우연일 뿐이다. 가족모임을 하면 자연스레 대화 소재가 풍부하고, 특히 아들 둘은 서로 의지가 되고 도움이 될 듯하다. 아들 둘만 둔 우리 집은 늘 적막강산처럼 조용했는데 며느리 둘이 들어와 한결 분위기가 밝고 재미있어졌다.

이제 우리 가족 모두에게 남은 바람은 특별하지 않다. 전문가로서 늘 성실하게 노력하고 매사 하는 일과 꿈꾸는 일에 정진하여 건강하고 보람된 생활을 영위하기를 바랄 뿐이다. 본인의 능력이나 노력은 물론이고, 좋은 사람 만나고 사귀어서 상부상조하며 지냈으면 더없이 좋겠다. 앞으로 살아갈 무궁한 나날이 행운과 행복으로 가득하기를 기원하고 있다.

내 얼굴에 책임을 져야지

우리는 종종 낯선 사람을 앞에 두고 그 사람의 나이를 어림짐작해 보곤 한다. 그리고 나서 그 짐작이 맞는지 직접 확인해 보기도 한다. 그런데 신기하게도 약간의 편차는 있지만 상당부분 그 짐작이 들어맞는 것을 확인한 경우가 많다.

무엇이 나이가 들어 사람들의 얼굴에 나타날까? 얼굴색이나 주름살, 그리고 피부탄력 등등이 있을 것이지만, 평소 선하게 생각하고 행동해 온 사람은 얼굴 표정이 밝고 착하게 보인다. 반대로 평소 나쁜 마음을 먹거나 나쁜 행동을 많이 한 사람은 얼굴 표정 역시 악하게 보인다. 사람은 자기 얼굴에 책임을 져야 한다는 말이 있다. 링컨도 나이 40이면 자기 얼굴에 책임을 져야 한다고 했다. 그 사람의 기본적인 성정과 감정들이 쌓여서 40세가 되면 얼굴에 고스란히 드러난다는 뜻이리라. 화가 많고 부정적인 사람의 인상과 평소에 잘 웃고 삶이 긍정적인 사람의 얼굴은 분명히 다르다. 이는 달리 말하면 그 사람이 어떻게 살아왔는지가 얼굴에 그대로 나타난다는 뜻일 것이다.

성경에 기록되어 있다.

'좋은 나무는 나쁜 열매를 맺지 않는다. 또 나쁜 나무는 좋은 열매를 맺지 않는다. 나무는 모두 그 열매를 보면 안다. 가시나무에서 무화과를 따지 못하고 가시덤불에서 포도를 거두어들이지 못한다. 선한 사람은 마음의 선한 곳간에서 선한 것을 내놓고, 악한 자는 악한 곳간에서 악한 것을 내놓는다. 마음에서 넘치는 것을 입으로 말하는 것이다.'(루카복음 6장 43~45절)

'체로 치면 찌꺼기가 남듯이 사람의 허물은 그의 말에서 드러난다. 옹기장이의 그릇이 불가마에서 단련되듯이 사람은 대화에서 수련된다. 나무의 열매가 재배과정을 드러내듯이 사람의 말은 마음속 생각을 드러낸다. 말을 듣기 전에는 사람을 칭찬하지 마라. 사람은 말로 평가되기 때문이다.'(집회서 27장 4~7절)

작은아들 식구들

내 인생의 가을

논어에 견리사의見利思義라는 말이 있다. '눈앞에 이익을 보거든 그것을 취함이 의로운지 먼저 생각하라.'는 뜻으로, 내가 존경하는 송기영 선배가 변호사 개업을 하면서 광고문에 쓴 것을 보고 깊은 울림으로 다가왔다. 지금까지 살아오면서, 특히 내가 변호사 개업을 하면서부터 늘 가슴에 새기고 있는 문구다. 그 선배는 평소 나를 친동생처럼 대해 주셨고, 판사로서나 변호사로서 그리고 신앙인으로서 늘 등불처럼 앞길을 비추는 모범을 보여 주셨다.

미국 정치가이자 법률가 다니엘 웹스터Daniel Webster는 '최선의 법률가는 바르게 살고 부지런히 일하다가 가난하게 죽는다.'고 하였다. 법률가에게 늘 잊지 말아야 할 충고라고 여기면서, 나는 종종 구체적인 결심과 행동에 앞서 순간순간 그 의미를 되새겨 보곤 한다.

제4장

내 인생의 겨울

아무리 부인해 보아야 소용없는 세월의 무게 앞에서, 나는 지금 어쩔 수 없이 내 인생의 겨울 문턱에 서 있음을 절감하고 있다. 겨울날 고즈넉하게 내려앉은 대기 속에서 삼라만상森羅萬象이 조용히 침잠하고, 저 깊은 대지 속에서 싹을 틔우려고 뭔가를 준비하고 있는 평화로운 풍경과도 같이, 내가 살아오면서 배우고 경험한 것에 대하여 정리하고 기록하며 남은 삶을 여유와 품격 있게, 그리고 아름답게 준비하여 하나하나 실천해 가며 살아가고 싶다.

젊어서부터 나는 '무엇이 될 것인가?'보다는 '어떻게 살 것인가?'가 중요하다고 생각하였다. 지나온 인생의 가치와 삶의 질을 논할 때, 인간으로서 무엇이 되기 위하여 살았는가, 그리고 그 무엇을 이루었는가보다 인생을 어떻게 살아왔는가가 더 중요하다고 마음속에 새겼다. 지금도 변함이 없다.

그런데 '어떻게 살 것인가?' 하는 것은 결국 '그 삶의 주체가 과연 어떠한 사람인가?' 하는 것과 거의 동일하다. 동전의 양면과 같다고나 할까?

내 인생의 겨울

어떠한 사람이 되어야 할까

주체적인 나의 삶

보통 "왜 사느냐?"고 물으면 대답은 "행복하기 위해서."라고들 한다. 삶의 목적은 행복이란 것을 쉽게 부인할 수 없다. 그렇다면 우리가 행복하기 위해서는 과연 어떻게 하여야 할까?

우선 마음가짐부터 출발하여야 한다.

기시미 이치로·고가 후미다케의 책 『미움받을 용기』에 의하면 '자유롭고 행복한 삶을 위해서는 타인에게 인정받으려고 하는 인정욕구를 버려라, 타인의 기대를 만족시키기 위하여 살지 마라.'고 한다. 남의 이목에 신경 쓰다 보면 현재 자신의 행복을 놓치는 우를 범할 수 있다는 것이다.

모든 고민은 공동체 생활 속의 인간관계에서 비롯된다. 남의 이목에 신경 쓰며 사는 것은 자신의 삶을 주체적으로 사는 것이 아니라 남의 삶을 사는 것이므로, 인정욕구를 버리고 나 자신의 삶을 위하여 몰두하고 남에게 미움 받는 걸 두려워하지 말라고 강조한다.

위 책의 추천사에 이렇게 쓰어 있다.

'내가 아무리 잘 보이려고 애써도 나를 미워하고 싫어하는 사람은 반드시 있게 마련이니 미움받는 것을 두려워해서는 안 된다. 그 누구도 거울 속의 내 얼굴을 나만큼 오래 들여다보지 않기 때문이다. 남들 이목 때문에 내 삶을 희생하는 바보 같은 짓이 어디 있느냐.'

세상에 그런 분들이 여기저기 많이 존재하지만, 봉쇄수녀원에서 한 평생 수도생활을 하는 분들을 보며 많이 다짐하였다.

'나도 세상이 알아주고 남이 평가하는 것에 연연해하지 않고, 그 시선에서 벗어나 오롯이 나의 길을 묵묵히 걸어갈 수 있는 사람이 되었으면 좋겠다. 감히 신념 하나로 목숨까지 바친 순교자의 삶까지는 아닐지라도.'

행복은 이웃과의 비교에서 나온다. 이웃은 물리적, 지리적 이웃만을 가리키는 게 아니라 친척과 친구 등 늘 이웃처럼 소통하는 사람들도 포함한다.

보통 이웃이 성공하면 '나는 뭔가?' 하는 자괴감에 빠져들기 십상이다. 우연히 부자 친구를 두었다고 해도 크게 덕 볼 일 없고, 오히려 자신이 불행하다는 생각을 갖기 쉽다. 이렇듯 행복감은 비교에서 나온다고 한다. 부자친구를 두면 도움이 되고 행복해야 되는데 불행하게 느낀다.

정도의 차이는 있겠지만 동서고금을 막론하고 동일한 것 같다.

'현실보다는 비교가 사람을 행복하거나 비참하게 만든다.'는 등, 수많은 사상가들이 비교의 사회학에 대하여 정곡을 찌르는 한마디씩을 남겼는데, 그러한 명언들이 나타내는 현상이 바로 '이웃효과neighbor effect'다. 그 어떤 절대적 기준이 아니라 이웃과의 비교를 통해 자신을 평가함으로써 발생하는 효과다.

우리나라 사람들이 세계에서 가장 이웃효과에 민감하고 평등의식이 강한 민족은 아닐까? 때로 위를 보고 살지 말고 아래를 보고 살라는 말을 한다. 사람은 각자 자신만의 고유한 영역이 있고 삶이 있다. 우리의 삶은 남과의 비교의 대상이 아니라 그 자체로 절대적 가치를 가진다.

행복지수를 하나로 정의하기는 어렵지만, 아주 단순화하면 물질적이건 정신적이건 간에 달성하려고 하는 목표치 대비 실제 달성한 수치를 가지고 행복지수라고 할 수 있다. 그렇게 할 경우 실제 달성한 수치가 동일하더라도 목표치가 무엇이냐에 따라 어느 사람은 행복하다고 생각하고 어느 사람은 불행하다고 생각한다. 결론은 우리가 행복해지기 위해서는 목표치를 낮추면 되는 것이다. 아무리 많은 것을 가지고 이룩하였어도 목표치를 높여 놓은 나머지 그것이 본전이라고 생각한다면 금방 불행하다고 생각하게 된다. 인간의 끊임없는 탐욕 때문에 어려운 일이기는 하나, 목표를 결코 남과 비교하여 정하지 않았으면 한다.

19살에 뇌막염을 앓고 앞을 보지 못하는 전신마비 중증 장애인이 된 어느 꽃동네 시인이 1999년 12월 소천하기 1년 전 서른여섯 살의 나이에 지은 '나는 행복합니다'라는 시를 오래전에 읽고 감동을 받았었다.

아무 것도 가진 것 없고
아무 것도 아는 것 없고
건강조차 없는 작은 몸이지만
나는 행복합니다.

세상에서 지을 수 있는 죄악
피해 갈 수 있도록 이 몸 묶어 주시고
외롭지 않도록 당신 느낌 주시니

말할 수 있고
들을 수 있고
생각할 수 있는
세 가지 남은 것은
천상을 위해서만 쓰여질 것입니다

그래도 소담스레
웃을 수 있는 여유는
그런 사랑에 쓰여진 때문입니다

내 인생의 겨울

나는 행복합니다

나는 행복합니다

그 시인은 새털보다 가벼워진 몸과 마음으로 늘 기도하였다.

"작은 것에 감사하게 하소서. 살아있음만으로 행복하게 하소서. 방황하고 있는 세상의 모든 영혼들에게 안식을 주소서."

삶의 기본은 사랑이다

널리 회자되는 성경 구절처럼, 굳이 신앙인이 아니라도 우리에게 필요한 덕목인 믿음, 희망(소망), 사랑 중에서 으뜸은 사랑이다. 개인이건 단체건 간에 상호관계는 사랑이 전제되어야 하고, 사랑이 없는 관계는 정상이 아니다. 실증적으로 모두 알 수 있는 바와 같이, 사랑이 있느냐 아니냐에 따라 모든 인간관계는 천당과 지옥 사이로 천양지차를 보인다.

에리히 프롬Erich Fromm의 『사랑의 기술The Art of Loving』이라는 책에 보면 보통 사람들은 넘쳐나는 유행가의 사랑 타령만큼이나 사랑을 쉽게 생각하고 사랑을 위해 특별히 배울 것이 있다고 생각하지는 않는다. 또 사랑을 주는 것보다는 받는 것으로 생각하는데, 사랑은 즐겁게 빠져들기만 하는 감정이 아니며, 지식과 노력이 요구되는 기술이라고 갈파하고 있다.

비단 신혼부부를 위한 주례사에서만이 아니라, 우리는 인생의 모든 과정에서 가장 소중한 것이 사랑임을 잘 알고 있지만, 알면서도 실천하지 못하고 결국 불행의 늪에서 헤어나지 못하는 사람들이 많다.

어떻게 하여야 사랑을 할 수 있을까? 배우자를, 부모와 자식을, 그리고 친구와 가까운 친지, 이웃 등을. 사랑해야지 한다고 바로 다른 사람을 사랑하게 되는 것은 아니지 않는가.

에리히 프롬의 말대로 사랑에도 기술이 필요하다. 우리는 성실하게 그 기술을 배우고 습득하여야 한다. 사랑하기를 배우는 구체적인 방법은 책이나 강의 또는 훈련과정 등 다양하게 존재한다. 그리고 나서 배운 것을 실천하도록 열심히 노력하여야 한다. 우리는 노력하지 않고 그저 좋은 결과만을 앉아서 기다리는 경우가 많다. 세상에 공짜가 없음은 사랑에도 통한다.

인간관계는 결국 각자 하기 나름이다. 내가 고운 말을 하면 고운 말로 되돌아오고, 내가 베풀면 반드시 보상이 뒤따를 것이다. 남의 눈에 띄게 하였건 아니건 간에 내가 베푸는 친절을 하느님께서는 다 알고 계신다. 인간생활의 기본 단위인 가족 간에도, 나아가 국가사회에서도 동일하다. 모든 국가는 그 국민들의 수준에 맞는 환경과 혜택을 가질 수 있을 뿐이다. 그러기에 모든 면에서 남 탓하기 전에 내가 어떻게 하였는지 먼저 성찰하여야만 한다.

나는 사랑의 기본은 존중과 감사가 아닌가 생각해 보았다. 감사와 존

내 인생의 거울

중이 깊어지면 그 대상을 사랑하게 된다. 무인도에서 혼자 살지 않는 한, 사랑은 결국 더불어 사는 사람 간의 상호작용에서 비롯되는 것이 아닐까? 나의 배우자와 부모, 또는 자식과 주변의 모든 사람이 존재 그 자체만으로 왜 나에게 소중한지를 곰곰이 생각해 보면 해답이 나온다.

사랑을 받는 반대의 입장에서도 내가 배우자와 부모 또는 자식들과 주변의 모든 사람들에게 소중한 사람이 되도록 스스로 노력을 하여야 한다. 사랑은 받는 것이 아니라 주는 것이라고 하지 않는가!

보수인가, 진보인가

나는 가끔 정치적으로 도저히 이해할 수 없는 말이나 행동을 하는 사람을 보고, 보수와 진보의 개념을 떠나서, 어떻게 저런 생각과 행동을 하는가 하고 의아해한 적이 있다. 진정으로 확신하고 저런 말과 행동을 할까, 아니면 확신 없이 그 어떤 필요와 동기에 의하여 마음에도 없는 말과 행동을 하는 걸까? 특히 과거 누구보다 진보적 사고를 가지고 활동을 하다가 보수 쪽으로 전향하거나 또는 그 반대인 사람들을 보면 더더욱 그런 생각이 든다.

연장선상에서, 요즘 들어 부쩍 이런 의문들에 대하여 스스로 질문을 던져 본다. 성격이나 인생관, 행동양식 나아가 사회의식은 어떻게 형성되는 것인가? 왜 어떤 사람은 밝은 색을 좋아하고 어떤 사람은 어두운 색을 좋아하는가? 어떤 사람은 고기를 좋아하고 어떤 사람은 생선을 좋아하는가? 어떤 사람은 도시에서 살기를 좋아하고 어떤 사람은 농촌에 살기를 좋아하는가? 그 사람들의 뇌의 구조는 서로 다른 것인가, 아니면 뇌의 구조는 같지만 의도적으로 각기 다른 행동을 하는 것인가?

실제로 인간의 뇌의 구조를 보면, 두려움이나 고통과 관련된 자극을 처리하는, 대뇌변연계에 존재하는 아몬드 모양의 편도체amygdala가 있는데, 타인에 대한 연민이나 동정이 많은 이타적인 사람은 편도체가 일반인보다 크고 반응이 활발한 반면 이기적인 사람은 이와 반대라고 한다. 그리고 선의이든 악의이든 인간은 하루에 10~200번 거짓말을 하는데 거짓말 능력은 지능과 두뇌의 전두엽 크기에 비례한다고도 한다.

최종적으로, 왜 어떤 사람은 진보적인 생각을 하고 어떤 사람은 보수적인 생각을 하는 것인가? 사람의 말과 행동은 타고난 인성과 성격에 의해서 지배를 받는 것인가, 아니면 태어난 후 환경에 의하여 개발된 것인가?

생물학자 클린튼 리처드 도킨스Clinton Richard Dawkins는 '인간에게 있어서 유전적 요인과 환경, 문화적 요인 가운데 인간의 본질을 보다 더 잘 설명할 수 있는 것이 과연 무엇인가.'라는 오랜 사회생물학적 논쟁에 대하여 답하고 있다. 그는 유명한 첫 저서 『이기적인 유전자The Selfish Gene』에서, 철저한 무신론에 입각하여 바이러스와 박테리아에서 사람까지 동물이든 식물이든 모든 생물은 이기적 유전자의 복제욕구를 수행하는 생존기계라고 주장했다.

한편 어느 학설에 의하면 사람의 뇌 구조는 탐욕, 공격성, 경쟁심 등을 관장하는 부위와 배려, 공감, 소통 등을 관장하는 부위로 구분되어

　　　　　　　　　　　　내 인생의 겨울

있고 사람에 따라 그 구조가 서로 다르다고 하고, '승자의 뇌구조'를 연구한 이안 로버트슨Ian Robertson은 '사람이 승리를 경험하거나 권력을 얻으면 실제로 그의 뇌가 바뀐다.'고 설명하고 있다. 사람은 한결같다, 변하지 않는다고 나는 생각해 왔는데, 이안 로버트슨은 사람도 상황에 따라 생물학적으로 바뀐다고 한 것이다. 과연 그런가?

1932년 미국의 신학자 라인홀드 니버Reinhold Niebuhr는『도덕적 인간과 비도덕적 사회Moral Man and Immoral Society』라는 책에서, 개인적으로는 도덕적인 사람들도 사회 내 어느 집단에 속하면 집단적 이기주의를 띠는 군중으로 변모한다고 주장했다. 보수와 진보도 결국 집단적 이기주의 때문에 발생하는 사회집단 간의 역학관계에서 비롯함에 불과한 것인가? 하는 생각이 들기도 한다.

본론에 들어가 보자. 과연 무엇이 진보이고 무엇이 보수인가? 그리고 어떻게 하여 그렇게 갈리는 것인가? 요즈음 가장 뜨거운 화두라고 할 수 있다. 혹자는 이렇게 정리하고 있다.

'보수는 혁명을 싫어하고 개량을 선호한다. 보수는 고치고 다듬어 쓰려 하지만 진보는 건물을 새로 지으려 한다. 진보는 모든 것을 빈터로 만든 뒤에 그 위에 이상적인 정치제도를 다시 쌓아 올리려 한다. 이렇게 진보는 사회의 전면적 개조를 강조하는 입장이므로 보통 이상주의적이고 이성을 강조한다. 보수는 실천적이고 실용적이어서 개량을 선호하지만, 진보는 이념적이고 이상적이며 혁명과 혁신을 좋아한다. 보수는 경제적 자유를 강조하고 개량을 선호하며 시장기능을 강조하는데 진보는 경제적 평등을 강조하고 혁신을 선호하며 시장에 대한 국가의 개입을 강조한다. 보수는 자기책임, 성장, 효율성을 강조하면서 무분별한 복지 확대를 경계하지만, 진보는 사회연대, 분배, 민주성을 강조하면서 복지를 확대하려고 한다. 보수는 교육과 산업에서 경쟁을 중시하지만, 진보는 인성교육과 노동시간의 단축을 강조한다.'

나아가 '자본주의를 선호하면 보수이고 사회주의를 선호하면 진보다, 투쟁은 진보의 길이고 타협은 보수의 편이다, 친북 반미면 진보고 반북 친미면 보수다.'라고도 한다.

쉽게 짐작할 수 있듯이, 위와 같은 이분법적 접근은 결국 보수와 진보는 선과 악이 아니라 정답이 없는 선택일 뿐임을 암시한다. 보수와 진보가 나타내는 구체적 사고나 행동양식의 일면을 열거한 것에 불과하고, 진정 보수와 진보가 무엇인지에 대한 답을 제시하지는 않는다.

요즈음 사람들의 구체적인 행동에서 나타나는 다양한 행태에서도 보수와 진보는 진정한 의미를 상실해 가고 있다. 오로지 진영논리만이 판을 치고, 보수와 진보의 본래 가치는 찾을 수가 없게 된 지 오래되었다. 무비판적인 편 가르기와 이에 이은 맹목적인 추종 과정에서, 서로 간에 보수와 진보의 이름을 편의적으로 사용하고 있을 뿐이다.

학문적인 천착穿鑿의 정도는 아니지만, 과연 총체적으로 뭐가 보수이고 뭐가 진보인지, 근원과 현재 실태 등에 대하여 관심을 가지고 여러 문헌을 유심히 들여다보았으나 명확한 답을 얻지는 못한 채 미제로 머물러 있다.

다만 나의 지적 탐구경험들을 모아서 잠정적인 결론을 내리자면, 보수保守와 진보進步의 한자어 뜻을 통하여 짐작할 수 있듯이 '보수는 새로운 것이나 변화를 적극적으로 받아들이기보다는 전통적인 것을 옹호하며 유지하려 함을 의미하고, 진보는 역사발전의 합법칙성에 따라 사회의 변화나 발전을 추구함을 말한다.'고 설명한 국어사전적인 의미에 일부 동의한다. 보수는 기존의 체제나 도덕, 인습 등 현상 유지에 방점을 두고 사고하며 물리학에서의 '관성慣性'과 같다면, 진보는 그것을 변화시키고 현실을 타개하여 이탈하고자 하는 하나의 '운동運動'을 의미한다는 설명도 나에게 설득력 있게 다가왔다. 그런 의미에서 보면 기본적으로 인간의 보편적 속성은 보수주의에 가깝다. 진보는 별도의 열정과 에너지를 뒷받침으로 하여 꾸준한 노력과 진통을 감내하여야 하는 것이기 때문이다.

보수와 진보의 원론적 의미는 그렇다 치고, 누구는 왜 보수적이고 누구는 왜 진보적일까? 즉 사람들은 어떻게 하여 보수와 진보로 갈라지는지, 평소 관심을 둔 난제에 대한 답을 찾아 나서야만 한다.

차이의 근원이 클린턴 리처드 도킨스가 말하는 대로 선천적인 요인, 즉 DNA 때문인지, 또는 뇌구조가 서로 다른 것인지, 아니면 후천적으로 형성된 신념 때문인지는 잘 알 수 없으나, 보수와 진보로 갈리는 분기점은 더불어 살아가고 있는 우리 인간에 대한 실존적 개념(인간상) 구성과 그 인간상을 바라보는 당위성 구성의 차이에서 오는 것이 아닌가 하고 생각해 보았다.

우리 인간은 이 거대한 지구 위에서 78억 명 가까이 살고 있다. 생물학적으로 체격과 피부색이 모두 다르고, 타고난 능력과 자연적, 사회적 환경 역시 각기 다르다. 국가 간, 종족 간, 심지어 가족 간에도 생존을 위한 치열한 경쟁을 벌이며 때로는 무자비한 살생도 마다하지 않는다. 바닷가 듬성듬성 풀 무더기가 박힌 가파른 절벽의 바위틈에서 둥지를 틀고 갓 태어난 새끼들이 서로 물고 쪼고 흔들어 팽개쳐서 이겨 내는 새끼만이 살아남고, 이겨 내지 못한 새끼는 미처 펼쳐 보지도 못한 생을 마감하는 '괭이갈매기'의 생태계와 결코 다르지 않다. 우리 인간은 이렇듯 각기 다른 능력과 조건하에서 끊임없이 생존을 위한 살벌한 투쟁을 계속하면서 살아간다.

한편 우리는 태어나면서부터 각기 처한 사회적 구조와 조건에 지배를 받는 사회적 존재이다. 동서고금에서 법과 인간을 논하는 자료에 의하면, '인간이 모인 곳에 사회가 이루어지고, 사회가 있는 곳에 법이 있다. 법은 인간에 의하여 제정되고, 인간을 규율하며, 인간에 의하여 폐기된다. 인간에 의하여 제정되는 법규는 그 속에 어떤 특정한 종류의 인간을 전제하고 있다.' 따라서 시대적으로 인간에 대한 법적 개념 구성이 어떻게 변모하여 왔는지 살펴보는 것은 인간상 파악에 대한 객관적이고 효과적인 방법일 것이다.

법의 역사를 보면 '법적 인간상' 또는 '법적 인간개념'에 의하여 시대가 구분되고 있다. 중세봉건시대에서 시민혁명에 의하여 근대시민국가로 이행되는 과정에서 자연권의 실정법화가 이루어지면서, 근대시민법이 상정한 인간은 자유, 평등, 개인의 의사 등을 기반으로 한 보편적, 추상적인 자유인이었다. 근대시민법은 이로써 계약자유의 원칙하에서 자본주의사회의 미증유의 발전에 기여하였다.

그러나 자본주의 사회가 고도화되고 폐해가 누적되면서, 그 반성의 차원에서 법질서 전반에 대한 수정이 불가피하게 이루어졌고, 이제 법은 인간을 개인적, 추상적 자유인이 아니라 사회적, 경제적 현실의 기반 위에 서 있는 구체적, 사회적 존재로 인식하게 되었다. 학자들은 그 현상을 '시민법에서 사회법으로'라고 표현하였다. 법은 현실에 실효적으로 적용되는 '있는 것'이지만, 그것에 머무르지 않고 '있어야 할 것'이기도 한 숙명을 타고났다.

'사회적 존재로서의 인간'을 논의하기 위해서는 당장 우리 인간이 처한 사회적 현실이 어떠한가 살펴보아야 한다. 역사적으로 우리는 봉건사회와 농업사회에서 근대산업국가시대로, 이어서 초기 자본주의와 수정 자본주의 시대를 거쳐 4차 산업혁명의 시대로 접어들었다. 상상을 초월하는 IT 산업, 사물인터넷IoT, 빅데이터Big Data, 인공지능AI 등 신기술이 인류를 지배해 가고 있다. 이제 과거 농경사회에서나 근대산업사회에서의 생산과 부의 축적으로는 설명할 수 없는 규모와 방법으로 부가가치를 생산하고 부를 축적해 가는 세상이 되었다. 그러한 산업구조가 가능하게 된 배경에는 개인의 노력만이 아니라 전 지구적인 시스템과 시설 등이 있다. 우리 인간은 지금 이 시점에, 이러한 국가사회적인 복잡한 구조 속에 처하여 살아가고 있는 것이다.

보수와 진보의 분기점은 생물학적 또는 사회적 존재로서의 실존적 인간상의 구성에서 차이가 나기도 하지만, 나아가 실존적 인간상을 바라보는 당위성 구성에서 크게 달라진다. 괭이갈매기의 예처럼, 다양한 인간들의, 동족살해도 마다하지 않는 치열한 생존경쟁을 바라보면서 안타까움과 연민 또는 분노를 느끼고 뭔가 다른 해결 방법이 있겠지 하는 믿음으로 당위성을 찾고자 노력한다면 진보적 사고에 속하고, 적자생존의 자연법칙 또는 자연질서로 보고 당장 그러한 치열한 생존경쟁에서 살아남는 데 관심을 두며 그것이 바로 정의라고 생각한다면 보수적 사고에 속한다고 할 수 있다. '진보는 당위를 추구하고, 보수는 존재를 추종한다.'

위와 같은 분기점의 근본적 원인은 어디에 있을까? 생물학적 조건이나 뇌구조의 차이, 인종이나 성별, 기질 등도 무시하지 못하지만, 더 중요한 요인은 성장과정과 가정환경, 교육, 종교, 사회적 학습이나 경험 등이다. 인간 행동의 동기는 바로 개인이나 집단의 욕망에 의하여 지배되기 때문에, 변화무쌍하게 얽히는 이해관계나 인간관계는 지대한 영향을 미친다. 인간의 욕망은 흔히 소득이나 재산, 권력, 명성이나 명예, 존경심이나 자긍심 등 한없이 다양하다. 그래서 위 분기점은 수시로 변할 수 있고, 늘 일정한 정도의 스펙트럼을 유지한다고 할 수도 없다.

이성적 합리주의자

국가사회의 한 구성원으로서 우리는 과연 어떠한 사람으로 살아가야 할까? 우선 개개인 인간들이 결코 양보하거나 포기할 수 없는 생물학적,

종교적 존엄성에 대한 확실한 믿음과 인간에 대한 사랑이 기초가 되어야 한다. 우리는 더불어 살아가야 하는 사회적 존재이기 때문이다. 나아가 위에서 본 법적 인간상을 토대로 볼 때, 역사적 흐름에 맞추어 우리가 지금 처한 사회적 존재로서의 인간개념을 정확히 인식하고 나서 그 위에서 그 인간들이 가장 평화롭고 행복하게 살아가는 방법을 찾아야 한다. 그 구체적인 방법은 실질적 정의에 입각하여 보편타당하고 객관적인, 합리적 이성이 명하는 대로 따르되, 인간으로서 최소한의 도리와 공감 또는 연대의식을 중요한 가치관으로 삼아야 한다. 당장의 이해관계나 경제적 이익을 추구하는 이기적인 맹종은 극히 위험하다. 멀지 아니한 장래에 재앙으로 다가올 것이기 때문이다.

나는 그리고 당신은 과연 보수적인 사람인가, 진보적인 사람인가? 국어사전적인 의미에서야 그럴 듯하지만, 실제 어느 사람을 놓고 보수적인지, 진보적인지를 구분하는 것은 실로 어렵다. 사람의 성격이 워낙 다양하고 인간관계가 복잡하여, 보수와 진보 어느 한쪽의 극단적인 성격을 가진 사람들도 있겠지만 대부분은 보수와 진보가 적당하게 혼합되어 있기 때문이다.

굳이 보수와 진보로 구분하자면, 나는 각기 존엄하게 태어난 사회적 존재로서의 인간상을 기반으로 한 보편타당한 합리주의자로 평가받고 싶다. 요즈음 극단적인 진영논리나 특정 집단 또는 이념에 대한 집단적 맹종을 눈앞에서 바라보면서 보편적이고 합리적인 이성을 가진 사람들이 주류를 이루어 우리 사회를 이끌어 가야 할 텐데, 하는 걱정과 희망이 매일매일 수도 없이 머릿속을 맴돌고 있다.

과거 보수와 진보를 나누던 고루한 틀을 넘어서서, '인간의 궁극적 진화에 대한 신념을 가지고 사회와 인간 그 자체의 변화에 대하여 낙관적이며, 그것을 위해 변화를 두려워하지 않고 부단히 혁신하려는 열린 사고의 실천을 진보'라고 부른다면, 나 자신 그러한 사람이냐 아니냐를 떠나서 진보는 존중받아 마땅하고 생각한다. 나아가 일부 수구반동 세력이나 무책임한 사회 파괴세력이 아니라면, 즉 진정한 보수와 진보라면 사회전체 또는 국민 대중의 이익에 부합하는 신념체계를 채택하고 이를 실천함을 통해서, 서로 인정하고 존중하여야 한다.

1948년 스웨덴 웁살라에서 태어나 통계와 의학을 전공했으며 통계학 분야의 세계적 석학이자 의사, 최고의 Ted 스타강사였던 한스 로슬링Hans Rosling은 오해와 편견을 넘어 사실fact을 토대로 한 세계관을 키우고 이를 일터와 학교는 물론 전 세계에 전파하는 데 노력하다가 2017년 2월 7일 세상을 떠났다. 그는 사실충실성과 사실에 근거한 세계관을 위하여, 세계에 관한 심각한 무지와 싸우는 것을 평생의 사명으로 삼고 일하였다.

그의 마지막 역작 『팩트풀니스Factfulness』, (fact에 근거해 세계를 바라보고 이해하는 태도와 관점을 의미)라는 책은, 수백 년간 진화를 거치면서 우리 몸에 밴 열 가지의 본능에 대해 이야기하고 있는데, 그에 의하면 우리 몸의 열 가지 본능 중에서 간극본능gab instinct이라는 강렬한 본능이 있고, 이는 모든 것을 서로 다른 두 집단, 나아가 상충하는 두 집단으로, 즉 선진

내 인생의 겨울

국과 개발도상국 또는 후진국, 부자와 가난한 사람 등 이분법적 사고방식으로 나누고 두 집단 사이에 거대한 불평등의 틈을 상상하는 거부하기 힘든 본능이라는 것이다. 그는 "우리는 이분법을 좋아한다. 좋은 것과 나쁜 것, 영웅과 악인, 우리나라와 다른 나라. 세상을 뚜렷이 구별되는 양측으로 나누는 것은 간단하고 직관적일 뿐 아니라 충동을 암시하는 점에서 극적이다. 우리는 별다른 생각 없이 항상 그런 구분을 한다."라고 하였다. 그러나 세상은 그렇게 간단하게, 그리고 단일한 관점으로 구분되지 않을 뿐 아니라, fact 즉, 통계를 가지고 온 세상을 자세히 들여다보면 과거와 달리 세상이 많이 발전하여 양 극단의 중간 층 숫자가 훨씬 더 많아졌음을 알 수 있고, 따라서 우리의 본능적 이분법적 사고방식은 세계관으로서 이제 더 이상 유효하지 않고 개선되어야 한다는 것이다.

한스 로슬링의 논리대로, 내가 여기서 논의하고자 한 보수와 진보라는 통상적인 이분법적 구분은 더 이상 유효적절한 세계관이 아니다. 보수와 진보는 단지 소수에 불과한 양 극단을 의미할 뿐, 대다수는 어느 한쪽으로 구분하기 어려운 그 중간에 속한다고 보는 것이 더 정확할지 모른다. 그러기에 우리가 한 사람을 놓고 보수인지 진보인지 명명하고 구분하는 것은 정확하지 않고 바람직하지도 않다. 나아가 우리 스스로 보수 또는 진보라는 극단적 의미의 소수 그룹에 속하려 하거나, 그런 소수 집단을 맹목적으로 추종하는 우매한 사람이기를 지향하여서는 안 되지 않을까, 속으로 다짐하여 보기도 한다. 그래서 나는 대안으로 이성적

합리주의자를 주창한 것이다.

    나는 평소 염치廉恥라는 말을 좋아한다. 인간으로서 염치가 없으면 동물과 다를 게 없다. 염치는 '체면을 차릴 줄 알며 부끄러움을 아는 마음'이고 체면은 '남을 대하기에 떳떳한 도리나 얼굴'이다. 거창하게 진보와 보수를 가지고 논할 것 없이 우리는 최소한 염치 있는 사람은 되어야 한다.

    '생각은 행동을 낳고, 행동은 습관을 만들고, 습관은 인생을 바꾼다.'는 말이 있다. 우리가 어떻게 생각하는가에 따라 결국 어떠한 인생을 살게 될 것인지가 결정된다는 말이다. 올바른 인생을 살기 위해서 처음부터 보편타당한 올바른 생각을 하도록 꾸준히 노력하여야 할 것 같다.

어떻게 살 것인가

나 자신을 알라

나는 평생 '최선을 다해서 살자진인사대천명, 盡人事待天命.'라는 말을 내 가슴속 인생의 모토로 삼고 살아왔다. 내가 부모님으로부터 받은 신체와 능력, 나의 인적·물적 자산 정도 등등 모든 여건하에서 내가 할 수 있는 최선을 다하고 살면 된다고 다짐하였다. 그렇게 살고 나면 내가 걸어온 삶에 대해서 후회가 없을 것이다, 그리고 한평생 살고 나서 후회가 남지 않으면 되는 것 아닌가, 그렇게 생각하여 왔다.

그런데 이제 지난날을 되돌아보면 어느 순간순간 과연 최선을 다했는지 회의하게 되고 급기야 후회가 되기도 한다. 최선을 다해서 살겠다고 다짐했고, 그래서 내가 살아온 삶은 후회가 없을 것이라고 감히 생각했었는데, 어느 날 문득 지난 세월을 되돌아보니 갑자기 '그때 왜 그랬던가?' 후회가 덮쳐 온다. 내가 최선을 다하지 않았던 것은 아니겠지만, '그래도 좀 더 잘할 수 있지 않았을까.' 하는 그런 아쉬움 말이다.

최선을 다하여 살았는가? 최선을 다한다는 것은 말 그대로 '온 정성과 힘을 다한다.'는 것이다. 무엇이 온 정성과 힘인지는 사람마다 다르다. 주관적이고 상대적이며, 신체적 능력과 경제적 여유, 그리고 여타 사회문화적 관계 등을 아우르는 종합적 개념이다.

나는 어떤가? 내가 최선을 다하여 살았고, 지금 그렇게 살고 있는지는 나의 신체적 능력과 경제적 여유, 그리고 사회문화적 관계 등 기타 조건을 정확히 알아야만 한다. 그것을 전제로, 내가 가지고 있는 모든 여건하에서 온 정성과 힘을 다하여 살았는지 여부를 판단하여야만 한다는 것이다. 만약 그렇지 아니하면 자칫 나 혼자만의 합리화에 그칠 수 있고 객관적인 평가가 될 수 없다.

우선 나의 신체적 능력은 어떠한가?

나는 어려서부터 공부를 할 때, 아침 일찍 일어나기보다는 저녁 늦게까지 공부하고 아침에 조금 늦게 일어나는 '저녁형 인간'이었다. 흔히들 저녁에 좀 일찍 자고 아침 일찍 일어나 공부하는 것이 좋다고들 한다. 그래서 나도 아침 일찍 일어나 공부하는 것으로 생활패턴을 바꿔 보려고 시도한 적이 있었다. 그 결과 오전 또는 하루 종일 머리가 멍하니 공부에 집중하지 못하게 되었고, 며칠 시도해 보다가 그만뒀다. 장기적으로 시간을 투자하여 오랜 습관을 고칠 만한 여유가 없었기 때문이기도

내 인생의 겨울

할 것이다.

군법무관을 마치고 법관으로 임용되어 초임 시절 동네 조기 테니스회에 가입하여 다른 사람들과 어울려 규칙적으로 운동을 한 적이 있다. 1시간 또는 2시간 정도 운동을 했는데, 운동을 하고 샤워를 한 후에 출근하면 몸이 노곤하여 일하는 데 지장이 많았다. 그래서 매일 운동하기보다는 하루씩 걸러서 이틀에 한 번씩 하는 것으로 규칙을 정하였었다.

천안지원에 근무할 때는 우연하게 기회가 주어져서 아침 일찍 수영을 배운 적이 있었다. 온양온천에 국가대표 선수들도 훈련을 하는 아주 좋은 실내수영장이 있었고, 거기서 동료들과 매일 아침 수영을 배우고 나서 출근을 하였다. 수영이라면 격하게 땀을 흘리며 하는 운동이 아니라서 새벽 일찍 일어나 운동을 하고 출근하더라도 아무 문제가 없을 것으로 생각하였다. 그런데 생각과는 달리 수영을 마치고 출근하면 너무나 노곤하여, 특히 오전에는 거의 조느라고 일을 할 수가 없었다.

또한 정읍지원장으로 근무할 때는 매일 아침 내장산 둘레길을 1시간 정도 걷고 간단히 식사를 한 후 출근을 했었다. 그런데 역시 매일 하는 것은 신체적으로 무리였다. 그래서 그때도 역시 이틀에 한 번씩 내장산을 가는 것으로 규칙을 정했다.

나는 음력으로 7월 초이틀, 한여름 삼복더위에 태어났고, 내가 태어날 때는 한국전쟁 후 보릿고개로 기근이 심하던 때였다. 어머니는 늘 말씀하셨다. 나를 낳고 나서 먹을 것이 없어서 자주 굶다 보니 젖이 나오지 않았고, 나는 보리쌀을 갈아서 끓인 국물을 대신 먹고 자랐다고 했다. 그래서 내가 신체적으로 약하고 배고픔을 참지 못한다고 하셨다. 나의 신체적 능력이나 조건은 많은 부분 태생적인 것인지도 모른다. 성장 과정에서도 그리 균형 잡히고 영양이 풍부한 음식을 먹으며 자라지 못하였다. 그러자니 자연히 남들과 비교하여 상대적으로 열악한 체력을 보유할 수밖에 없었고, 나는 그러한 현실을 어려서부터 살아가면서 스스로 체득했다.

경제적인 문제나 사회문화적인 인간관계는 어떤가?

난 가난하고 이름 없는 시골 농민의 아들이었다. 부모 형제로부터 특별히 재정적인 지원을 넉넉히 받지 못하였다. 학창 시절 개인과외는 물론 재수할 때를 제외하고 학원이라는 데를 다녀 본 적이 전혀 없었다. 운동장에서 맨몸으로 뛰는 운동 말고, 럭셔리한 취미생활이나 특기를 가져 보지 못하였다.

시골에서 태어나 서울로 진학하였고 일류고등학교 아닌 고등학교를 나왔다. 그러다 보니 선후배나 친구들 중에 특별히 내가 기대고 의지할 대상이 없었다. 모든 것을 나 혼자 알아보고 나 혼자 결심하고 실천에 옮기면서 살았다. 한계가 많았다. 내가 가진 정보력이 부족하였고, 설령 어떻게 하여 나에게 필요한 정보를 취득하더라도 그것을 실행에 옮길 만한 여건이나 능력이 부족하였다.

대학교에 들어가 농촌법학회에 가입한 것도 내 스스로 학회 사무실 문을 두드려 이루어졌다. 아는 선배가 있어 이끌어 준 것이 아니라 내 스스로 알아보고 내 스스로 결정하여 실행하였다는 뜻이다. 그러다 보니 나보다는 능력과 환경 면에서 좋게 태어난 우리 아들들을 보며 가끔

'과연 우리 아들들이 최선을 다하여 살고 있는가?' 속으로 궁금해하곤 한다. 그렇다고 내 인생을 아들들에게 이입하여 대비하고 싶지 않아서 공개적으로 묻거나 책망해 보지는 않았지만.

그렇다. 난 사회문화적 인간관계가 비교적으로 부족하였기에 내가 가지고 있는 신체적 능력과 가정형편하에서 최선을 다한다고 생각하며 살았다. 그렇게 살았기 때문에 여한은 없다. 나머지는 내 팔자요 운수소관이며, 최종적으로 하느님의 뜻이라고 생각한다.

최선의 선택을 하라

인생은 크고 작은 선택의 연속이다. 선택을 잘못하면 바로 후회하거나, 오랜 세월이 지나서 후회하기도 한다. 후회 없는 삶을 살기 위해서 최선을 다하라고 했는데, 결국 최선을 다하는 것은 선택의 연속인 인생살이에서 그 선택을 잘하라는 의미와도 같다.

어떻게 하면 선택을 잘할 수 있고 나중에 후회하지 않을까? 내가 해야 할 일을 최선을 다하여 했는가? 내가 해서는 안 되는 일을 최선을 다하여 피하였는가?

우리의 삶은 순간순간 선택을 하고 그 선택을 실천하는 과정으로 이루어진다. 따라서 내가 과연 후회 없는 삶을 살았는지, 성공한 삶을 살았는지 여부는 매 순간순간 최선을 다하여 선택하였고, 그 선택한 의사결정을 성실하게 잘 실천하여 왔는지 여부에 달려 있다.

의사결정을 잘하기 위해서 어떻게 하여야 하는가? 의사결정에 필요한 정보를 최대한 그리고 성실하게 수집하여야만 한다. 책이나 인터넷을 통하여 수집할 수 있는 것이면 내 스스로 하면 된다. 그리고 다른 사람의 지식이나 의견, 경험이 필요하면 내가 아는 인적 네트워크를 통하여 최대한 그에 관련된 정보를 수집한다.

정보수집에 필요한 시간이 너무 오래 걸리면 안 된다. 너무 많은 시간을 허비하는 사람을 우리는 우유부단한 사람으로 분류할 수 있다. 내가 할 수 있는 범위 내에서 최대한 빨리 많은 정보를 수집한 후에 최종 결정은 내 스스로 할 수밖에 없다.

이때 중요한 것은 최종 의사결정을 할 때, 내가 선택한 것과 반대되는 의사결정을 하였을 경우를 가정하여 기로에 선 선택의 두 가지 방향에 대하여 장단점이나 부작용 등을 충분히 검토하여야 한다는 것이다. 그 검토 결과 장점이 많고 부작용이 적은 것을 선택하면 된다. 나중에 내가 선택한 것이 잘못된 것으로 판명이 되더라도 그 순간 나는 최선을 다하여 합리적인 방법으로 선택하였기 때문에 후회를 할 필요는 없는 것이다.

내가 말하는 것은 A와 B 두 가지를 놓고 의사결정을 하기 전에 A와 B 두 가지를 가정하여 각각의 상황에서 어떠한 결과가 나올까 하고 머릿속으로 시뮬레이션을 충분히 하라는 것이다. 즉, A를 선택하되 B를 선택하면 어떤 일이 벌어질까 하는 것을 A를 선택한 후에 하지 말고, A와 B 두 가지를 놓고 충분히 시뮬레이션을 한 후 의사결정을 하라는 것이다.

이렇게 하여 의사결정을 일단 하였다면 내가 할 수 있는 모든 역량을 동원하여 성실하게 그리고 최선을 다하여 실행해 옮겨야 한다. 머뭇거릴 필요 없고 남을 의식할 필요도 없다.

신경과학을 전문적으로 연구하는 카이스트 정재승 교수는 『열두 발자국』이라는 책에서 이렇게 말했다.

'적절한 시기에 적절한 의사결정을 한 후 빠르게 실행에 옮기고 잘못했다고 판단되면 끊임없이 의사결정을 조정하라.'

정재승 교수의 말에서 의사결정을 하고 실행에 옮긴 후의 태도에 대해 알 수 있다. 즉, 우리는 인지적 유연성을 가져야 한다. 인지적 유연성이란 상황이 바뀌었을 때 자신의 전략을 바꾸는 능력을 말하는데, 우리는 이 능력이 부족한 경우가 많고, 특히 나이가 들어가면 더욱 그렇다.

의사결정을 하고 이를 실천에 옮길 때 나의 건강능력, 재산상태 등 모든 조건을 기본으로 하고 이를 충분히 감안하여야 한다. 이를 소홀히 한다면 무모하다고 할 수 있고 성공하기도 어렵다. 미국 정신의학회에서는, 돌아보면 항상 실패한 것 같고 후회되고 다음 결정을 빨리 못하게 되므로 의사결정을 한 다음에는 뒤돌아보지 말라고 권고한다고 한다.

충분한 시뮬레이션 없이 성급하게 결정하고 나서 후회하는 것은 비효율적이고 유해하다. 그리고 A와 B 두 가지를 놓고 충분한 시뮬레이션을 한 후에 한 의사결정에 대하여 다시 반추하여 후회하는 것은 정신건강에도 유해하고 부질없는 짓이다. 나중에 유사한 선택상황이 되었을 때, 그때 가서 고려하면 된다. 그것이 고등능력을 부여받은 인간만의 덕목이라고 나는 생각한다.

지금까지 살아오면서 나는 무수히 많은 선택을 하였다. 특히 고등학교에 가기 위하여 서울로 진학한 후에는 거의 대부분을 나의 의지로 선택하였다고 해도 과언이 아니다. 대학교와 전공을 정하고, 재수학원을 정하고, 대학교 졸업 후 진로를 정하고, 법조3륜 중 법관의 길을 정하고, 나아가 변호사 개업시기를 정하고….

지금 생각하여 볼 때, 그때로 다시 돌아간다면 어떤 결정을 하게 될까? 알 수 없는 일이다. 다만 당시에 원만한 결정을 하도록 인도해 주신 하느님께 한없이 감사할 뿐이다.

남은 삶을 어떻게 살고 싶은가

밤하늘의 유성처럼

어느 순간 '잠시라도 궤도를 이탈한 별똥별이 흔적을 남긴다.'는 말이 가슴속 깊이 닿았다.

밤하늘의 별똥별은 유성이라고도 하는데, 태양계 내에서 일정한 궤도를 따라 도는 혜성이나, 소행성에서 떨어져 나오는 유성체가 지구 중력에 이끌려 대기 안으로 들어오면서 대기와의 마찰로 불타는 현상을 말한다. 하루 동안 지구 전체에 떨어지는 유성 가운데 맨눈으로 볼 수 있는 것은 수없이 많으며, 유성이 빛을 발하는 시간은 수십 초에서 수 초 사이이다. 유성체란 행성 사이의 우주 공간을 떠돌아다니는 소행성보다 많이 작고, 원자나 분자보다는 훨씬 큰 천체를 말하는데, 유성체 자체가 밀도가 높아 단단하면 다른 유성들에 비해 긴 흔적을 남긴다. 유성

체는 크기가 작지만 운동 에너지는 대단히 커서 대기 분자들과 충돌하면서 금방 타 버리며, 크기가 클수록 밝고 상대적으로 오래 보이고, 작은 크기면 약하게 잠깐 빛을 내기도 한다.

태양계에서 생성되어 일정한 궤도를 따라 돌다가 궤도를 이탈하고 크고 작은 유성운을 남긴 채 우주공간으로 영원히 사라져 가는 혜성처럼 우리 인생도 그런 것이 아닐까? 지금까지 착실하게 궤도를 따라 살아온 삶도 헤아릴 수 없이 소중하지만, 이제 노년을 앞두고 한동안 궤도를 이탈하여 살다가 마침내 우아하고 멋진 별똥별을 남김으로써, 어느 날 문득 밤하늘을 바라보던 이름 모를 사람들에게 순간의 빛과 희열을 주고 영원히 사라져 가는 그런 혜성과도 같은 존재가 되고 싶다. 물론 밝고 오래 지속되는 빛을 남길 수 있는, 밀도 높고 단단한 유성체처럼 살았으면 하고 갈구하면서 말이다.

법조인의 삶은 대체로 틀에 박힌 삶, 규범적인 생활에 가깝다. 대학교에서 처음 법학원론이나 민법총칙 과목을 수강하였을 때 교수님은 우리에게 이렇게 물었다.

"여러분! 가을에 단풍이 들어 노란 잎이 땅으로 떨어지고 있습니다. 이 현상을 법률가가 이론적으로 설명하면 뭐라고 하는지 아세요?"

뭐가 뭔지 모르고 눈만 멀뚱멀뚱 뜨고 있는 학생들에게 하신 대답이 일품이다.

"그것은 바로 '아, 나뭇잎이 떨어지는 순간 부동산이 동산으로 변하고 있구나!'라는 겁니다."

우리 민법에 의하면 토지 및 그 정착물은 부동산이고 나머지는 동산인데, 수목은 토지의 정착물에 속하고 나뭇잎은 수목에 매달려 있는 동안에는 수목의 일부이니 부동산이지만, 그것이 수목으로부터 분리되어 땅에 떨어지면 이제 나무의 일부가 아니라 움직이는 동산에 불과하다는 의미이다.

그렇듯이 법률가는 대체로 모든 사회현상과 사람들의 행위를 우선 법률적으로 평가하고 이해한다. 그리고 적법성과 정당성을 먼저 생각해 본다. 분쟁이 발생하는 경우 잘 대처하는 것도 중요하지만, 분쟁이 발생하지 않도록 사전에 준비를 잘하는 것이 더 중요하다고 머리에 각인되어 있다. 그래서 나는 학생 때 교수님으로부터 배운 대로, 법률실무가로서 기회만 되면, 가까운 사이에서도 반드시 계약서를 작성하라고 주위에 충고한다.

인간은 아는 만큼 실천하여야 한다. 언행이 일치하지 않는 사람은 사회에서 인정받기 어렵다. 특히 규범적인 사고방식과 사회규범에 대한 광범위한 지식을 가지고 있다면 그에 따른 실천을 요구한다. 나도 모르는 사이에 주위에서 항상 나를 지켜보고 있다고 생각하며 행동거지를 조신하게 하고 살아야 한다.

옛날 지방에서 판사로 근무하던 때의 일이다. 외지에 출타하였다가 기차역에서 내려 택시를 타고 집에 도착한 후 차비를 지불하려고 하자, 기사분이,

"판사님이시지요, 그냥 내리세요." 하는 것이 아닌가!

"아니 어떻게 아셨어요?"

"왜 몰라요, 다 알지요."

나는 오히려 미터기 요금에다가 팁까지 얹어서 지불하고 내렸던 적이 있다.

법률을 전공하여 실무가로 수십 년을 살다 보니 각종 사회현상에 대하여 간접적인 경험을 많이 하게 된다. 좋은 점이자 나쁜 점이기도 하다.

판사와 변호사로 일하면서 민사, 가사, 형사 등 여러 종류의 재판에 관여하여 왔다. 일례로 판사 시절 교통사고 사건을 전담하여 처리한 적이 있는데, 그때 각종 교통사고에 대한 많은 간접경험을 하게 되었다. 예나 지금이나 간에 기상천외한, 전혀 예상하지 못한 교통사고가 우리 주위에서 종종 일어난다.

시골 어느 곳에 농로를 확장하여 버스를 비롯하여 자동차가 다니는 도로를 만들었는데, 도로모양이 거의 'ㄱ'자로 되어 있었다. 밤에 속도를 줄이지 않고 달리던 차량이 자주 도로를 이탈하여 옆의 논으로 추락하곤 하였다. 그로 인하여 그 논의 소유자는 일 년에도 몇 번씩 피해보상을 받게 되어, 농사를 짓는 것보다 수입이 더 낫다고 수군대곤 하였다. 고속도로를 달리던 대형트럭이 싣고 가던 대형강관을 떨어뜨려 옆에서 달리던 차량을 덮치는 바람에 승용차 운전자 등 여러 명이 사망하는 사고도 있었다.

헤아릴 수 없이 많은 각종 사고기록을 보노라니 운전하기가 겁이 나서 처음에는 운전대 잡기가 어려웠다. 특히 나는 한동안 아내에게는 고

속도로 운전을 시키지 않았었다.

형법 이론에 '신뢰보호의 원칙'이라는 것이 있다. 교통규칙을 준수하는 자동차 운전자는 다른 사람도 교통규칙을 준수할 것이라고 신뢰하고, 다른 사람이 교통규칙을 위반하는 경우까지 예상하여 방어조치를 취할 의무는 없다는 법리로서, 그 다른 사람이 교통규칙을 위반하는 바람에 사고가 발생하는 경우 자동차 운전자의 신뢰를 보호하여 법적 책임을 감면하여야 한다는 이론이다.

법적 책임은 그렇다 치고, 결과적으로 자동차 운전자가 사망하거나 중상을 입는다면 금전으로 보상받는 길밖에 없어서 억울한 죽음을 당하거나 평생 불치의 상해 후유증으로 살아가야 할 수도 있다. 그러니 흔히 방어운전이라고 하듯이, 상대방의 불법운전까지 예상하여 방어운전을 하지 않을 수 없고, 그러한 생각까지 하다 보면 아예 운전을 안 하는 것이 상책이라고 생각할 때가 많다.

이런 사고방식으로 늘 일상생활을 하다 보니 법조인의 삶은 참으로 무미건조하기 쉽고, 틀에 박힌 삶이 되기 쉽다. 아주 소극적이고 조심스러운 생활을 선택하게 된다. 나도 그래왔다.

학교 다닐 때부터 아파서 도저히 갈 수 없는 경우를 제외하곤 결석을 하거나 학과공부에 빠져 본 적이 없고, 공부 외에 오락이나 취미생활에 탐닉해 본 적도 별로 없다. 사회생활을 하면서도 원래 음주를 잘 못하기도 하지만 술 마시고 밤늦게까지 흐느적거려 본 적이 없고, 모르는 척 헛소리를 하거나 남과 싸움을 해 본 기억도 거의 없다. 평소 농담을 재미있게 잘 못하기도 하지만, 남이 하면 농담으로 듣다가도 내가 하면 진담으로 받아들인다.

변호사가 되어 누가 뭐라고 하는 사람이 없을 때도, 초기 법원 등 관공서에서 격주로 토요일 근무를 하던 시절이나 아예 토요일 근무가 없어진 시절에도, 나는 매주 토요일마다 꼬박꼬박 출근하였고, 평일에 골프를 치거나 개인적인 취미를 하기 위해 일을 하지 않고 놀아 본 날이 극히 드물었다. 출근도 지금까지 거의 대부분 아침 9시에서 9시 반 사이에 한다.

한마디로 모범적인 생활 패턴이었고, 틀에 박힌 일정한 궤도를 따라 관성적으로 살아온 삶이었다. 그것이 당연하였고, 약간이라도 일탈하면 스스로 뭔가 마음이 불편하였다.

요즈음 나는 내 인생을 뒤돌아보면서 '지금까지 참 못난 삶을 살았구나!' 하고 생각할 때가 가끔 있다. 변호사 개업을 하여 초기에 제법 경제적 여유를 누렸을 때도 특히 나 자신을 위하는 데는 별로 돈을 쓰지 않았다. 술을 좋아하는 사람들과 달리 술을 거의 마시지 않았으니 술값으로 돈을 많이 지출하는 일은 원래 없었고, 좋아하는 골프나 다른 운동을 위하여 고가의 장비를 구입한 적도 별로 없다. 나는 특별히 나만의 취미 생활에 많은 돈을 소비하여 본 적도 거의 없다. 너무 마음의 여유 없이 즐길 줄 모르고 살았다고나 할까?

그렇게 살지 않아도 되었는데, 그리고 그렇게 살았기 때문에 지금 특별히 다른 삶을 사는 것도 아닌데, 왜 그런 여유 없는 삶을 살았는지 하

내 인생의 겨울

는 생각을 가끔 하게 된다.

이제 환갑이 지난 지 한참 되었다. 이제부터는 좀 다른 삶을 살고 싶다. 잠시라도 궤도를 이탈한 별똥별이 흔적을 남기듯이, 나도 이제는 좀 궤도를 이탈하여 살면서, 덤으로 남들에게 희망과 행복을 주는 조그마한 흔적이라도 남기고 싶은 것이 노년을 앞둔 나의 소망이자 각오다. 특별히 주위를 의식할 필요 없이, 내가 하고 싶은 일, 필요한 일을 마음껏 하며 즐겁게 살고 싶은 것이다.

무엇이 궤도를 이탈하는 삶인가?

여러 가지 생각해 볼 수 있을 것인데, 이제 이 나이에 그런 삶을 살기 위해서는 특별한 용기와 준비가 필요하다. 가만히 앉아서 기회가 오기를 기다려서는 결코 그러한 삶을 시작할 수 없다.

다니던 직장 그만두고 소유하던 집까지 팔고 유랑처럼 온 가족이 세계일주 여행을 떠났다는 사람의 신문기사를 본 적이 있다. 언젠가 여행지에서 비슷한 여행을 하고 있던 가족들을 실제로 만나 본 적도 있다. 젊으니까 가능한가? 어떻게 저런 용기를 냈을까? 혼자 궁금해하였었는데, 그러한 사람들이 보여 준 용기와 준비에 버금가는 각오가 나에게도 필요할지 모른다.

여행을 떠나자

어렸을 때는 몰랐는데 어느 순간 '나에게 여행이라는 특별한 유전자가 있는 건 아닌가?' 하고 생각해 본 적이 있다. 여행을 좋아하는 사람은 워낙 많기에, '아니 여행 안 좋아하는 사람이 어디 있을까?' 하는 생각도 들고, '여행을 좋아한다고 하여 특별한 유전자까지 들먹일 것은 아니지 않을까?' 하면서도 말이다.

나보다 약간 뒤에 태어나 대학교를 졸업한 후 국제홍보회사에서 근무하다가 과감히 사표를 던지고 나서 7년에 걸쳐 세계오지여행을 한 후 『바람의 딸, 걸어서 지구 세 바퀴 반』이라는 책을 시리즈로 펴낸 여자, 그 후에도 계속 여행을 하면서 책을 내고 국제 NGO 월드비전에서 본격적으로 긴급구호팀장으로 활동하는 등 관련 업무를 계속하면서 최근에는 외국 긴급구호 전문가와 결혼하여 화제가 되기도 하였던 분이 있다.

나는 한동안 바람의 딸이라는 수식어가 붙어 다니는 그분의 책을 탐독하며 '언젠가는 나도 오지여행은 아니라도 세계여행을 해 봐야지.' 하고 꿈꾸었었다. 나의 서재에는 이것저것 여행후기 책들이 여러 권 꽂혀 있다.

나는 평소 나 홀로 텔레비전을 볼 때 스포츠 중계 외에는 거의 대부분 여행에 관한 채널을 돌린다. 흥미롭고 편안하다. 그리고 보고 또 보아도 질리지 않는다. 특히 내가 직접 가 본 곳일 경우에는 더더욱 생동감이 있어서 마치 다시 그곳을 찾아가는 기분으로 영상을 본다. 여행에 관한 것 중에서도 스토리 위주보다는 자연경관 위주의 콘텐츠가 좀 더 끌리기도 한다. 이런 나를 보고 아내는 "당신 참 여행 프로 좋아하네!" 하곤 한다.

가끔 예외는 있지만, 나는 드라마를 잘 보지 않고 온라인 게임을 거의 하지 않는다. 소설도 그리 좋아하지 않고 어려서부터 만화도 거의 보지 않았다. 스포츠나 다큐멘터리가 훨씬 좋다. 스스로 이유를 찾기 좀 어렵지만, 인위적이고 작위적인 것보다는 자연스러운 것을 좋아하는 편임에는 틀림없다.

어떻든 내가 좀 특이한 취향을 가지고 있는 것은 사실인 것 같다. 그중에서도 여행이라는 것을 좋아하는 약간의 특이한 유전자를 타고나지 않았을까?

여행하고 싶은 마음은 굴뚝같으면서도 막상 내가 꿈꾸던 여행을 위하여 길을 나선 경험은 아직 많지 않다. 내가 판사로 근무하던 시절에는 공무원들의 경우 여행이 허가를 받아야 하는 사항이었고, 경제적으로도 선뜻 세계여행을 나서는 것이 쉽지 않았었다. 1990년대에 들어서 처음 법원에서 보내 준 단기 해외여행으로 가족과 같이 서유럽을 간 것이 사실상 최초 해외여행이었고, 1990년대 후반 여행이 자유화되면서 가까운 곳으로 해외여행을 가기는 하였으나, 본격적으로 해외여행을 시작한 것은 변호사 개업 후, 그것도 바쁘게 지낸 처음 몇 해를 보내고 나서였다.

당시 아직 나이가 많은 것은 아니라도 비교적 늦게 여행을 시작하다 보니 어디서부터 시작하여야 할지 몰랐다. 친구들에게 묻고 책을 읽으며 내린 결론은 우선 세계적으로 유명한 곳부터 여행사 패키지상품을 통하여 아내와 같이 차례차례 가 보자는 것이었다. 내 스스로 여행계획을 세우고 호텔과 차량을 예약하여 떠나는 '자유여행'은 그때나 지금이나 자신이 없었기 때문이다.

제일 먼저 장거리 여행을 간 것이 캐나다 록키산맥이었다. 한마디로 환상적이었다. 필설로 표현하기 어렵도록 아름다웠고, 장대한 산맥과 무수히 많은 규모의 산들을 보며, 그 웅대한 자연 앞에서 겸손해질 수밖에 없었다. 짧은 여행이었지만, 신이 빚은 자연으로서 규모 면에서는 캐나다 록키산맥이 웅대하고 경이로웠고, 아기자기한 면에서는 중국 장가계·원가계의 기기묘묘하고 화려한 자연 조각품들이 세계에서 으뜸이지 않을까 감히 생각하였었다.

버스를 타고 가면서 끝없이 펼쳐지는 높은 봉우리의 산들과 만년설을 보며 탄성을 질렀고, 높은 곳에서 내려다보이는 옥빛 창연한 호수들, 캐나다 사람들이 몇백 년을 사용하고도 남는다는 광활한 삼림, 그리고

캐나다 록키산맥 관광기념, 장엄한 산맥과 영롱한 호수를 배경으로

내 인생의 겨울

거의 마지막 일정에 마주친 아름다운 밴프 국립공원을 내 눈에 가득 담아 왔는데, 아직도 그 황홀한 광경들을 잊을 수가 없다.

돌아오는 길에 꼭 한 번 다시 오리라, 그때는 좀 힘든 버스투어가 아니라 비행기로 캘거리에 가서 보고 싶은 곳을 집중적으로 구경하고, 가능하면 밴프에서 골프도 한번 쳐 봐야지, 하고 결심했는데 아직까지 실행에 옮기지 못하고 있다.

그 후로도 나는 세계 사람들이 선호하는 곳 여러 군데를 같은 방식으로 여행을 다녀왔다. 사람들이 공통적으로 추천하는 여행지를 골라 떠났다. 동유럽, 스페인, 터키, 뉴질랜드와 호주, 그리고 크로아티아 등 발칸 4개국에 이르기까지….

마음만으로는 여행하는 데 아무런 장애가 없을 것 같은데, 막상 구체적인 계획을 세우자면 고려할 것이 많다. 나는 장거리 여행에서 제일 힘든 점이 비행기에서 잠을 잘 자지 못하는 것이다. 장거리 여행에서 한숨 자고 나서 승무원이 "다 왔습니다, 곧 공항에 도착합니다."라고 알리는 소리를 듣는 것이 소원인데, 나는 그것이 잘 안 된다. 지금까지 비행기 내에서 잠을 청하는 데 도움이 된다는 것을 이것저것 해 보았지만 별 효험이 없었다.

다음으로 고려할 요소로 음식인데, 여행 중 음식이 맞지 않아서 고생하는 경우를 많이 보게 된다. 나는 사실 음식을 가리지 않는 편이라서 크게 걱정하지는 않지만, 장기간 여행을 하다 보면 현지식만으로 불편할 때가 종종 있고, 아프고 나서부터는 음식을 약간 가려 먹어야 하는 것 때문에 늘 자유롭지만은 않다.

　한때는 '언젠가 히말라야 산맥 베이스캠프까지 가는 여행을 해 보아야지.' 하고 결심하였는데, 이젠 여러 여건상 쉽지 않을 것 같고, 최근 들은 남아프리카에서 가능하다는 '트럭킹'이라는 여행상품도 생각해 보았지만 체력 면에서 그리 자신감이 크지 않다. 트럭킹은 캠핑카처럼 개조한 트럭을 타고 육로로 아프리카 구석구석을 여행하는 상품으로서, 요즘 젊은이들 사이에서는 인기가 많다고 한다. 가이드가 제공하는 음식을 먹고 잠은 캠핑장에서 텐트를 치고 자는 것인데, 육체적으로는 많이 힘들지만 가성비가 아주 좋고, 특히 사막에서 텐트를 치고 자면서 만끽하는 장엄한 광경은 실제 경험하지 않으면 상상하기 어려울 정도로 아름답다고 한다.

　요즈음 내 마음을 차지하고 있는 것은 최근 들어 유행처럼 번지고 있는 '외국에서 한 달간 살아 보기'이다. 마침 2013년부터 7년여간 27개국 40개 도시에서 '한 달 살기'를 실천하면서 『여행 말고 한 달 살기』를 쓴 김은덕·백종민 부부가 있다. 그들은 '한 달 살기'의 여행을 '일정에 쫓기는 여행 말고, 유명 관광지에 집착하는 여행 말고, 맛집에 연연하는 여행 말고, 그곳의 진짜 모습을 바라보는 여행', '현지인들의 삶 속으로 들어가는 여행'이라고 하면서, '한 달 살기 여행은 내가 외로움을 느끼는 사람인지, 예기치 못한 사건사고들을 겪었을 때 어떻게 대처하는지, 익숙하지 않은 환경에서 어떻게 반응하는지, 이전에는 몰랐던 나를 무수히 발견하게 만든다.'고 하였다. 내가 평소 여행이라는 것에 특별히 끌리는 생각과 향후 꿈꾸는 여행의 모습을 그대로 그려 주고 있어서 흥미로웠다. 다만, 실천하는 사람들의 경험담을 통하여, 막연한 상상을 넘어 구체적인 '한 달 살기'의 실상을 막상 들여다보자니, 당장 과연 내가 그러한 여행을 잘 해낼 수 있을까 하는 두려움부터 몰려왔음을 솔직히 고백하지 않을 수 없다.

한 조사에 따르면 50세 이상 시니어들을 상대로 '행복한 인생을 위하여 가장 하고 싶은 것이 무엇인지'를 물었더니 여행이 압도적으로 1위를 차지하였다고 한다. 도대체 많은 사람들이 왜 그리 여행을 꿈꾸는가? 나는 왜 노년에 일탈하는 삶으로 여행을 우선 생각하고 있는가?

수많은 사람들이 여행을 꿈꾸고 실천하는데, 그 이유는 모두 각양각색일 것이다. 서점에 가 보면 세계 여기저기를 돌아다닌 후 여행기를 써서 다른 사람들과 공유하고 있는 책들을 본다. 그 숫자는 헤아릴 수 없을 정도로 많다. 여행은 동서고금을 통틀어 인류의 삶과 거의 동반되어 왔다.

특히 스페인 산티아고 순례길은 유명하다. 나도 죽기 전에 꼭 해 보고 싶은 것이고, 전부가 아니면 일부라도 시도해 보고 싶다. 산티아고 순례길은 프랑스 남부에서 피레네 산맥을 넘어 스페인 서부 '산티아고 데 콤포스텔라'까지 800km의 길을 한 달간 걸어서 여행하는 것이고, 매년 세계인들이 찾는 코스다. 수도자들과 같이 종교적 절대진리를 추구하는 사람들은 물론 유명 연예인이나 정치인들, 남녀노소를 가리지 않고 평범한 많은 사람들이 그곳을 찾는다. 그리고 기록을 남겨, 가 보지 못한 사람들을 유혹한다.

그 사람들은 도대체 왜 그토록 힘든 고행의 여행을 결심하고 실행하는 것일까? 누구는 실패와 좌절을 겪고 죽을 만큼 힘든 상황에 처하여 돌파구를 찾기 위하여, 또 누구는 되돌릴 수 없는 잘못을 저지르고 반성하고 새로운 미래를 설계하기 위하여, 또 누구는 인간적인 삶, 사회적인 인간으로서의 삶을 떼어 놓고 영성이란 무엇인가, 하느님이라는 존재 안에서 나 자신은 어떠해야 하는가를 끝없이 고민하고 마침내 마음의 평온을 찾기 위하여 찾는다.

대부분 여행의 이유를 물으면 비슷한 말을 한다.

"아무리 신기한 행동을 해도 그저 그런 사람도 있으려니 하고 아무도 주목하지 않는 곳에서, 직장이나 학벌이나 재력으로 사람을 판단하지 않는 곳에서, 꾸밈없는 내 마음의 소리를 들을 수 있는 것만큼, 꾸밈없는 당신의 마음이 연주하는 속삭임을 잘 들을 수 있는 곳에서 살고 싶다. 그래서 더 풍요로운 삶, 더 빨리 목표에 이르기 위해 안달복달하는 삶이 아니라 더 진정한 나와 가까워지는 삶, 더 아름다운 인연을 맺는 삶에 대한 목마름으로, 잠시 삶의 만유인력에서 벗어나 일상을 멀리서 바라보게 되면 가지고 싶은 것보다는 버려야 할 것들이 떠오르고 아깝지만 버려야 하고, 안타깝지만 놓아주어야 하는 것들을 여행이 가르쳐 준다."고 한다(정여울의 『내가 사랑한 유럽 Top 10』 중에서).

김영하는 『여행의 이유』에서 "내가 여행을 정말 좋아하는 이유 중 하나는 과거에 대한 후회와 미래에 대한 불안, 우리의 현재를 위협하는 이

어두운 두 그림자로부터 벗어날 수 있기 때문이다. 스토아학파의 철학자들이 거듭 말한 것처럼 미래에 대한 근심과 과거에 대한 후회를 줄이고 현재에 집중할 때, 인간은 흔들림 없는 평온의 상태에 근접한다. 여행은 우리를 오직 현재에만 머물게 하고, 일상의 근심과 후회, 미련으로부터 해방시킨다."고 하였다.

나는 어떤가? 여행은 시공간을 초월하는 이동이다. 공간을 초월하여 내가 태어나 자란 곳이 아닌 멀리 떨어진 곳에서 이런저런 모습으로 살아가는 사람들을 보는 것이 정말 흥미롭다. 그리고 시간을 초월하여 먼 과거에 살다 간 사람들의 흔적을 통하여 잠시 그 시절로 돌아가 그때 살았던 사람들과 나를 동일시해 보고, 그 사람들은 그때 무슨 생각을 하고 무슨 꿈을 꾸며 살았는지 상상해 본다. 그러고 나서 나는 내 후손들에게 어떻게 기억되고 흔적이 남을까 생각하여 본다.

이렇게 시공을 초월한 이동을 통하여 나는 지금 무엇이고, 지금 어디에 서 있는가, 그리고 어디로 가야 하는가, 생각에 잠겨 본다. 그런 과정이 참 좋다. 한 번 왔다 가는 인생, 내가 처한 울타리를 벗어나 가능한 많은 사람들의 삶을 시공을 초월하여 두루두루 알고 싶다.

『분노의 포도』, 『에덴의 동쪽』 등으로 유명한 미국의 대표적 소설가 스타인벡John Ernst Steinbeck도 '여행은 다른 곳을 향한 강한 충동이다. 진정한 여행은 내 앞에 놓여있는 여정이 새로운 것이고 여정에서 겪게 될 사람들, 장소, 경험들이 전혀 예측 불가능하다는 것을 인식하면서 안개 낀 거리의 아침을 보고자 하는 갈망이다.'라고 비슷한 생각을 하지 않았던가!

그리고 마침내는 겸손을 배운다. 겸손이란 강한 자에게 비굴하지 않고 약한 자에게 평등하게 대하는 것이라고 하는데, '어디서 와서 어디로 가는지도 모르는 인생, 뭘 그리 걱정하고 서두르는가? 가다가 넘어지면 쉬었다 가고 장애물을 만나면 돌아가면 되지.' 하고 깨닫는다. 일종의 인문학 여행 또는 인류학 여행이라고나 할까?

여행 하면 주로 외국여행을 연상하는데, 나는 우선 국내여행부터 실천하려고 한다. 시작이 반이다. 우선 시작하는 것이 중요하다는 생각에서, 경주 가서 큰아들 가족들과 만나는 길에 유네스코가 지정한 문화유산인 한국 7대사찰 중 영주 부석사를 가 보았다. 처음 가 보는 길을 물어물어 찾아가 '무량수전' 앞에서 내려다본 툭 트인 전경은 가히 절경이었다.

이렇게 여행을 논하고 앞으로의 계획을 설계하는 순간, 마음만으로도 가슴 설레는 것이 바로 여행이 아닌가. 여행을 계획한 후 준비하는 한 달은 곧 체험할 여행에 대한 기대감으로 즐겁고, 다녀와서 또 한 달은 지난 여행을 반추하느라 다른 의미에서 마음이 행복하다.

나는 여행할 수 있는 건강과 경제력을 위하여 부단히 노력하려고 한다. 일상의 궤도를 돌며 기계적인 것, 틀에 짜여 있는 것이 아닌 자유롭고 일탈된 여행을 꿈꾸고 있고, 그 꿈이 현실로 오랫동안 실현되었으면 하고 기원한다.

자연인의 삶

얼마 전 '나는 자연인이다'라는 프로그램이 한국인이 좋아하는 TV프로그램 1위에 올랐다고 들었다. 평범한 삶을 접고 깊은 산속에 들어가 홀로 자연과 동화되는 삶을 사는 사람들의 이야기인데, 나도 그 프로그램을 종종 보고 좋아하지만 그 정도라니 놀랍고 약간 의외였다.

'한겨울에는 얼음장 같은 계곡물에 몸을 씻어야 하는 불편도 있고, 작물을 키우는 데 두미頭尾가 없어 시행착오도 많으며, 넘치는 의욕에 비하여 서툰 솜씨로 밥 한 끼 차려 먹는 데에도 공부가 필요한 생활이지만, 그들은 즐겁다.'고 한다.

산속 고지대 높은 곳에 보금자리를 마련하고 자연의 운치를 살려 줄 작은 오두막도 지어서, 고혈압과 당뇨 등 성인병에 좋은 작물을 직접 길러서 먹고 청정계곡에서 고기를 잡아 몸보신도 하며 사는 삶, 일상의 도시생활에 지치고 찌든 사람들이 동경하는 삶이 바로 그러한 자연인과 같은 삶이어서 많은 사람들이 모든 것을 내려놓고 산으로 가는 것이 아닌가 짐작해 본다.

자연인의 삶을 실천한 대표적인 인물이 바로 박상설 선생이 아닌가 한다. 이런저런 경력을 거쳐 한참 왕성하게 일하던 나이에 그는 갑자기 뇌졸중으로 쓰러져 운동 외에 거의 불치라는 병명을 진단받았다. 그 길로 바로 기존의 모든 삶의 방식을 내려놓고 세계 안 가 본 데가 없을 정도로 오지탐험을 하였고, 오대산에 주말레저농원을 개설하여 나무 심고

밭을 갈며, 오지탐험가와 심리치료사, 칼럼니스트 등 다양한 활동을 해 오신 분이다. 90세를 훌쩍 넘기도록 삶의 품격을 높이는 활동을 실천하여 온 그분의 삶을 통하여 가장 인상적인 것은 식생활이나 주거생활 등 모든 것을 배우자나 가족 아무에게도 의존하지 않고 스스로 해결한다는 점이었다. 진정 자연인이었다. 인간도 자연의 일부임을 몸소 실천하고 보여 준 극명한 사례라 하지 않을 수 없다.

그는 "삶의 고통 대부분이 가족 등 가까운 인간관계에서 오지 않느냐. 개인적인 성향일 수도 있지만, 늙어서 가족에게 폐가 되고 싶지 않다. 효도를 강요하고 싶지도 않다. 한 걸음도 내딛을 힘이 없다고 느끼면 곡기를 끊고 기다릴 생각이다."라고 하였다. 그리고 이어서 말하였다.

"사변적인 지식은 갖다 버리고 몸으로 움직여라. 사람이 사람다운 것은 자거나 쉬는 데 있지 않다. 노동이 가치 있는 이유이다. 남들 따라 하지 마라. 뿌리가 단단한 잡초는 밟힐지언정 죽지는 않는다. 스스로 자신이 아름답다고 느껴져야 한다. 그래야 여유로운 마음으로 타인과 세상을 대할 수 있다."

'나는 자연인이다'라는 프로가 여러 회 거듭될수록, 그렇게 사는 사람들이 참으로 많다는 데 놀랍다. 나도 언젠가 그러한 삶을, 그 정도는 아니라도 비슷한 삶을 시도해 볼 수도 있지 않을까 생각해 보기도 하지만 솔직히 자신은 없다.

자연인의 삶을 막상 실천하기에는 비상한 용기가 필요하다. 가장 중요한 것은 외로움과 두려움을 이기는 것이 아닐까? 텔레비전을 보면서도 '저 사람들은 외로움과 두려움을 어떻게 이겨내고 저런 생활을 하지?' 하고 궁금해진다. '별장을 소유하는 사람보다 별장을 소유하고 있는 친구를 둔 사람이 제일 좋다.'는 농담처럼, 보기에는 그럴 듯해도 내가 직접 그런 생활을 하려고 하면 걸리는 것이 한두 가지가 아니다.

그래도 마음만은 절절하다. 봄에 동토에서 깨어나 시리도록 아름다운 연녹색 싹을 틔우고, 여름철 온 세상 짙은 초록을 뽐내다가 가을 만산홍엽으로 옷을 갈아입고, 이어서 하나둘 땅으로 떨어져 뒹구는 낙엽들을 보며, 우리 인생도 별거 아닌데, 저 나무와 풀처럼 살아가는 자연의 일부에 불과한데, 하고 깨닫고 마음을 다잡곤 한다.

내가 꿈꾸는 것은 도시가 아닌 시골에서, 자연에 파묻혀 사는 그 자체를 목표로 삼는 것만은 아니다. 자연인의 삶을 기준으로 삼고 지향함으로써 온전히 자유로워지는 삶을 말하는 것이다. 그럴듯한 집과 자동차를 소유하여야 하고, 분위기 좋은 식당에서 기름진 음식을 먹어야 하고, 필요할 때 배경 좋은 친구와 사회적 커넥션이라도 있어야만 어깨가 으쓱해지고 기를 펴고 살지만, 그렇지 못하면 온몸에 힘이 빠지고 기가 죽는, 그래서 실패한 인생처럼 소극적으로 그저 그런 삶을 영위하는 것은, 한 번뿐인 인생에 대한 실례이며, 나만의 주체적인 삶이 아니고 현대 사회의 소외된 현상에 사로잡힌 노예생활에 다름 아니다. 없으면 없는 대로, 어려우면 돌아서 가는, 모든 것을 내려놓고 우리 인생의 원래 모습처럼 최소한의 물자와 여건 속에서도 불편해하지 않고 잘 적응하면서 살아가는, 그렇게 온전히 자유로운 삶을 나는 꿈꾸는 것이다.

몇 년 전 일간신문의 한 면을 장식한 어느 원로 교수(안병영)의 산골생활 인터뷰 기사를 재미있게 읽은 적이 있었다. 기억을 되살려 다시 읽어 보았다.

그는 대학교 교수로 장관을 두 번이나 지낸 분으로서 정년을 맞이한 후 강원도 산골에 조그만 집을 짓고 전원생활을 시작하여 10년째 계속하면서 인터뷰를 하였는데, 지금도 계속하고 계시지 않겠는가? 사회적 지위 등을 감안할 때 쉬운 선택이 아니라고 여겨져서 더욱 관심이 가는지도 모른다.

흔히들 은퇴 후 전원생활을 꿈꾸고 때론 실천하곤 하는데, 실패하는 사례도 많다. 그만큼 준비가 부족한 것일 터. 그런 면에서 내가 본 인터뷰 기사는 재미도 있지만 퍽 시사점이 많은 것이었다.

그는 시골살이의 자랑을 이렇게 말하였다.

"나 스스로 삶의 주인이 될 수 있다고 할까. 남과 척지지 않으려고 하기 싫은 일도 할 필요가 없고 실속 없이 스케줄에 쫓길 일도 없지요. 알량한 체면이나 하찮은 명예에 상관할 필요가 없습니다. 뿌리치기 힘든 연고의 늪에서도 해방될 수 있습니다. 늘그막에 세속으로부터 자유롭다는 것, 그게 얼마나 큰 축복인지 대도시 젊은이들은 잘 모를 겁니다."

"인생 3모작을 하라. 정년 때까지 30년은 일하고 그 후 10년은 보람된 일 찾고, 칠십 넘어서 자연과 함께하세요."라고 하였다.

실패하지 않을 자연에의 회귀를 위하여 그는 조언을 잊지 않았다. 요약하면 첫째, 수월하게 현지에 발붙이기 위하여 처음 3년간은 의도적으로 서울을 기웃거리는 일을 피했다. 둘째, 외로움이나 소외감을 이겨낼

대책을 세워야 한다. 고독과 외로움을 즐겨야 한다는 말로 들린다. 마지막으로, 배우자의 동의를 얻어야 한다.

대부분 "늘그막에 영감 없이는 살아도 친구 없이는 못 산다."든가 손자의 재롱이나 쇼핑재미, 고급문화에의 미련 등으로 아내들이 전원생활을 반대한다. 이런 현상은 동서고금을 통하여 변함없고, 어쩌면 자연의 섭리인지도 모른다.

과학적인 근거 여부는 잘 모르겠으나, 태어나고 자란 배경 등과 무관한 인간의 본성에 관한 것이라 할 수 있다. 어떻든 아내의 흔쾌한 동의 없는 전원생활 계획은 불가하다. 나도 젊은 시절에는 전원생활 말을 꺼내면 아내는 반대였다. "당신 혼자 가서 잘 사시오." 그랬다. 그러나 나이 들어 여기저기 아픈 데가 생기고 경제적인 문제도 고려하게 되면서 아내의 말과 태도도 조금은 바뀌어 가고 있다.

'퇴직 후 30년'이 고단한 인생이 되지 않도록 하는 방안의 하나로 자연에의 회귀는 참 매력 있는 것임에 틀림없다.

"지난날을 되돌아보면 우리 세대는 모진 세월을 숨 가쁘게 꾸역꾸역 살아왔다. 전형적인 농업사회에서 태어나 산업사회와 후기 산업사회를 겪었고, 일제와 건국 후의 소용돌이, 한국동란을 거치며 산업화와 민주화시대의 주역으로 뛰었다. 그 과정에서 무수한 환희와 좌절, 영욕이 교차했고 때로는 생사를 넘나드는 절체절명의 순간도 적지 않았다. … 인생이 생로병사라고 하는데 이제 살 만큼 살았으니 남은 것은 병病과 사死밖에 없다. 다만 병과 사의 틈 사이에서 쥐꼬리만큼 여생을 가치 있고 보람되게 좀 더 존엄하게 엮어갈 수 있으면 좋겠다. 그리고 가끔 생각해 본다. 지나온 모든 순간이 다 꽃봉오리였다고."

자연에의 회귀를 용기 있게 실천한 원로교수의 말이 뇌리에 잔영으로 오래오래 남는다.

현대생활 따라가기

내가 처음 컴퓨터를 사용하기 시작한 것은 1990년대 초 서울지방법원에서 근무할 때다. 대법원에서 전국 판사들에게 일률적으로 컴퓨터를 보급해 주었다. 컴퓨터가 보급되기 전 대부분의 판사들은 수기手記로 판결문을 작성하여 선고하고 난 후 전담 직원으로 하여금 타자기로 판결문 원본을 작성하도록 하는 방식으로 일하였다. 타자기마저 보편적이지 않았던 옛날에는 필체 좋은 전담 필경사들이 일일이 판결문을 손으로 베껴 쓰는 방식이었으니, 타자기만 해도 판결문 원본의 작성과 보존상 아주 효율적이고 많이 발전한 것이었다.

컴퓨터를 사용하여 판사가 직접 판결문 원본을 작성하는 방식은 법원의 업무방식에서 획기적인 변화이자 개혁이었다. 대법원에서 컴퓨터를 일률적으로 보급해 주기 전 일부 판사들은 자비로 컴퓨터를 구입하여 사용하기 시작하였는데, 그 모습을 보며 내심 부러워하던 차 대법원에서 전국 법관들에게 컴퓨터를 보급해 주었으니, 새로운 문명의 이기를 처음 접하게 된 나로서도 참 기뻤다.

열심히 배우고 익혀서 실무에 사용하여 온 과정을 회고하여 보니 기억이 새롭다. 타자기조차 사용해 보지 않던 나로서 기초적인 컴퓨터 사용방법을 배우고 빠른 속도로 자판기 사용기술을 익히는 것이 그리 용이하지는 않았다. 세월이 필요하였다.

가장 먼저 떠오르는 기억은, 늘 머릿속으로 판결문의 전체적인 구조와 내용을 구상하며 펜으로 판결문을 작성하던 것이 익숙한 상황에서 컴퓨터 자판기를 사용하게 되니, 처음에는 판결문의 작성을 위한 구상이 원만히 되지 아니하였다. 궁여지책으로 대략적인 구상을 생각하여 먼저 펜으로 종이에 적어 본 다음 그것을 기초로 비로소 컴퓨터 앞에 앉아 판결문을 완성한 적도 있었다.

또 하나 기억에 생생한 것은, 어느 토요일 오후 모두들 퇴근하고 난 사무실에 혼자 남아 아직 익숙하지 아니한 컴퓨터를 사용하여 제법 복잡한 민사판결문을 작성하면서 발생한 일화다. 오후 내내 몇 시간을 들여 컴퓨터로 겨우겨우 판결문을 다 작성하고 나서 그만 전기코드 조작을 잘못하는 바람에 전기가 나가고 말았고, 내가 작성한 판결문도 저장되지 아니한 채 모두 사라지고 말았다. 나중에 알아보니 어디엔가 백업파일로 자동적으로 저장이 되어 있었는데 그때 나는 컴퓨터 초보자로서 그 과정을 잘 알지 못하였고, 동료들이 모두 퇴근한 후라서 어디 물어볼 곳도 마땅치 아니하여 어떻게 하여야 할지 막막하였다. 하는 수 없이 머릿속에 남아 있는 기억을 되살려서 다시 판결문을 작성하였고, 처음 작성 때보다는 수월하였지만 토요일 저녁 늦은 시간이 되어서야 판결문 작성을 끝내고 귀가하였었다. 지금 생각하면 참 창피한 경험인데, 그 당시로서는 미리미리 컴퓨터 사용방법을 철저히 익히지 않은 나 자신을 책망할 수밖에 달리 방도가 없었다.

세월이 흘러 컴퓨터는 하드웨어와 소프트웨어가 동시에 급속도로 발전하였고, 각종 문서를 많이 작성하여야만 하는 나로서는, 이제 컴퓨터 사용이 수기보다도 아주 빠르고 효율적이어서 '컴퓨터가 없었다면 어떻게 하였을까?' 하는 정도가 되었다.

컴퓨터를 통한 문서작성 업무만이 아니라, 컴퓨터와 휴대폰 등을 매개로 한 반도체 기술과 인터넷 및 통신 분야 등 정보통신기술ICT의 발전은 가히 혁명적이다. 국가가 통신을 독점하고 있던 시절, 양도 가능여부를 두고 청색전화와 백색전화라는 것이 존재하던 때를 겪어 온 나는 그후 잠깐 호출기(일명 삐삐) 시대, 카폰 시대를 거치고 나서 지금은 휴대폰을 통한 경이로운 정보통신기술 시대를 직접 경험하고 있다. 2G에서 5G까지, 이제 우리는 각자 소지하고 있는 휴대폰 하나로 일상생활에서 못하는 것이 없는 세상을 살고 있다. 각종 통신은 물론 인터넷, 금융업무, 사물인터넷 등 모든 것이 이동식 전화기 하나로 가능하게 된 것이다.

사물인터넷, 빅데이터, 인공지능, 각종 SNS 등, 우리가 일상생활에서 자주 접하는 정보통신기술의 발전은 가까운 미래에 기계가 인간을 지배하게 되리라는 우려를 낳는 정도에까지 이르고 있다. 내가 사용한 인터넷과 휴대폰, 자동차 항법장치 등에서 추출된 개인정보를 이용하여 내가 가는 곳마다 내가 좋아하는 상품이나 식품을 선별하여 자동적으로 알려주고, 자고 나면 내가 좋아하는 음악을 알아서 들려주는 인공지능이 널리 사용되고 있으며, 가까운 미래에 자율주행자동차가 출현하여

내 인생의 겨울

상용화될 것이다. 내가 직접 경험하거나 파악하고 있는 것은 극히 일부이지만, 과학기술의 발전이 과연 어디까지 진척되었는지, 나는 감히 상상할 수도 없다.

인류의 미래를 명철한 통찰력으로 탐사하여 『사피엔스』와 『21세기를 위한 21가지 제언』 등의 책으로 유명하여진 유발 하라리Yuval Noah Harari 는 '생명기술과 정보기술의 혁명을 통해 우리는 우리 내부 세계까지 통제할 수 있고 나아가 생명을 설계하고 만들 수도 있게 될 것이다. 우리는 뇌를 설계하고 삶을 연장하고 우리의 생각도 임의로 죽이는 법까지 터득하게 될 것이다. 그 결과가 어떨지는 아무도 모른다.'고 예견하였다. 우리 몸에 손톱만한 반도체 칩을 삽입하여 생리적인 모든 현상을 파악하고 통제함으로써 각종 질병을 미리 발견하여 대처하고 장기를 복제하여 필요한 데에 사용할 수 있는 세상이 곧 도래한다는 것이다. 이에 상응하여 오랫동안 인류가 누려온 직업이 대부분 사라지고 새로운 직업군이 등장할 것이라고 예상하고 있다.

나는 현기증 나도록 빠르게 발전하고 있는 정보통신기술에 대하여 늘 후발주자였다. 원래 기계나 기술 분야에 약간 능력이 처진 탓도 있겠으나, 당장 급하게 필요한 것이 아니라면 남보다 앞서갈 필요는 없고, 너무 뒤처지지만 않으면 된다는 신념으로 살아왔다고 자평하고 싶다. 컴퓨터도 그렇고 인터넷이나 SNS 등이 다 그랬다. 그 결과 남이 다 한다고 하는 것은 나도 어느 정도 할 수 있으나, 뭐든 선도하지는 못한 것이 사실이다. 그렇게 살면서 크게 불편하다고 생각해 보지 않았다. 그 분야에 시간과 노력을 덜 들이는 대신 조그만 더 힘쓰고 고생하면 되었기 때문이다. 내가 변호사 개업을 한 얼마 후 한창 컴퓨터와 인터넷 등이 유행하던 시절, '50세 이상 된 사람은 새롭게 컴퓨터나 인터넷을 배우려고 할 것이 아니라 비서나 직원 등 젊은 사람을 활용하는 것이 더 효율적이다.'는 말이 주변에서 오고간 적도 있었다.

이제 이 나이가 되어 앞으로 어떻게 살아갈 것인지 설계하면서, 빠르게 발전하고 있는 현대적 기술과 기기 등에 대하여 나는 과연 어떻게 대처하여야 할까?

가장 바라는 것은, 어차피 남들에게 앞서지 않은 채 지금까지 잘 살아왔는데, 이제부터는 온전히 그 모든 부담에서 자유로워지고 싶다. 내가 공정거래위원회 비상임위원으로 일할 때 나보다 선배 위원 한 분은 아예 휴대폰을 구입하지도 사용하지도 않았다. 어린아이들까지 전 국민이 모두 소지한다는 휴대폰을 사용하지 않는다는 사실에 모두들 적의 놀란 적이 있었다. 정작 본인은 전혀 불편하지 않다고 하셨다. 나도 특별히 기계나 기술에 취미나 호기심이 많지 않아서, 할 수만 있다면 그러고 싶다. 남들 따라가지 않아도 전혀 불편을 느끼지 않는 그런 삶을 살고 싶은 것이 솔직한 심정이다.

그러나 현대사회에서는 자연인조차도 그러한 삶은 불가능하고, 반드시 바람직한 것도 아니다. 아예 처음부터 도시와 철저히 절연된 삶을 산다면 모르거니와 어쩔 수 없이 현대적인 기술과 기기에 어느 정도 의존하여야 한다. 이제 고속도로 휴게소 식당에서 식사 주문을 하려 해도 점원이 아닌 기계 앞에서 스스로 하여야 하고, 외국 여행을 위하여 공항에 가도 전자기계 앞에서 자동 체크인을 하여야 한다. '나이 먹은 사람들은 어떻게 살라고 이러지.' 하며 투덜대 보았지만, 추세가 그런 걸 어떻게 할 것인가. 내가 그토록 꿈꾸는 해외여행만 하더라도 당장 좀 더 실속 있고 자유로운 여행을 하려면 인터넷이나 정보통신기술을 모르면 안 되는 세상이 된 것을 어쩌랴!

『40세에 은퇴하다』를 쓴 김선우는 한국에서 기자생활을 하다가 그만두고, 우연하게 미국의 어느 시골에서 거의 자연인의 삶을 살고 있는데, 그도 TV, 인터넷과 스마트폰을 끊고 비누와 샴푸를 재료를 사다가 만들어 쓸 정도로 소비를 줄이고 식재료를 대부분 농사 지어 자급자족하는 삶을 살지만, 매일 가까운 도서관에 가서 인터넷을 섭렵하여 글쓰기와 강의 등을 위한 정보를 얻고 부족한 통신왕래를 하고 있다고 하였다.

결국은 타협이 정답이다. 정보통신기술의 발전에 어느 정도는 뒤따라가야 한다. 시간과 능력이 된다면 가능한 범위 내에서 많이 배우고 익혀서 최대한 활용하는 것이 좋지 않을까? 종종 문제가 생기면 아들들이나 며느리들에게 부탁하여 해결하곤 하지만, 그것도 서로 불편하고 귀찮은 일이다. 내 스스로 최소한 필요한 것을 해결할 수 있어야 비로소 노후의 삶이 온전히 자유로워질 수 있다는 것을 잘 알고 있다.

한국전쟁 후 출생률이 급격히 증가한 1955년에서 1963년에 태어난 사람들을 베이비부머라고 부른다. 총 인구 700여만 명에 달하는 베이비부머들은 농경사회에서 고도산업사회를 거치며 고단한 삶을 살아왔고, 거우 일선에서 물러나 은퇴라는 시기를 맞이하자 유연하게 노년기를 즐길 틈을 주지 아니하고 갑자기 고령화 사회에 적응하여 살아가야 하는 새로운 과제가 가슴에 안겼다. 다양한 직업에 다시 도전하여 제2의 인생을 모색하여야 하고, 가는 세월이 아까워서 젊은이들 못지않게 욜로Yolo족 생활을 추구하는 데 열을 올리기도 하며, 유행처럼 빠르게 변화되어 가는 모바일 인터넷 세상을 거우거우 따라가느라 숨이 가쁠 수밖에 없다.

나는, 지적 호기심도 한몫하지만, 어쩔 수 없는 베이비부머의 선두 주자로서 동 세대들이 체감하는 현실에 적응하느라 나름 숨은 노력을 하고 있다. 오래 전부터 밀물처럼 밀려오는 정보의 홍수 속에서 도태되지 않으려고, 최소한 베스트셀러 책들만이라도 뒤적여서 관심 가는 책은 꼭 구입해서 보고 있고, 적어도 천만 관객이 들었다는 영화는 어떻게든 관람한다. 세상 돌아가는 데 뒤처지지 않으려고 몇 년 전부터 『아프니까 청춘이다』의 저자 김난도 교수가 주도하는 『트렌드 코리아』시리즈를 매년 구독하고 있다. 나도 어쩔 수 없는 고단한 세대, 보편적인 베이비부머의 일원일 수밖에 없는 참으로 나약한 존재가 아닐런지!

봉사, 사회적 경제 등등

나이와 상관없이 뭔가 배우기에 나서는 사람들의 모습은 참 아름다워 보인다. 학이시습지 불역열호學而時習之 不亦悅乎, 배우고 때때로 익히면 이 또한 기쁘지 아니한가. 논어에 나오는 유명한 글귀다. 그 기쁜 일

내 인생의 겨울

에 나이와 장소가 따로 있겠는가.

실제로 나이를 잊고 배우는 일에 열심인 사람들이 주변에 많다. 80세가 넘어 외국 유학을 떠난 분, 70세 중반의 나이에도 외국 가서 평생 공부하고 싶은 분야 박사학위를 받은 분…. 유명인사이기에 세상에 알려진 사례들 외에 평범한 사람들의 사례는 또 얼마나 많겠는가.

김형석 교수도 같은 취지로 말하였다.

"60세 이후는 제2의 인생을 시작하는 동시에 열매를 맺는 시기이다. 60살쯤 되면 철이 들고 내가 나를 믿게 된다. 75살까지는 점점 성장하는 것도 가능하고, 이후로도 노력 여하에 따라 본인의 성장을 유지할 수 있다. 다만 환갑 이후에도 성장하기 위해서는 계속 일하고 책을 많이 읽어야 한다."

이처럼 나이를 불문하고 배우기에 나서는 것은 무슨 의미가 있어서 권장하는 것일까? 생물학적으로, 공부를 하면 뇌로 가는 혈류량이 많아지고 회로가 자극이 되어 뇌가 발달한다고 한다.

흔히들 뭔가 배우기 위하여 음악(악기)이나 미술 공부를 선택한다. 어학 공부도 좋다. 그야말로 치매예방이나 우울증 극복 등 정신건강에도 도움이 될 것이 틀림없고, 부수적으로 신체적인 건강에도 당연히 도움이 될 것이다.

김형석 교수의 말처럼 노년에도 성장을 유지할 수 있는 길이 바로 배우기이고 이를 통하여 인생의 황금기를 누릴 수 있다. 우리가 바라는 행복은 멀리 있지 않고 바로 가까이에 있다.

국가별로 다양하지만, 우리나라도 사회적 경제social economy라는 새로운 테마에 관심과 노력을 많이 기울이고 있다. 사회적 경제는 '이윤 극대화를 최고의 가치로 두는 시장경제와 달리, 사람의 가치를 우위에 두고 시민들의 필요에 기반하여 시민들의 연대적인 공동생산과 소비, 재투자의 순환구조를 만드는 호혜성의 경제'로 정의된다.

왜 세계가 사회적 경제에 관심을 기울이고 기대하고 있는 것인가?

가장 근본적인 배경은 시장 중심의 자본주의에서 발생된 각종 폐해에 대한 대응전략이 필요하기 때문이고, 나아가 저성장과 함께 저출산, 고령화로 인한 전통적 복지국가의 위기가 도래함에 있다. 세계적으로 계층 간의 불평등에 대한 비판이 많고, 제1차 세계대전 이후로 심각한 위기에 처하였다는 경고의 소리가 많다. 이러한 배경하에서 각국은 오래전부터 협동조합 운동과 비정부 민간단체 중심의 단체 결성 및 운동 등을 전개하여 왔다.

우리나라도 오래전부터 간헐적으로 협동조합 등을 통한 사회경제 운동을 추진하여 왔지만, 지난날 한국경제의 고도성장과 그 후유증 그리고 세계적 경제위기 등을 거치면서 그 운동이 확산되고 있으며, 이를 반영하여 2012년 8월 2일부터 '사회적 기업육성법'이 제정되기에 이르렀고, 이에 부수하여 지방자치단체별로 각종 조례를 제정하여 시행하고 있다.

'사회적 기업육성법'에 의하면, '사회적 기업'이란 취약계층에게 사회서비스 또는 일자리를 제공하거나, 지역사회에 공헌을 함으로써 지역주민의 삶의 질을 높이는 등 사회적 목적을 추구하면서 재화 및 서비스의 생산·판매 등 영업활동을 하는 기업이라고 정의하고 있다. 법의 목적은 사회적 기업의 설립·운영을 지원하고, 사회적 기업을 육성하여 우리 사회에 충분히 공급되지 못하는 사회서비스를 확충하고 새로운 일자리를 창출함으로써 사회통합과 국민의 삶의 질 향상에 이바지함에 있다고 천명하고 있다. 이에 만족하지 않고 시민사회를 중심으로 '사회적 경제 기본법'의 제정을 서두르고 있다.

이러한 새로운 트렌드에 힘을 얻어서, 우리나라도 사회적 경제 운동을 통하여 지역경제의 균형 있는 성장과 시민사회 중심의 경제를 회복함으로써 장기적으로 경제민주화와 생활민주화에 크게 기여할 것으로 기대하고 있다.

요즈음 우리나라는 저출산과 노령화 문제가 심각한 국가사회적인 이슈로 떠오르고 있다. 이러한 문제의 새로운 돌파구로서 사회적 경제의 의의와 역할에 관심을 많이 기울여야 한다고 생각하고 있고, 실제로 은퇴 후의 생활방편 중 하나로 크건 작건 협동조합 운동 등에 직접 뛰어들어 보람을 찾는 분들에 대한 이야기가 여기저기 들려오고 있는데, 고무적인 현상이 아닌가 한다.

내가 가지고 있는 지적 재산과 경험을 토대로 어느 한 곳에서라도 나를 필요로 하는 데가 있다면 봉사도 하고 재능을 기부하고 싶은 소박한 생각을 하면서, 좀 더 노력해 보려고 한다. 이 부분은 앞으로 나에게 주어진 과제다. 여건이 허락하여야 하고, 딱 맞는 뭔가를 조우하기를 기대한다. 그래서 일단은 여백으로 남겨둔다.

나의 몸과 정신이 온전하게 유지되는 이상 세상이 끝날 때까지 더불어 사는 사람들과 함께 내가 가진 재능과 힘을 공유하면서 행복을 찾아가고 싶다. 그 길을 위하여 부단히 노력하고 싶다. 지금까지 내가 받은 많은 사랑과 은혜에 대하여 만분의 일이라도 보답하는 길이 아니겠는가!

기도, 그리고 또 기도….

언젠가 누가 나에게 물었다. 내 인생에 있어서 가장 행복한 순간이 언제였느냐고. 듣고 생각해 보니 한마디로 말할 수 없어 금방 대답이 나오지 않았다. 과연 내 인생에서 언제 가장 행복했을까? 그리던 서울대학교 법과대학에 입학하였을 때, 고생 고생하여 사법시험에 합격하였을 때, 아내를 만나 결혼하고 아이들을 낳았을 때, 처음 판사로 임관하였을 때, 대법원 재판연구관을 마치고 부장판사가 되었을 때, 변호사 개업하여 자유를 구가하며 살고 아이들 잘되고 결혼하여 손주까지 얻게 되었을 때…?

다시 되돌아보니, 나는 굽이굽이 많은 세월을 보내면서 이런저런 우여곡절도 있었지만 비교적 평탄한 삶을 살아왔다. 지난날을 회상하면 곧바로 '모든 일에 감사하라.'는 말이 떠오른다.

어려운 시절, 이름 없는 농촌의 조그만 동네에서 가난한 농부의 아들로 태어난 나에게 하느님이 '성실과 끈기'라는 달란트를 주신 덕분에 나는 분에 넘치는 여정을 걸어왔다. 조그만 시골 학교에서 출발하여 우리나라 최고 학부까지 졸업하였고, 그 어려운 사법시험에 비교적 수월하게 합격하여 모두가 선망하는 법관의 길을 큰 과오 없이 마쳤다. 그리고 변호사가 되어 약간의 경제적 여유를 갖는 호사를 누렸고, 보람 있는 사회생활도 이것저것 경험하였다. 그 여정에서 일편단심 과하도록 나만을 바라보고 사랑해 주는 아내 만나 두 아들을 낳아 원만하게 키웠고, 이제 제각기 자립하여 살아갈 수 있는 법조인의 길 걸어가는 것을 뿌듯하게 바라보고 있다. 두 아들은 모두 스스로 가장 사랑하는 짝을 만나 결혼하고, 예쁘고 귀여운 손주들까지 안겨 주며 잘 살고 있다.

하나하나 이 모든 일에 어찌 감사하지 않을 수 있으랴! 그 감사드려야 할 대상이 하느님임을 잊어본 적이 없다. 솔직히 부끄럽게도, 살아오면서 하느님에 대한 의탁의 정도가 한결같지는 않았지만, 내 삶의 여정에서 결국 하느님은 그분의 뜻대로, 꼭 필요한 것은 다 들어주시되 자만하지 않도록 과하지 않게, 넘치지 않게 조절해 주시는구나 생각하곤 하였다.

'언제나 기뻐하라, 끊임없이 기도하라, 모든 일에 감사하라!' 하는 하느님의 말씀 외우고 또 외우며, 온전히 하느님께 의탁한 삶을 살고 싶다. 이 광활한 우주에서 한 점에 불과한 지구에 승객이 되어, 혜성처럼 나타나 지금까지 줄곧 주어진 궤도를 따라 돌았으니, 이제 그 궤도를 벗어나 유성운을 만드는 별똥별이 되어 잠시 영롱한 빛을 발한 후 검고 광활한 우주 한가운데로 사라지고 싶다.

내가 생각하고 실천하는 노후의 삶이 밀도가 높고 의미가 있다면 그로 인하여 생겨나는 별똥별이 오래 흔적을 남길 것이고, 그렇지 못하면 잠깐 동안의 별똥별로 끝나 버릴 것이다. 삶과 죽음, 모든 것까지 하느님께 온전히 의탁하며 살아가고 싶다.

"청하여라, 너희에게 주실 것이다. 찾아라, 너희가 얻을 것이다. 문을 두드려라, 너희에게 열릴 것이다."(루카복음 11장 9~10절)라고 하였으니, 끊임없이 간청하고 기도하며 살리라. 그래서 이 세상 끝나는 날 웃으며 하느님 곁으로 가고 싶다.

나이 들어 가면서 관심사와 지향하는 목표가 서서히 바뀌어 간다. 학창시절 한참 사회과학 공부하고 세상사에 관심이 많을 때는 '냉철한 머리, 뜨거운 가슴'으로, 열심히 공부하고 몸소 실천하여 세상을 개혁해 보겠다는 의욕에 불탔다. 그 목표를 달성하기 위한 길에 내가 아니면 안 될 것 같았고, 한편 여유 부릴 수 없이 조급하기도 하였다.

그러다가 차선의 길이라고 다짐하며 선택한 사법시험에 합격하고 법관이 된 후에는 사법부 내에서 최선의 법관상을 확립하고 재판을 잘하는 것은 물론 오랜 타성에 젖어 온 사법부 내의 부조리나 문제되는 제도들을 개혁하는 데 일조하여야겠다고 생각하였다.

그러기 위해서 개인적 성찰과 노력 외에 뜻을 같이하는 사람들끼리 모여 시대가 요구하는 전문적 실력을 쌓고 필요할 때 서로 힘을 모으기도 하면서 나름대로 최선을 다하여 성실하게 생활하였다.

변호사가 된 후 최소한 돈만을 좇는 나쁜 변호사가 아닌, 그래도 정의와 인권을 생각하고 정직하게 살아가는 그런 변호사가 되어야지, 하였다. 더불어, 행운에 따라 참여의 기회가 주어진 여러 사회 활동을 통하여 보람과 성과도 어느 정도 있었다고 생각한다. 어느 활동에서건 나라는 사람이 머물렀던 자리에 긍정적인 흔적을 남기려고 최대한 노력하였다.

암이라는 이름으로 크게 아파 보고, 매년 정기적으로 건강검진을 받으며 수험생처럼 '혹시?' 하고 노심초사하고 살아오면서, 삶을 대하고 실천하는 데 솔직히 상당한 마음의 변화가 생긴 것도 사실이다.

이제 나이가 들어가자 흔히 '자녀 양육에 아빠의 무관심, 엄마의 정보력, 조부모의 재력이 최선'이라는 우스갯소리에서처럼, 커 가는 우리 손주들에게 조금이라도 도움이 되는 할아버지가 되고, 종종 내가 좋아하는 여행을 하면서 품위 있게, 유유자적悠悠自適하며 늙어 가는 황혼의 삶을 살았으면 하고 빌고 빈다. 그 길을 향하여 최선 다해 노력을 경주하고, 내 뜻대로 살 수 있게 허락하여 주시도록 자나 깨나 늘 하느님께 기도한다.

하느님, 저와 온 가족에게 강복하시고 지켜주소서!

하느님, 저와 제가 사랑하는 모든 사람들에게 자비를 베푸소서, 언제 어디서나 흔들리지 않는 평화를 주소서!

그리고 저로 하여금 남은 삶, 건강 속에서 보람 있고 아름답게 살아갈 수 있는 기회와 용기를 허락하여 주시옵소서!

꿈을 꿀 수 있어서 감사하다

나는 이 책을 쓰면서 많이 행복하였다. 지나간 것은 다 그리움이고 아름다운 것인가! 과거의 기억을 반추하고 이를 기록하는 과정은 내내 즐거운 시간이었다. 지난 과거가 정말 아름답고 감사하다는 생각이 들었다. 마치 한순간의 꿈결 같은 삶을 살았다.

이 책을 쓰면서 참 편하였다. 나는 법률가인지라 공식 문서는 물론 글 하나 쓰더라도 단어 하나, 쉼표와 마침표 하나하나에 온 신경을 써야만 하였는데, 이 책에서는 그러한 부담을 가능한 한 갖지 않으려고 하였고, 그래서 좋고 편하였다.

다만 한 가지, 우리는 평소 말 한마디로도 천 냥 빚을 갚는다고 하고, 무심코 던지는 말 한마디로 남에게 독이 되고 상처를 입히는 일이 많은데, 하물며 글쓰기는 더 말하여 무엇 하랴! 비록 내 삶의 기록이지만, 혼자 살아온 것이 아니라 내 주위의 많은 사람들과 더불어 살아왔고, 자연히 내 삶의 기록에는 그들의 이야기가 피력될 수밖에 없으므로, 혹시라도 의도하지 않게 그들에게 상처를 주거나 불쾌하게 한 것은 아닌지, 자기검열에 신경을 많이 썼다. 그래도 완벽할 수 없다. 혹시라도 이 책을 통하여 그러한 일이 발생하게 되었다면 너그러이 용서를 구할 뿐이다.

책을 완성하고 보니 내가 마치 벌거벗은 채 대중 앞에 선 것처럼 부끄러워진다. 자랑스럽고 즐거웠던 면 외에 부족한 면, 숨기고 싶은 것이나 후회스런 것도 고백하고 보니 남에게 공개하지 않고 살아온 나만의 공간이 사라진 듯하여 뭔가 허전하기도 하다. 그래도 가끔 표현을 완화하고 우회적으로 표현하기는 하였지만, 가능한 한 진실 그대로, 있는 그대로 내 모든 것을 녹여 내서 필요한 것만 다시 농축하여 기록하였다는 점을 밝힌다. 모든 것, 내가 이 책을 쓰겠다고 결심한 목적을 달성하기 위해서는 감수하여야 할 부분이 아닐까 하고 나 스스로 다짐하면서 이 책을 썼다. 결과적으로 많이 부족하지만 책이 완성되고 보니 마음 뿌듯하고, 결심하기 잘했다는 생각을 한다.

지금 이 나이에 이 책을 시작으로 새롭게 '지식소매상'의 길을 걷고자 하는 욕심은 없고, 거창하게 많은 사람들에게 사랑을 받고자 하는 희망도 별로 없다. 그저 기록 그 자체를 위하여 시작하였다. 나는 어차피 법률학을 전공하여 실무가로 평생을 살았다. 잠깐씩 논문을 쓴다고 학문의 영역을 곁눈질한 적이 있으나, 나의 근본은 실무가다. 따라서 이 책의 목적상으로도 그렇거니와, 이 책의 내용에는 학문적인 깊이나 내용은 아예 처음부터 의도하지 않았다. 이 책을 쓰기로 결심하고 길지 않은 기간 변호사 일을 하는 중간 중간에 짬짬이 쓰다 보니 충분한 시간을 투여하지는 못하였지만, 어떻든 이 책은 솔직히 나의 삶과 지성의 수준을 대변한다. 다수의 정보와 지식을 공개된 매체에서 도움을 받았고, 다른 사람의 지적재산을 인용할 때는 최대한 근거를 밝혔지만 부족한 부분도 있겠다는 생각이 든다.

당초 나의 계획은 2019년 후반부터 이 책을 쓰기 시작하여 2020년 초 어느 정도 마무리하는 것이었다. 마침 2020년부터 내 삶에 의미를 부여하여 내 인생의 봄, 여름, 가을이 지나고 겨울을 맞이했으니 인생 제2막을 시작하리라고 마음먹었었다. 그런데 2020년 초부터 전 세계적으로 유행한 코로나 바이러스COVID-19 사태로 인하여 조금 차질이 생겼다. 코로나는 지구 전체적으로 우리의 일상을 거의 정지시켜 버렸으니 말이다.

그리고 4월 말부터 내 몸의 여기 저기 예상하지 못한 문제가 생겨서 회복하느라 이 병원 저 병원 전전하며 나머지 한 해를 거의 소모해 버렸다. 내 인생에서 경험해 보지 못한 내외적인 어려움으로 2020년이 어느새 저물어 가는 것을 보고 있자니 참 아쉽고 허망하였다. 과거를 다시 되돌아보고 미래를 새롭게 설계하는 등 짧지만 참 길게 느껴진 동안 많은 생각과 고뇌로 점철되는 시간을 보냈다. 좌절과 인내와 새로운 각오가 반복되는 시간이었다.

그러나 한편, 올 한 해는 나와 우리 가족에게 의미 있는 한 해였음을 되씹으며 마음에 큰 위안을 삼았다. 작은아들이 정말 어려운 여건하에서 소망하던 법관이 되었고, 손자와 손녀 쌍둥이가 새로 태어나 하루하루 커가는 모습을 보며 즐거운 시간을 보내고 있다. 마침 내 인생의 여름날 많은 세월을 아이들과 동고동락하였던, 정이 많이 든 대치동 우리 가족의 보금자리로 이사도 하였다. 이 모든 일 어찌 감사하고 기쁘지 아니한가!

지금까지 나의 미래 여정에 대하여 이런저런 설계를 하고 어려울 때, 즐거울 때를 막론하고 꿈을 꿀 수 있다는 것만으로도 정말 감사하게 생각하면서 살아왔다. 이제 새로운 보금자리에 정착하여 내가 꾸어 온 남은 꿈을 펼치기 위하여, 양적으로보다는 질적으로 의미 있고 보람 있는 삶을 열심히 살아 보려고 각오를 새롭게 하곤 한다. 모든 것, 하느님의 가호 아래서….

마지막으로 평소 글 쓰는 것에 무신경하던 나를 일깨워서 이런 책을 쓰도록 격려하여 주고, 책이 완성되어 세상에 나오기까지 여러 가지 조언과 수고를 아끼지 않은 고등학교 친구, 양병무 박사에게 고마운 마음을 전한다. 대학교 때부터 변함 없이 사랑과 성원을 보내주신 권오승 전 공정거래위원회 위원장님께 감사를 드린다. 그리고 지금까지 나를 격려하고 이끌어주시고 도와주셨던 모든 분들에게 감사의 인사를 드린다. 감사합니다!

부끄럼 없는 삶,
향기 나는 사람이 되기 위한 삶에
박수를 보냅니다!

권선복
(도서출판 행복에너지 대표이사)

'꽃의 향이 백 리를 간다면 사람의 향은 만 리를 간다.'는 말이 있습니다. 높은 인격과 깊이 있는 내면을 통해 삶의 향기를 뿜어내는 사람은 선한 영향력을 통해 넓은 범위의 사람들에게까지 긍정적인 영향을 끼친다는 뜻일 것입니다.

이렇게 만 리까지 선한 영향력으로 사람들을 변화시킬 수 있는 사람의 인품과 덕에서 나오는 향기는 덕향만리德香萬里입니다.

이 책 『꿈, 바람 그리고 소망』은 사회의 부조리로 인해 고통 받는 이들에게 도움이 되고, 더 나은 세상을 만드는 데에 작은 힘이나마 보탤 수 있기를 바라며 법조에서 재조 20년, 재야 20년을 보내며 '향기 나는 사람'이 되기 위해 치열하게 고민하고 생각하며 살아온 오진환 변호사님의 자전적 에세이입니다.

전라북도 남원시 주생면 내동리의, 문덕봉 아래 조그만 마을에서 태어나 성장한 저자는 넉넉지 않은 가정환경 속에서도 청운의 꿈을 갖고 공부에 매진하였으며, 현실의 벽에 굴하지 않고 각고의 노력으로 서울대학교 법과대학 졸업과 동시에 사법시험에 합격하여 법조인이 되어 가화만사성의 꿈을 이뤄냅니다.

하지만 무엇보다도 저자의 인생을 값지게 만들어 준 건 인생의 어느 순간이든 특권 의식과 자만심, 이기심에 휩싸이지 않고 타인에게 도움이 되는 삶, 그것이 어렵다면 최소한 타인에게 해가 되지 않는 정직하면서도 뜨거운 삶을 살아가겠다는 스스로의 다짐일 것입니다.

특히 책 속 법관으로서의 활동, 변호사로서의 활동, 주변 사람들과의 관계에서 손수 쓴 편지에서 드러나는 따뜻한 시선의 아름다움, 노무현 대통령의 후원자로도 알려진 의리의 사나이 강금원 창신섬유 회장님과의 인연 이야기는 감동을 선사해 줍니다.

오진환 변호사님의 법조인생 40년을 뒤돌아보는 자전적 에세이집 『꿈, 바람 그리고 소망』을 출판한 것을 진심으로 축하드리고, 이 세상에 빛과 소금이 되는 삶이 앞으로 40년 이상 더 이어지시길 기원드리며 독자들에게도 행복에너지 샘솟는 날 되시길 축원드리겠습니다.

꿈 , 바 람 그 리 고 소 망

'행복에너지'의 해피 대한민국 프로젝트!
〈모교 책 보내기 운동〉

대한민국의 뿌리, 대한민국의 미래 **청소년·청년**들에게 **책**을 보내주세요.

많은 학교의 도서관이 가난해지고 있습니다. 그만큼 많은 학생들의 마음 또한 가난해지고 있습니다. 학교 도서관에는 색이 바래고 찢어진 책들이 나뒹굽니다. 더럽고 먼지만 앉은 책을 과연 누가 읽고 싶어 할까요? 게임과 스마트폰에 중독된 초·중고생들. 입시의 문턱 앞에서 문제집에만 매달리는 고등학생들. 험난한 취업 준비에 책 읽을 시간조차 없는 대학생들. 아무런 꿈도 없이 정해진 길을 따라서만 가는 젊은이들이 과연 대한민국을 이끌 수 있을까요?

한 권의 책은 한 사람의 인생을 바꾸는 힘을 가지고 있습니다. 한 사람의 인생이 바뀌면 한 나라의 국운이 바뀝니다. **저희 행복에너지에서는 베스트셀러와 각종 기관에서 우수도서로 선정된 도서를 중심으로 〈모교 책 보내기 운동〉을 펼치고 있습니다.** 대한민국의 미래, 젊은이들에게 좋은 책을 보내주십시오. 독자 여러분의 자랑스러운 모교에 보내진 한 권의 책은 더 크게 성장할 대한민국의 발판이 될 것입니다.

도서출판 행복에너지를 성원해주시는 독자 여러분의 많은 관심과 참여 부탁드리겠습니다.

도서출판 **행복에너지** 임직원 일동